吴晓东 著

梦中的彩笔

中国现代文学漫读

图书在版编目（CIP）数据

梦中的彩笔：中国现代文学漫读 / 吴晓东著 . -- 北京：北京大学出版社，2018.6

ISBN 978-7-301-29444-4

Ⅰ . ①梦… Ⅱ . ①吴… Ⅲ . ①中国文学—现代文学—文学研究 Ⅳ . ① I206.6

中国版本图书馆 CIP 数据核字 (2018) 第 061010 号

书　　　名	梦中的彩笔：中国现代文学漫读 MENGZHONG DE CAIBI
著作责任者	吴晓东　著
责 任 编 辑	于海冰
标 准 书 号	ISBN 978-7-301-29444-4
出 版 发 行	北京大学出版社
地　　　址	北京市海淀区成府路 205 号　100871
网　　　址	http://www.pup.cn　新浪微博：@北京大学出版社　@培文图书
电 子 信 箱	pkupw@qq.com
电　　　话	邮购部 62752015　发行部 62750672　编辑部 62750883
印 刷 者	天津光之彩印刷有限公司
经 销 者	新华书店 880 毫米 × 1230 毫米　32 开本　12.5 印张　270 千字 2018 年 6 月第 1 版　2020 年 8 月第 2 次印刷
定　　　价	75.00 元

未经许可，不得以任何方式复制或抄袭本书之部分或全部内容。
版权所有，侵权必究
举报电话：010-62752024　电子信箱：fd@pup.pku.edu.cn
图书如有印装质量问题，请与出版部联系，电话：010-62756370

目　录

"阅读的德性"（代序）　*III*

第一辑
郁达夫与现代风景的发现问题　*3*
废名的踪迹　*29*
"南国诗人近若何？"　*49*
记忆·现实·远景　*54*
《传奇》：战争年代的苍凉手势　*58*
作为建筑与心理空间的"阳台"　*62*

第二辑
何谓"文学的自觉"？　*71*
作为传统的"五四"　*78*
乡土中国：一个"世纪故事"　*81*
边城世界的虚构性　*94*
"想象的共同体"与中国语境　*102*

第三辑
植入战争背景之中的中国新诗　*113*
诗歌阅读：世界性与世纪性难题　*142*
语词的漂泊　*148*
追蹑"凤凰"的踪迹　*157*

20世纪中国诗人的江南想象　170

第四辑

历史·审美·文化　179
直面无以归类的鲁迅　187
裂缝后面的世界　205
文学史家的"通识"与"情怀"　209

第五辑

为汪曾祺建构新的整体观　239
学术的体温与情热　246
对核心问题的逼问　252
形式研究的独异风景　260
研究主体与历史对象的彼此敞开　265

第六辑

从"小世界"到"平行宇宙"　275
"文学保守自己的秘密"　281
别有一种会心　286
"那年我们坐在淡水河边"　291
记忆的美学　295

第七辑

文学批评的可能性　303
"细读"和"大写"　320
唤回学术的活力　331
探寻文学的诗性之灯　341
如何触碰经典　369
网络时代如何"阅读"　378

"阅读的德性"（代序）

在英国伦敦的国家美术馆里漫游，看到塞尚画的一幅读报的父亲的肖像画，忽然意识到在短短一个夏日午后所浏览的从13世纪到20世纪初叶各个年代的绘画中，大约有几十幅都表现了阅读场景，似乎可以组成一个关于"阅读"的主题系列。而19世纪的绘画在其中占了相当比例，于是想到不止一个史家把19世纪看成是西方人阅读的黄金时代。一大家子人在饭后围着一支蜡烛或者一盏油灯听有文化的长者或正在上学的少年读一本小说来打发长夜，是漫长的19世纪常见的场景。

这种19世纪式的温馨的阅读情境在今天已经成为一种怀想。因此读到张辉的《如是我读》（商务印书馆2015年10月版），产生了近乎一种怀旧般的亲切感。该书的腰封形容《如是我读》是"一组关于书与人的赋格曲"，"关乎读，关乎书，关乎人"，"如是我闻，如是我读，如是我想"。而该书在自序中直接触及的就是"阅读的德性"的话题："如何阅读是知识问题，但更是读书人的德性问题。"在这个意义上，我把张辉的这部随笔集看成是一本关于"阅读的德性"的书，也是在序言中，张辉倡言"读书风气的更易，乃至士风的良性回归，应该从认真读书始"。

而张旭东在《文化政治与中国道路》（上海人民出版社2015年8月版）中，则从"全球化竞争对人的适应性要求"的角度，呼吁"经典阅读"，认为"经典阅读是强调回到人、回到理解与思考、回到人的自我陶冶意义上的教育，是从工业化到后工业化时代转换的需求"。书中收录的《经典阅读是全球化时代的选择》一文中指出：

> 从宏观的迫切的历史性的问题上看，回归基于经典阅读的人文教育，恰恰是适应广义上的从现代到后现代的时代需要、竞争需要、训练需要，是通过应对当下的挑战而反诸自身，重新发现和思考"人"的内在含义。……而能够触及这种内在素质培养的教育，只能是人文基础教育，通过和古往今来的人类伟大心灵的交谈，通过阅读这些伟大心灵的记录，我们才能在今天这个歧路丛生的世界获得一种基本的方向感和价值定位，才能在新的历史机遇和挑战面前做出有效的应对。

张旭东强调通过经典"与过去伟大心灵""直接对话"。而这种"对话性"也决定了经典构成了我们与"过去伟大心灵"进行"晤谈"的日常性和恒常性，决定了一部真正够分量的文史哲经典不是随便翻阅一过就能奏效的。或许正是在这个意义上，卡尔维诺在《为什么读经典》一书中关于什么是经典的十四条定义中，第一条就说："经典是那些你经常听人家说'我正在重读……'而不是'我正在读……'的书。"

我由此对"阅读"的话题发生了进一步的兴趣，相继读了洪子诚的《阅读经验》（台北人间出版社 2015 年 2 月版），特里·伊格尔顿的《文学阅读指南》（河南大学出版社 2015 年 5 月版），托马斯·福斯特的《如何阅读一本小说》（南海出版公司 2015 年 4 月版），《埃科谈文学》（上海译文出版社 2015 年 1 月版），詹姆斯·伍德的《小说机杼》（河南大学出版社 2015 年 8 月版），埃兹拉·庞德的《阅读 ABC》，约翰·凯里的《阅读的至乐——20 世纪最令人快乐的书》、哈罗德·布鲁姆的《如何读，为什么读》、安妮·弗朗索瓦的《闲话读书》等，这些书虽然不尽讨论阅读，但都或多或少对阅读的意义、阅读的乐趣，以及"读什么""怎样读"等问题有着不同程度的思考。

如果说"经典"阅读，因之关涉的是"文明意义上的归属和家园"（张旭东语）的大问题，而显得有些"高大上"，那么耶鲁学派批评家哈罗德·布鲁姆的《如何读，为什么读》中所讨论的"阅读"，也许会让普通读者感受到一种亲和力，在本书"前言"中，布鲁姆说："如何善于读书，没有单一的途径，不过，为什么应当读书，却有一个最主要的理由。"这个理由在布鲁姆看来是人的"孤独"：

> 善于读书是孤独可以提供给你的最大乐趣之一，因为，至少就我的经验而言，它是各种乐趣之中最具治疗作用的。我转向阅读，是作为一种孤独的习惯，而不是作为一项教育事业。

很多人都是在孤独的人生境遇中开始养成阅读习惯的。而"阅读"在布鲁姆这里，则有助于消除生命本体性的孤独感，这对于日渐原子化的孤独的"后现代个人"而言，是具有疗治意义的善意提醒。而庞德的见解也同样属于"治愈系"的，他在《阅读ABC》中这样看待"文学"的作用：

> 文学作为一种自发的值得珍视的力量，它的功能恰恰是激励人类继续生存下去；它舒解心灵的压力，并给它给养，我的意思确切地说就是激情的养分。

这种"激情的养分"如果说对人类具有普泛的有效性，那么，一个专业读者的"阅读"，则更多关涉到人类审视自我、主体、历史等更具哲学意义的命题。洪子诚先生的《阅读经验》，提供的就是一个文学研究者的心灵在半个多世纪的阅读岁月中留下的时光印迹。批评家李云雷认为洪子诚"对个人阅读经验的梳理、反思，具有多重意义"。"不仅将'自我'及其'美学'趣味相对化，而且在幽暗的历史森林中寻找昔日的足迹，试图在时代的巨大断裂中建立起'自我'的内在统一性。……正是在这样的意义上，个人的'经验'便获得了非同寻常的意义。'经验'在这里就不仅是'自我'与历史发生具体联系的方式，也是'自我'据以反观'历史'与切入当下的基点。"《阅读经验》带给我的阅读感受，就是这样的一种"自我"省思的氛围，一种雕刻时光般的对岁月的思考所留下的缓慢刻痕。

真正的阅读，似乎也因为这种与岁月和历史的缓慢的对话，而越来越成为一项技术活。就像手工艺人的劳作，必须精雕细刻，慢工出细活。因此，张辉在《如是我读》中的《慢板爱好者》一文中重述了安东尼奥尼的电影《云上的日子》中的一个故事：一帮抬尸工将尸体抬到一个山腰上，却莫名其妙地停下来不走了。雇主过来催促，工人回答说："走得太快了，灵魂是要跟不上的。"张辉说，此后，每记起这个故事，就想起尼采在《曙光》一书的前言中，面对"急急忙忙、慌里慌张和让人喘不过气来的时代"，对"缓慢"和"不慌不忙"的强调，以及对"慢板"的爱好：

> 我们二者——我以及我的书，都是慢板的爱好者。……因为语文学是一门体面的艺术，要求于它的爱好者最重要的是：走到一边，闲下来，静下来和慢下来——它是词的鉴赏和雕琢，需要的是小心翼翼和一丝不苟的工作；如果不能缓慢地取得什么东西，它就不能取得任何东西。……这种艺术并不在任何事情上立竿见影，但它教我们正确地阅读，即是说，教我们缓慢地、深入地、瞻前顾后地、批判地、开放地、明察秋毫地和体贴入微地进行阅读。

如果说在尼采那里，"慢"构成的是"正确地阅读"的标准，那么，伊格尔顿在《文学阅读指南》中告诉普通读者：看似深奥的文学分析也"可以是快乐的"。这堪称是一种快乐的阅读哲学。约翰·凯里在《阅读的至乐》中也称自己选择图书的标准"就是纯粹的阅读愉悦"。埃科在《埃科谈文学》中也对文本持类似的理解：

> 我说的文本并不是实用性质的文本（比方法律条文、科学公式、会议记录或列车时刻表），而是存在意义自我满足、为人类的愉悦而创作出来的文本。大家阅读这些文本的目的在

于享受,在于启迪灵性,在于扩充知识,但也或许只求消磨时间。

也许,"快乐"最终构成了"阅读"的最低但也同时是最高的标准。

第一辑

郁达夫与现代风景的发现问题

一、风景学与柄谷行人的风景理论

很高兴孙晓忠老师给我这个机会来到贵校与大家交流。我选择的是一个与文学、艺术史以及文化研究都略有点关系的题目，谈谈郁达夫与中国现代风景的发现问题。大家知道，风景学是近些年来学界的一门显学，因为有跨学科性质，所以似乎与人文艺术和社会科学哪个学科都有关。也许大家从艺术史以及文艺学的角度已经非常了解这个风景学的学科领域。这些年至少我们中国现代文学研究领域不断地言说风景的发现的话题。但就在这种不断地言说的过程中，这个话题的生产性却越来越打折扣。很多涉及这个理论的文章都变成了工业流水线上的批量生产。原因之一是这些年国内学人讨论风景的发现的文章大都依赖于柄谷行人的《日本现代文学的起源》中的风景理论，其中第一章标题就是《风景的发现》。在柄谷行人讨论日本文学的起源的问题上，风景的发现的理论是有生产性的，刚刚进入中国学界的视野时，也给大家提供了一个有效的理论甚至方法论，尽管使我们对风景问题的认知多了一副日本制造的眼镜。但从积极的方面看，柄谷行人的风景理论激发了中国学者对风景问题的复杂认知，意识到风景问题是一个有复杂的历史性的文化和审美问题，也一直与文化政治问题密不可分。人类对风景的认知的历史，其实是文明史中主要的组成部分，也使我们意识到，风景问题可能也是一个具有某种普遍性的问题领域。而在西方，风景其实是20世纪重要的学术问题。这些年，武汉大学的张箭飞教授一直致力于风景研究，大家应该熟悉她2011年翻译的《风景与认同》。最近她主持翻译过来《寻找如画美》等四五种西方风景学的论著，都有助于我们在柄谷行人之外，丰富对风景理论的认知，也会让中国读者充分意识到西方风景学有一个复杂的问题史，与文化史美学史政治史旅游文化始终纠缠在一起。给大家简单整理一下张箭飞教授主持的风景学译丛中几本书中的核心论点。比如译林出版社2013年出版的英国艺术史学家西蒙·沙玛的《风景与记忆》，其写作主旨就是："即使是那些我们认为完全独立于文明的风景，只要详加考察，也同样是文明的产物。"这意味着人类对风景的认知从一开始就是文明史的一部分。还有一本《风景与权力》，是西方关于风景研究的论文集，在导论中，该书的编者米切尔称：

  这本书的目的就是要把"风景"从名词变为动词。我们不是把风景看成一个供观看的物体或者供阅读的文本，而是一个过程，社会和主体性身份通过这个过程形成。

  你可以看出，风景学处理的问题差不多与文化史领域处理的问题同样丰富，而且风景学还格外涉及审美认知领域。

  在《风景与权力》导论中，编者米切尔回顾了20世纪西方风景学的历程。他指出风景研究在20世纪经历了两次大的转变：第一次是与现代主义密切相关，主要以风景绘画的历史为基础阅读风景的历史，并把风景的历史描述成"一次走向视觉领域净化的循序渐进的运动"，代表人物是大家熟悉的贡布里希。第二次转变则与后现代主义有关，"倾向于把绘画和纯粹的'形式视觉性'的作用去中心化，转向一种符号学和阐释学的办法，把风景看成是心理或者意识形态主题的一个寓言。"第一种方法是"沉思性的"，第二种方法则是"阐释性的"。

如果借助米切尔的视野来观照，那么柄谷行人的风景理论完全可以归为第二种，把风景的发现看成是内在的人的主体性的发明的一个隐喻或者寓言，风景的内在意义是被柄谷行人所阐释出来的，即所谓孤独的人才能发现风景。

柄谷行人是借助于国木田独步的小说《难忘的人们》为对象阐释出他的风景的发现的理论的。小说中写到主人公大津——"我"——从大阪坐小火轮渡过濑户内海时所见的风景：

> 春日和暖的阳光如油彩一般融解于海面，船首划开几乎没有一点涟漪的海面撞起悦耳的音响，徐徐前行的火轮迎来又送走薄雾缠绵的岛屿，我眺望着那船舷左右的景色。如同用菜花和麦叶铺成的岛屿宛如浮在雾里一般。其时，火船从距离不到一里远的地方通过一个小岛，我依着船栏漫无心意地望着。山脚下各处只有成片矮矮的松树林，所见之处看不到农田和人家。潮水退去后的寂寞的岸石辉映着日光，小小的波涛拍打着岸边，长长的海岸线如同白刃一样其光辉渐渐消失。
>
> ——国木田独步，《难忘的人们》（1898年）

这是一段把内心叙事与外部风景完美结合的文学语言。尤为值得关注的是风景背后存在的那个观察主体："我眺望着那船舷左右的景色"，"我依着船栏漫无心意地望着"，都直接指涉着主体行为：眺望。这里的"眺望"，不同于一般意义上的"看"，"眺望"正是使对象成为风景的方式。小说中还写到"我""心情沉郁常常陷入沉思"，连同"潮水退去后的寂寞的岸石辉映着日光"等描写，本身就是一种心灵与精神的语言。与其说"岸石"寂寞，不如说是岸石反衬出"我"的孤寂的心灵状态。正是在这种心灵对象化的过程中，暗含着或者说生成着一个柄谷行人在《日本现代文学的起源》中所谓的发现了风景的内在的主体。

小说中的大津最后观察到的是一个"在寂寞的岛上岸边捕鱼的人"，"随着火轮的行进那人影渐渐变成一个黑点。这个捕鱼人就成了大津……难忘的人们中的一位"。柄谷行人分析说：大津所看到的那岛上的男人与其说是人，不如说是一个风景，是作为风景的人，人成了风景。就像里尔克在《论"山水"》一文中所说，人走进了风景，成为风景的一部分。

这其实也是我们有过旅行经验的人的共通体验，在火车或者汽车上，很多人喜欢看沿途的风景，沿途的乡野中的人当然是被当作风景来看的。对我来说，这种沿途的风景和旅行的目的地一样有吸引力。我在《读书》上看到一篇台湾学者写的文章，作者说他属于那种旅行中在行进的车上连一秒钟都不愿错过窗外风景的人，读了之后觉得于我心有戚戚焉。但是我也同样观察车上人们的形态，发现仰头大睡的占绝大多数。所以大家都熟悉什么是中国式旅游，就是一句顺口溜："上车睡觉，下车拍照，回家一问，什么也不知道。"我虽然上车很少睡觉，但下车还是要拍照，所以也是回家后什么也不知道。比如我有机会与孙玉石、洪子诚等老师一起出游,玩了什么地方,有什么历史掌故,一般都是我回来后看他们写的游记才能知道。所以我妻子问我都看到什么好玩的了,我就说,等着看孙老师和洪老师的游记。后来她索性就不问了。洪子诚老师也曾经和我谈起他在国外旅行的体验,比如参观还没有被炸掉的世贸大楼,中国游客全部是对着大楼一通猛照。如果在国外的景点看到最喜欢拍照的游客团体,那百分之百是中国人。有的游客拍完照片后根本不看风景马上就回车上睡觉了。那么什么时候看风景呢?洪老师说应该是回到家后再看照片。可能因为看照片有一种特别的距离美。十多年前,北大中文系曾经组织教师去游览北京南郊的一个电影城,我的一位同事带着一个大大的高倍苏式军用望远镜,可以用来远远地偷窥的那种,使得我们这些同事一路上对他的望远镜的热情超过了风景。一路上他也同样对所经过的景点不怎么认真看,我就问:你怎么什么都不看?他说:我有望远镜,等走远了再看。这个轶事可以拿来诠释柄谷行人理论中所谓的"颠倒",即是说,我的同事不想用自己的肉眼来看,而是借助于一个柄谷行人所谓的装置来看风景的,这个装置在柄谷行人那里是现代性,在我的同事那里是形式感和距离感。望远镜的镜头显然一方面带来距离感,另一方面也带来观看的某种仪式感。这就是浪漫主义的审美观,一定要带着距离来观照。而且要有一种形式感甚至仪式感。爱默生在《论自然》中就曾经举过类似的例子:"在照相机的暗盒里,我们看到的屠夫大车和家庭成员都显得那么有趣。"本来很平常的屠夫大车和家庭成员,借助于照相机的装置,也会显得格外有趣。

浪漫主义的审美观的核心就是距离感。而柄谷行人的风景理论的核心也可以说是心理距离,背后则是主体的建构问题。柄谷的理论用简单化的方式来概括,即孤独的人才能真正发现风景,风景是由内在的人发现的。为什么国木田独步的《难忘的人们》中的大津看到荒凉的岛上形只影单的男人觉得难忘,大津难忘的其实是自己当时的心境,所以柄谷行人说:"风景是和孤独的内心状态紧密地联系在一起的。……风景乃是被无视'外部'的人发现的。"风景是由对外界不关心的人发现的。这个结论很绕,但是很深刻,因为看上去是一个矛盾的判断,所以也可以看成是一个悖论,即风景是在发现心灵的过程中才得以发现的。专注于内心的人却发现了风景,所以柄谷行人觉得这就是一种"颠倒"。就像我这一代人小时候在照相馆里照相,从拍照的位置钻到盖布里去看,镜头里的人是大头朝下一样。看过韩国最有名的艺术片之一《八月照相馆》的同学对这个镜头里人像的颠倒会有深刻的印象。

所以在柄谷行人的意义上说,风景的发现也就与一个人的孤身旅行特别有关。我的经验是,记忆和印象最深刻的旅行往往是一个人的旅行,因为有些孤独,所以感觉就更加敏锐,注意力也能集中于风景之上。而什么也记不住的是团队旅游,特别是到外地开会由会议主办方组织的旅游。而一个人的行旅中,风景其实经常印证的是内心的孤独。诗人王家新在一次访问记中说:

> 和我的写作永远相关的是读书和旅行,尤其是那种陌生的、朝向未知的旅行——对我来说,它永远是一个诗人的"节日",是对于某种恩赐的领受。在这样的旅行中我对内心和世界的双重发现,永远比关在屋子里"思考"的要来得多,而且,更具一种突如其来的神性。

王家新的说法其实也多少印证了风景的发现也是发现心灵的过程，其实类似的说法在西方很早就有，如中国现代作家都熟悉的瑞士人亚弥尔的名言："每一片风景都是一颗心灵。"我最早看到梁宗岱在象征主义诗论中引用过这句话。宗白华在文章《中国艺术意境之诞生》中则翻译为"一片自然风景是一个心灵境界"，钱锺书在《谈艺录》中把这句话翻译得更简捷："风景即心境。"可见这句话已经深刻地介入到中国现代作家和学者对风景的领悟中，揭示的是风景与心灵相互映发的关系，也印证了里尔克在《论"山水"》中所谓风景的认知过程也恰恰是人的发展的过程这一说法。

从现代风景学的角度说，风景的发现是以人的眼睛看到的，所以自然会渗透人的情绪、心灵特征或者说主体性。

二、风景意识的觉醒与"世界的山水化"过程

独孤的人才能发现风景，也触及了风景意识的发生学问题，或者说风景意识的启蒙问题。

我曾经组织过学生读柄谷行人的《日本现代文学的起源》第一章"风景之发现"时，顺便对同学们进行了关于风景意识的调查，发现涉及每个个体，风景意识的启蒙和自觉差异极大，有同学说曾经一直不懂欣赏风景，也有同学说风景意识主要是从电视电影上获得的。比较独特的案例是如今在同济大学任教的李国华提供的，他说自己的风景意识来自于小时候父亲带他勘察风水，在江西老家的山里一路勘探过去，听父亲说这里风水好，那里风水不错，他也觉得果然如此。所以一开始萌发的不是风景意识，而是

风水意识。大家就调侃李国华，说他对风水学比较有童子功。风水学也就是堪舆学，钱锺书在《谈艺录》中说：

> 至吾国堪舆之学，虽荒诞无稽，而其论山水血脉形势，亦与绘画之同感无异，特为术数所掩耳。

就是说，风水学虽然经常被理解为术数，但依旧与山水和绘画的精髓相通，有助于理解山水血脉形势。所以堪舆学中的确隐含着中国人的山水意识。

凭我自己的经验以及同学们给我的启发，我觉得，一个人风景认知的启蒙，和风景意识的觉醒，可能不是与生俱来的，不是先天的，而是一个后天的心理和感觉的熏陶的结果，同时也是一个文化建构的过程。从人类历史上说，体现在文字和绘画上，西方人也同样有个山水的自觉与独立的过程。不必去看西方艺术史的鸿篇巨制，我只推荐大家看看里尔克的散文《论"山水"》，写于1902年，只有三千字，但是译者冯至在1937年说："这篇短文内容的丰富，在我看来，是抵得住一部艺术学者的专著的。"里尔克认为达·芬奇的《蒙娜丽莎》标志着山水的独立的开始，也开始了山水与人疏远化的时代：

> 还没有人画过一幅"山水"像是《蒙娜丽莎》深远的背景那样完全是山水，而又如此是个人的声音与自白。仿佛一切的人性都蕴蓄在她永远宁静的像中，可是其他一切呈现在人的面前或是超越人的范围以外的事物，都融合在山、树、桥、天、水的神秘的联系里。这样的"山水"不是一种印象的画，不是一

个人对于那些静物的看法；它是完成中的自然，变化中的世界，对于人是这样生疏，有如没有足迹的树林在一座未发现的岛上。并且把山水看作是一种远方的和生疏的，一种隔离的和无情的，看它完全在自身内演化，这是必要的，如果它应该是任何一种独立艺术的材料与动因；因为若要使它对于我们的命运能成为一种迎刃而解的比喻，它必须是疏远的，跟我们完全是另一回事。在它崇高的漠然中它必须几乎有敌对的意味，才能用山水中的事物给我们的生存以一种新的解释。

首先应该说，达·芬奇本人画这幅画中的山水，主要是作为人物的陪衬和衬托而存在的。这幅画首先发现的是蒙娜丽莎这个人，所以才成为代表文艺复兴人的发现的最重要的画作。这幅画据说达·芬奇画了四年。清华大学教授肖鹰曾经做过一次演讲，专门讲过《蒙娜丽莎》。肖鹰把蒙娜丽莎称为第一个现代人的形象，并把这幅画说成是现代文化或者说现代人的自我画像。为什么这样定位？他给出两点解释，一是"蒙娜丽莎像一个巨人一样，屹立在依稀缥缈的大自然的背景上，这在以前是没有的。以前我们只能看到耶稣，我们只能看到圣母，我们只能听到天庭里面上帝令人震撼的诫令。这样一个普通的女人，竟然能够以她的不可忽略、令人赞赏的身躯屹立在世界之上"。第二点就是蒙娜丽莎神秘的微笑，谁也捉摸不透，像雾像雨又像风，有一种不定性。我不懂绘画，按肖鹰教授的专业性的解释，其实蒙娜丽莎的微笑的绘画技巧很简单，但却是达·芬奇的发明，达·芬奇是运用一种晕染法把蒙娜丽莎的眼角隐藏在阴影当中，使她的表情模糊起来，所以产生了一种不定性。而这种不定性恰恰是现代人的力量。所以蒙娜丽莎一方面展示的是人的确定性，另一方面则是人的无限性或者不确定性。而人的无限性或者不确定性同样表征的是人的发现，是文艺复兴中的人从上帝那里解放了出来的象征。

按柄谷行人的解释则是：蒙娜丽莎的神秘微笑封存着内在的自我，也就是里尔克所说"仿佛一切的人性都蕴蓄在她永远宁静的像中"。而这种蒙娜丽莎的自我内在化的同时，也是与背后的山水的疏远化。蒙娜丽莎其实并非与山水融合无间，浑然一体，恰恰是超越于背后的风景。

所以如果换一种眼光，不从蒙娜丽莎微笑的角度着眼，而从蒙娜丽莎的身后作为背景的山水的角度观照，就的确有个里尔克所说的风景与人"生疏"的独立化特征。换句话说，山水的发现首先要有个与人疏远的过程，也就是陌生化的过程，人们才能借助于这种陌生化的距离和效果，把风景独立看做风景，风景也才能因此而独立。所以里尔克说：

> 人对于自然，在不理解的时候，才开始理解它；当人觉得，它是另外的、漠不相关的、也无意容纳我们的时候，人才从自然中走出，寂寞地，从一个寂寞的世界。

而里尔克最后思考的是人的发展：

> 在这"山水艺术"生长为一种缓慢的"世界的山水化"的过程中，有一个辽远的人的发展。这不知不觉从观看与工作中发生的绘画内容告诉我们，在我们时代的中间一个"未来"已经开始了：人不再是在他的同类中保持平衡的伙伴，也不

再是那样的人，为了他而有晨昏和远近。他有如一个物置身于万物之中，无限地单独，一切物与人的结合都退至共同的深处，那里浸润着一切生长者的根。

里尔克最终描述了一个"世界的山水化"与"人的发展"的内在统一的艺术史进程。这篇文章让人感到山水的发现也是人的发现。人对山水的自觉之中蕴含了人与万物的更深层和更本质的关联，有个"人的山水化"的过程。而当"人的发现"进一步发展为"族群的发现"的时候，山水就会与民族性也建立起深刻的关联。

在西方文学史上讨论风景与民族性的关系时，人们经常谈及的是司各特的例子。司各特以对苏格兰的风景描写著称，他当时可以说把苏格兰稍微有名一点的地方都写光了，还引起了其他作家的不满和抱怨，意思是总得给别的作家留下一点可写的地方。我读勃兰兑斯的《十九世纪文学主流》，里面引用过英国诗人穆尔当年挖苦司各特的一首诗，特别有意思：

> 如果你有了一点要写上几行的诗兴，
> 我们这里有一条妙计献上——你可得抓紧，
> 要知道司各特先生已经离开英格兰—苏格兰边境，为了寻求新的声名，正拿着四开本的画纸向镇上走近；
> 从克罗比开始（这活儿肯定会有一笔好进账）
> 他想要把路上所有的绅士庄园一一描写，在它们身上"大做文章"——
> 我们的妙计就是（虽然我们的任何一匹马都赶不上他）
> 赶紧捧出一位新诗人穿过大道去和他对抗，

> 迅速写出点东西印成校样——千万别修改——还要把文章拉长，抢先描写它几家别墅，趁司各特还没有到来的时光。

之所以在司各特身上多费些口舌，是因为今天的司各特已经成为苏格兰风景的发现者，也因此成为苏格兰民族性的塑造者。张箭飞教授在《风景与民族性的建构——以司各特为例》一文中讨论的是司各特创作中的苏格兰风景描写，辨认和分析风景如何体现出苏格兰的民族性以及司各特如何把浪漫主义的自然之热爱转译成一种文化民族主义的表达。风景的重要性在于，按以赛·伯林的表述，苏格兰人正是"根据风景来理解他们自己并获得他们作为苏格兰人的认同"。所以司各特创造了一种新的风景神话，给苏格兰人提供了"一种深厚的情感和文化连接"。苏格兰高地也成为今天英伦三岛上最有代表性的风光。而在司各特之前，那里以荒凉崎岖贫瘠悲惨著称，英格兰人也总是把苏格兰的荒原景色同犯罪联系起来。就像提起我的老家黑龙江的历史，很多人都联想到土匪横行一样，《林海雪原》里的土匪司令谢文东，就是在我的家乡被人民政府枪毙的，我的外祖父当年就在行刑现场亲眼目睹。当年外界提起沈从文的老家湘西，也常常觉得盛产土匪，沈从文就特别不满，他要以自己的一人之力扭转世人对湘西的印象。沈从文的办法之一也是利用湘西的风景，包括民俗风景。而18世纪之前的英格兰人就是这样对苏格兰高地充满偏见和恐惧，连当时英格兰最有名的文人，独立完成了一大本英文辞典的号称"大伟人"的塞缪尔·约翰逊博士旅行到苏格兰高地时，也会拉下马车的窗帘，"因为那里的山景使他感到不安"，这与后来人们趋之若鹜地到苏格兰高地旅游，恰成对照。

苏格兰高地从当年人们唯恐避之不及，到后来成为世界上最有名的风景名胜之一，这一历史过程经常被当作旅游策划的最成功的案例。有趣的是，我们将要讨论的郁达夫，他的风景写作也曾经参与到这种旅游策划的过程。

三、风景的"人文化"与"文人化"

郁达夫的意义在于他正处在现代中国文学中风景的发现现场。一方面是他的"五四"初期的小说中创生了中国现代小说中最早的风景描写，另一方面，郁达夫的山水游记是现代作家最典型的描写风景的散文。到了30年代郁达夫更写了大量的游记，不仅成了更自觉的行为，而且一度有资本和政府的介入，是一种策划，最终问世的是文人与资本的结合所催生的有导游性质的游记。1933年秋，杭江铁路——从钱塘江起，经过萧山、诸暨、义乌、金华、江山等地，最终到江西的玉山，全长333公里——即将通车，杭江铁路局邀请郁达夫先乘为快，沿着新开辟的铁路在浙东遍游，最后写出游记由杭江铁路局出版，算作"杭江铁路导游丛书"的一种。按郁达夫自己后来在《二十二年的旅行》一文中比较谦虚的说法，是"虽在旅行，实际上却是在替铁路办公，是一个行旅的灵魂叫卖者的身分"。

但对铁路局来说，其实是非常有眼光的举措，就像有人说冯小刚的电影《非诚勿扰》一放，至少火了（也有人说是糟蹋了）两个地方，一是杭州的西溪，一是北海道北部的钏路网走一带。从网上可以看到网友贴上去的北海道的照片，不少地方都竖起中文广告牌，写着"《非诚勿扰》拍摄地"。杭州西溪曾经是文人雅士喜欢的地方，如张岱写杭州的笔记，郁达夫写杭州的散文，都涉及过西溪。如郁达夫的《西溪的晴雨》，写郁达夫陪源宁看罢西湖又去西溪，曾经担任过北大英语系主任的温源宁有个评价："今天的西溪，却比昨日的西湖，要好三倍。"说句学术玩笑，温源宁发明了一种比较风景测量学，只是不知道这个"三倍"是怎么算出来的。当年的文人墨客其实最喜欢西溪这样的地方，不过普通游客对西溪可能就不够了解了。而电影《非诚勿扰》一放，西溪马上就人满为患，好像全中国的人都跑去西溪了。所以在消费主义时代，风景的发现主要借助于或者说依赖于影视的媒介。

郁达夫为杭江铁路导游写的游记说明了现代风景与旅游文化之间的必然关系。铁路局很懂得郁达夫的文人游记会带来旅游效益。资本的运作其实已经参与到了风景的发现之中。今天各地的所谓旅游搭台，文化唱戏，也是这种思路。还有一种是作家笔会，各个地方经常搞，请一些作家来，游山玩水，好吃好喝地招待，总有几个受到款待之后过意不去的作家写写当地的风土人情和山水名胜，在各类杂志的每期后半部分刊载，这就是今天的地方风景的发现的惯常模式。

以后的两三年中，郁达夫又陆续出游，自称把浙江的山水差不多走到了十分之六七了，出版了一册《屐痕处处》的游记总集。郁达夫因此也就以游记散文和散文中的风景描写在现代散文史上占据了独一无二的位置。

郁达夫的这类风景游记最突出的特点，是沿袭了山水"人文化"和山水"文人化"的游记传统。散文中多引用古代名人的笔记和游记，引大量诗词联语入文，也多引地方志，并经常把所见风景比附山水画。郁达夫写风景散文的时候，感受风景的方式和文字受传统文人的影响自然比较大，是可以在传统风景游记散文的脉络中讨论的。其中风景的"人文化"和"文人化"是密切关联在一起的问题视野。

卞之琳的长篇小说《山山水水》中有一个细节，写女主人公林未匀入蜀，经过三峡时对三峡风景有个评价：

> 三峡里的层岩叠嶂，悬崖峭壁如牛肝马肺峡，风箱峡等在未匀都不如预想的那么喜欢，除非它们附带有历史上的传说。

这里传达的是一个比较共通的风景体验，很多风景名气很大，但身临其境却经常感到不过如此。而风景的知名往往是因为负载了历史传说。这就涉及了中国风景传统的一大特征，即风景的人文化与文人化。你去登泰山就可以知道，泰山已经完全不是自然意义上的名山，而承载着历史、政治和人文的深厚内涵，从帝王权贵到文人墨客，都在石头上题词，普通百姓也不甘寂寞，也刻上到此一游，一路上看到的都是题词和题诗，差不多把能刻字的地方都填满了。山水文人化的传统具体表现之一就是山水形胜之地的大量题诗，其中当然是文人占了大部分，这就是山水与文人之间建立的深厚情谊。所以江山与文人两者间的关系是相互依存的关系，不仅仅是文人墨客需要寄情山水，山水也需要文人的题咏和赞颂。比如1935年郁达夫写过一首《咏西子湖》的诗：

> 楼外楼头雨似酥，
> 淡妆西子比西湖。
> 江山也要文人捧，

堤柳而今尚姓苏。

郁达夫的意思是，西湖的苏堤、白堤都是以文人命名的。而一句"江山也要文人捧"，正道出了江山与文人的相互依存关系。

郁达夫的山水游记正反映了这种山水的"文人化"，如他最著名的《钓台的春昼》。钓台首先是由于严子陵垂钓富春江而知名，而我们今天知道钓台，也同时因为郁达夫的这篇《钓台的春昼》：

我当十几年前，在放浪的游程里，曾向瓜州京口一带，消磨过不少的时日。那时觉得果然名不虚传的，确是甘露寺外的江山，而现在到了桐庐，昏夜上这桐君山来一看，又觉得这江山之秀而且静，风景的整而不散，却非那天下第一江山的北固山所可与比拟的了。真也难怪得严子陵，难怪得戴征士，倘使我若能在这样的地方结屋读书，以养天年，那还要什么的高官厚禄，还要什么的浮名虚誉哩？

从钓台下来，回到严先生的祠堂——记得这是洪杨以后严州知府戴槃重建的祠堂——西院里饱啖了一顿酒肉，我觉得有点酩酊微醉了。手拿着以火柴柄制成的牙签，走到东面供着严先生神像的龛前，向四面的破壁上一看，翠墨淋漓，题在那里的，竟多是些俗而不雅的过路高官的手笔。最后到了南面的一块白墙头上，在离屋檐不远的一角高处，却看到了我们的一位新近去世的同乡夏灵峰先生的四句似邵尧夫而又略带感慨的诗句。夏灵峰先生虽则只知崇古，不善处今，但是五十年来，像他那样的顽固内容的亡清遗老，也的确是没有第二个人。比较起现在的那些官迷的南满尚书和东洋宦

> 婢来，他的经术言行，姑且不必去论它，就是以骨头来称称，我想也要比什么罗三郎郑太郎辈，重到好几百倍。

文中的戴征士就是戴安道戴逵，夏灵峰是清末民初的国学家，邵尧夫是北宋理学家邵雍，从这个点名簿你就可以知道，钓台是中国山水中最能体现文人化特征的风景胜地。

文人化的传统使山水游记中不存在纯粹的山水自然风景。山水有了文化和文人的附加值，也说明在文学中，山水的纯粹的或者说独立的价值是不存在的。人文内涵就是附加在山水之上的累赘，比如中国各地都擅长给风景附加上各种各样的传说，尤其是给风景起各种象形性的名字，像张家界，有的风景来不及取名，就立块牌子向游客征集。张家界开发没有多少年，但是一路上的风景都给变出了传说，否则导游一路上就没话可说了，事关饭碗问题，堪称兹事体大。

所以虽然山水风景在游记中是最重要的书写元素，甚至占据了中心位置，但是山水风景的独立价值却是可以怀疑的。换句话说，没有完全独立的风景，既然是人观照出来的，同时也是人在观照，就必然有人的主体的介入，最终形成的是风景的"人文化"的传统，恰像郁达夫的山水游记所表征的那样。因此郁达夫的风景散文中蕴含了可以深入阐释的文化症候性。

四、拟像的风景

刚才提到一个人风景的启蒙，和风景意识的觉醒，可能是一个后天的心理和感觉的熏陶的结果，甚至是一个文化建构的过程。

此外，风景意识的自觉单靠文字阅读和文字引起的想象，也是不够的。因为风景诉诸的是人的视觉，只有真正凭自己的眼睛经历了真正的风景，才可能有风景意识的萌生和觉醒。今天我们在电影电视风光片里能看到一辈子也不见得会去的遥远的地方的风景，互联网上和微信朋友圈里的风景图片更是应有尽有。但是仅有这种借助于媒介看风景的方式也是不够的，因为我们看到的依然是鲍德里亚所谓的拟像，是第二自然，而不是面对面的身临其境的真正的风景。《读书》杂志2004年第4期的《编辑手记》谈到文德斯——《柏林苍穹下》《德克萨斯的巴黎》以及一系列公路电影的导演——的一个摄影展："维姆·文德斯同时也在追随洪堡的理念：只有亲历遥远的世界并近观之，才能即使身在遥远，也看得见它近在咫尺的模样。"洪堡告诉人们，观看拟像的风景，与亲历遥远的风景，是两种不同的观照风景的方式。

由此我们发现，在郁达夫的散文和小说中有一种关于风景的矛盾意识，既有他自己曾经近观的身临其境的风景，也有只是明信片上看过的拟像的风景。

讨论郁达夫的风景意识，可能首先要回到他童年时代的故乡风景，郁达夫对风景的体味在《沉沦》中就有自叙传式的追溯：

> 他的故乡，是富春江上的一个小市，去杭州水程不过八九十里。这一条江水，发源安徽，贯流全浙，江形曲折，风景常新，唐朝有一个诗人赞这条江水说"一川如画"。他十四岁的时候，请了一位先生写了这四个字，贴在他的书斋里，因为他的书斋的小窗，是朝着江面的。虽则这书斋结构不大，然而风雨晦明，春秋朝夕的风景，也还抵得过滕王高

阁。在这小小的书斋里过了十几个春秋,他才跟了他的哥哥到日本来留学。

"一川如画"出自唐代诗人吴融的《富春》。郁达夫肯定还熟读描写富春江更有名的吴均的《与朱元思书》:"风烟俱净,天山共色。从流飘荡,任意东西。自富阳至桐庐,一百许里,奇山异水,天下独绝。"自然山水与古典诗文一起塑造了郁达夫少年时期的风景意识。此后郁达夫的风景自觉,还与留学日本的经验有关。他在《海上——自传之八》中说:

> 我的喜欢大海,喜欢登高以望远,喜欢遗世而独处,怀恋大自然而嫌人的倾向,虽则一半也由于天性,但是正当青春的盛日,在四面是海的这日本孤岛上过去的几年生活,大约也发生了不可磨灭的绝大的影响无疑。

郁达夫尤其对轮船经过日本的内海——濑户内海——时所见的风景特别赞叹,称濑户内海"四周如画,明媚到了无以复加","蓬莱仙岛,所指的不知是否就在这一块地方,可是你若从中国东游,一过濑户内海,看看两岸的山光水色,与夫岸上的渔户农村,即使你不是秦朝的徐福,总也要生出神仙窟宅的幻想来"。

因此,我们可以说,郁达夫有着丰富的亲历风景的阅历。但是,当郁达夫在小说和散文中动用自己的阅读资源,把所看到的风景与书本和照片中接触到的风景进行类比时,他对比的却往往都是他并没有亲眼见过的西方风景,即所谓的拟像中的风景。拟像的风景就是媒介上所再现的风景,是经过他人观照过的风景,是风景的人文化,比如郁达夫提及的米勒、伦勃朗的风景绘画,还有西方风景明信片上的图像,都是风景的再造,是第二自然,其实已经表征了风景观的非自然性,往往内置了一种意识形态化的风景装置。

居伊·德波在《景观社会》中认为:"世界已经被拍摄。"发达资本主义社会已进入影像物品生产与物品影像消费为主的景观社会。景观已成为一种物化了的世界观,而景观本质上不过是"以影像为中介的人们之间的社会关系"。而我们通常经历风景,也往往是先看图片和影视作品,然后才有可能在旅游的时候看到真实的风景。所以往往是想象在先,实景在后,先吃过猪肉,再看到猪跑。比如对于我这个北方人来说,去江南之前都因为古典诗文和现代作品而对江南有了自己的想象图景,闭上眼睛眼前就有个江南的形象。我特别喜欢的是辛弃疾的一句词:"落日楼头,断鸿声里,江南游子,把吴钩看了,阑干拍遍,无人会,登临意。"把江南想象、游子情怀和落寞心绪融为一体。我在大三结束的暑假去扬州实习,民间文学教研室组织我们去民歌采风。实习结束后我一个人往南京无锡苏州杭州玩了一次,可以说见识了真正的江南。但奇怪的是,回北京以后再看到江南的意象,再提起江南,闭上眼睛,脑海里的江南仍是我从前想象中的那个图景,与我亲历过的现实中的江南一点关系也没有。以前大脑硬盘中的江南图景没法格式化,无法替换了。所以这种第二义的自然与文化想象图景,其实是很顽固地盘踞在记忆和心理结构中。拟像的力量也正在此。

而郁达夫展示给我们的风景,也正是经过了西方文化背景洗礼的文化意义上的风景,而不是纯粹原生的自然的风景,看两个例子:

> 他住的山顶向南方看去,眼下看得出一大平原。平原里

的稻田,都尚未收割起。金黄的谷色,以绀碧的天空作了背景,反映着一天太阳的晨光,那风景正同看密来(Millet)的田园清画一般。他觉得自家好像已经变了几千年前的原始基督教徒的样子,对了这自然的默示,他不觉笑起自家的气量狭小起来。(《沉沦》)

风景的阐释和意义是从米勒的田园清画那里来的,或者说是借助于米勒的田园清画郁达夫才能为自己看到的实景赋予深度。风景的景深处是一种借来的深度和意义。

> 我觉得苏州城,竟还是个浪漫的古都,街上的石块,和人家的建筑,处处的环桥河水和狭小的街衢,没有一件不在那里夸示过去的中国民族的悠悠的态度。这一种美,若硬要用近代语来表现的时候,我想没有比"颓废美"更适当的了。
> (《苏州烟雨记》)

这里的"近代语"是日语的表述,就是"现代"的意思。借助于这个"近代语","中国民族的悠悠的态度,这一种美"就被纳入西方的现代性的颓废美学谱系中,而赋予了新的阐释意义。

在散文游记中,郁达夫也总喜欢把中国的风景与西方类比,比如把福建闽江譬作中国的莱茵。见到了南国的海港以及"海港外山上孤立着的灯塔与洋楼,我心里倒想起了波兰显克微支的那一篇写守灯塔者的小说,与挪威伊孛生的那出有名剧本《海洋夫人》里的人物与剧情。"在《浙东景物纪略》中,看到一排疏疏落落的杂树林,就与"外国古宫旧堡的画上所有的那样的那排大树"相比较;"玉山城里的人家,……沿城河的一排住宅,窗明几净,倒影溪中,远看好像是威尼斯市里的通衢。"而浙东之行的结尾,念着戴叔伦的一句诗"冰为溪水玉为山","觉得这一次旅行的煞尾,倒很有点儿像德国浪漫派诗人的小说"。

不能把郁达夫这些与外国风景的比附完全看成是炫耀知识,而是其中有一种不自觉的心理,觉得只有与西方风景攀上关系,才能增加本土风景的分量。留过洋的海归们都有这种习惯,如郁达夫散文《出昱岭关记》,写一行人到了安徽绩溪歙县的一个村子:

> 出关后,已入安徽绩溪歙县界,第一个到眼来的盆样的村子,就是三阳坑。四面都是一层一层的山,中间是一条东流的水。人家三五百,集处在溪的旁边,山的腰际,与前面的弯曲的公路上下。溪上远处山间的白墙数点,和在山坡食草的羊群,又将这一幅中国的古画添上了些洋气,语堂说:"瑞士的山村,简直和这里一样,不过人家稍为整齐一点,山上的杂草树木要多一点而已。"

我感觉不到为什么"溪上远处山间的白墙数点,和在山坡食草的羊群"会给"这一幅中国的古画添上了些洋气",可能郁达夫的目的是要引出林语堂的那番话。

从这些文本的例子中我们可以看出,郁达夫描述风景意蕴时是借助于拟像的方式,比附的是米勒的画,是外国古宫旧堡的画,是作品中阅读到的西方的风景名胜,都不是与真实的风景比照。在某种意义上说,真实的风景本身并没有"意义",意义是人为赋予的,是阐释出来的。

当然,拟像中的风景也是一种风景,对图片上的风景的欣赏也是欣赏,但是在郁达夫这里,真正的问题是,与西方的比照暴露出了作者的资源,也暴露了郁达夫建构知识的方式:从苏州城见出的"颓废美"显然是借助西方的有色眼镜观照的结果。因此,悖论恐怕便隐含其中:这种"东方民族性的颓废荒凉的美"正是郁达夫借助于他者的眼光透视出来的。套用柄谷行人的概念,是借助于现代性的装置,一种现代性的透镜看到的镜像。同时,风景也成为他者的目光所阐释的风景,而丧失了自己的本土自足性。所以在这里显示出一种风景与权力的相关性。而这一点,在郁达夫炫耀知识的同时恐怕是没有意识到的。一方面,是郁达夫只有借助于西方知识和资源,才能在眼前的东方风景中看出米勒和颓废之美,另一方面,东方的风景也只有经过西方的印证才似乎得到命名和表达,进而获得文化和美学的价值。再看一段《沉沦》中的描写:

> 呆呆的看了好久,他忽然觉得背上有一阵紫色的气息吹来,息索的一响,道旁的一枝小草,竟把他的梦境打破了,他回转头来一看,那枝小草还是颠摇不已,一阵带着紫罗兰气息的和风,温微微的喷到他那苍白的脸上来。在这清和的早秋的世界里,在这澄清透明的以太(Ether)中,他的身体觉得同陶醉似的酥软起来。他好像是睡在慈母怀里的样子。他好像是梦到了桃花源里的样子。他好像是在南欧的海岸,躺在情人膝上,在那里贪午睡的样子。

这里的风景其实已经不再单纯。"紫罗兰"明显带有西方风情,使人想起衣修武德著,卞之琳40年代翻译的《紫罗兰姑娘》。爱默生在《论自然》中有一句话:"大自然心甘情愿地用玫瑰花和紫罗兰铺设人类走过的道路。"爱默生说的是"人类",但实际上用玫瑰花和紫罗兰铺设的路是西方人所走的道路,紫罗兰是典型的西方之花,是歌德的花。郁达夫曾经在散文《一封信》中说:"你看歌德的诗多肉麻啊,什么'紫罗兰吓,玫瑰吓,十五六的少女吓'。"但是郁达夫可能没有想到首先肉麻的大约是他自己。因为"紫罗兰","玫瑰","十五六的少女"也是郁达夫经常写的东西。所以《沉沦》中涉及的"紫罗兰"意象堪称是透露文本信息符码的值得分析的花朵类的道具。

在这段值得细读的文本中,也许只有"桃花源"意象是中国本土的,此外"以太"(Ether)是郁达夫留学时代正风靡世界的西方科学史概念,所以"以太"这个词汇入小说,意味着一种科学精神对文学的渗入。郁达夫把"以太"这一源于希腊文的英文形式——"Ether"——也附在文中,强调的正是它的西方性与科学性。而在海岸躺在情人膝上则又是"南欧"风情。这里的西方已经是很具体化了,只能是南欧。如果是北欧就无法躺在情人膝上贪午睡了,可能是卧在冰雪上看北极光了。而"背上插着了翅膀,肩上挂着了弓箭"的一群小天神,也是希腊神话中的神。所以这里的风景其实已经经过西方文化洗礼过。因此风景是非常景观化和人文化的,渗透的是意识形态,背后涉及着一种福柯意义上的权力关系。

关于风景与权力的关系,张箭飞教授在《感知、视角和权力——论沈从文的湘西风景》中的论述值得参考:

> 既然风景是"看"出来的,那么"看"就成为一种审美姿态,进而成为一种文化权力的实践。……实际上,中西风景

审美史里，唱主角的基本都是具有文化资源的人。惟有他们，依仗良好的艺术修养，才会选择恰当的视角，把不同的、分散的景物组织成一幅"图画"，而这幅图画往往与他们以前看过的某幅风景画的构图和意韵"吻合"。基于这个普遍的事实，马克思主义学派的风景史学家安·伯明翰（Ann Bermingham）宣称风景是"一种意识形态的阶级的观看"。显然，"看"作为把握景物的方式已被权力化了。

郁达夫的风景也许没有这种自觉的权力意识，但是在把中国风景与西方进行比对的同时，多少印证了西方现代性在郁达夫留学和写作时代的强势影响。而从本体论的意义上说，风景问题还涉及了人们如何观照自然、山水甚至人造景观的问题，以及这些所观照的风景如何反作用于人类自身的情感、审美、心灵甚至主体结构，最终则涉及人类如何认知和感受自己的生活世界问题。

因此，当深入追究风景背后的意识和主体层面，郁达夫的风景意识便呈现出复杂性甚至悖论性，进而在某种意义上也印证了米切尔在《风景与权力》导论中所指出的风景研究在20世纪所经历的两个思潮："沉思性的"，"阐释性的"。而郁达夫创作中的风景的这种可"阐释性"正是与西方风景进行历史性对话的结果。

在这个意义上，我们似乎可以在"沉思性的"，"阐释性的"之外，再进一步生成风景意识中一个新的维度，即反思性的维度。通过风景问题，我们不是单纯认同某种风景意识，重要的是风景背后有主体，既是个人性的审美主体，也是文化甚至国族主体，同时也有认知模式，或者说认知的机制，通过对认知主体和机制的考察，可以建立比较风景学的反思视野。比如在郁达夫的风景观中,我们可以反思的问题就非常多,既有柄谷行人所谓的现代性装置对他的风景意识的制约,也有古典文学机制的渗透,是文人化的传统意识渗透的结果,同时我们还可以看出,现代风景的发现,不仅仅属于风景问题,而有意识形态的渗入,同时还有更重要的资本的渗入。尤其在今天,谁能欣赏风景和占有风景?资本和权力都在起作用。比如只有亲临风景,才能见识真的风景。我们需要再重温一下洪堡的理念:"只有亲历遥远的世界并近观之,才能即使身在遥远,也看得见它近在咫尺的模样。"但是谁能到遥远的世界并近观之?谁又只能在电视前借助旅游频道观看风景?比如我的岳父,我和妻子一直想带岳父岳母出国游一次,但是屡遭拒绝,原因之一是岳父早已经在旅游频道把外国风景看个遍,我们自己打算出国玩一次,都是先咨询岳父应该去哪里。但是从电视上用目光进行虚拟的旅游能替代亲身的游历吗?至少洪堡不是这样认为。但是在今天,谁更有机会欣赏风景和占有风景?普通老百姓的旅游热的兴起意味着他们可以在世界各地真正欣赏到风景吗?他们欣赏到的是怎样风景?为什么驴友们对跟团旅游不屑一顾?背后关涉了一系列诸如怎样界定风景,去哪里看风景,谁能看到真正的风景等问题。而其中可以说旅游经济、文化美学、资本权力都在起作用。背后是以风景为起点的现代化认知装置、全球化风景市场与资本意识形态的博弈的过程。

(本文为 2016 年 12 月 13 日于上海大学所作的讲座)

废名的踪迹

一

文学史家通常既把废名视为京派小说的鼻祖，同时又把他定位为自成一家的小说名家。废名的小说尤其以田园牧歌的风味和意境在中国现代文学史上别具一格。他的短篇小说集《竹林的故事》《桃园》、长篇小说《桥》等都可以当作诗化的田园小说来读，这些小说以未受西方文明和现代文明冲击的封建宗法制农村为背景，展示的大都是乡土的老翁、妇人和小儿女的天真善良的灵魂，给人一种净化心灵的力量。他的这类小说，尤其受传统隐逸文化的影响，笼罩了一种出世的色彩，濡染了淡淡的忧郁与悲哀的气氛。因此周作人在给废名的《桃园》作跋中说，"废名君小说中的人物，不论老的少的，村的俏的"，都在一种悲哀的空气中行动，"好像是在黄昏天气，在这时候朦胧暮色之中一切生物无生物都消失在里面，都觉得互相亲近，互相和解。在这一点上废名君的隐逸性似乎是很占了势力"。

这种朦胧暮色所笼罩的田园牧歌的所在地就是废名的故乡湖北黄梅，这也是他寓居北京时期时时回眸的地方。废名创作的一系列小说——小说集《竹林的故事》（1925）、《桃园》（1928）、《枣》（1931），长篇小说《桥》（1932）、《莫须有先生坐飞机以后》（1947）等——也大都以自己的故乡作为题材抑或背景。他从 30 年代开始集中创作的一些散文中，也每每向故乡的童年生活回眸，这些别致的散文所状写的儿时旧事，完全可以与小说中的乡土事迹进行比照。这是一个有着独特的文学之美的乡村世界。30 年代的沈从文对废名作品中作为文学世界的故乡有如下描述：

> 作者的作品，是充满了一切农村寂静的美。差不多每篇都可以看得到一个我们所熟悉的农民，在一个我们所生长的乡村，如我们同样生活过来的活到那地上。不但那农村少女动人清朗的笑声，那聪明的姿态，小小的一条河，一株孤零零地长在菜园一角的葵树，我们可以从作品中接近，就是那略带牛粪气味与略带稻草气味的乡村空气，也是仿佛把书拿来就可以嗅出的。(《论冯文炳》)

同样在文本中建构了另一个乡土田园世界——湘西边城的沈从文，是从"乡村空气"的角度进入废名的文学创作的，这种视角与周作人不谋而合。两个论者都从废名的作品中嗅到了某种空气，沈从文的"略带牛粪气味与略带稻草气味的"的说法更贴近废名营造的原生态的质朴而淳厚的乡野气息，而周作人则捕捉到废名小说中淡淡的悲哀的色彩和氛围。如果说沈从文看到的是一个令他感到真实而亲切的乡土，那么周作人所表达的，则是对这一乡土世界必然失落的怅惘的预感。周作人把废名的田园小说，推溯到中国传统隐逸文化的背景中，因而看出废名的田园世界笼罩了一种出世的色彩，从而也就纠缠了一丝淡淡的忧郁与悲哀。废名的大部分以故乡为背景的创作，都能印证周作人的上述论点。

如果说，《竹林的故事》《河上柳》《菱荡》等短篇小说中更令读者嗅到"略带牛粪气味与略带稻草气味的乡村空气"，那么，长篇小说《桥》中则更浸透着一种世外桃源般隐逸的空气。

《桥》于1925年开始写作，前后延续了十余载，所以人们说废名"十年造桥"，《桥》由此也成了废名最是精雕细刻的作品。这部小说没有总体上的情节构思和连贯的故事框架，通篇由片断性的场景构成。男主人公小林和两位女主人公琴子、细竹虽然构成了经典的三角恋爱模式，但彼此间的关系远没有《红楼梦》中宝、钗、黛三人间那么复杂，小说的每一章写的几乎都是读书作画，谈禅论诗，抚琴吹箫，吟风弄月，每一章独立成段落。这一切使《桥》逸出了经典意义上的小说成规，因此，评论家都从诗化特征的角度分析这部小说，如灌婴称"这本书里诗的成分多于小说的成分"。朱光潜也认为："《桥》里充满的是诗境，是画境，是禅趣。每境自成一趣，可以离开前后所写境界而独立。"[1]

而《桥》的隐逸色彩则表现在它有一种田园牧歌的情调，使人联想起陶渊明的《桃花源记》，30年代即有评论者称它是"在幻想里构造的一个乌托邦。……这里的田畴，山，水，树木，村庄，阴，晴，朝，夕，都有一层缥缈朦胧的色彩，似梦境又似仙境。这本书引读者走入的世界是一个'世外桃源'"[2]。但废名倾情讲述的毕竟不是真正的桃花源故事，小说中的田园视景尽管不乏诗化的韵味与出离尘寰的格

---

[1] 孟实（朱光潜）：《〈桥〉》，载《文学杂志》，1937年第1卷第3期。
[2] 灌婴：《〈桥〉》，载《新月》，1932年第4卷第5期。

调,却同时也像沈从文所说的那样混合了牛粪与稻草的气息,或许这才是令废名魂牵梦绕的真实的乡土。流泻在废名笔下的,就是那浸透着牛粪与稻草气味的,既零散又无序的儿时乡土的断片化记忆。

废名的以乡土为题材的小说中也留下了废名自己的成长痕迹。小说《桥》中的小林的形象就拖曳着废名童年的影子。《桥》中写到的"万寿宫"就是主人公小林儿时经常光顾的地方。

> 万寿宫在祠堂隔壁,是城里有名的古老的建筑,除了麻雀,乌鸦,吃草的鸡羊,只有孩子到。后层正中一座殿,它的形式,小林比做李铁拐戴的帽子,一角系一个铃,风吹铃响,真叫小林爱。他那样写在墙上,不消说,是先生坐在那里大家动也不敢动,铃远远的响起来了。(《桥·万寿宫》)

小林写在墙上的,就是"万寿宫丁丁响"这几个字。关于这几个字,作家汪曾祺曾有过如此发挥:"读《万寿宫》,至程林写在墙上的字:'万寿宫丁丁响',我也异常的感动,本来丁丁响的是四个屋角挂的铜铃,但是孩子们觉得是万寿宫在丁丁响。这是孩子的直觉。孩子是不大理智的,他们总是直觉地感受这个世界,去'认同'世界。这些孩子是那样纯净,与世界无欲求,无争竞,他们对此世界是那样充满欢喜,他们最充分地体会到人的善良,人的高贵,他们最能把握周围环境的颜色、形体、光和影、声音和寂静,最完美地捕捉住诗。这大概就是周作人所说的'仙境'。"[1]

---

[1] 汪曾祺:《万寿宫丁丁响——代序》,见《废名短篇小说集》,湖南文艺出版社,1997年1月第1版。

汪曾祺因此说废名的小说"具有天真的美",这反映了废名本人也是个大有童心之人,而这种天赋的童心才是废名得以进入儿童世界并从中发现童心之可贵的真正原因。在《万寿宫》这一章中,小说叙述者称如果你走进曾被用作孩子们的私塾的祠堂,"可以看见那褪色的墙上许多大小不等的歪斜的字迹。这真是一件有意义的发现。字体是那样的孩子气,话句也是那样孩子气,叫你又是欢喜又是惆怅,一瞬间你要唤起了儿时种种,立刻你又意识出来你是踟蹰于一室之中,捉那不知谁的小小的灵魂了。"这种"有意义的发现"正是儿童世界的发现,在"孩子气"中有"小小的灵魂"。废名称童心"无量的大",这种童心的发现获得了近乎于发生学的本体性意义。这是对儿童心灵的自足性的确认,其中既有人类学的意义,也有诗学的价值。它显示了一种儿童的认知方式以及儿童观察和感觉世界的视角,为人们展现出一个非常别致的世界。

二

1937年抗战的爆发改变了当时作为北京大学讲师的废名象牙之塔里的生活。按规定,北京大学只有副教授以上职称的教师才有资格去西南联合大学,废名则回到了老家湖北黄梅。经历了多次挈妇将雏弃家"跑反"的流徙,终在1939年,凭借从亲属那里借到的三元钱旅资,辗转到了一个乡村学校——金家寨小学教国语。半年后又赴临时设在五祖寺的黄梅县中学教英语,抗战胜利后才得以重返北大任教。1947年,应《文学杂志》的编者朱光潜之邀,废名创作了以自己故乡避难生活为背景的长篇小说,从1947年6月到1948年11月在《文学杂志》连载,于是,就有了《莫须有先生坐飞机以后》(以下简称《坐飞机以后》)的面世。

当年第一次读《坐飞机以后》之前的心理期待,是预期看到一部乡土乌托邦的图景,看到乱世中难得的世外桃源般的时光,正像废名的《桥》勾勒的是田园牧歌的理想国图式那样,或者像出自废名对自己在北京西山居住经历的摹写的小说《莫须有先生传》(1932年),描画的是一种出离尘寰般的隐居生活。然而废名在《坐飞机以后》中的变格,着实令我吃惊。小说中的"莫须有先生"的形象当是《莫须有先生传》中的传主形象的赓续。而1932年版的《莫须有先生传》中的莫须有先生形象是一个颇有点儿像堂吉诃德的喜剧人物,"对当时的所谓'世道人心',笑骂由之,嘲人嘲己,装痴卖傻,随口捉弄今人古人,雅俗并列"[1]。废名创作这部小说时带有几分"涉笔成书"的游戏态度,尤其大肆玩弄即使在21世纪看来也有超前性的先锋叙述,但它除了叙述和文字的快感外,在内涵方面是较为空洞的,称《莫须有先生传》只是一部语言游戏和叙述游戏也不过分。所以到了40年代,连莫须有先生本人对当初的自己也表示不甚满意,在《坐飞机以后》的"开场白"中莫须有先生即表示"我现在自己读着且感着惭愧哩",《莫须有先生传》是自恋的镜像,是孤独的呓语。鲁迅当年称废名"过于珍惜他有限的'哀愁'","只见其有意低回,顾影自怜之态"[2],是大体准确的评价。1947年的废名还称《莫须有先生传》中的"事实也都是假的,等于莫须有先生做了一场梦",而《坐飞机以后》则"完全是事实,其中五伦俱全,莫须有先生不是过着孤独的生活了"。当然40年代的

---

[1] 卞之琳:《冯文炳选集·序》,《新文学史料》,1984年第2期。
[2] 鲁迅:《〈中国新文学大系〉小说二集序》,《鲁迅全集》第6卷,人民文学出版社,1981年,第244页。

莫须有先生依旧像《莫须有先生传》中一般自鸣得意，夸夸其谈，自我膨胀，但是这部新小说总体上看的确是废名极力声明的一部写实性的"传记文学"，除了莫须有先生这个名字是"莫须有"的之外，小说更接近于信史而远离虚构作品，基本上可以当作废名故乡避难生活的传记来看。而充斥于小说中的莫须有先生的长篇大论也值得我们从思想史的角度去认真对待，小说由此堪称是一部中国知识分子历经颠沛流离的战乱生涯的另类心史，是废名在小说中一再提及的"垂泣而道"之作，在某些段落可谓是忧愤之书，甚至可以说是像当年鲁迅那样忧愤深广。废名极力使读者改变对30年代那个疯癫癫的莫须有先生的印象，以期引起读者对小说中的宏论充分重视，正是因为小说中表达的是废名在整个抗战期间避难乡间从事的思考，其中的思想大多关涉国计民生，伦理教育，生死大义，道德信仰，是从底层和苦难生活中逼出来的活生生的念头，而非象牙塔中的凭空玄想。我的以为废名在故乡过着隐士般生活的预期压根儿就是错的，正如小说所写："莫须有先生现在正是深入民间，想寻求一个救国之道，哪里还有诗人避世的意思呢？"抗战阶段归乡避难反而给他提供了一个重新考察乡土民生和社会现实的历史机缘。小说由此呈现了与普通百姓打成一片的知识分子的真实处境，传达了深入民间之后的沉潜的思索。我正是从一个作家的心灵历史和思想自传的角度看待这部小说，而这也恰恰符合废名对读者的要求。他一再声称"本书越来越是传记，是历史，不是小说"，读者也需要调整阅读心态，把莫须有先生的诸多惊世骇俗之论，看成是肺腑之言与庄重之语，是战时废名潜心思索的如实传达。其中的观念取向有些是当时知识界普遍共享的，有些则颇不合时宜，是独属于废名的观念和思想。虽然这些思想从形态上讲无疑是小说家言,既显得另类,又显得驳杂,并无系统性,但仍不失为考察40年代知识分子思想转变的一个案例。其历史价值尚不在废名所标榜的"它可以说是历史,它简直还是一部哲学",而在于它的真实性。当我们把小说当成作家真实经历和思想的"写实"性纪录,并从观念和价值层面进行观照,《坐飞机以后》就构成着40年代中后期中国知识分子多元思想取向的一部分,展示出颠沛流离的战争生涯带给中国知识者的新的复杂的历史视野。

战争带给废名一家最直接的经验首先是"跑反"。废名故乡的"跑反"堪比汪曾祺描述的在大后方昆明的"跑警报",却更多一些久远的历史。"跑反"这两个字"简直是代代相传下来的,不然为什么那么说得自然呢,毫不须解释?莫须有先生小时便听见过了,那是指'跑长毛的反'。总之天下乱了便谓之'反',乱了要躲避谓之'跑反'。这当然与专制政体有关系,因为专制时代'叛逆'二字翻成白话就是'造反',于是天下乱了谓之'反'了……而且这个乱一定是天下大乱,并不是局部的乱,局部的乱他们谓之'闹事'。'闹事'二字是一个价值判断,意若曰你可以不必闹事了。若跑反则等于暴风雨来了,人力是无可奈何的。他们不问是内乱是外患,一样说:'反了,要跑反了。'"废名在这里不厌其烦地解释"跑反"及"反"与"闹事"的区别,并不是热衷于辨析词义及其沿革,而是揭示一个在民间有长久积淀的语汇其历史内涵的丰富性。"跑反"已经成为民间的持久记忆以及战乱年代的恒常的生存方式,甚至蕴涵着乡民的生存哲学和智慧。在废名的描述中,跑反的不仅仅是人,相反,"人尚在其次,畜居第一位,即是一头牛,其次是一头猪,老头儿则留在家里看守房子,要杀死便杀死",反而有一种豁出去了的镇定,倒是跑反者每每谈"跑反"而色变。当然跑得次数多了就也并非总是惊慌失措,农人们在跑反的间歇依旧聚众打牌,或者在竹林间谈笑自若地纳凉,令莫须有先生很佩服他们的冷静。莫须有先生的儿子纯,就是在一次次跑反的经历中伴随着"牛的沉默猪的惶惑"一点点长大起来,逐渐也不用爸爸抱着,而能自己跑反了,最终则学会了把跑反当成新奇的"探访",每次到一个新的地方去避难,都感到兴奋和喜悦。当然孩子们更多获得的是"避难人的机警,不,简直可以说是智慧"。至于莫须有先生的逃难生涯则使得作为新文学作家的他神经更为敏感,脑细胞也特别活跃。逃难的过程中大脑里往往比平时充斥着更多的奇思异想,同时也激活了他的历史感,觉得"写在纸上的历史缺少真实性",而真正的历史是在眼前获得现实印证的历史。莫须有先生在跑反的路上,就把自己同民族历史真正联系了起来:

> 眼前的现实到底是历史呢?是地理呢?明明是地理,大家都向着多山的区域走。但中国历史上的大乱光景一定都是如此,即是跑反,见了今日的同胞,不啻见了昔日的祖先了。故莫须有先生觉得眼前是真正的历史。

这种把空间(地理)时间(历史)化,并在"今日的同胞"中晤面"昔日的祖先",都是一种特殊年代知识分子的特殊体验,只有借助战乱的经历才能获得。

三

前引《桥》的《万寿宫》一章中"先生坐在那里大家动也不敢

动"的一句描写,揭露了废名小时候私塾教育的冰山之一角。抗战爆发后,废名回到老家,直接在乡间从事小学教育,这种教书的经历构成了废名在《坐飞机以后》中对教育问题屡发宏论的资本。

废名对教育的反思是从乡土儿童教育开始的:"莫须有先生每每想起他小时读书的那个学塾,那真是一座地狱了。做父母的送小孩子上学,要小孩子受教育,其为善意是绝对的,然而他们是把自己的小孩子送到黑暗的监狱里去。"废名因而得出了"教育本身确乎是罪行,而学校是监狱"的论断,这与福柯在诸如《规训与惩罚》等著述中阐释的思想何其相似乃尔。莫须有先生称自己"小时所受的教育确是等于有期徒刑",并将他小时读《四书》的心理追记下来,则"算得儿童的狱中日记":

读"赐也尔爱其羊"觉得喜悦,心里便在那里爱羊。

读"暴虎冯河"觉得喜悦,因为有一个"冯"字,这是我的姓了。但偏不要我读"冯",又觉得寂寞了。

读"鸟之将死"觉得喜悦,因为我们捉着鸟总是死了。

读"在邦必闻,在家必闻","在邦必达,在家必达",觉得好玩,又讨便宜,一句抵两句。

……

莫须有先生以孩童在"狱中"无法压抑的童趣反衬"监狱"的黑暗,让读者认同所谓"小孩子本来有他的世界,而大人要把他拘在监狱里"以及把旧时代的儿童教育看成是"黑暗的极端的例子"的说法。然而时到今天,乡土儿童教育依旧看不到光明。抗战期间当莫须有先生归乡之后,依旧体验着"乡村蒙学的黑暗",看着孩子们做着"张良辟穀论"之类的八股文题目而不知所云,感到"中国的小孩子都不知道写什么,中国的语言文字陷溺久矣,教小孩子知道写什么,中国始有希望!"他自己则身体力行,贯彻自己的新的教育主张。一方面引进新的语法教学,一方面革新作文理念,大力提倡"写实",让孩子都有话说。他让"小门徒们"写荷花,写蟋蟀,读到一学生说他清早起来看见荷塘里荷叶上有一只小青蛙蹲在荷叶上一动也不动,"像羲皇时代的老百姓",就"很佩服他的写实",称"这比陶渊明'自谓是羲皇上人'还要来得古雅而新鲜"。

在这个意义上,似乎还可以把《坐飞机以后》看成是一部关于乡土教育的论述。

类似于蔡元培的美育思想,美育也构成了废名教育理念的一部分,并使他在日常生活中实践着人生审美化的理想。废名往往把审美情绪和审美经验引入日常世界,实现着审美和人生的统一。因此,《坐飞机以后》虽然以长篇大论为主导特色,但是依旧充盈着大量富于审美情趣的乡土日常生活的细节。废名在叙述乡居生活、逃难生涯,患难之际的天伦之乐、乡亲之谊时,也是趣味横生,童心依在。譬如小说中关于莫须有先生的两个孩子——慈和纯——"拣柴"的描写:

> 冬日到山上树林里拣柴,真个如"洞庭鱼可拾",一个小篮子一会儿就满了,两个小孩子抢着拣,笑着拣,天下从来没有这样如意的事了。这虽是世间的事,确是欢喜的世间,确是工作,确是游戏,又确乎不是空虚了,拿回去可以煮饭了,讨得妈妈的喜欢了。他们不知道爸爸是怎样地喜欢他们。是的,照莫须有先生的心理解释,拣柴便是天才的表现,便

是创作，清风明月，春华秋实，都在这些枯柴上面拾起来了，所以烧着便是美丽的火，象征着生命。莫须有先生小时喜欢乡间塘里看打鱼，天旱时塘里的水干了，鱼便俯拾皆是，但其欢喜不及拣柴。喜欢看落叶，风吹落叶成阵，但其欢喜不及拣柴。喜欢看河水，大雨后小河里急流初至，但其欢喜不及拣柴。喜欢看雨线，便是现在教纯读国语课本，见书上有画，有"一条线，一条线，到河里，都不见"的文句，也还是情不自禁，如身临其境，但其欢喜不及拣柴。喜欢看果落，这个机会很少，后来在北平常常看见树上枣子落地了，但其欢喜不及拣柴。明月之夜，树影子都在地下，"只知解道春来瘦，不道春来独自多，"见着许多影子真个独自多了起来，但其欢喜不及拣柴。

拣柴这一在乡土生活中寻常不过的场景被莫须有先生赋予了过多的美学和生命意蕴，而即如看打鱼，看落叶，看河水，看雨线，看果落，看树影，都是对寻常生活的审美化观照，表达的是生命中的惊喜感。

废名擅长的正是在日常生活中发现诗意，这里面体现的是一种观照生活的诗性倾向，同时融入了一种诗性的哲思，这一切，恐怕深深得益于废名对待生活的一种审美态度。拣柴的乡土细节中，充分表现了废名的艺术人生观。工作与游戏合一，背后则是审美观照，是诗性人生，欢喜人生，所以这里充分体现了废名对尘世的投入。废名的小说让我着迷之处正在他对日常生活世界的审美化观照。一旦把生活审美化，世间便成为废名所谓的"欢喜的世间"。这种"欢喜"，荡涤了废名早期淡淡的厌世情绪以及周作人所说的"悲哀的空气"。小说中也每每强调莫须有先生"是怎样地爱故乡,爱国,爱历史,而且爱儿童生活啊",这当然是废名的夫子自道,莫须有的形象在此昭示的是一个欢喜而执著地入世的废名。《坐飞机以后》中纪录了莫须有先生在除夕前一天进城采办年货而冒雪赶路,见一挑柴人头上流汗,便在道旁即兴而赋的一首白话诗:

> 我在路上看见额上流汗,
> 我仿佛看见人生在哭。
> 我看见人生在哭,
> 我额上流汗。

从艺术角度上看,这首"流汗"诗有游戏之作的意味,但是却表达了一个为他人的辛苦人生而感同身受的废名,一个如此贴近了乡土日常生活的更真实可爱的废名。

历经战乱的废名,其笔下的乡土记忆已经不再像"略带稻草气味"的早期那么纯然,已经又多了几许生之欢喜以及生之沉重,从而愈加丰富了中国的乡土记忆。

四

从文体学层面上说,从30年代的《桥》到40年代的《莫须有先生坐飞机以后》,都表现出废名卓尔不群的艺术品格。批评家刘西渭曾经这样评价废名:"在现存的中国文艺作家里面""很少一位像他更是他自己的。……他真正在创造,遂乃具有强烈的个性,不和时代为伍,自有他永生的角落。成为少数人流连忘返的桃源"[1]。这个让"少数人流连忘返的桃源",就是废名所精心建构的别开生面的小说世界。鹤西便称赞《桥》说:"一本小说而这样写,在我看来是一种创格。"[2]朱光潜把《桥》称为"破天荒"的作品:"它表面似有旧文章的气息,而中国以前实未曾有过这种文章。它丢开一切浮面的事态与粗浅的逻辑而直没入心灵深处,颇类似普鲁斯特与伍而夫夫人,而实在这些近代小说家对于废名先生到现在都还是陌生的。《桥》有所脱化而却无所依傍,它的体裁和风格都不愧为废名先生的特创。"[3]《桥》之所以是中国以前"实未曾有过"的文章,朱光潜认为主要的原因在于它摒弃了传统小说中的故事逻辑,"实在并不是一部故事书"。当时的评论大都认为"读者从本书所得的印象,有时像读一首诗,有时像看一幅画,很少的时候觉得是在'听故事'"。因此,如果为废名的小说追根溯源的话,废名可以说接续的是中国作为一个几千年的诗之国度的诗性传统,他在小说中营造了一个让人流连忘返的诗性的世界。在这个意义上说,废名堪称是中国现代"诗化小说"的鼻祖,从废名开始,到沈从文、何其芳、冯至、汪曾祺,中国现代小说史中能够梳理出一条连贯的诗化小说的文体线索。而废名作为诗化小说的始作俑者,为现代小说提供了别人无法替代的"破天荒"的创作。

如果说《桥》是"破天荒的作品",那么在《莫须有先生坐飞机以后》中,废名发明的也堪称是前无古人后无来者的文体——一

---

[1] 刘西渭:《〈画梦录〉——何其芳先生作》,《李健吾批评文集》,郭宏安编,珠海出版社,1998年10月第1版,第132页。
[2] 鹤西:《谈〈桥〉与〈莫须有先生传〉》,《文学杂志》,1937年8月1日第1卷第4期。
[3] 孟实:《桥》,《文学杂志》,1937年7月1日第1卷第3期。

种兼具哲理感悟和浓郁政论色彩的，以史传为自己的写作预设的散文体。以往偶尔涉及过《坐飞机以后》的评论都倾向于以"散文化小说"来定位《坐飞机以后》，唐弢即称"要说'五四'以来小说散文化，这是很有代表性的一篇"[1]。废名自己也称：

> 莫须有先生现在所喜欢的文学要具有教育的意义，即是喜欢散文，不喜欢小说。散文注重事实，注重生活，不求安排布置，只求写得有趣，读之可以兴观，可以群，能够多识于鸟兽草木之名更好；小说则注重情节，注重结构，因之不自然，可以见作者个人的理想，是诗，是心理，不是人情风俗。

废名在《坐飞机以后》中可谓是自觉地实践"注重事实，注重生活，不求安排布置，只求写得有趣"的"散文体"的写作。

但是废名的散文体又不同于现代其他具有散文化倾向的小说文体。为了承载史传功能，废名把散文体向更散的方向作去，以致形成了一种前所未有的散漫无际的大杂烩文体。可以说，借助这种大杂烩文体，他把自己抗战期间在乡下避难的全部思想，甚至战时写的那本佛学著作《阿赖耶识论》的断片，都一股脑儿塞到这部小说中了。也正因为他试图表达自己的议论和思想，如实记录避难生涯，所以以往如《桥》那样的小说的诗化框架和情节模式已经不能满足他了。《坐飞机以后》的大杂烩文体就给了他最大的自由。废名堪称找到了一种集大成的写作方式，集历史、文学、宗教、道德、教育、伦理于一炉，小说的内容五花八门，应有尽有，史论、诗话、传记、

---

[1] 唐弢:《四十年代中期的上海文学》,《文学评论》,1982年第3期。

杂感、典故、体悟、情境……都因此纳入小说之中。废名不仅超越了以往的自己，也超越了文学史，不仅为40年代，也可以说为整个中国文学史提供了一种他人无法贡献的文体形式。

五

废名的诗在现代新诗史上也是自成一格。在史家眼里，废名是30年代以戴望舒、卞之琳、何其芳为代表的"现代派"诗歌群体的一员，但却被视为现代派诗人群中最晦涩的一位[1]。这与周作人提供的说法也恰相吻合，周作人当年也称"据友人在河北某女校询问学生的结果，废名君的文章是第一名的难懂"[2]。不过，比起文章来，废名诗的晦涩则更是有过之而无不及，这也多少影响了废名在诗歌史上的声誉。或许可以说，废名作为一名诗人的声誉在很大程度上要得益于他的具有诗化特征的小说的烘托。卞之琳在80年代曾指出："他应算诗人，虽然以散文化小说见长。我主要是从他的小说里得到读诗的艺术享受，而不是从他的散文化的分行新诗。"[3]30年代评论界对废名小说《桥》表现出极大的热情也多半由于在小说中读到了更多的诗境，评论者似发现废名"到底还是诗人"[4]，不过这个结论却是基于他的小说而推导出来的。这恐怕与废名公开发表的诗作较少也不无关系。

废名的诗与小说有相得益彰的地方，都表现出哲理的冥想的特

---

[1] 参见蓝棣之：《现代派诗选》前言，人民文学出版社，1986年。
[2] 周作人：《〈枣〉和〈桥〉的序》，见《苦雨斋序跋文》，天马书店，1934年3月版。
[3] 卞之琳：《冯文炳选集》序，人民文学出版社，1985年。
[4] 鹤西：《谈〈桥〉与〈莫须有先生传〉》。

征。其诗歌中也每每有出尘之想。1927年废名卜居北京西山,从此开始长达五年的半隐居式的生活,其生活情境在《莫须有先生传》中可以略窥一斑。同时,废名也集中创作了一批新诗,诗中经常复现的,也正是一些"遗世""禅定""隐逸"等绝尘脱俗的意象。深山中禅定的形象,也堪称是废名的自画像,正如废名在这一时期创作的一首诗《灯》的开头一句所写:"人都说我是深山隐者"。又如这首《泪落》:

> 我佩着一个女郎之爱
> 慕嫦娥之奔月,
> 认得这是顶高地方一棵最大树,
> 我就倚了这棵树
> 作我一日之休歇,
> 我一看这大概不算人间,
> 徒鸟兽之迹,
> 我骄傲于我真做了人间一桩高贵事业,
> 于是我大概是在那深山里禅定,
> ……

诗人"慕嫦娥之奔月",结果到了一处出离人间,只有鸟兽出没的"顶高地方",并把这种"深山里禅定"视为"人间一桩高贵事业"。诗人自我设想的形象,正是这种"深山里禅定"的形象,一如朱光潜当年评论《桥》时所说的那样,是一个"参禅悟道的废名先生"[1]。朱光潜也正是从"禅"的角度论及废名的诗歌:"废名先生的诗不容

---

[1] 孟实:《桥》,《文学杂志》,1937年7月1日第1卷第3期。

易懂,但是懂得之后,你也许更惊叹它真好。有些诗可以从文字本身去了解,有些诗非先了解作者不可。废名先生富敏感的苦思,有禅家道人的风味。他的诗有一个深玄的背景,难懂的是背景。"[1]这个"深玄的背景",或许正是禅悟的背景,理趣的背景,它同时也构成了理解《莫须有先生传》和《桥》的背景:《桥》愈写到后面,人物愈老成,戏剧的成分愈减少,而抒情诗的成分愈增加,理趣也愈浓厚。"[2]这种"理趣"的追求发展到诗歌创作中,就有了"深山里禅定"的诗人形象。而且,这种"禅家道人的风味"在诗中不仅仅体现为深玄的背景,它构成了诗歌的总体氛围,透露着诗人的审美理想,同时又具体地制约着诗中所选择的意象。

废名小说《桥》中的出世情调和彼岸色彩在他的诗中也得到了更充分的印证,体现为作者对一个梦幻般的想象世界的营造:"时间如明镜,/微笑死生"(《无题》),"余有身而有影,/亦如莲花亦如镜"(《莲花》),"太阳说,/'我把地上画了花。'他画了一地影子"(《太阳》),"梦中我画得一个太阳,/人间的影子我想我将不恐怖,/一切在一个光明底下,/人间的光明也是一个梦"(《梦中》),"我见那一点红,/我就想到颜料,/它不知从那里画一个生命?/我又想那秋水,/我想它怎么会明一个发影?"(《秋水》)这些诗每一首孤立地看,都似乎很费解,但放在一起观照,诗中的"镜""影""梦""画""秋水"等等,就在总体上编织成了一个"镜花水月"的幻美世界,一个理念化的乌托邦的存在。用周作人评价废名小说《桃园》的话来说,即是"梦想的幻景的写象"[3]。从这个意义上说,废名的诗歌语言,是一种

---

[1] 朱光潜:《文学杂志·编后记》,1937年第1卷第2期。
[2] 孟实:《桥》,《文学杂志》,1937年7月1日第1卷第3期。
[3] 周作人:《桃园》跋,《苦雨斋序跋文》,天马书店,1934年。

幻象语言。在一系列幻美的意象背后,一个幻象世界应运而生。到了1936年创作的《十二月十九夜》中,这个幻美的世界更臻佳境:

> 深夜一支灯,
> 若高山流水,
> 有身外之海。
> 星之空是鸟林,
> 是花,是鱼,
> 是天上的梦,
> 海是夜的镜子。
> 思想是一个美人,
> 是家,
> 是日,
> 是月,
> 是灯,
> 是炉火,
> 炉火是墙上的树影,
> 是冬夜的声音。

这首诗堪称是"意象的集大成",诗中几乎所有的意象都是具体可感的,是可以在现实世界中找到对应的美好的事物,然而被废名串联在一起,总体上却给人一种非现实化的虚幻感,似乎成为一个废名参禅悟道的观念的世界。一系列现实化的意象最终指向的却并非实在界,而是一个想象界,给人以一种可望而不可即的缥缈感。所以香港文学史家司马长风称这首诗"洋溢着凄清夺魂之美"[1]。诗人所表现出来的,正是这种编织幻美世界的诗艺技巧。

从营造幻象以及观念世界的角度总体上理解废名的诗作,可能不失为一条路子,并且有可能把握到废名对中国现代诗歌史的特出贡献。倘若单从诗歌体式上讲,废名诗歌的不足还是比较显见的。卞之琳的评价最为到位:"他的分行新诗里也自有些吉光片羽,思路难辨,层次欠明,他的诗语言上古今甚至中外杂陈,未能化古化欧,多数场合佶屈聱牙,读来不顺,更少作为诗,尽管是自由诗,所应有的节奏感和旋律感。"[2]尤其是废名的诗歌语言过于散文化、白话化,打磨不够,有时尚不及小说语言精练,则是更明显的缺失。但除却上述不足,废名诗歌独特的品质却是他人无法贡献的。这种特出之处可能正在于他为现代诗坛提供了一种观念诗,一种令人有出尘之思的幻象诗,一种读者必须借助禅悟功夫才能理解其深玄奥义的理趣诗。

朱光潜在评价废名的小说《桥》时曾这样说:"'理趣'没有使《桥》倾颓,因为它幸好没有成为'理障',因为它融化在美妙的意象和高华简练的文字里面。"[3]"理趣"之所以没有使《桥》"倾颓",可能不仅仅因为"它融化在美妙的意象和高华简练的文字里面",而更因为《桥》在读者期待视野中毕竟是小说,是"小说性"制约了"理趣",使它没有极端化。那么在废名更为纯粹的观念诗中,"理趣"有没有成为把更多的读者挡在门外的"理障"呢?这恐怕是废名诗歌值得思索的另一个问题。

---

[1] 司马长风:《中国新文学史》中卷,香港:昭明出版社,1975年,第202页。
[2] 卞之琳:《冯文炳选集》序,人民文学出版社,1985年。
[3] 孟实:《桥》,《文学杂志》,第1卷第3期。

"南国诗人近若何?"

施蛰存在《南国诗人田汉》一文中回顾了自己在20世纪20年代上海大学学习时期的老师田汉所办的半月刊《南国》名字的由来:

> 《南国》有一个法文刊名"lemidi",意思是"南方"。歌德的《迷娘歌》里曾说到南方是"橙桔之乡",是浪漫的青年男女的乐园。田老师就用这个典故,给他的文艺小刊物取名。后来他组织剧运,也就用"南国"为剧社的名称。……他是湖南人,永远怀念着他的橙桔之乡。他曾经自称为"南国诗人",给我们朗诵过苏曼殊的诗:"忽闻邻女艳阳歌,南国诗人近若何?欲寄数行相问讯,落花如雨乱愁多。"[1]

对南国时期的田汉来说,恐怕没有比"南国诗人"更好的命名了。贯穿整个田汉南国时期的创作与演出实践的,正是一种浪漫

---

[1] 施蛰存:《南国诗人田汉》,《北山散文集》(一),华东师范大学出版社,2001年,第296页。

主义的"南国"气质。这种气质决定了田汉这一时期剧本的艺术主题、剧场氛围和审美风格,甚至也决定了主人公形象的选择。《南归》《苏州夜话》《名优之死》《湖上的悲剧》《古潭的声音》都是以诗人和艺术家为主人公。《南归》中的男主人公更是集流浪诗人和波西米亚艺术家于一身的形象:

> 我孤鸿似地鼓着残翼飞翔,
> 想觅一个地方把我的伤痕将养。
> 人间哪有那种地方,哪有那种地方?
> 我又要向遥远天边的旅途流浪。

《南归》中的这个似乎永远"向遥远天边的旅途流浪"的诗人,堪称是田汉浪漫的"南国气质"的自我投射。而《湖上的悲剧》按田汉的自叙,也同样是"反映我当时世界观底一首抒情诗,什么都涂了浓厚的我自己的色彩"。这种融自我与超验于一体的风格,正是"南国"期田汉的"新浪漫主义"的真髓。所谓"新浪漫主义",按照田汉在《新浪漫主义及其他》一文中的说法,"便是想要从眼睛所看到的物的世界去窥破眼睛看不到的灵的世界,由感觉所能接触到的世界去探知超感觉世界的一种努力"。这一时期田汉的戏剧观,可以概括为对"灵与肉的冲突与调和"的探讨,田汉也堪称是较早地感受到灵与肉的分离与冲突这一"新浪漫主义"精神现象的戏剧家,并以对灵与肉的调和的追寻,触碰到了"五四"时期特有的现代精神的核心。正如俄国评论家康斯坦丁·东在《孤独地探索未知:田汉1920—1930年的早期剧作》中指出:

没有一个现代中国戏剧家在20年代享有比田汉更高的声誉了。田汉获得盛名的一个原因，就是他能够将自己的剧作与那浑沌的、混乱不定的时代情绪和气质融为一体。他的剧本不但反映了时代，而且给予时代以诸多的影响。[1]

"南国"时期的田汉，最能代表这种"浑沌的、混乱不定的时代情绪和气质"，而田汉的气质，其实也可以看成是整个南国社的缩影。南国社堪称是现代文学史上最具有波西米亚气质的浪漫主义团体，汇聚了一批典型的都市流浪艺术家。南国社的成员陈白尘曾经这样回顾自己所隶属的这一群体：

> 1928年3月起，荒凉的西爱咸斯路上突然多了一群生气勃勃的青年男女，他们或者长发披肩，高视阔步；或者低首行吟，旁若无人；或者背诵台词、自我欣赏；或者男女并肩，高谈阔论；他们大都袋中无钱，却怡然自得，作艺术家状。这就是我们南国艺术学院的学生，他们把上海的西爱咸斯路当作巴黎的拉丁区。[2]

他们的姿态或许多少显得刻意，但是一种自由和解放的浪漫情怀也正由这种张扬的姿态所标举。

《上海画报》"南国戏剧特刊"曾经发表了诗人徐志摩的文章，用充满诗情的语言不遗余力地赞颂南国社："南国，浪漫精神的表

---

[1] 康斯坦丁·东：《孤独地探索未知：田汉1920—1930年的早期剧作》，收入柏彬、徐景东等编：《田汉专集》，江苏人民出版社，1984年。
[2] 陈白尘：《对人世的告别》，三联书店，1997年，第310页。

现——人的创造冲动为本体争自由的奋发，青年的精灵在时代的衰朽中求解放的征象。""天边的雁叫，海波平处的兢霞，幽谷里一泓清浅的灵泉，一个流浪人思慕的歌吟；他手指下震颤着弦索，仙人掌上俄然擎出的奇葩——南国的情调是诗的情调，南国的音容是诗的音容。"[1]诗人择取了一系列与浪漫精神相匹敌的语词，虽然文风一如徐志摩其人，略显华丽雕琢，但赞美之情是发自内心的。而用"诗的情调"和"诗的音容"来概括南国，则透过戏剧的形式捕捉的是诗的内里。

这篇热情洋溢的文章以及与该文章同一版面刊出的徐志摩夫人陆小曼的题词"南国光明"，评价的是南国社的首次上海公演。这次沪上公演按计划从1928年12月15日到17日演出五场，结果"场场满座"，于是在12月22、23日又续演两天。次年阎折梧编《南国的戏剧》一书，记录了当时各媒体对南国社公演的评价：

> 第一是字林西报的评论，对于此次表演各剧，均甚赞美；并谓田汉氏的剧本原很成功，而又得左明氏唐淑明女士两个天才的演员之帮助，所以"相得益彰"；而于其余演员，亦谓各有特长。民国日报青白栏有万里君之《到南国去！》一文，末谓"朋友们！假使你愿意鉴赏艺术——鉴赏真正的戏剧艺术的话，那末也请到'南国'去！假使你愿意看看我们这一群'波西米亚人'从穷苦和一切的艰难中干出来的戏剧成绩的话，那末也请到南国去！"……此外民众日报"花花絮絮"栏有莫

---

[1] 徐志摩：《南国的精神》，1929年7月30日《上海画报》，第492期"南国戏剧特刊"。有研究者认为《南国的精神》为诗人徐志摩所作，参见朱勇强《新发现的徐志摩佚文〈南国的精神〉》，《中国现代文学研究丛刊》，1986年第3期。

邪与静远两君的批评,也认为"南国这次公演,实是现在上海戏剧运动的第一燕,其功绩是不可埋灭的"。[1]

有一家报纸还引用"红豆生南国,春来发几枝,愿君多采撷,此物最相思"来表达对南国社演出的惊艳之感。[2]

"上海戏剧运动的第一燕"的评价,对于"南国诗人"田汉筚路蓝缕的戏剧实践堪称是最好的褒奖。当田汉再吟诵起苏曼殊的诗"南国诗人近若何",当初那"落花如雨"般的"愁云惨雾"当云开雾散了吧。而当我在键盘上敲下上面这些文字的过程中,那"南国诗人近若何"的吟诵一直萦绕在耳边,令人陡增无尽的怀想。

---

[1] 阎折梧编:《南国的戏剧》,萌芽书店,1929年,第101—102页。
[2] 同上书,第133页。

记忆·现实·远景

——沈从文《湘行散记》导读

1934年年初,因母亲病危,离开湘西已十几年的沈从文第一次踏上回乡的路。从北平经长沙到桃源后,沈从文雇了一只小船沿着沅水逆流而上,大约六天后到沅陵,又在船上度过五天才抵达老家凤凰。为了排遣船上的寂寞,沈从文写下大量给新婚夫人张兆和的书信,讲述水上所见所感。《湘行散记》即是在这些书信的基础上整理而成,我们从这本书中也因此集中看到沈从文对于故乡河流的书写。

沈从文在一封信中这样向张兆和(沈从文称为"三三")描写故乡的河流:

> 三三,我因为天气太好了一点,故站在船后舱看了许久水,我心中忽然好像彻悟了一些,同时又好像从这条河中得到了许多智慧。三三,的的确确,得到了许多智慧,不是知识。我轻轻地叹息了好些次。山头夕阳极感动我,水底各色圆石也极感动我,我心中似乎毫无什么渣滓,透明烛照,对河水、对夕阳、对拉船人同船,皆那么爱着,十分温暖的爱

着!……我会用我自己的力量,为所谓人生,解释得比任何人皆庄严些与透入些!三三,我看久了水,从水里的石头得到一点平时好像不能得到的东西,对于人生,对于爱憎,仿佛全然与人不同了。我觉得惆怅得很,我总像看得太深太远,对于我自己,便成为受难者了。这时节我软弱得很,因为我爱了世界,爱了人类。

对"水"的凝视使沈从文忽然发现心灵被一种爱充满,这种爱进而泛化到对世界和人类上面。故乡的河水因此启发了沈从文的博爱,而有博大之爱的人往往是如沈从文所说"软弱得很"的。同时也正像孔夫子说,"智者乐水",河水也让沈从文"彻悟",从中获得的是智慧。

而"水"带给沈从文最多的,是创作灵感。在《我的写作和水的关系》一文中,沈从文这样谈到故乡的河流:

> 我在那条河流边住下的日子约五年。这一大堆日子中我差不多无日不与河水发生关系。走长路皆得住宿到桥边与渡头,值得回忆的哀乐人事常是湿的。……我虽然离开了那条河流,我所写的故事,却多数是水边的故事。故事中我所最满意的文章,常用船上水上作为背景,我故事中人物的性格,全为我在水边船上所见到的人物性格。我文字中一点忧郁气氛,便因为被过去十五年前南方的阴雨天气影响而来。

对一个作家而言,有一条影响一生的河流的确非常重要,"河水"构成的不仅是写作背景和环境,也决定了作家的灵感甚至作品的风格。

故乡的水带给了沈从文博爱、智慧和灵感,也给沈从文的创作带来地域色彩。正是通过这条沅水,沈从文把自己的创作与屈原所代表的楚文化联系在一起。两千年前,屈原曾在这条河边写下神奇瑰丽的《九歌》,沅水流域也是楚文化保留得最多的一个地区。沈从文的《湘行散记》,同样生动再现了楚地的民俗、民风,写出了具有鲜明地域特色的乡土风貌。湘西作为苗族和土家族世代聚居的地区,是一块尚未被外来文化彻底同化的土地,衡量这片土地上生民的生存方式,也自有另一套价值规范和准则。沈从文的《湘行散记》的独特处正在于力图以湘西本真和原初的眼光去呈现那个世界,在外人眼里,就不免是新鲜而陌生的,而在沈从文的笔下,却保留了它的自在性和自足性。沈从文以带有几分固执的"乡下人"的姿态执迷地创造乡土景观,就像美国学者金介甫所说:"不管将来发展成什么局面,湘西旧社会的面貌与声音,恐惧和希望,总算在沈从文的乡土文学作品中保存了下来。别的地区却很少有这种福气。"因此,沈从文笔下的湘西世界构成了乡土地域文化的一个范本,"帮助我们懂得,地区特征是中国历史中的一股社会力量"。当20世纪中国文学不可避免地走向世界文学一体化进程的时候,沈从文正是以乡下人的固执的目光,在《湘行散记》这一类关于湘西的书写中,为我们保留了本土文化的最后的背影。

如果说此前沈从文对湘西的书写,靠的是他对故乡的记忆和印象,那么这次回乡之旅,既是对故乡充满感情的忆恋之旅,同时也是清明而理性的现实之旅。《湘行散记》中的贯穿话题之一是"常"与"变"。沈从文在对湘西的"常"的观照中,也发现了"变"的一面。一方面,湘西世界的田园诗情、淳朴民风、自然人性依旧存在于湘西的自然与人事之中,似乎与历史的进程毫无关联,这即是沈从文从故乡感受到的"常态"的一面;另一方面,却是现代文明冲击下人的堕落,传统道德的丧失。诚如沈从文在《辰河小船上的水手》一篇中所说:

> 这个民族,在这一堆日子里,为内战,毒物,饥馑,水灾,如何向堕落与灭亡大路走去,一切人生活习惯,又如何在巨大压力下失去了它原来的纯朴型范。

《湘行散记》中的《桃源与沅州》《一九三四年一月十八》等篇也同样隐含着对纯朴的文明日渐"堕落"的隐忧。《箱子岩》《虎雏再遇记》等篇传达的则是对故乡人原始生命力终将失落的预感。而当沈从文真正深入到湘西生活的内部,直面故乡人生存处境的时候,我们就看到了湘西更本真的一面,看到生存世界的悲哀与残酷,由此便"触摸到沈从文内心的沉忧隐痛",以及"那处于现代文明包围中的少数民族的孤独感。"(朱光潜语)

《湘行散记》因此展现了变动中的历史忧虑,也促使沈从文产生了一种生命的冲动,想如当年屈原那样,重新做一个地方的"风景记录人",记下生命中神性的庄严与美丽,唤回优美、健康、自然而又不与人性相悖的生命形式,并试图重造民族灵魂与乡土文化。这些追求,都贯穿在作者回乡之旅的体验和观察之中,使《湘行散记》中作者的思绪在记忆和现实的双重时空中闪回的同时,也生成了一种思考湘西远景的未来性。

《传奇》：战争年代的苍凉手势

张爱玲（1920—1995）是走向式微的晚清士大夫文化的最后一个传人。她身上有着中国乐感文化的历史遗留，又由于生存于贵族文化的没落时期而携上了浓重的末世情调。这种末世情调，又与战争年代个体生存的危机意识以及对人类文明行将毁灭的预感交织在一起，从而造就了张爱玲的主导心理和生命体验："荒凉"，正如她在《传奇》的再版序言中所写：

> 时代是仓促的，已经在破坏中，还有更大的破坏要来。有一天我们的文明，不论是升华还是浮华，都要成为过去。如果我最常用的字眼是"荒凉"，那是因为思想背景里有这惘惘的威胁。

"荒凉"如一张无形的网，笼罩在张爱玲出版于1944年的小说集《传奇》之上，构成了小说的总体氛围。其中的代表作《金锁记》就从"三十年前的上海，一个有月亮的晚上"讲起："隔着三十年的辛苦路往回看，再好的月亮也不免凄凉"，凄凉中有着辛酸的岁月的影子。这篇小说堪称是张爱玲的代表作，写的是女主人公曹七巧的渐近荒芜的一生。曹七巧的青春被冷漠的大家庭以及没有爱情的婚姻扭曲，变成"玻璃匣子里的蝴蝶标本，鲜艳而凄楚"，支撑生命的只剩下对金钱的欲望。这种被压抑的生命在中年以后则蜕变成邪恶的暴力，又去戕害自己的女儿长安。所以有评论者称《金锁记》是一个关于被杀与杀人的故事。晚年的曹七巧则被张爱玲处理得充满了鬼气：

> 门口背着光立着一个小身材的老太太，脸看不清楚……门外日色昏黄，楼梯上铺着湖绿花格子漆布地衣，一级一级上去，通入没有光的所在。

张爱玲用四个字状写此时的曹七巧给人的感受："毛骨悚然。"这是典型的张爱玲的小说氛围：凄凉、阴冷，甚至有些可怖。另一篇小说《沉香屑：第一炉香》写年青的女主人公在香港逛新春市场："在这灯与人与货之外，有那凄清的天与海——无边的荒凉，无边的恐惧。"在人山人海中能逛出"无边的荒凉，无边的恐惧"，恐怕是唯有张爱玲笔下的女性才会产生的感受。这种荒凉和恐惧感，恐怕不尽是小说人物的心理，而更渗透了作者的主观意绪。张爱玲的散文中更是每每传达类似的体验，如《烬余录》中写香港的电车："一辆空电车停在街心，电车外面，淡淡的太阳，电车里面，也是太阳——单只这电车便有一种原始的荒凉。"

这种"原始的荒凉"把张爱玲的体验与历史时空连接了起来，从而具有了一种神话中的洪荒意味，或者用张爱玲的另一小说名篇《倾城之恋》中的话说，是一种"地老天荒"。《沉香屑：第二炉

香》就这样写主人公罗杰的体验:

> 他关上灯,黑暗,从小屋暗起,一直暗到宇宙的尽头,太古的洪荒——人的幻想,神的影子也没有留过踪迹的地方,浩浩荡荡的和平和寂灭。

这种太古洪荒的背后,其实是作者对战争时代人类文明行将荒芜的感受,类似T.S.艾略特的长诗《荒原》所反映的一战之后西方一代人的文明幻灭感。丹尼尔·贝尔在《资本主义文化矛盾》一书中则认为《荒原》反映的已不是西方文明的衰落,而是一切文明的终结,即一种末日与末世的体验。在这个意义上,我们也可以把张爱玲的荒凉感看成一种末世启示录。正如她的名言:"我不喜欢壮烈,我喜欢悲壮,更喜欢苍凉",因为"苍凉""有更深长的回味",是"一种启示"。

由此,我们也理解了张爱玲的讲故事的方式。她喜欢营造一种悠长的,有时空跨度和距离的,回溯性的故事空间和叙述框架。譬如《倾城之恋》的结尾:"胡琴咿咿哑哑拉着,在万盏灯的夜晚,拉过来又拉过去,说不尽的苍凉的故事——不问也罢!"《倾城之恋》中所讲的故事只不过是说不尽的苍凉的故事中的一个而已,拉过来又拉过去的胡琴声就有了一种街头巷尾以卖唱为生的盲艺人歌唱久远故事的感觉。《金锁记》既从"三十年前的上海,一个有月亮的晚上"讲起,使曹七巧扭曲、疯狂的一生在这回溯性的时间跨度中因此携上了一种近乎原型的意味;结尾则就有了如下的呼应:

> 三十年前的月亮早已沉了下去,三十年前的人也死了,

然而三十年前的故事还没完——完不了。

这种完不了的故事随着时间跨度在读者阅读行为中的延伸，而愈发氤氲着回荡于历史深处的一抹荒凉。

这种"荒凉"，既是一个孤独女性对时代特征的总体领悟，也是对生存于其中的艰难岁月的深刻感受。张爱玲的这本以沪港两地的女性生活为主要题材的《传奇》，由此定格为一个战争年代的"苍凉的手势"。

作为建筑与心理空间的"阳台"

在我看来,张爱玲的散文《我看苏青》的结尾一段对于理解张爱玲的创作具有提纲挈领的意味:

> 我一个人在黄昏的阳台上,骤然看到远处的一个高楼,边缘上附着一大块胭脂红,还当是玻璃窗上落日的反光,再一看,却是元宵的月亮,红红地升起来了。我想:这是乱世。晚烟里,上海的边疆微微起伏,虽没有山也像层峦叠嶂。我想到很多人的命运,连我在内的,有一种郁郁苍苍的身世之感。

这一感喟既触及了沦陷都市的乱世浮华,又混杂了一种人类文明的末世体验。触发张爱玲这一"乱世"体悟以及"郁郁苍苍的身世之感"的时间是1945年元宵节的黄昏,空间则是张爱玲自己的居室——常德公寓顶层65室的阳台。张爱玲的传记形象,就定格在黄昏阳台上独自张看沦陷区上海月亮的一个乱世女子的姿态上。而这一姿态恐怕也是张爱玲试图自我塑造的典型形象。也许,凭借阳台上的张看,张爱玲寻找到了与这个"乱世"的最佳联系方式。正是身处阳台，使张爱玲得以自如地俯瞰都市，又与其保持观照距离。张爱玲称"公寓是最合理想的逃世的地方"，其理想的意义的一部分恐怕正凝结在阳台空间中。如果说公寓中的居室是个体对"乱世"的一个现实中可能性的逃避，那么，阳台则是这避世的空间与世界保持联系的重要方式所在，正像胡兰成在《今生今世》描述过的那样："阳台外是全上海在天际云影日色里，底下电车当当的来去。"没有这一空间，公寓就是彻底封闭的，无法成为张爱玲理想的处所。而阳台毕竟又是张爱玲身后的居室空间的延伸，居室又使阳台获得了进退裕如的安全感。

对"阳台"进行这种单独的抽样分析并不是说在张爱玲小说的居室建筑空间中，阳台的重要性超过了其他空间部分。对阳台的选择，更想强调的是阳台与其他居室空间的区别性。真正吸引人的，是张爱玲赋予阳台的空间意义可能比其他居室空间譬如客厅、卧室等更为丰富和复杂。阳台作为居室的一部分，看上去似乎与家居空间中其他部分没有本质性区别。但是阳台作为居室空间有一种特殊性，它既是居室内部空间的延伸，又是外部城市空间的一部分。"阳台"的空间意义正生成在由此可能产生的诸种关系中，譬如阳台与居室内部以及与都市外部到底生成的是怎样的关系？又如谁占有阳台，何时占有，如何占有？阳台中谁在看与被看，进而呈现怎样的边缘与中心的互动？等等，都是空间再生产的内容，都参与了意义的生成。在上海这样的都市中，阳台作为空间意义的集聚地，比其他场所更有可分析性。具体说，阳台把外在都市空间作为背景和前景引入到文本空间中。这种居室的内景和都市的外景的交错性将会给阳台带来别有意味的空间特征。"阳台"由此表现出空间的边缘性，这种边缘性是张爱玲在传统空间和现代空间之间的边缘性和混杂性的象征。它既不是十足传统的，也不是完全现代的。这种边缘性和混杂性在空间生产的意义上可以得到更充分的说明。

张爱玲笔下的居室空间场景令人着迷的地方正在于其内在的差异性，在于其可以进一步分割的复杂性特征：客厅、卧室、浴室、阳台……都是张爱玲在文本中进行空间意义再生产的差异性领域，它们所指涉的空间意义是不一样的，因此，也就构成了小说人物修辞的空间性符码。比如《桂花蒸 阿小悲秋》中给上海洋人当佣人的阿小的活动空间基本上限于厨房和后阳台。尤其是后阳台，更是独属于阿小以及丈夫和孩子百顺这一三口之家的空间，并与主人的空间构成了明显的区隔。而厨房的空间显然更属于保姆与仆人，因此，当《花凋》中那个庶出的孩子在吃饭时被大太太撵到厨房去，老爷郑先生就向大太太大发雷霆。在《红玫瑰与白玫瑰》中，振保和两朵玫瑰的关系，都可以用空间符码来标记：振保和红玫瑰调情阶段，空间场景主要是客厅和阳台，而一旦两个人心心相印，"阳台"就再也没有出现，居室空间场景就改为卧室。而白玫瑰烟鹂则一度属于浴室："每天在浴室里一坐坐上几个钟头"，"只有在白色的浴室里她是定了心，生了根。"而当《琉璃瓦》中的心心一个人躲在浴室里面哭泣的时候，浴室同样提供了与《红玫瑰与白玫瑰》中相似的空间修辞。张爱玲正是无意识地借助于不同居室空间所暗含的修辞功能来表达空间的微观政治学问题。

在张爱玲的小说《桂花蒸 阿小悲秋》中，阳台尤其是这样一个蕴含复杂意义的空间。这部小说刻画的是保姆阿小这一我们今天司空见惯的大都市中的外来小人物。在张爱玲所擅长的诸种修辞技巧中，对阳台场景的多次运用也构成了这部小说中重要的空间修辞形式。小说中几次写阿小到阳台"晾衣服",阳台以及厨房构成了阿小的领地。而她也的确在自己的领地中获得了一种自足感。如作者对阿小在自己洋主人家的阳台上俯瞰楼下人家的阳台的描写:

> 乘凉仿佛是隔年的事了。那把棕漆椅子,没放平,吱格吱格在风中摇,就像有个标准中国人坐在上头。地下一地的菱角花生壳,柿子核与皮。一张小报,风卷到阴沟边,在水门汀栏杆上吸得牢牢地。阿小向楼下只一瞥,漠然想道:天下就有这么些人会作脏!好在不是在她的范围内。

这一段状写了阿小从阳台这一角空间中所体验到的满足心理甚至责任意识。这是属于她的"职权"范围内的世界,以至于她甚至无法忍受楼下阳台的脏乱。尤其是后阳台,更是独属于阿小以及丈夫和孩子百顺这一三口之家的空间。当阿小的丈夫偶尔来找她团聚,一家人的主要活动区域就是厨房,而当洋主人一开门回家,阿小的丈夫马上就溜到后阳台去躲起来。后阳台与主人的空间构成了明显的区隔。

在《桂花蒸 阿小悲秋》中,阳台空间的边缘感还体现在它提供了观照上海的另一种视角:

> 丁阿小手牵着儿子百顺,一层一层楼爬上来。高楼的后洋台上望出去,城市成了旷野,苍苍的无数的红的灰的屋脊,都是些后院子,后窗,后衖堂,连天也背过脸去了,无面目的阴阴的一片,过了八月节还这么热,也不知它是什么心思。下面浮起许多声音,各样的车,拍拍打地毯,学校哩

嘡摇铃，工匠捶着锯着，马达嗡嗡响，但都恍惚得很，似乎都不在上帝心上，只是耳旁风。

这是底层人眼中观照的上海。张爱玲借助保姆阿小身处后阳台的视角，呈现了上海的另一个面相，传达了张爱玲样的上海体验。这是一个异质性的上海，是从公寓后阳台望出去的上海，更属于保姆阿小和"公寓中对门邻居"那个"带着孩子们在后洋台上吃粥"的阿妈的上海。这是一个"后"的世界："都是些后院子，后窗，后衖堂，连天也背过脸去了，无面目的阴阴的一片。"这"后"的世界是与"前"的世界完全不同的上海，"连天也背过脸去"。阿小的保姆身份和生存的边缘感呼之欲出。阿小所真正维系的，正是这个以"后阳台"为表征的一个边缘化的都市空间。

巴赫金在《小说的时间形式和时空体形式——历史诗学概述》中这样概述所谓的"时空体"概念："文学中已经艺术地把握了的时间关系和空间关系相互间的重要联系，我们将称之为时空体。""在文学中的艺术时空体里，空间和时间标志融合在一个被认识了的具体的整体中。时间在这里浓缩、凝聚，变成艺术上可见的东西；空间则趋向紧张，被卷入时间、情节、历史的运动之中。时间的标志要展现在空间里，而空间则要通过时间来理解和衡量。"巴赫金建构的是时空不可分割的一体性。这个理论对于考察现代小说的时空结构具有重要的意义。不过，我们在这里不是完全照搬巴赫金的理论和范畴，而是需要针对张爱玲作为"这一个"的特殊性。比如，张爱玲每每借助空间状写笔下叙事者以及人物在特定时刻的心理与思绪，如《桂花蒸 阿小悲秋》：

楼下的洋台伸出一角来像轮船头上。楼下的一个少爷坐在外面乘凉,一只脚蹬着栏干,椅子向后斜,一晃一晃,而不跌倒,手里捏一份小报,虽然早已看不见了。天黑了下来,地下吃了一地的柿子菱角。阿小恨不得替他扫扫掉——上上下下都是清森的夜晚,如同深海底。黑暗的洋台便是载着微明的百宝箱的沉船。阿小心里很静也很快乐。

载着百宝箱,但却是深海底的"沉船",这种别致的比喻赋予了阳台以丰富的内涵,同时构成了那一瞬间人物阿小心理世界的隐喻。

巴赫金称"歌德具有空间中看出时间的非凡能力",而张爱玲或许是无意识地禀赋了这种能力,它来自作者对现代都市中的传统性的体认,来自作者从都市空间中洞见古旧时间的一种审美感受力,来自对都市时空的混杂性的错综体验,正像她从"流苏与流苏的家"中看到"古中国的碎片"一样。借助于小说,张爱玲堪称在为"古中国"的时间性招魂,尽管她招来的只能是一些古旧的记忆"碎片"。这种向过往时光中的回眸是寻求"现时"的生存统一性的几乎唯一可行的途径。用张爱玲的说法:"人觉得自己是被抛弃了。为要证实自己的存在,抓住一点真实的,最基本的东西,不能不求助于古老的记忆,人类在一切时代之中生活过的记忆,这比了望将来要更明晰、亲切。"

张爱玲由此从空间中建构出了时间叙事。詹姆逊(F.Jameson)认为:"时间体验(存在论的时间,以及深度记忆)更容易被看作是高级的现代性的主导因素。"这反映了现代主义对时间优越性的偏执,但是也有助于我们把对空间的研究与时间和记忆结合起来。

而在张爱玲这里，时间和空间更是不可分割的。张爱玲小说中的空间所生产出的意义最终无法自足，而需要在时间和记忆中寻求自足性和历史依据。因此，张爱玲借助空间倾情讲述的仍然是关于时间的故事。

"阳台"因此不是孤立的空间形式，而是被建构在时间叙事框架之中。张爱玲笔下频频出现的"阳台"因此既具有建筑学上的空间意义，也同时承载一种心理空间的蕴含。而我们最后所感受到的张爱玲的形象，则依旧是黄昏"在阳台上篦头"的乱世女子的形象，"落叶似的掉头发，一阵阵掉下来，在手臂上披披拂拂，如同夜雨"。这纷披凋零的头发，纠缠着时间、岁月、心理、记忆，最终了无痕迹地消失在沦陷区上海的暗夜里。

第二辑

何谓"文学的自觉"?

竹内好《鲁迅》一书中一个焦点问题是关于"文学的自觉"的问题。正如木山英雄先生所说:竹内好的"《鲁迅》全部章节都是以鲁迅内在的根源性的'文学的自觉'、或者从宗教体验进行类推的所谓'回心'这个唯一的焦点或者假设为主题的。"(木山英雄:《也算经验——从竹内好到〈鲁迅研究会〉》)所以"文学的自觉"以及"回心"的范畴是谈论竹内鲁迅无法绕过的问题,在竹内的鲁迅像中具有原点的意义。但是竹内好通过鲁迅研究所获得的"文学的态度"在我的理解过程中却表现出内在的矛盾性,带来的是困惑。趁这次会议之机,我把自己读解竹内鲁迅过程中感到的矛盾与困扰表达出来,就教于竹内好研究的诸位专家。

众所周知,竹内好把"文学的自觉"以及"回心"看成是鲁迅内在的根源,在某种意义上说为鲁迅提供了所谓的原点和毕生的回归之轴,这构成了解释鲁迅一生创作和思想的一种整体观照模式。一旦涉及鲁迅的原点之类的发生学问题,总难免有玄学化的迹象。包括我自己也陷入过这种误区。我在2000年曾经写过一篇文章,题目是《鲁迅的原点》,而我想谈的问题就从对我自己这篇文章的自我反省开始。

我关注鲁迅的原点问题开始于对竹内好和伊藤虎丸的阅读。竹内好和伊藤虎丸都非常重视鲁迅的小说《狂人日记》。《狂人日记》的重要性当然是自不待言的，在以往的文学史叙述中，这篇小说无论对整个新文学史还是对文学家鲁迅都有原点的意义。但更有意义的问题是：《狂人日记》作为鲁迅新文学创作的原点，究竟是怎样生成的？它当然不可能是鲁迅在1918年4月的某一个晚上一气呵成的产物，它之所以形成的内在的思想和经验的积累只能在鲁迅此前的生平传记生涯中去追寻。那么，竹内好和伊藤虎丸先生也正是沿着这个思路寻找到了鲁迅的绍兴会馆时期，并把这个所谓S会馆的"蛰伏的时期"看作鲁迅一生中最重要的时期。竹内好在写于1944年的《鲁迅》中这样说：

> 他还没有开始文学生活。他还在会馆的一间"闹鬼的屋子里"埋头抄古碑，没有任何动作显露于外。"呐喊"还没爆发为"呐喊"，只让人感受到正在酝酿着呐喊的凝重的沉默。我想象，鲁迅是否在这沉默中抓到了对他的一生来说都具有决定意义，可以叫做回心的那种东西。

借助"回心"这个概念，竹内好试图为鲁迅的一生寻求"原点"，寻求鲁迅的"骨骼"形成的时期。也就是说，正是这一时期使鲁迅形成了一种生命的原理性的东西，这种原理性的东西就是鲁迅的赎罪文学意识，从而使鲁迅"文学的自觉"最终得以完成。

我最初接触竹内好的时候，被他的这种阐释深深打动，因为我在读鲁迅的各种传记时，总感到有一个晦暗不明的时期，这就是从辛亥革命到 1918 年鲁迅发表《狂人日记》之前的 S 会馆的时期。鲁迅的多数传记触及这一段生涯的时候，或者是减少叙述，一掠而过，或者是把这一时期判定为鲁迅颓唐消沉的阶段。而竹内好的《鲁迅》不仅没有回避这一时期，而且恰恰从中发掘了深刻意义。在鲁迅这个看似消沉的历史阶段，却恰恰孕育着文学家鲁迅的原点。这是令我感到既信服又钦佩的。

但是问题也随后就来了：这个生成着鲁迅的原点的时期毕竟是缺乏鲁迅自己文字的实证材料的，因为鲁迅当时究竟在想些什么，研究者在鲁迅的日记和他当时的往来书信中都很难找到。那么竹内好是怎样形成这个基本判断的？他的依据就是鲁迅的《狂人日记》。而恰恰在这里，竹内好以及受他影响的我本人，有可能陷入了一个逻辑上的陷阱。换句话说，竹内好讨论的是作为文学家鲁迅的原点的《狂人日记》是怎样生成的，而这个讨论却只能借助于《狂人日记》本身，这就有可能陷入循环阐释。原点及其使原点成立的依据之间自相缠绕，就形成了一个逻辑的循环。

这种逻辑的循环之所以产生，与竹内好对原理性问题的追求有关。事实上我很喜欢竹内好和伊藤虎丸著作中酷爱原理性和本原性思考的偏好。他们追求的是问题的终极解决，在这一过程中表现出一种本质直观的能力。这种对原理和"原体验"的执著，是绝大部分中国学者所匮乏的品质。但是另一方面，对原理性和发生学问题的执著会不会潜伏着流入玄学化的危险？对终极性与本原性问题的思辨往往必须诉诸玄想。一旦缺乏历史细节和文字依据，就通常只能去寻找玄学支持。比如鲁迅在 S 会馆时期所获得的那"具有决定意义的回心的东西"到底是什么，竹内好的著名说法是把它比喻成一个"影子"，"黑暗"，进而又把它理解为"无"："鲁迅的文学，在其根源上是应该称作'无'的某种东西。因为是获得了根本上的自觉，才使他成为文学者的。"这就似乎更近于玄学了。

木山英雄称："一旦接受了所谓决定性的'回心'这样一种超越实证直逼要害的论旨，其他也就再没有什么可说了。"因为竹内好的方式解决的已经是非常彻底了。玄学化的思维有它的深刻性和彻底性，但是另一方面，对原理性与终极性问题的迷恋容易使对象服从于自己拟设的理论和逻辑框架，其中有一元论的陷阱，得出的结论就往往避免不了本质主义的特征。当然这种本质化的鲁迅绝不是竹内好的本意。在著名的《何谓近代》一文中，竹内好这样定义历史："历史并非空虚的时间形式。如果没有无数为了自我确立而进行殊死搏斗的瞬间，不仅会失掉自我，而且也将失掉历史。"这种无数殊死搏斗的瞬间意味着主体的过程性，是不可能有一个实体的确定的主体存在的。但是竹内好在描述鲁迅像的时候，却恰恰用"回心"的原点使鲁迅定型化。竹内好说：

> 鲁迅如何变化并非我所关心，我关心的是鲁迅如何没有变化。……因而对于生平的兴趣，也不在于他经历了怎样的发展阶段，而在于他一生唯一的一个时机、他获得文学自觉的时机、换言之是获得了关于死的自觉的时机是什么时候的问题。

这正是对一元论鲁迅像的坚持。木山英雄先生认为竹内好以"回心"说为鲁迅设定了一个"不动的核心"。由此使我联想到的是，探究原点之类的发生学问题往往具有一定的危险性，比较容易玄学化和使对象实体化，尤其在后来者的解读中更容易把竹内的鲁迅像本质化。

竹内好回心和赎罪说当然构成了一种观照鲁迅的重要视野，这种视野对于冲破中国学界由于多年来受各种意识形态的限制所形成的僵化思想学术模式有巨大意义。但倘若把回心和赎罪意识看成鲁迅的唯一原点的话，就可能同时遮蔽了鲁迅的可以多重阐释的复杂性。高远东先生有一篇文章：《"仙台经验"与"弃医从文"——对竹内好曲解鲁迅文学发生原因的几点分析》，强调竹内好曲解了鲁迅的仙台经验，忽视了鲁迅文学发生的多原点的特征。这篇文章对我反思自己的观点有很大的帮助。此外，除了仙台经验，也许还有东京经验，即创办《新生》杂志阶段的经历和广泛的阅读，都可能对塑造文学家的鲁迅有过深刻的意义。当然不满足竹内好的"文学者"鲁迅形象的还有丸山升，丸山先生就试图用"革命人"的鲁迅形象去弥补竹内鲁迅的一元论模式。但是诚如伊藤虎丸所说："革命人"的鲁迅也陷入了新的一元论。为什么总有出色的研究者重蹈一元论的覆辙？我认为这是"整体把握鲁迅像"的学术追求带来的，对原点和整一模式的追求，总是难以避免一元论。2005年11月在北京大学中文系主办的"左翼文学的时代"的讨论会上，张宁先生发表了文章《罪、责、介入与非政治的政治性——试论鲁迅向左转的内在奥秘》，则试图用来源于竹内好的鲁迅的罪的意识以及赎罪行为统一30年代的鲁迅，在我看来，这是把竹内鲁迅的模式扩大到左翼时期，也是一种"整体把握鲁迅的模式"。

何以竹内好迷上了"回心"与"抵抗"的概念。通过阅读孙歌、木山以及尾崎文昭几位先生的介绍与研究，我理解了竹内好解读鲁迅的具体的日本历史与政治语境。可以说，构成了竹内好解读鲁迅的真正主导动机，是他企图回应自己所处时代的日本问题。鲁迅由此成为了文化的"他者"，并且被竹内好内在化为日本自身的问题。

竹内好这种选择当然具有他的历史合理性。我的困惑在于，我们如何能够从应该被语境化的竹内鲁迅中引发出对今天的中国学界有效的资源？我们对竹内好的分析是不是过于强调了历史主义的视野？我们如何剔除"竹内鲁迅观"内在的一元论式的玄学意味？竹内好鲁迅研究中有没有可以独立出来的具有普适性的方法论？竹内鲁迅对我们今天的学术研究更值得关注的启示意义究竟是什么？

这些问题当然是我无法回答的。我下面的话题只涉及我对竹内好的"文学的自觉"以及"文学的态度"的基本估价。我之所以认为竹内好构成今天中国学界的一个重要资源，也正是从文学的态度或者说文学性的意义上说的。

关于竹内好所赋予"文学"的意义，我是从尾崎文昭先生在北大中文系的"左翼文学的时代"讨论会上提交的论文《竹内鲁迅与丸山鲁迅》中获得了更深切的理解的。尾崎文昭先生指出：

> 竹内氏在鲁迅身上发现的"文学"，不是情念与实感，而是在这一词语深处的伦理。或者说，是在那种意义上作为机制的思想。这、也只有这一点，才向竹内氏保证了对于"政治"的"批判原理"。

我认为这是纠正我们目前对于"文学"的狭隘理解的更有效的定义。竹内好理解的文学，恐怕不是我们中国学界一度从文学的自律性的意义上理解的文学，竹内好说鲁迅"通过与政治的对决而获得的文学的自觉"，[1]文学与政治的关系是竹内好所说的"绝对矛

---

[1] 竹内好：《近代的超克》，三联书店，2005年，第53页。

盾的自我同一"。同时，竹内好的"文学"是诉诸伦理实践的，是一种作为机制的思想。这都会丰富我们对于文学的理解。更重要的是，在竹内好看来，鲁迅的文学的自觉是与回心与挣扎的概念联系在一起的。或者说，鲁迅的文学的自觉的核心其实是主体的真正自觉的过程，是在处理伦理、宗教以及思想的机制的过程中获得的原理性的自觉。其中一个基本原则是孙歌先生所阐述的"发自内部的自我否定"：

> 只有自我否定才具有否定的价值，而任何不经过自我否定的思想与知识，任何来自外部的现成之物，都不具有生命力，都是死知识。[1]

这就是竹内好所谓的文学的态度。这给我们提供的是一个在自我挣扎自我否定中建立自己的真正历史中的主体的鲁迅形象，而我们今天缺乏的正是研究者自身的通过挣扎和自我否定过程的主体性的建构，缺乏的正是这种自我否定的知识。此外，竹内好鲁迅研究中表现的方法论，有一种本质直观的特征。这种"本质直观"对于弥补我们的研究中洞察力和想象力的缺乏，也具有启示的意义。

---

[1] 孙歌:《竹内好的悖论》，北京大学出版社，2004年，第38页。

作为传统的"五四"

"五四"是一个历久弥新的话题。它之所以并未在近百年的历史尘埃中湮没,是因为它已经不仅仅是1919年5月4日北京大学学生所发起的作为政治事件的一次学潮,也不仅仅是标志着现代中国之创生的一场文化思想运动,同时,"五四"已经沉积为一种传统,它是中国在20世纪以来的新的现代传统的出发点。而作为一种新的世纪传统的"五四",则意味着它已经渗入了中国的文化血脉,并将穿越今后漫长的时空,在遥远的未来产生回响。

作为传统的"五四",它的历史内涵体现在丰富的层面之中:作为一种文化思潮,其精神核心是启蒙主义和个体主义,表现为"重估一切价值"和"人的觉醒"的主题;在对古代传统的态度上,则是彻底的反传统,主张"打倒孔家店","烧毁三坟五典",如陈独秀所说:"吾宁忍过去国粹之消亡,而不忍现在及将来之民族不适世界之生存,而归消灭也"(《敬告青年》);在文化姿态上则是急剧变革的激进主义,力图通过破旧立新实现民族自救和国家富强。这一切都深刻影响了20世纪中国人的社会生活和历史发展的走向。从一定意义上说,20世纪直到今天的中国历史,堪称是一部"五四"传统的延续、丧失和再继承的历史。以致北京大学中文系教授陈平原先生认为,未来的历史学家很有可能把整个20世纪命名为"五四时代"。

"五四"作为现代中国的历史与逻辑的起点,还表现出它所蕴涵的思想、理论、学说的丰富性以及对中国未来道路在选择上的多元可能性。"五四"是个弥漫着文化论战的火药味的时代。一方面在历史的转型期必然存在各种各样的新旧思想与学说的交锋;另一方面,论争之所以一直伴随着"五四",还因为一代人关于中国社会如何变革在方式和途径上选择的不同,或者说是文化姿态的不同。

今天看来,一个具有贯穿整个世纪的主线意义的论争是《新青年》派与《学衡》派的论争。两者的论争可以追溯到1915年夏天,在美国康奈尔大学所在地绮色佳(Ithaca),几个中国留学生一边度假,一边辩论。其中一个叫胡适的留学生主张"中国文学必须经过一场革命",却遭到他的朋友梅光迪的激烈反对。胡适不服气,就写了一首诗赠梅光迪:"梅生梅生毋自鄙!神州文学久枯馁,百年未有健者起。新潮之来不可止,文学革命其时矣。"两个人的争论很快就演变为"五四"时期《新青年》派和《学衡》派的论争。这是关于中国文学变革道路的两种不同选择:一是以陈独秀、胡适、鲁迅为代表的《新青年》派,以历史进化论为武器,对传统文学持整体否定的态度,试图通过破旧立新实现根本变革。而以梅光迪和吴宓为代表的《学衡》派则认为"自古至今之文学,为积聚的,非替代的",因此强调传统的价值,主张在继承传统的同时逐步融入"新知",主张渐变,而不是剧变。

两者的论争告诉我们,中国的社会变革在20世纪初叶曾经至少有过两种文化姿态可以选择,一是渐变,是文化保守主义;一是剧变,是文化激进主义。历史证明大多数知识分子都义无反顾地走上了激进主义的道路。选择激进主义的历史合理性在于,当时中国的保守势力和封建统治太过强大，几千年的历史惰性铸就了一个积重难返的中国，而作为弱势存在的变革派，只能选择激进与极端的姿态，才有可能获得成功。鲁迅就说，在中国你想开一窗子，必须先说要拆房子，不能中庸之道，矫枉必须过正。这就是激进主义的历史逻辑。

但是站在新世纪的今天回首"五四"，《学衡》派的一些主张却隐含了具有历史穿透力的合理成分：一个民族能否用激进主义的手段来抛弃一切历史文化遗产？打碎了重建的极端化的思维和行动是否带来了更多的破坏？而文化保守主义看待文化的方式则是多元的，主张多维的文化空间共存，主张东西方的融合，主张文化和传统的兼收并蓄，讲求平稳的过渡和最小的破坏。这些主张都有其合理性的内涵，从而构成了作为传统的"五四"的一个不容忽视的组成部分。

《学衡》派和《新青年》派的论争之所以是个世纪性的主题，是因为两者的起伏消长贯穿了20世纪的历史。毛泽东的斗争哲学，大跃进，"十年文革"，乃至80年代风起云涌的学潮，都可以看作是激进主义的变体。80年代轰动一时的电视政论片《河殇》，批判华夏的大陆文明，激赏西方的海洋文明，既是对"五四"全盘否定传统的历史选择的一个遥远的回应，也是80年代中国改革的激进思路在思想与文化姿态上的反映。但是，到了90年代，占据主导地位的思潮却是文化保守主义，学潮已经成为历史，政治变革小心翼翼，在主流意识形态上则主张阐扬传统文化，倡导国学，憧憬儒学的伟大复兴。学界也出现了对"五四"激进主义文化姿态反省的声音。然而，90年代以来的保守主义却是一个太过复杂的话题。如何在反思"五四"传统的前提下检讨90年代的文化保守主义的是非得失，是今天中国学术思想界一个尚未完成而又无法逃避的历史使命。

乡土中国：一个"世纪故事"

中国社会的乡土性

20世纪中国作家所讲述的一个具有贯穿性的故事是关于乡土和都市的故事。

在整个20世纪中国社会与文化格局中，乡土和都市的对峙构成了重要图景。20世纪中国的历史进程在很大程度上呈现为乡土与都市这两极的互动与冲突。而在这两极中，更具有主导性的堪称是乡土世界。社会学家费孝通在创作于40年代的《乡土中国》一书中即揭示了中国社会的这种乡土性特征。

在《乡土中国》第一节的《乡土本色》中，费孝通开宗明义地说："从基层上看去，中国社会是乡土性的。"这不仅仅指中国是一个具有广袤的乡土面积的国度，也不仅仅指中国的农业人口占据国民总人口的绝大多数，同时也意指乡土生活形态的广延性和覆盖性。就是说，乡土性对中国的社会生活以及中国人的生存方式的影响是基本的乃至全局性的，乡土形态不仅仅局限于农村地区，甚至也波及和覆盖了都市。中国的许多内陆城市也堪称是乡土文化的延伸，当20世纪30年代的上海已经成为所谓的"东方的巴黎"，成为"冒险家的乐园"的同时，北京仍被看作传统农业文明的故乡，被研究者们称为"一座扩大了的乡土的城"。作家师陀在40年代曾做过一个有趣的分类："中国的一切城市，不管因它本身所处的地位关系，方在繁盛或业已衰落，你总能将它们归入两类：一种是它居民的老家；另外一种———一个大旅馆。"(《〈马兰〉小引》)在师陀眼里，上海就是这样一个大旅馆，是漂泊动荡人生如寄的象征；而北京(北平)则是"居民的老家"，是温馨的乡土，是心灵的故乡。尤其在土生土长的作家老舍的眼里，北京是魂牵梦绕的永远的乡土，是"家"与"母亲"的象征。30年代的老舍，在游历了欧洲几大"历史的都城"之后，写了一篇有名的散文《想北平》：

  就伦敦、巴黎、罗马来说，巴黎更近似北平，不过，假使让我"家住巴黎"，我一定会和没有家一样地感到寂苦。巴黎，据我看，还太热闹。自然，那里也有空旷静寂的地方，可是又未免太旷，不像北平那样既复杂而又有个边际，使我能摸着——那长着红酸枣的老城墙！面向着积水潭，背后是城墙，坐在石上看水中的小蝌蚪或苇叶上的嫩蜻蜓，我可以快乐地坐一天，心中完全安适，无所求也无可怕，像小儿安睡在摇篮里。

  老舍道出的正是北京的乡土特征：一是静寂安闲，有"小儿睡在摇篮里"般的家的感受，不像上海这类大都市有高速的节奏，而可以一整天坐在石上背靠城墙看风景，生活相对轻松。二是接近自然、田园与农村，有"采菊东篱下"的隐居情境，其中包含着田园牧歌般的文化价值底蕴。这些都昭示了在20世纪工业文明日渐进逼的过程中，北京的乡土背景依然可以构成文人们的心灵支撑与价值依托的基础。它是"最高贵的乡土城"，是乡土中国的一个缩影。

以沈从文、废名、师陀、汪曾祺所代表的京派文学就是诞生在北京这样一个"最高贵的乡土城"中。这些现代中国文学的大师们生活在北京，魂牵于乡土，他们在文学中塑造的京派文化在某种意义上说正是乡土文化的经典性象征。沈从文的湘西世界，师陀的果园城，废名的黄梅故乡，萧红的呼兰河小城，汪曾祺的故乡高邮……都是20世纪乡土文化的典型缩影。从沈从文的《边城》到汪曾祺的《戴车匠》，既代表着20世纪中国文学的最优秀的那一部分，同时也在文学中忠实地映现着中国文化的乡土性。

理解了中国文化的这种乡土性，理解了费孝通先生所谓的"从基层上看去，中国社会是乡土性的"这句著名而经典的论断，就多少理解了为什么在20世纪的历史进程中，中国文学创作会与乡土世界结下不解之缘，为什么中国作家都魂牵梦绕于自己的故乡。

追忆与怀恋

20世纪中国文学关于乡土题材的创作充盈着对乡土的细致入微的刻画，刻骨铭心的怀恋，以及对乡土的田园牧歌的传统生存形态的描述和追忆。

《呼兰河传》就是一部追忆童年故乡生活的回忆体小说。这部小说是萧红在40年代沦陷时期的香港抱病写就的。在萧红的缅想中，呼兰城是一个记忆之城。它是困厄之际的作者的生命皈依之地。尤其是只属于作者和她的祖父的"后花园",更是生命中一块原生的本真的乐土。因此,《呼兰河传》倾情讲述的是个体生命与出发地之间血缘般的维系,以及作者揖别故土的失落感受,我们从萧红生命深处发出的低回隽永的吟唱中,捕捉到的是一阕挽歌的旋律。

小说令半个世纪之后的读者感叹不已的是作者萧红对乡土生活细节如此逼真的摹写,是对童年生活原初场景的细致入微的勾勒。很少有作家能像萧红这样把童年生活细节还原到如此细微的地步,其创作心理根源自然要追溯到作者对乡土的刻骨铭心的怀恋。这一点也同样适用于汪曾祺的《戴车匠》和周立波的《山那边人家》,我们从中读到的是对行将消逝的乡土手工艺以及婚嫁习俗的不厌其烦的复写,你会感到,中国乡土生活的原生态原来如此完好和细腻地封存在作家的生命记忆以及文本世界之中。

萧红和汪曾祺回忆中的故乡都是小城世界。小城在"乡土中国"的总体生存格局中有一种独特的地位,甚至可以说是传统中国的象征。因此,师陀自称在《果园城记》里"有意把这小城写成中国一切小城的代表,它在我心目中有生命,有性格,有思想,有见解,有感情,有寿命,像一个活的人"。"果园城"也因此成为中国现代文学中一个著名的小城。它和萧红的呼兰城,沈从文的边城一起,讲述着传统中国的乡土性逐渐失落的故事。

自称"乡下人"的沈从文在《边城》中精心构建了一个湘西世界的神话,讲述的是一个传统意义上的牧歌式的乐园故事。沈从文的文学成就也正集中表现在他的乡土地域叙事。在21世纪的全球化浪潮中,当我们回眸寻找20世纪有中国本土特色的文明方式时，肯定一下子就找到了沈从文。他笔下的湘西是最有本土气息和地域经验的文学世界。创作伊始，沈从文就意识到只有向内地的文明人展览自己的故乡，才有出路，所以他疯狂利用湘西的生活资源，利用家乡的那条沅水。沅水带给了沈从文经验、灵感和智慧，也给沈从文的创作带来乡土和地域色彩。也正是通过这条河水，沈从文把自己的创作与屈原代表的楚文化联系在一起。两千年前，屈原曾在这条河边写下神奇瑰丽的《九歌》，沅水流域也是楚文化保留得最多的一个地区。沈从文的创作，正是生动复现了楚地的民俗、民风，写出了具有鲜明地域特色的乡土风貌。于是，在他的笔下出现了剽悍的水手、靠作水手生意谋生的吊脚楼的妓女、携带农家女私奔的兵士、开小客店的老板娘、终生漂泊的行脚人……这些底层人民的生活图景，为我们展示了一个色彩斑斓的湘西世界。湘西作为苗族和土家族世代聚居的地区，是一块尚未被外来文化彻底同化的土地，衡量这片土地上的生民的生存方式，也自有另一套价值规范和准则。沈从文的独特处正在于力图以湘西本真和原初的眼光去呈现那个世界，在外人眼里，不免是新鲜而陌生的，而在沈从文的笔下，却保留了它的自在性和自足性。他以带有几分固执的"乡下人"姿态创造了神奇的乡土地域景观，正如美国汉学家金介甫所说：

> 不管将来发展成什么局面，湘西旧社会的面貌与声音，恐惧和希望，总算在沈从文的乡土文学作品中保存了下来，别的地区却很少有这种福气。

因此，他笔下的湘西世界构成了乡土地域文化的一个范本，

"帮助我们懂得,地区特征是中国历史中的一股社会力量"。从这个意义上说,沈从文为我们保留了本土文化和本土经验弥足珍惜的最后背影。

沈从文的湘西世界之所以成为"最后的背影",还表现在:表面上疑似世外桃源的湘西,在现代历史的时间洪流中,却最终蜕变为一个"失乐园"。小说中多次出现的"白塔"意象值得留意,它可以说是边城世界的一个标识:"碧溪岨的白塔,人人都认为和茶峒的风水大有关系。"但从沈从文的创作意图上分析,这座白塔显然不仅仅局限于风土与民俗的价值,它关涉的是小说的总体性主导动机。在《边城》的结尾,白塔在祖父死去的那个暴风雨的晚上轰然圮坍,它象征了一个关于湘西的世外桃源的神话的必然性终结,正像翠翠的祖父躲不过生老病死的自然选择一样。从白塔的轰然倒掉中,我们分明能够体验到一种挽歌的情调。

挽歌的情怀

挽歌情怀可以说贯穿于 20 世纪乡土文学的始终。之所以产生这种情怀,是因为 19 世纪后期以还,中国的乡土世界面临的是一个更强有力的力量,这种力量即是"现代性"。在西方现代性的强大冲击之下,本土的固有传统、乡土的价值体系以及古旧的文化美感正无可挽回地在一点点丧失。由此,中国作家也表现了面对现代性的冲击,乡土世界主动以及被动的历史转型,以及由此带来的田园牧歌的自足性的打破。茅盾的《春蚕》即展示了外来的资本主义大机器生产带给本土丝织业的冲击。半个世纪之后,在铁凝的《哦,香雪》中,那穿越偏僻的山村的两条铁轨,也同样是外部世界和现代性的具体象征。不过在《哦,香雪》中,火车却代表着外部世界许诺的幸福与美好的未来远景。火车通了象征了小村庄新纪元的开始。小说中最神秘的意象就是那两条铁轨,是通向外部世界的具体象征:

> 如果不是有人发明了火车,如果不是有人把铁轨铺进深山,你怎么也不会发现台儿沟这个小村。它和它的十几户乡亲,一心一意掩藏在大山那深深的皱褶里,从春到夏,从秋到冬,默默地接受着大山任意给予的温存和粗暴。
>
> 然而,两根纤细、闪亮的铁轨延伸过来了。它勇敢地盘旋在山腰,又悄悄地试探着前进,弯弯曲曲,曲曲弯弯,终于绕到台儿沟脚下,然后钻进幽暗的隧道,冲向又一道山梁,朝着神秘的远方奔去。

这是一段充满单纯和明朗的诗意的文字,铁凝用纤细、闪亮的字眼形容铁轨,而忽略和无视铁轨冰冷冷的钢铁的属性,表达的是台儿沟这个小村中的小姑娘香雪对火车的惊奇感,也可以看成是一个女性作家纤细的心灵感受,最终化为小说中充满诗意的描述。火车带给香雪的是对外部神秘的大千世界的渴望,是对走出大山的幸福远景的憧憬。这种憧憬也是对现代化带来的未来生活的憧憬。这是写于1982年6月的作品,那是刚刚改革开放的中国,整个民族都对现代化充满着憧憬,当时的国人憧憬起实现四个现代化的2000年就像憧憬天堂般的生活一样。这也是《哦,香雪》中所同样分享的历史乐观情绪。

但是，小说没有告诉我们香雪真正有机会走到外面的世界会怎样，外面的世界很精彩还是很无奈？1982年的铁凝在小说中预见的或者说预言的，是一个美好愿景。到了今天，时间过了整整三十年，而且已经穿越了2000年也有十多年，我们可以回过头来检验一下铁凝在《哦，香雪》中的愿景。可以说，一方面，火车唤醒了香雪们对山外面的大千世界的憧憬和渴望，并终于能够有机会走出大山，今天有幸考入高校的一部分农村大学生以及更多的遍布都市大街小巷的亿万农民工正是走出了乡土的香雪；但另一方面，香雪们已往的那种终老故土恒久不变的生存方式也必然被走出大山之后城市生活的喧嚣动荡还有现代生活的不可预知性所替代。或许，只有既包含了"精彩"也包含了"无奈"才是完整的现代感受，这也就是我们的都市生活本身。

乡土经验的流失与心灵故乡的失落

一位笔名叫飞花的少女作家创作的小说《卖米》逼真地再现了今天中国的乡土情境。

飞花，真名张培祥，1979年生于湖南醴陵一个山区农户，1997年考入北京大学法学院，2001年继续攻读法学硕士。《卖米》曾获得北京大学首届校园原创文学大赛一等奖。但到了颁奖的时候，获奖者却已经无法露面，而是由她的同学们在寄托哀思：获奖者在2003年非典期间患了白血病，三个月后就离开了人世间。

飞花在小说《卖米》前面写道："这不是小说，里面的每个细节都是真实的。"故事很简单，一个贫困山区的家庭，因为父亲生病，母女俩分别挑着一担米去四里外的地方赶场。米价下跌，虽说一斤米只跌了两分钱,但母亲死守价格最终一粒米都没卖出去。夕阳西下,母女俩又挑着加在一起一百五十斤重的米赶四里的山路回到家里。

作者的叙事调子是非常平静的,甚至有些朴素,不妨看看小说的结尾部分:

> 晚上,父亲咳嗽得更厉害了。母亲对我说:"琼宝,明天是转步的场,咱们辛苦一点,把米挑到那边场上去卖了,好给你爹买药。"
>
> "转步?那多远,十几里路呢!"我想到那漫长的山路,不由有些发怵。
>
> "明天你们少担点米去。每人担50斤就够了。"父亲说。
>
> "那明天可不要再卖不掉担回来哦!"我说,"十几里山路走个来回,还挑着担子,可不是说着玩的!"
>
> "不会了不会了。"母亲说,"明天一块零八也好,一块零五也好,总之都卖了!"
>
> 母亲的话里有许多辛酸和无奈的意思,我听得出来,但不知道怎么安慰她。
>
> 我自己心里也很难过,有点想哭。我想,别让母亲看见了,要哭就躲到被子里哭去吧。
>
> 可我实在太累啦,头刚刚挨到枕头就睡着了,睡得又香又甜。

有网友评论说:"这是飞花童年经历的一个片断吧?抛开那段卖米为生的农村生活现状,不去究其中国农民的生存百态,细细回味飞花母女俩的对话,相互的关心体贴,无不渗透着山区原始的味道,朴实无华。那种淡然,来自精神上的洗礼,也许,只有飞花这样的女孩才能做到。"

而我们从乡土叙事的更大的角度看飞花的《卖米》,你可以感受到乡土生活的贫穷和困窘,当大批的农民舍弃土地和故乡到远方的都市去寻找乐土的时候,中国相当一部分农村正面临一种新的贫瘠化的历史命运。飞花以她朴实无华的写作促使我们思考农民脱贫以及21世纪新农村建设这类事关国计民生和乡土未来生存图景的三农(农村、农业、农民)问题。

而纵观20世纪的中国历史,堪称最具有悲剧性的一页的,则是乡土田园牧歌世界的日渐流失。

对于温馨而宁静的田园世界的这种损毁,沈从文在30年代即有过无奈的叹惋:

> 时代的演变,国内混战的继续,维持在旧有生产关系下而存在的使人憧憬的世界,皆在为新的日子所消灭。农村所保持的和平静穆,在天灾人祸贫穷变乱中,慢慢的也全毁去了。

这与20年代的鲁迅在小说《故乡》中更早传递的信息遥相呼应:"苍黄的天底下,远近横着几个萧索的荒村,没有一些活气。我的心禁不住悲凉起来了。"这种萧索荒凉的气息即使在21世纪的今天依旧笼罩在中国的土地上,甚至有愈演愈烈的迹象。早逝的少女作家飞花创作的《卖米》,即揭示了21世纪当下乡土生活的贫穷和困窘,当大批的农民舍弃土地和故乡到远方的都市去寻找乐土的时候，中国相当一部分农村正面临一种新的贫瘠化的历史命运。飞花以她朴实无华的写作促使我们思考农民脱贫以及21世纪新农村建设这类事关国计民生和乡土未来生存图景的三农（农村、农业、农民）问题。

乡土的失落使20世纪相当一部分中国文人失却了生命最原初的出发地，同时也意味着失落了心灵的故乡，从而成为瞿秋白在《鲁迅杂感选集》序言中所概括的"薄海民"（Bohemian）。在瞿秋白眼里，以郭沫若为代表的在中国城市里迅速积聚着的各种"薄海民"，由于丧失了与农村和土地的联系，也就丧失了生命的栖息地。正如诗人何其芳在30年代创作的一首题为《柏林》的诗中对昔日故乡"乐土"之失却的喟叹：

> 我昔自以为有一片乐土，
> 藏之记忆里最幽暗的角落。
> 从此始感到一种成人的寂寞，
> 更喜欢梦中道路的迷离。

所谓"成人的寂寞"即是丧失了童年乐土的寂寞，从此，"梦中道路"替代了昔日的田园，而以何其芳、戴望舒为代表的30年代一批都市"现代派"青年诗人，也由此成为一代永远"在路上"的寻梦者。

新世纪今天的中国文坛在制造全球化时代都市消费神话的泡沫的同时，也在大面积地流失纯然的本土体验，其中，乡土经验是流失得最多的一个部分。

而鲁迅当年感受到的农村的萧索荒凉的气息即使在21世纪的

今天依旧笼罩在中国的土地上，甚至有愈演愈烈的迹象。一直关心乡村建设的北大中文系钱理群先生指出：今天三农问题中显得尤为触目惊心的是乡村文化的衰落，故乡的传统生活方式正在消亡与崩溃，既有地方文化生活的瓦解，如传统的以民间节日、宗教仪式、戏曲为中心的文化生活；也包括曾经相当活跃的、与集体生产相伴随的农村公共生活形式的消逝，如夜校、识字班、电影放映队、青年演出队。更有以家庭、家族、邻里亲密接触、和睦相处为特点的农村日常生活形态解体的征兆。生态环境的恶化，家庭邻里关系的淡漠和紧张，社会安全感的丧失，使乡村生活已逐渐失去了自己独到的文化精神内涵。赌博、暴力犯罪在很大程度上构成了乡村社会文化精神缺失的表征。有研究者因此产生了更深层面的焦虑：

> 传统乡间伦理价值秩序早已解体，法律根本难以进入村民日常生活，新的合理的价值秩序又远没有建立，剩下的就只能是金钱与利益。

于是就有了"作为文化——生命内涵的乡村已经终结"的这一根本性的忧虑。如今的乡村少年，他们生活在乡村，却根本无法对乡村文化产生亲和力、皈依感，然而，城市文化对他们又是那样遥远，这样，他们生命存在的根基就极易发生动摇，成了在文化精神上无根的存在。这一切，对那些依恋乡村文化的知识分子产生了巨大的冲击力。有位知识分子说："我已经无家可归，我在城市是寓公，在家乡成了异客"。

这就是21世纪的中国人所共同面对的"失根"的危机。

所谓的失根，意味着失去了我们的出发地，失去了乡土，也就失去了根本，成为悬浮的一代人。乡土提供着诗意地栖居的大地，是家园的象征。所以乡土不是与我们都市人不相干的存在，乡土与我们所有人的生存都有关。乡土是我们所有人生存的最后的故土。没有了乡土，城市人也最终无法生存，无论是物质意义上的生存还是精神意义上的存在。乡村文化的衰落，乡村教育的文化缺失，对我们究竟意味着什么？这是我们在21世纪的今天应当思考和追问的。

同时，亿万乡土农人的生活，在当今的文学视野中很大程度上已经边缘化。今日的文坛也许不乏农村题材作品的问世，但匮乏的是原生态的乡土景观和原生的乡土经验，匮乏的是从农村土生土长出来的原生的故事以及原生的乡土视角。这种原生化的乡土经验和乡土叙述，构成的其实是20世纪中国世纪经验和世纪故事的弥足珍贵的一部分，我们曾经在"五四"乡土文学以及沈从文、赵树理、周立波的笔下真切地领略过。这份乡土文学的世纪经验，提醒着20世纪中国广大的乡土生活的背景，提醒着在现代都市的四野，有着广袤的乡村，有着普通平凡的乡土日常生活，有着亿万农人的喜怒与哀乐、梦想与失落。或许可以说，当中国文学不可避免地走向世界文学一体化进程的时候，中国的以乡土文学为题材的作家们，勾勒了一幅文学家和乡土之间互相依存的文学图景，并为我们保留了本土经验的正在消逝的背影。

边城世界的虚构性

从接受史的角度上说，沈从文边城世界的生成，取决于文学史研究者以及沈从文的后辈作家对湘西的持续的兴味与言说。汪曾祺就是边城世界的缔造者之一。在《又读〈边城〉》中，汪曾祺认为：

> "边城"不只是一个地理概念，意思不是说这是个边地的小城。这同时是一个时间概念，文化概念。"边城"是大城市的对立面。这是"中国另一地方另外一种事情"（《边城题记》）。沈先生从乡下跑到大城市，对上流社会的腐烂生活，对城里人的"庸俗小气自私市侩"深恶痛绝，这引发了他的乡愁，使他对故乡尚未完全被现代物质文明所摧毁的淳朴民风十分怀念。

边城世界在与大城市以及现代物质文明的对峙之中获得了文化和时间的双重自足性。

林斤澜也曾经这样言说沈从文及其边城世界："沈从文是个什么样的作家呢？他拜美为生命，供奉人性，追求和谐。他投奔自然,《边城》的翠翠就是水光山色,爷爷纯朴如太古,渡船联系此岸和彼岸,连跟进跟出的黄狗也不另外取名,只叫做狗。"[1]

在林斤澜的理解中,边城世界是太古一般充满和谐之美与自然人性的田园世界,这个田园世界同时也催生了沈从文的文体形式——一种牧歌式的文体。夏志清在其《中国现代小说史》中即提出沈从文自创了一种"牧歌式文体",并认为"沈从文的文体和他的'田园视景'是整体的,不可划分的,因为这两者同是一种高度智慧的表现,一种'静候天机,物我同心'式创造力(negarive capability)之产品。能把一棵树的独特形态写好、能把一个舟子和一个少女朴实无华的语言、忠厚的人格和心态历历勾画出来,这种才华,就是写实的才华"。[2]夏氏把沈从文的文体风格与"田园视景"勾连在一起,并挖掘背后的东方式智慧,最后落实到写实的才华,堪称对沈从文笔下田园牧歌世界最具经典性的解释,最终也参与了对边城世界的塑造。

可以肯定的是,沈从文的确具有在湘西世界中谱写田园牧歌的主导创作动机,这种动机到了沈从文创作《边城》时期更趋于自觉。《边城》的大部分篇幅都符合田园诗写作模式。巴赫金在《小说理论》中曾经这样界定经典的田园诗模式:

> 田园诗里时间同空间保持一种特殊的关系:生活及其事件对地点的一种固有的附着性、粘合性,这地点即祖国的山山水水、家乡的岭、家乡的谷、家乡的田野河流树木、自家

---

[1] 程绍国:《林斤澜说》,人民文学出版社,2006年。
[2] 夏志清:《中国现代小说史》,复旦大学出版社,2005年,第147页。

的房屋。田园诗的生活和生活事件,脱离不开祖辈居住过、儿孙也将居住的这一角具体的空间。……田园诗中不同世代的生活(即人们整个的生活)所以是统一的,在多数情况下一个重要原因就是地点的统一,就是世世代代的生活都一向附着在一个地方,这生活中的一切事件都不能与这个地方分离。……地点的统一导致了一切时间界线的淡化,这又大大有助于形成田园诗所特有的时间的回环节奏。[1]

《边城》即表现出"生活及其事件对地点的一种固有的附着性、粘合性",小说叫《边城》而不叫《翠翠》,也不叫《翠翠、爷爷和黄狗》,这固然与沈从文曾经计划要陆续写作"十个城"的故事有关(虽然最后大都没有写成),但从田园牧歌的原型性上说,选择"边城"作为主题,显然使小说涵容了更开阔的叙述空间。

巴赫金所谓"田园诗所特有的时间的回环节奏"在沈从文的湘西小说中也有充分体现。这种时间的回环节奏首先表现为沈从文小说中所习用的"恒常叙事",即叙述湘西世世代代的生活中一以贯之的常态化的场景,借以烘托长久不变的恒定感。[2]譬如创作于30年代末40年代初的长篇小说《长河》:

> 六月尝新,必吃鲤鱼,茄子,和田地里新得包谷新米。收获期必为长年帮工酿一大缸江米酒,好在工作之余,淘凉水解渴。七月中元节,作佛事有盂兰盆会,必为亡人祖宗远

---

[1] 巴赫金:《小说理论》,河北教育出版社,1998年,第425页。
[2] 刘洪涛则借用"反复叙事"的范畴来描述这种"恒常叙事",参见刘洪涛:《沈从文小说新论》,北京师范大学出版社,2005年,第161—169页。

亲近戚焚烧纸钱……。八月敬月亮，必派人到镇上去买月饼，办节货，一家人团聚赏月。

研究者刘洪涛这样分析上述场景："三个分句分叙的六、七、八月农家主要生活样式，在'必'的约束下，变成铁打一般不可动摇的规律，凝固在生生不息的时间流动之中。"[1]

《边城》中更精心设计的"时间的回环节奏"还表现为节庆的复现，小说第三章这样交代节日在边城所充当的特殊角色："边城所在一年中最热闹的日子，是端午，中秋和过年，三个节日过去三五十年前如何兴奋了这地方人，直到现在，还毫无什么变化，仍能成为那地方居民最有意义的几个日子。"正因如此，沈从文选择了端午和中秋作为小说主要情节发生的时节，叙事者讲述的进行时中的故事发生在当下的端午，第四章又回溯两年前的端午发生在翠翠和傩送身上的故事，男女主人公的记忆便与端午节联系在一起。这种节日的复现，既为人物的活动确定了核心的时间关节点，也有助于营造具有地域色彩的民俗环境和背景，凸现了民间节庆在乡土生活中的重要性。边城世界的深厚蕴涵正凝聚在风俗、节庆之中，年复一年的节日维系的是边城世界的秩序感、恒常感以及与过去世代的连续感。

正有赖于这种地点的统一性与时间的回环节奏，湘西的"田园视景"在《边城》中才获得了沈从文创作中前所未有的完整性与自足性。而《边城》在沈从文小说创作中的重要性在于，它使沈从文此前在其他湘西题材的小说中尚显零散化的田园视景一举获得了整体性和统一性，进而使湘西世界获得了一个文化幻景意义上的

---

[1] 刘洪涛：《沈从文小说新论》，北京师范大学出版社，2005年，第163页。

整体图式。如果说在其他湘西小说中，沈从文的田园视景还由于题材以及作者价值意向的不同而具有一种差异性，但由于《边城》的出现，湘西世界以往的内部的差异性则开始服从于这一田园视景的整体图式。而正是从田园视景的整体性这个意义上说，在《边城》中最后定型的湘西世界的意义才无比重大，边城世界也才具有了乡土乌托邦的意义。

但是，在现代历史条件下，沈从文的田园视景必然具有一种先天不足。因为现代社会无法容纳一个传统意义上的桃花源。一切现代的田园牧歌与乌托邦图景都不可避免地具有一种虚构的幻美性。这使《边城》毕竟不同于传统的田园诗。与传统田园牧歌中永恒的时间性构成区别的是，《边城》中无法消除带有偶然性的时间因素的介入。如果说《边城》前两章的恒常叙事部分更贴近中国传统的静态的山水画，那么，一旦进入了展开具体故事情节的叙事流程，小说就进入了线性时间的具体性与一次性，进入了动态的日常生活和现代历史。所以作为节庆的端午和中秋的意义在小说中就发生了转变，节日的功能就从民俗学图景的恒常展示，转为替主人公的生命活动提供场景，小说的重心也就由民俗学展览进入了具体人生的写相，从永恒的民俗学时间转入进行与流逝中的现代历史时间。偶然性时间因素的介入，因此使故事时间具有了具体性，事件也具有了一次性。《边城》结尾部分爷爷的死亡和白塔的倒掉都是线形时间中不可重复的事件，尤其是《边城》那个著名的结尾，使小说以及边城世界开始向未来时间敞开，从而使时间有了单线性，而不再呈现节庆时间的回环性节奏：

到了冬天，那个圮坍了的白塔，又重新修好了。可是那个在月下唱歌，使翠翠在睡梦里为歌声把灵魂轻轻浮起的年轻人，还不曾回到茶峒来。

……

这个人也许永远不回来了，也许"明天"回来！

在这个意义上说，偶然性时间的介入，标志着边城牧歌图景开始变得复杂化。偶然性的时间因素给《边城》的叙事带来了不可确知性，也带来小说结尾的开放性。这种结尾的开放性标志着《边城》这部小说现代视域的生成。现代小说结尾与传统意义上的故事结局的最大区别就是现代小说更迷恋一种非确定性。本雅明在他著名的文章《讲故事的人》中指出："童话总这样说：'从此他们一直过着幸福的生活。'"[1]这就是童话的惯常的大团圆结局，这种大团圆结局同时也意味着时间性和可能性的终结，当王子和公主过上了幸福的生活之后，也就意味着童话中的主人公的故事已经结束了。而现代小说的结尾则以卡夫卡为楷模：

> 卡夫卡是那种注定无结尾的文学的代表。卡夫卡笔下的人物有如摩西，永远看不到乐土。布朗肖说，不可能结尾，就是不可能在作品中死亡，不可能通过死亡自我解脱。[2]

小说的不可能结尾正对应着终结的不可能性。而"现代性"是指向未来的乌托邦，现代小说的结局也必然处在时间的远方。当

---

[1]《本雅明文选》，中国社会科学出版社，1999年，第309页。
[2] 勒内·基拉尔：《浪漫的谎言与小说的真实》，三联书店，1998年，第326页。

边城世界的虚构性

《边城》的结尾带来了偶然性的时间因素，也就把"现代性"的维度引入小说，小说的结尾也必然是指向未来的，开放的，无法在现世兑现的。这种不确定性本身最鲜明地表现了小说的现代本性。[1]因此，《边城》的叙事是一个"乡土时间"的现代性乃至历史性逐渐凸现的过程。《边城》临近结尾即已显露变徵之音，借用沈从文常用的语汇，小说开始由"常"入"变"，即从乌托邦的恒常性进入到生命的变动不居的一次性。

从开放性结尾的角度说，《边城》表现出一种意义图式的复杂性。这种复杂性还体现在《边城》中的田园世界的自我颠覆性。《边城》的意义既生成于牧歌秩序本身，也生成于对这一秩序的质疑。郑树森即指出：

> 沈从文的田园模式，其实暗示强力，城乡之间，文明和原始之间，对比对立，而其笔调既有反讽，又有哀伤。[2]

这里所说的"强力"指的就是来自外部的"现代性"的力量。所以《边城》不单呈现了一个纯粹的田园视景，其中的"所说"和"所示"之间有天然的缝隙，也就是说，沈从文在呈现出一个疑似田园牧歌世界的同时，也暗示出这个田园世界的不可能性。"所说"（田园牧歌）与"所示"（边城世界内部的自我分裂）互相纠葛冲突，

---

[1] 也正是在这个意义上，巴金的"激流"三部曲最后一部《秋》的结尾意味深长："对于那些爱好'大团圆'收场的读者，这样的结束自然使他们失望，也许还有人会抗议地说：'高家的故事还没有完呢！'"从"现代"小说的意义上说，高家的故事不可能有传统意义上的结局，它的结尾必然是开放的。
[2] 郑树森：《沈从文的历史位置》，载《长河不尽流》，湖南文艺出版社，1989年，第301页。

展示了一个不稳定和不确定的图景。这种自我分裂迹象在沈从文此前的小说《灯》中已经包含了，当《灯》的结尾男主人公不经意间透露出那个出身于湘西的忠心耿耿的老仆人的故事是一个虚构的时候，其湘西视景已然面临被颠覆的危险。在此，沈从文自己暴露了小说的虚构性，在某种意义上就不啻一种冒险：边城世界的真实形态的瓦解的风险。《边城》中的田园诗的话语方式与真正的湘西的本来样态之间正存在着这种断裂。田园牧歌生成的同时也蕴涵了被颠覆的因子。正如王德威对沈从文的断言："他的叙事既是对田园牧歌的逼真再现，但同时也使之土崩瓦解。"[1]边城世界也因此显露出内在的虚构属性。

---

[1] 王德威:《批判的抒情——沈从文的现实主义》，载刘洪涛、杨瑞仁编:《沈从文研究资料》(下)，天津人民出版社，2006年，第895页。

"想象的共同体"与中国语境

本尼迪克特·安德森在《想象的共同体——民族主义的起源与散布》[1]一书中提出了关于"想象的共同体"的著名理论。这一理论涉及的是现代民族国家和民族主义如何起源和创制的大问题,尤其带给中国近现代文学研究界以一种在民族国家的理论框架中重新讨论问题的新的原创性构想。讨论这一理论在中国的散布过程中可能引发的问题意识,对我们探讨中国人文社会科学基本理论创新问题或许能够提供一定的参照视野。

一、现代中国理论的自主性与自足性是否存在?

安德森的"想象的共同体"理论的最重要的资源是他从东南亚各国民族独立的历史进程中获得的丰富材料,尤其是对印尼、越南、泰国、东帝汶、菲律宾等国的具体而深入的研究。所以安

---

[1] 本尼迪克特·安德森著,吴叡人译:《想象的共同体——民族主义的起源与散布》,上海人民出版社,2003年。

德森在书中提供了他人或许无法替代的亚洲以及非洲和美洲的一些弱小国家民族独立的历史视野。但是安德森的理论对我们最大的启示尚不在这种视野的独特性,而在于他把这些国家的民族主义起源问题放在西方的殖民主义背景中进行考察。他的基本结论是:在这些殖民地的民族国家创制过程中,民族主义并非起源于对殖民主义的反抗,恰恰相反,民族主义滋生于当地殖民政府的行政规划以及文化教育。譬如安德森以印尼为例,论证了正是殖民教育体系培养出了当地土著的知识分子阶层,同时也正是殖民地政府主动通过"人口调查"、地图绘制和博物馆的建立等方式来想象和建构自己的领土,并最终催生了民族国家的空间版图。换句话说,作为"想象的共同体"的民族国家其实是殖民主义的产物,也是西方全球化的结果。这意味着,在殖民地民族国家创制过程中出现的几乎所有"本土问题"也是殖民地宗主国的问题。

中国在近现代历史进程中并没有彻底沦为西方的殖民地,安德森的"想象的共同体"理论在解释作为民族国家的现代中国的创生问题上,其适用性和有效性就相对有限。中国学者需要建构能够解释自己的现代民族国家创生的理论框架。但是另一方面,中国从传统帝国向现代国家转型的历史进程,却同样与肇始于西方的现代性与全球化密不可分。因此,有研究者甚至认为:"在民族国家的框架内出现的所有'中国问题'必然也是西方问题,所有的中国理论都必定是西方理论。"[1]

这一不无极端的判断在逻辑的和历史的双重层面却都是有道

---

[1] 参见李杨:《文学史写作中的现代性问题》,山西教育出版社,2005年,第298页。

理的,它启示我们在寻求所谓中国自己的本土化理论创新的时候,需要充分意识到,我们的理论如何摆脱西方的逻辑陷阱。因为,至少在进入现代之后,中国问题就与西方或者说世界问题紧紧纠缠到了一起。比如"传统"这一问题,其实,实体化的传统并不存在,所谓"传统",正是被现代性呼唤出来的东西。没有现代性,也就没有传统。安德森的研究证明,传统甚至是由于建立民族国家的需要而被发明出来的东西。它是一种构建过程。譬如,安德森深刻地论证了"创始者"对于"民族的传记"的重要:

> 因为没有创始者(Originator),民族的传记就不能用福音书的方式,经由一长串的生殖与父子相承之链,"顺时间之流而下"地写作。惟一的替代方案是以"溯时间之流而上"的方式来为民族立传——上溯到北京人、爪哇猿人、亚瑟王,上溯到断断续续的考古学之灯所照射到的任何地方。然而,以一种对传统家谱的曼妙逆转,这个立传方式的特征是始于一个起源的现在(originary present)的那些死亡。

安德森继而声称"第二次世界大战孕育了第一次世界大战[1]。因为,恰恰是一个"起源的现在"决定了对民族传记以及传统的追溯,而在这个追溯的过程中,"传统"有时就表现为一种建构性或者发明性,换句话说,传统是为了"起源的现在",为了当下的需要而发明出来的东西。东亚的韩国就提供了很好的例证,尤其在

---

[1] 本尼迪克特·安德森著,吴叡人译:《想象的共同体——民族主义的起源与散布》,上海人民出版社,2003年,第234—235页。

最近十多年,由于民族主义情绪的高涨,韩国在不断重新发明传统,甚至会把本属于他国文化的遗产追溯为自己的传统。

这种中国问题与西方问题相互纠缠的特征在某种意义上启示我们,中国理论的自主性与自足性是否存在?中国的理论创新如何真正能超越于西方理论和全球化历史之外?同时这种超越的意义到底何在?理论创新是否具有真正的可能性?

二、我们如何建构理论的切身性?

安德森的"想象的共同体"理论还启示我们如何建构理论的切身性问题。

安德森的这一理论的关键词是"想象",所谓"想象"不是说民族国家的共同体是虚构的,是凭借类似于文学家的想象力而凭空想象出来的,而是说这一共同体是凭借想象的力量建立的,"想象"是民族国家得以创制的方式和渠道。这一具有原创素质的思路得到了比较普遍的认同,比如有中国学者认为:"一个生活在海南岛的渔民要想象几万里之外的一个新疆的牧民与自己的关联,不通过想象肯定不行,得知沙俄入侵东北,他感到愤怒,认为沙俄的入侵侵犯了他的利益,当然也需要想象。"[1]这段论述从逻辑上说没有什么问题。但是另一方面,民族国家除了想象的创制之外,是否还有与每个子民(如海南岛的渔民以及新疆的牧民)更切身的关系层面?仅仅诉诸想象,无法解释为什么历史上有那么多个体为民族国家赴汤蹈火,牺牲生命,更无法解释

---

[1] 李杨:《文学史写作中的现代性问题》,山西教育出版社,2005年,第300页。

为什么种族间的大规模的冲突和杀戮一直绵延不绝。所以在民族国家共同体内部机制中，肯定还存在更深刻的感同身受的内在联系，就像学者倪文尖所说过的那样：这些联系让人想到诸如血脉、根系、族群、手足、情感、心理这一类令人有切肤之感的词汇。所以现代民族国家在建制上的确存在想象的构建作用，但是其内在基础肯定存有超出想象这一功能，而与个人和群体相关的切身性。

话题由此转到理论问题，我们衡量一种理论本身的有效性与否，这种切身性也应该是一个检验的标准。中国学界现在借用了大量的西方理论，或者说我们所运用的绝大部分理论都是西方舶来品。但是这些西方理论从创生的意义上说，往往是与西方人的生存状况和困境休戚相关，当我们移植进来之后，必须考虑对所谓中国问题的有效性和切身性。令中国人感兴趣的理论不应该是纯粹的智力的操练，而是我们自己有困境需要寻求解决，这时我们所借鉴的理论才是更有效的。最终我们所追求的理论创新，是与我们自己的生存困境和问题纠缠在一起的。

三、理论是否内涵了意识形态属性？

马克斯·韦伯主张学术研究和基本理论的价值无涉，这一主张对90年代以后的中国学界有很大影响。其中正面的影响当然是主导性的。但是理论在运用过程中总有个"在地化"和"语境化"的问题。一旦进入具体的历史语境，就难免暴露理论的意识形态特征。比如"想象的共同体"理论在安德森那里或许具有价值无涉的学理性[1]，但是当这个理论进入台湾，就变成了"台独"势力最好的理论武器：既然"共同体"是凭"想象"构建的，是现代的一个创制和发明的过程，那么"台独"力量就认为完全有理由和有可能重建一个所谓的台湾共同体，或者说重新想象一个台湾共同体。

大陆版的《想象的共同体》这部书是直接引进的台湾译本，其译者吴叡人就是"台独"的理论家，我们看译者后记中的最后一句话"为着去找咱们的台湾"[2]就会了然。大陆有研究者就指出："'找'这个词用得很恰当，说明'台湾'这个'想象的共同体'是'找'出来的，也有人用台湾的例子来印证这本书的前瞻性和实践性。"[3]而一旦进入实践过程，理论的意识形态属性和政治性都是值得我们注意的问题。所谓的价值无涉的立场就很值得我们反思。

四、如何处理"想象的共同体"视野中的中国特殊性问题？

安德森的《想象的共同体》一书极少处理中国问题，中国的缺省在某种意义上说也意味着中国的特殊性，尽管这种特殊性未必

---

[1] 这种"价值无涉的学理性"当然只是从抽象的意义上来说的。而当安德森一进入台湾，他的理论就不可避免地具有了"在地性"和倾向性。如有学者撰文指出："民族主义理论的'大腕'本迪克特·安德森（Benedcit Anderson）去年到了台湾，附合着台湾的民族主义气氛，大讲了一通'有一个民族的存在是好的'，说全球化时代还要有民族主义的大想象。安德森的言论有不少地方让我这个中国人读来很不舒服，比如，他很自然地把'台湾'和'台湾人'与'中国'和'中国人'当作了两个概念。"（程亚文：《民族想象、集体认同及其他》，转引自文化研究网 http://www.culstudies.com，http://www.culstudies.com/rendanews/displaynews.asp?id=6799。）
[2] 本尼迪克特·安德森著，吴叡人译：《想象的共同体——民族主义的起源与散布》，上海人民出版社，2003年，第242页。
[3] 张慧瑜：《民族与民族主义——关于〈想象的共同体〉的读书笔记》，左岸会馆网站，http://www.eduww.com/bbs/dispbbs.asp?boardID=33&ID=18129&page=1。

在安德森的视野之中。葛兆光即认为：

> 在文化意义上说，中国是一个相当稳定的"文化共同体"，它作为"中国"这个"国家"的基础，尤其在汉族中国的中心区域，是相对清晰和稳定的，经过"车同轨、书同文、行同伦"的文明推进之后的中国，具有文化上的认同，也具有相对清晰的同一性，过分强调"解构中国（这个民族国家）"是不合理的，历史上的文明推进和政治管理，使得这一以汉族为中心的文明空间和观念世界，经由常识化、制度化和风俗化，逐渐从中心到边缘，从城市到乡村，从上层到下层扩展，至少在宋代起，已经渐渐形成了一个"共同体"，这个共同体是实际的，而不是"想象的"，所谓"想象的共同体"这种新理论的有效性，似乎在这里至少要打折扣。[1]

中国问题的特殊性还表现为，在现代民族国家创制过程中，由于在理念上需要与"天下"观不断对话，在体制和政治上则延续着大一统帝国的形态，所以中国向现代民族国家的转型有着自己特殊的模式[2]。当这种从中华帝国时代延续下来的统一的政治连带感和经济形态、生存方式的连带感进入思考框架的时候，安德森的中国视野的缺失对我们就提出了新的挑战：我们如何提供自己

---

[1] 葛兆光:《重建关于"中国"的历史论述——从民族国家中拯救历史，还是在历史中理解民族国家？》，《二十一世纪》，网络版第四十三期 2005年10月31日。
[2] 参见汪晖《现代中国思想的兴起》中有关帝国和天理的精彩论述，三联书店，2004年。

的具有创新性的理论,来解释古老的中华帝国如何转型为一个现代国家?中国的模式是不是逃逸出了安德森的理论构架?现代中国有没有对民族主义起源问题提供新的视野和贡献?

可以说,作为一个多民族大融合的民族和政治共同体的现代中国可能无法诉诸于安德森的"想象的共同体"理论。由于帝国形态的遗存性没有进入安德森的视野,所以当我们依照安德森的理论,仅仅从民族国家的角度考察现代中国,或者说把中国完全理解成一个民族国家的存在形态,可能会忽略帝国背景对现代中国的意义,也忽略中国向现代转型过程中某种帝国性的残留。一方面,"想象的共同体"理论在实践中有可能瓦解类似于中国这种古老的统一多民族的国家形态,譬如李登辉就曾经幻化出七分中国大陆版图的想象。另一方面,民族国家理论中对帝国视野的检讨的缺失,也会促使中国学界进一步忽略现代中国历史进程中帝国意识甚至帝国形态的残存,从而有可能掩盖那些在今天促使中国重新帝国化的潜在因素。

正像日本的帝国性和军国主义可能依旧残存在它的民族国家肌体内部一样,中国也并不能彻底排除走向帝国的潜在可能性。恰如李杨说的那样:"如果说西方的全球化是一种进攻型的帝国主义,那么在我们狭隘的民族主义意识里则徘徊着防御型帝国主义的阴影。"[1]而中国学者对帝国意识在今天的危险性却可能缺乏足够的反省。当然一旦涉及帝国问题,情形就很复杂,因此更应该引起学界的重视。尤其是"想象的共同体"理论流行起来之后,学术界基本上谈论的都是"民族国家",从而忽略了帝国意识的根深蒂固的存

---

[1] 李杨:《文学史写作中的现代性问题》,山西教育出版社,2005年,第347页。

在。但帝国意识是内化在整个中国文化和心理结构中的。譬如近些年的《康熙大帝》《雍正王朝》等电视剧，对天朝意识的宣扬是很明显的。而帝国问题牵扯到的最重要的领域在于处理中国和周边国家的关系问题。应该说，东亚和东南亚的某些民族国家在形成过程中除了西方殖民地因素的介入，与脱中国化的"去帝国"倾向也有内在关系。我接触到一些日本人、韩国人以及中国台湾人，他们仍然把中国看成一个中华帝国。而这恰恰是他们特别警惕和反感之处。如何剔除现代中国历史进程中的帝国意识，或许是"想象的共同体"理论留给我们的另一个启示。

第三辑

植入战争背景之中的中国新诗

抗战之前30年代中期的中国诗歌,被研究者们称为新诗史上一个诗艺探索的高峰期。以戴望舒为代表的"现代派"诗人群所谓"纯诗"的努力正标志着对诗艺的探索已经走向了一个日渐成熟的历史阶段,这一执著于诗艺探索的历史阶段在中国几千年的诗歌史上也是难以复现的[1]。如果没有战争的爆发,中国新诗会继续走什么样的路,自然是今天无法判断的。但战争的爆发首先中断的正是这一诗艺探索的进程。"七七事变"之后,中国诗歌开始呈现出别样的风貌,也是特殊年代历史发展的某种必然。

战争伊始,中国诗坛自然无法延续精致的纯诗写作,出现了

---

[1] 1935年孙作云发表《论"现代派"诗》一文,把30年代登上诗坛的一大批年青的都市诗人具有相似倾向的诗歌创作概括为"现代派诗"。其重要的标志是1932年5月在上海创刊、由施蛰存、杜衡主编的《现代》杂志。此后几年,卞之琳编辑《水星》(1934),戴望舒主编《现代诗风》(1935),到了1936年,由戴望舒、卞之琳、梁宗岱、冯至主编的《新诗》杂志,把这股"现代派"的诗潮推向高峰。伴随着这一高峰的,是1936至1937年大量新诗杂志的问世。"如上海的《新诗》和《诗屋》,广东的《诗叶》和《诗之页》,苏州的《诗志》,北平的《小雅》,南京的《诗帆》等等,相继刊行,……那真如雨后春笋一样地蓬勃,一样地有生气。"(孙望:《战前中国新诗选》初版后记,江西人民出版社,1983年)以至于作为"现代派"诗人的一员的路易士认为"一九三六至三七年这一时期为中国新诗自五四以来一个不再的黄金时代"(路易士:《三十自述》,见《三十前集》,诗领土出版社,1945年)。

街头诗、朗诵诗等直接配合战争鼓动需要的新诗体。而随着时间的推移以及战事的深入，诗坛渐趋沉潜，诗艺也逐渐走向阔大与凝重。40年代的诗人也正由于未曾经历的战争语境而获得了前此无法产生的沧桑的际遇和深厚的体验，诗歌中也历史性地获得了忧患感、凝重感和阔大感。除了诗人们亲历的现时空间得以空前拓展之外，相当一部分诗人还在诗作中充分展示了战争年代族群的生存体验和生存远景、思考了复杂深邃的人性内涵和存在意识、探究了人类和生命个体的心理和潜意识等内宇宙空间。艾青、冯至、穆旦等诗人正代表了上述诗学取向。而其中更年青的诗人穆旦的创作中还表现了杜甫般的忧患情怀，涵容了阔大的史诗意识，在某种意义上显示了新的诗歌历史阶段所应该具有集大成的潜质。而以穆旦、杜运燮、吴兴华为代表的校园诗人，则在诗艺的深化以及向西方的借镜方面比30年代走得更远。

概而言之，历时八年的抗日战争，在改变了中国历史进程的同时，也深深影响了中国现代诗歌的图景。这一时段中国诗坛出现的新的历史流向都和战争结下了不解之缘。而在长达八年的抗战历史阶段，中国版图三个地区的划分，也为40年代的诗歌图景带来了多样性和复杂性。三个地区虽然也分享了某种相似的历史氛围、诗歌元素和诗艺特质，但差异性也表现为主导的倾向。这种差异并没有随着抗日战争的胜利而淡出，在某种程度上贯穿了整个40年代的诗歌历史。

一

还是在抗战前夕，中国诗歌会的代表人物蒲风就曾经做出过这样的论断："很显明的，'九一八'以后，一切都趋于尖锐化，再不容你伤春悲秋或作童年的回忆了。要香艳，要格律，……显然是自寻死路。现今唯一的道路是'写实'，把大时代及他的动向活生生地反映出来。"[1]如果说，蒲风所倡导的写实的道路在战前尚有几分预言的性质，那么随后爆发的全民族的抗战则使这一预言成为整个诗坛共同遵循的创作原则。由臧克家、蒲风、王亚平、艾青等诗人所代表的"大众诗歌"道路，终于得到了普遍的认同。

抗战初期的诗坛，无论是诗歌观念的倡导，还是具体的创作实践，都呈现出空前一体化的特征。这种共同的归趋是诸种诗歌观念错综杂陈的30年代不曾有的。战争背景下统一的时代主题以及民族面临生死存亡的共同生存境遇直接制约了诗歌的理论与实践。最有说服力的证明尚不是抗战前就以写实主义诗歌影响着诗坛的中国诗歌会同仁的创作，而是一批战前曾因所谓脱离大众而屡受非议的"现代派"诗人的诗风转向。作为"现代派"诗人领袖的"雨巷"诗人戴望舒，抗战初期创作了祝福"英勇的人民"的《元日祝福》，曾经梦寐地"期待着爱情"的何其芳则写出了《成都，让我把你摇醒》；客居延安的卞之琳"在邦家大事的热潮里面对广大人民而写"[2]《慰劳信》，一度"折心于惊人的纸烟的艺术"的徐迟则喊出了时代的"最强音"。一代曾倾心于象征主义的朦胧和暗示技巧以及晚唐温李一派的孤绝与幻美情调的"现代派"诗人从此诗风不复找到以往纯粹而精致的完美，独特的个人性也被一种群体性所取代，最终汇入时代所要求的大众化、写实化的统一风格之中。

抗战初期最有影响的诗作出自被闻一多誉为"时代的鼓手"的

---

[1] 蒲风：《五四到现在的中国诗坛鸟瞰》，《诗歌季刊》，1934—1935年第1卷第1—2期。
[2] 卞之琳：《雕虫纪历·自序》，人民文学出版社，1984年第2版。

田间。正是他的诗,以充沛的激情和炽热的感召力在民族生死存亡的关头最早抒写了中华民族反抗侵略、抵抗外侮的坚定信念,有着极大的鼓舞人民奋起抗战的动员力量。1937年底,田间创作了长诗《给战斗者》,诗中表现了"战士底坟场／会比奴隶底国家／要温暖,／要明亮"的战斗意志,以及对于祖国的神圣的挚爱:

在中国
我们怀爱着——
五月的
麦酒,
九月的
米粉,
十月的
燃料,
十二月的
烟草,
从村落底家里
从四万万五千万灵魂底幻想的领域里,
飘散着
祖国的
热情,
祖国的
芬芳。

这些广为传诵的诗行体现了田间自由体诗艺的特征:简短的

句式,急促的节奏,像一声声"鼓点",给人以"闪电似的感情的突击"。正像胡风所论述的那样,田间的诗作"是从生活激动发出的火热的声音",其焕发的情绪和急促的"鼓点"般的节奏代表了一个"诗底疾风迅雷的时期,和战争初期的人民底精神状态是完全相应的"。[1]田间诗歌的意义正在于艺术形式与时代性、战斗性内容之间的吻合。这种对诗歌的现实性倾向的自觉更反映在田间1938年到了延安和晋察冀边区之后所发起、推动的"街头诗"的创作中。这是抗战时期所独有的诗体形式,简短的篇幅,鲜明的主题以及精辟的句式,使"街头诗"成为激发人民抗战斗志的最富鼓动作用的诗体。如田间的《假如我们不去打仗》:

> 假如我们不去打仗,
> 敌人用刺刀
> 杀死了我们,
> 还要用手指着我们骨头说:
> "看,
> 这是奴隶!"

由于田间的推动,"街头诗"形成了风靡一时的诗歌运动,与传单诗、朗诵诗等成为抗战初期解放区乃至国统区最具有现实性和时代特色的诗歌形式。

同样值得注意的是沦陷区诗坛也经历了这种写实化的大众诗风的转向。在内容上,诗人们强调诗歌应该"由狭小的进为广大

---

[1] 胡风:《关于创作发展的二三感想》,《创作月刊》,1942年12月第2卷第1期。

的,由个人的抒情和感触,进为广大的描写与同情";在形式上,臧克家那种"用的是大众口里的话,里面没有一点修饰,不用典故和譬喻,有时也注重在节奏,朗读很有力量"的诗歌,也成为更"容易流传"的体式。[1]这使人联想到朱自清40年代初在大后方对抗战初期诗歌发展的趋向所作的概括:"抗战以来的诗,注重明白晓畅,暂时偏向自由的形式,这是为了诉诸大众,为了诗的普及。"[2]提倡通俗晓畅的大众化语言,注重节奏和朗读的自由体形式,构成了沦陷区和大后方共通的诗歌艺术标准。尽管沦陷区的这种诗歌主张在抗战初期很难落在实处,同时在解放区与国统区应运而生的朗诵诗、街头诗、传单诗等战时大众诗歌的诸种类型,在沦陷区由于严酷的现实环境的限制,一时间尚无法形成群体性的实践,但诗歌观念本身的倡导依然昭示了沦陷区诗坛与其他两个地域之间的内在联系,透露出抗战诗歌具有某种规律性的统一格局。

这种统一性关涉着对于现代诗潮史的总体估价。虽然对写实主义风格的倡导从"五四"新诗的发生期就一直伴随着现代三十年的诗歌历程,但在抗战之前的两个十年中,写实主义的诗歌并没有从根本上改变现代诗坛诸种风格多元并存的格局,写实主义诗作一直在与其他各种诗歌派别彼此渗透消长的过程中艰难摸索自

---

[1] 楚天阔:《新诗的道路》,《中国公论》,第3卷第6期。
[2] 朱自清:《新诗杂话·抗战与诗》。朱自清所谓"自由的形式"也同样占据了沦陷区诗歌的主导形式。1943年,废名在北平的刊物《文学集刊》第1期和第2期上重新刊出他写于抗战前的讲稿《新诗应该是自由诗》以及《以往的诗文学与新诗》,主张自由体诗歌是新诗的发展方向,可以看作是沦陷区诗人具有代表性的诗歌观念。尽管有吴兴华等诗人尝试模拟旧体绝句诗的形式以及从事十四行诗体的创作,但从沦陷区诗歌大致的几种类型即写实派、现代派以及"史诗"的创作现状来看,自由体是绝大部分诗人采用的形式。

身的足迹。只有到了战争年代,贯穿抗战诗歌发展始终的大众化、写实化的倾向才真正奠定了主流诗潮的历史地位。诗歌观念的主体性追求与客观的时代环境共同塑造了这一诗歌主潮的形成,并最终在全民族抗战的外部条件之中寻找到它全部的社会现实性与历史合理性。

这其中蕴涵着可以多重阐发的课题,譬如写实主义诗歌的表现形式与时代主旋律之间的应和关系,大众化追求过程中的得与失,对民族形式的探讨,自由诗体的再度兴起,散文化的创作流向……等等,都是值得深入探究的课题。同样吸引文学史研究者注意力的则是写实主义诗潮自身所暴露出的政治与艺术之间的内在矛盾。毋庸讳言的是,抗战时期写实主义的诗歌有相当一部分是以牺牲诗美为代价的。抗战诗歌一方面在相当长的一段时期内排斥了由象征派、新月派、现代派所贡献的诗学因素,[1]另一方面则把诗歌的时代性、战斗性与艺术性对立起来,宣扬诗歌"需要政治内容,不是技巧"[2]。抗战诗坛又一次面临着一个古老而尖锐的文学矛盾,即诗歌的自律与他律的矛盾。对艺术性的忽略使写实主义诗歌走向了物极必反的境地,下面的批评在抗战诗坛具有代表性:"大批浮泛的概念叫喊,是抗战诗么?可惜我们底美学里还没有篡入这种'抗战美'。"[3]字里行间隐藏着对一种抗战诗歌的新美学的呼唤。

---

[1] 譬如任钧就称:"象征派的晦涩、未来派的复杂、达达主义的混乱……等等,都是应该从现阶段的诗歌当中排除去的。"(任钧:《谈谈诗歌写作》,《新诗话》,上海国际文化服务社,1948年,第143页)
[2] 阿垅:《今天,我们需要政治内容,不是技巧》,《诗垦地》第5辑。
[3] 胡危舟:《诗论实录》,《文学创作》,第1卷第2期。

二

正是在写实主义诗歌匮乏自身成熟的美学规范的背景下，出现了艾青以及深受艾青影响的"七月派"诗人群，在战争年代贡献了特出的美学：一种植根于大地与泥土的雄浑而凝重的诗美风格。

抗战初期的艾青辗转于西北黄土高原，目睹和体验了这片广袤而贫瘠的土地上北方农民的苦难生活，深刻领略了"世界上最艰苦与最古老的种族"在战乱年代的沉重与沧桑，从而创作了他一生中最优秀的作品：《雪落在中国的土地上》《手推车》《北方》《向太阳》《我爱这土地》《吹号者》《他死在第二次》《旷野》《土地》……"雪落在中国的土地上，寒冷在封锁着中国呀……"这首《雪落在中国的土地上》写在抗战爆发那一年的12月。诗人感受着冬天的寒冷，更感受到侵略者铁蹄之下祖国的多灾多难和人民的贫困痛苦：

> 由于你们的
> 刻满了痛苦的皱纹的脸
> 我能如此深深地
> 知道了
> 生活在草原上的人们的
> 岁月的艰辛
>
> （《雪落在中国的土地上》）

诗人自述"这些诗多数写的是中国农村的亘古的阴郁与农民的没有终止的劳顿，连我自己也不愿意竟会如此深深浸染上了土地的忧郁",[1]正是对"中国农村的亘古的阴郁与农民的没有终止的劳顿"的体验最终奠定了艾青的忧郁的诗绪。这忧郁伴随了诗人的一生：从小就"感染了农民的忧郁"[2]，留学生涯中又在西方大都市中体验着波德莱尔式的"巴黎的忧郁"，在抗战时期则从土地的忧郁升华为面对民族生存苦难的忧郁……这种忧郁的情怀在中国诗歌中可谓凤毛麟角，当大部分抒情诗或流于个人的自恋的感伤，或表现为廉价的乐观主义的时候，艾青以他对土地和农民的深沉而忧郁的爱，贡献了一种凝重的诗，并"把忧郁与悲哀，看成一种力"，忧郁的诗绪的背后正蕴含了一种深沉的力量，反映着民族坚忍不拔、自强不息的精神。

艾青说过："这个无限广阔的国家的无限丰富的农村生活——无论旧的还是新的——都要求在新诗上有它的重要篇幅。"[3]这重要的篇幅随着艾青的吟诵土地的诗作的问世而诞生了。艾青的形象，也最终定格为行吟在大地上，沉溺于田野的气息的"土地的歌者"，印证了当年冯雪峰的断言："艾青的根是深深地植在土地上。"[4]"田野""旷野""土地"因此构成了艾青诗中高密度复现的意象：

> 黄昏的林子是黑色而柔和的
> 林子里的池沼是闪着白光的
> 而使我沉溺地承受它的抚慰的风啊
> 一阵阵地带给我以田野的气息……

---

[1] 艾青：《为了胜利——三年来创作的一个报告》，《抗战文艺》，第7卷第1期。
[2] 《艾青选集·自序》，《艾青选集》，开明书店，1951年，第7页。
[3] 艾青：《献给乡村的诗》序，昆明北门出版社，1945年。
[4] 孟辛（冯雪峰）：《论两个诗人及诗的精神和形式》，《文艺阵地》，1940年第4卷第10期。

> 我永远是田野气息的爱好者啊……
>
> 无论我漂泊在哪里
>
> 当黄昏时走在田野上
>
> 那如此不可排遣地困惑着我的心的
>
> 是对于故乡路上的畜粪的气息
>
> 和村边的畜棚里的干草的气息的记忆啊……

(《黄昏》)

诗中的土地、田野是光、影、风、气息、记忆的混合体。土地之歌由此放逐了抽象性的说理，诗人对土地的感情获得的是具象的呈现，表现为具体的意象的生成。"意象是诗人从感觉向他所采取的材料的拥抱，是诗人使人唤醒感官向题材的迫近。"[1]没有什么比"土地"的意象更能承载艾青的诗学中对感觉与具象性的强调了。"土地"尽管在象征层面指喻着家园、栖息的居所，然而在诗中它首先是感性与具体的存在。而找到了感性与具体"土地"，艾青就找到了属于自己的审美关注点。正是借助于对土地的歌吟，艾青在抗战初期充斥诗坛的"幼稚的叫喊"与"浮泛的概念"之外贡献了凝重而雄浑的诗作，其强烈的美感力量来自诗人对泥土的贴近，来自诗人对苦难民族的深沉爱恋以及个体与土地的血缘关系的生命体认。艾青在把"土地"的意象散布在诗篇中的时候，也就生成了一种"土地的诗学"。作为这种"诗学"的表现形式的是艾青诗中"农民""土地""民族"相互叠加的意象网络，而其内在的

---

[1] 艾青：《诗论》，见杨匡汉、刘福春编：《中国现代诗论》（上编），花城出版社，1985年，第355页。

美感支撑则是流淌于诗行中的深厚、凝重而又朴素、博大的总体风格。正是这种美感风格，标志着40年代写实主义诗歌获得了渐趋成熟的诗学规范，并收获了无愧于一个大时代的诗美实绩。[1]30年代末，艾青即曾指出："一首诗的胜利，不仅是那诗所表现的思想的胜利，同时也是那诗的美学的胜利。"[2]这种美学的胜利，正表现为"土地的诗学"所获得的塑形。

艾青诗中的主要色调，除了"土地"所代表的凝重与灰暗，还有"太阳"代表的鲜亮与明朗。在讴歌土地的同时，诗人更赞美太阳，反映了对光明、理想和未来的追求。作于1942年的《黎明的通知》正是这样一首黎明的颂歌，宣告了一个新时代即将来临：

> 请歌唱者唱着歌来欢迎
> 用草与露水所掺合的声音
>
> 请舞蹈者跳着舞来欢迎
> 披上她们白雾的晨衣
>
> 请叫那些健康而美丽的醒来
> 说我马上要来叩打她们的窗门

---

[1] 体现这种"土地的诗学"的还有臧克家出版于1943年的诗集《泥土的歌》。在自序中，诗人写道："《泥土的歌》是从我深心里发出来的一种最真挚的声音，我昵爱、偏爱着中国的乡村，爱得心痴、心痛，爱得要死，就像拜伦爱他的祖国大地一样，我知道，我最合适于唱这样一支歌，竟或许也只能唱这样一支歌。"
[2] 艾青：《诗论》，见杨匡汉、刘福春编：《中国现代诗论》（上编），花城出版社，1985年，第338页。

请你忠实于时间的诗人
带给人类以慰安的消息

请他们准备欢迎，请所有的人准备欢迎
当雄鸡最后一次鸣叫的时候我就到来

请他们用虔诚的眼睛凝视天边
我将给所有期待我的以最慈惠的光辉

趁这夜已快完了，请告诉他们
说他们所等待的就要来了

  这首预言黎明的诗本身的风格也如黎明般清新，疏朗，使人仿佛呼吸到了清晨林间的空气。诗人不厌其烦地运用排比句式，造成黎明即将君临一切，唤醒一切的表达效果。两行一节的结构也体现出简洁明快的格调。40年代艾青的自由体诗作加强了在旋律上的复沓，以及句式的排比与重复，《黎明的通知》即是艾青的自由体诗作的重要收获之一，也标志着中国自由体新诗的成熟。艾青认为，自由体"受格律的制约少，表达思想感情比较方便，容量比较大——更能适应激烈动荡、瞬息万变的时代"。其大的容量不仅表现在诗的长度，更表现在每句诗都有较长的字数，这一特征与田间所擅长的短句式的诗作相比较就更加明显。但艾青的长句却并不繁复，而是力求句式简单明快，每一节中的句式又大体相同，尤其是排比的运用更加强了整首诗的齐整与和谐，因此在自由中又有限制，以其内在统一的节奏实现了严格整饬的格律诗所无法达到的诗歌理想，从而为自由体奠立了新的型范，也在一定意义上预示了自由体可能代表着中国新诗更主导的历史流向。[1]

艾青的贡献还在于开启了一代诗风。如穆旦《在寒冷的腊月的夜里》：

> 在寒冷的腊月的夜里，风扫着北方的平原，
> 北方的田野是枯干的，大麦和谷子已经推进了村庄，
> 岁月尽竭了，牲口憩息了，村外的小河冻结了，
> 在古老的路上，在田野的纵横里闪着一盏灯光，
> 一副厚重的、多纹的脸，
> 他想什么？他做什么？
> 在这亲切的，为吱哑的轮子压死的路上。

从诗中"北方的平原""枯干的田野""多纹的脸""吱哑的轮子"等意象中，可以感受到穆旦所受的艾青诗绪的影响，同样呈现出了"土地的诗学"的元素。而受艾青影响的七月派诗人既承袭了艾青式的凝重与阔大的诗风，同时又贡献了一种粗犷而豪迈的力的壮美。这种多少有些粗粝的壮美风格在中国新诗史中是独树一帜的。豪放粗犷的力度体现了七月派诗人努力"突入"生活的强悍的主体意志，阿垅的《纤夫》正是把这种意志灌注于纤夫艰难行进的姿态之中："偻佝着腰 / 匍匐着屁股 / 坚持而又强进！ / 四十五度

---

[1] 单纯就诗体而言，格律体与自由体从理论上自然是无法分出高下的，衡量的重要的标准则是各个体式有没有成熟的大诗人的出现，从这意义上说，艾青40年代的诗作标志着自由体诗的实践所取得的历史性的成就。

倾斜的／铜赤的身体和鹅卵石滩所成的角度／动力和阻力之间的角度，／互相平行地向前的／天空和地面，和天空和地面之间的人底昂奋的脊椎骨／昂奋的方向／向历史走的深远的方向，／动力一定要胜利／而阻力一定要消灭！／这动力是／创造的劳动力／和那一团风暴的大意志力。"诗人的主体精神，民族的"一团风暴的大意志力"以及历史的方向，都凝聚在纤夫体现出的"创造的劳动力"之中。诗中的纤夫的形象，尽管有观念化的影子，但他"既具有普通纤夫的历史具体性，却又包含着更加深广的历史内容：它表现出了一种深藏在普通人民身上的坚韧强进的民族精神，和古老民族的顽强生命力"。[1]这首《纤夫》堪称是七月派诗歌观念的一个形象的说明，强调主观与客观、历史与个人的统一，在客观对象之中注入"主观战斗力"，并最终使诗歌成为时代与历史的忠实见证。这就是七月派诗人所共同追求的诗风，它一扫新月派的精致与刻意以及现代派的朦胧与晦涩，肌理粗疏，不事雕琢，甚至不避俚俗。这也是抗战诗歌所特有的一种美，这种粗犷与豪放的充满力度的美与艾青的忧郁与凝重一起丰富了40年代诗坛，共同完成了一种新的自由体诗歌美学型范的塑造。

与艾青和七月派代表的大后方写实主义诗风互为印证的，还有沦陷区诗坛。40年代初，随着徐放、山丁、蓝苓、吕奇、丁景唐、夏穆天等诗人的相继出现，写实主义的诗歌也逐渐有了起色，以其所散发的"大地的气息"，呼应着沦陷区风靡一时的关于"乡土文学"与"大众化"的倡导，诗歌内容也由抗战初期对日常生活的浮面的感喟而伸向现实与历史的纵深。这同样是一批贴近泥土

---

[1] 钱理群等：《中国现代文学三十年》，上海文艺出版社，1987年，第520页。

的诗人。如果说对乡土的讴歌构成了任何一个文学时代的永恒母题，那么在一个家园沦丧，背井离乡的战争年代，这种对乡土和大地的恋情就显得更为深沉和厚重。夏穆天的长诗《在北方》，有艾青般的质朴和硬朗，呈现出一种北方旷野的宏阔气象：

  北方就这样
  将一个个人抚养
  白天
  田野像一个巨人
  刚从剃头店
  括光的嘴边
  一个个彩花的头巾
  掩一个个
  拾穗少女的
  乌亮的辫发
  秋风飘起了
  沿着林檎的香气
  我随他们笑唱着
  走一个园林
  又一个园林

三

  40年代初的现代诗坛兴起了一种新的流向，这就是长诗及"史诗"的写作。

长诗在"五四"以来的新诗创作中显然不乏其例，从冯至的《帷幔》《蚕马》到孙大雨的《自己的写照》，都是长诗写作的重要收获。但在40年代如此集中出现的大规模的长诗现象，却可以称得上是中国新诗史上的一个奇迹。朱自清所谓"近年来颇有试验长篇叙事诗的"，[1]概况的正是长诗写作的历史潮流。

抗战初期，艾青的《向太阳》《吹号者》，孙毓棠的《宝马》，以及解放区柯仲平的《边区自卫军》《平汉路工人破坏大队的产生》面世，是长诗创作的最初实绩。艾青的《向太阳》歌颂艰苦卓绝的抗日战争为中华民族带来的历史性的新生感。"太阳"的意象也成为抗战时期的诗歌最富于乐观向上精神的意象。全诗共有九节，容量巨大，情绪热烈，是一个时代民族乐观主义精神的写照。柯仲平的《边区自卫军》和《平汉路工人破坏大队的产生》则是两首叙事诗，均取材于边区抗战生活中的真人实事。前一首描写边区人民抗敌除奸的事迹，后一首叙述平汉路上工人群体与日军周旋斗争的故事，代表了抗战时期长诗写作最初的实绩。

进入1940年之后，无论是沦陷区、国统区还是解放区，都出现了具有群体性的长诗及史诗的热潮。1941年前后，几乎华北诗坛上的每家重要文学杂志或综合杂志都开始刊载长诗的创作。《辅仁文苑》《艺术与生活》《中国文艺》《中国公论》《东亚联盟》《燕京文学》《文学集刊》是其中最力的几家杂志，刊出了诸如高深的《奴隶的爱》，岳仑的《春风》，林丛的《古城颂》，李韵如的《林中》，田芜的《马嵬的哀歌》，黄雨的《孤竹君之二子》，张秀亚的《水上琴声》《断弦琴》，毕基初的《幸福的灯》，郑琦的《答问》，刘

---

[1] 朱自清：《译诗》，《新诗杂话》，三联书店，1984年，第75页。

明的《长恨篇》，李健的《长门怨》，林历的《你我》，何一鸿的《出塞行》《念家山》《天山曲》等一系列长诗创作。此外，东北沦陷区诗人山丁的《拓荒者》，小松的《旅途四重奏》，金音的《塞外梦》，蓝苓的《科尔沁草原的牧者》，华东沦陷区夏穆天的《在北方》等长诗的问世，使这一现象衍变为沦陷区的一个具有普遍性的诗潮。燕京校园诗人吴兴华则是更为持久地探索这一诗体的代表人物。从40年代初到抗战结束之后，他大约创作了约二十首长诗，成为沦陷区史诗创作的一个标志。1941年到1942年，身陷囹圄的冯雪峰在上饶集中营创作了长篇诗作《灵山歌》和《雪的歌》，前者"赞美灵魂的不屈"，后者"歌颂精神的大爱"，"两首同样写得非常美的比较长的诗篇，构成了《真实之歌》中的两座耸然挺立的精神高峰"。[1]在大后方的西南联大成长起来的一代青年诗人，在抗战中期以及40年代中后期也形成了史诗创作的热潮。杜运燮的《滇缅公路》被朱自清誉为抗战时期"现代史诗"的最初"努力"。[2]穆旦这一时期的《神魔之争》《森林之魅》《隐现》则代表着"史诗"创作所能达到的历史高度。此外，唐祈的《时间与旗》，杭约赫的《复活的土地》，田畴的《洪流》，莫洛的《渡运河》，力扬的《射虎者及其家族》，都试图在诗作中涵容一种强烈的历史意识，从而把抗战时期的史诗努力在40年代中期拓展成为群体性追求。在解放区，这一阶段尽管没有明确倡导"长诗"的创作，但仍有艾青的《雪里钻》，魏巍的《黎明风景》，以及方冰的《柴堡》等长篇诗作应和着抗战时期的这一流向，并预示着40年代中后期阮章竞的《漳河水》

---

[1] 孙玉石：《论〈真实之歌〉的精神与审美之魅力》，《鲁迅研究月刊》，2003年第10期。
[2] 朱自清：《诗与建国》，《新诗杂话》，三联书店，1984年，第45页。

以及李季《王贵与李香香》等"新民歌体"叙事诗的问世。田间对叙事诗的尝试也取得了《戎冠秀》《赶车传》这样的成绩,"终于开辟了纪念碑式的大叙事诗的方向"[1]。

长诗写作之所以在40年代成为一股诗潮,其成因大约有几点。

其一,"史诗"意识的自觉以及对历史题材和古典文学传统的归趋。

如果说"长诗"是一个有些宽泛和笼统的概念,只是侧重于诗的长度而言,那么,长诗写作者的更真实的意图是追求鸿篇巨制的形式背后"史诗"的效果。一方面,诗人们大都到历史事件中取材,另一方面,即使诗人们试图处理的是现代题材,也同样在诗中追求宏大的概括力和包容度,体现出一种创造现代史诗的意向。

古典文学的浩瀚文本长河为史诗作者们提供了取之不尽的创作题材。吴兴华的诸如《柳毅和洞庭湖女》《吴王夫差女小玉》《盗兵符以前》等绝大部分长诗都是以古代的历史传说和故事作为原型的叙事史诗。沦陷区其他史诗创作如田芜的《马嵬的哀歌》,黄雨的《孤竹君之二子》,李健的《长门怨》,顾视的《文姬怨》,汪玉岑的《夸父》也都到古代历史事件和经典文本中去获取题材和灵感。如果说吸收异域诗学营养并同时继承中国古典诗歌传统由此达到一种综合的境地,是中国现代诗歌发展30年历史中一条内在的轨迹,那么,在抗战的背景下重新观照传统显然成为诗人们更趋自觉的创作意图。古典文学世界不唯给他们提供了用之不竭的诗歌素材,更带给他们一个遥远的时空和氛围,一个具有古典主义色彩的天地。另一方面,对于以吴兴华为代表的一批"中外书本钻研

---

[1] 胡风:《给战斗者·后记》,《胡风评论集》(中),人民文学出版社,1984年,第455页。

的深广而公私生活圈子的狭隘"[1]的沦陷区诗人来说，古典题材的史诗创作无疑是一条相对易走的写诗途径。这使他们驾轻就熟地在古典文学中找到了共同的兴趣视野，生逢乱世的青年学子借此也找到了心灵归宿与慰藉。如果说，古典文学传统在30年代现代派诗人那里意味着文学典故的征引与古典意境的移植，那么在40年代以穆旦为代表的中国新诗派这里则意味着一个储藏着民族集体无意识的"大记忆"。与此同时，"典故的价值不仅在以怀古幽情，讽喻当前浊世，而尤在通过古今并列，历史与现实的交互渗透，使二者更获丰富的意义"，[2]从而古典文学传统构成史诗作者们观照和反思现实的历史背景。

其二，在形式上，40年代诗坛对叙事性和自由体的偏重，拓展了诗歌文本的容量。

如果说30年代的现代派更关注诗歌的意象性抒情，那么40年代的诗歌观念已开始强调诗歌的叙事性："现代诗除了中心思想以外有时一个动人的故事也是必要的。诗歌已经是和小说戏剧一样的有情节的变化。"[3]这种对故事性的兴趣，其实抗战前卞之琳在尝试诗歌的"戏剧性处境"时已显露了萌芽，但卞之琳创作中抒情短诗的结构和刻意于"意境"的倾向限制了叙事因素的进一步发展。到了抗战以后，诗剧以及叙事诗已经构成了史诗创作中的核心形式。毕基初的《幸福的灯》，山丁的《拓荒者》，吴兴华的《北辕适楚，或给一个青年诗人的劝告》等篇，都在叙事的框架内引入了长篇累牍的独白或对话体台词。至于穆旦的《森林之魅》和《神

---

[1] 卞之琳：《吴兴华的诗与译诗》，《中国现代文学研究丛刊》，1986年第2期。
[2] 袁可嘉：《诗与晦涩》，天津《益世报·文学周刊》，1946年11月30日。
[3] 楚天阔：《新诗的道路》，《中国公论》，第3卷第6期。

魔之争》,则直接采用了诗剧的形式。

在体式上,诗人们相信"用现代语言和自然音节可以写长的叙事诗",[1]由此带来了自由诗体继《女神》之后的再度勃兴。由闻一多主倡的格律的桎梏经由30年代现代派,在40年代被更进一步地打破了。自由体诗型以及自然音节成为诗人们更习于采用的形式,从而扩大了诗歌在形式上的容量。如艾青所说:"自由体的诗为什么最受欢迎呢?因为自由体受格律的制约少,表达思想感情比较方便,容量比较大——更能适应激烈动荡、瞬息万变的时代。"[2]40年代动辄出现的数百行甚至上千行的长诗基本上采用的都是这种容量较大的自由诗体。

其三,20世纪具有世界性的史诗创作为40年代诗坛提供了更广阔的文学背景。

"史诗"创作在20世纪20年代现代主义兴起之后是一种具有国际性的诗歌流向。正如理查德·泰勒总结的那样:"当20世纪的作家们在一个分崩离析的社会中寻求连贯而统一的世界观时,史诗的观念又作为文化的中心点和试金石随着长诗的流行而风行起来。"[3]艾兹拉·庞德的《诗章》,T.S.艾略特的《荒原》,威廉姆·卡洛斯·威廉斯的《佩特森》,都是"现代史诗"的经典著作。尤其是艾略特的《荒原》以其对处于"溃崩的道上"的现代文明的惊人的概括,对中国诗坛产生了巨大的冲击力,直接或间接地熏陶了中国诗人的史诗意识。中国40年代诗人们一个自觉的诗艺目标是对历史和现实的全景式和整体性的把握,以求在文本中实现艾略特

---

[1] 楚天阔:《新诗的道路》,《中国公论》,第3卷第6期。
[2] 艾青:《诗论》,人民文学出版社,1983年,第24页。
[3] 理查德·泰勒:《理解文学要素》,四川大学出版社,1987年,第194页。

的《荒原》所达到的艺术成就,即创造一种"在人类想象中综合全部现代经验的诗的形式"。[1]诗人们在全球性的战争背景下已开始思索诸如人性、历史、文明等等重大命题,抗战前现代诗坛占主体位置的抒情短诗的形式已无法包容这些思考,长诗及史诗的出现正顺应了这个"沉思的时代"的来临,成为"全部现代经验"的结晶。

尽管长诗与诗史写作的意图也许是宏大的,但正如朱自清所说,"'现代史诗'还只是'一个悬想'"[2],意向性更大于已经取得的实绩。其中,穆旦的尝试多少标志着史诗在40年代所能企及的广度与深度。穆旦的《森林之魅》《神魔之争》《隐现》都是史诗性的作品。诗人在这些诗篇中运用了拟诗剧的形式,《森林之魅》祭奠的是惨烈的野人山之战中死难的兵士,诗人设计了"森林"与埋藏在森林中的兵士——"人"的对话,最后以"葬歌"作为尾声:

> 静静的,在那被遗忘的山坡上,
> 还下着密雨,还吹着细风,
> 没有人知道历史曾在此走过,
> 留下了英灵化入树干而滋生。

"森林"是自然的象征,是死者的最后的归宿,但这里表达的不是陶潜式的"托体同山阿"的超脱,而是试图"用自然的精神来统一

---

[1] 史班特(Spender)著,袁可嘉译:《释现代诗中底现代性》,《文学杂志》,第3卷第6期。
[2] 朱自清:《诗与建国》,《新诗杂话》,三联书店,1984年,第43页。

历史"[1]。《隐现》则是穆旦的诗作的高峰,是"出埃及记"式的作品,大的包容量,恢弘的构思,处理的主题的复杂性以及思索的深度,都使它有点近乎差不多同期出现的T.S.艾略特的《四个四重奏》:

> 我们能给出什么呢?我们能得到什么呢?
>
> 在一条永远漠然的河流中,生从我们流过去,死从我们流过去,血汗和眼泪从我们流过去,真理和谎言从我们流过去,有一个生命这样地诱惑我们,又把我们这样地遗弃,如果我们摇起一只手来:它是静止的,如果因此我们变动了光和影,如果因此花朵儿开放,或者我们震动了另外一个星球,主呵,这只是你的意图朝着它自己的方向完成。

诗中出现了"主"的意象,这使穆旦的思想显得复杂而相对更难以辨识。与其说这是穆旦对上帝的皈依,不如说是诗人以"祈神"的方式来表达他在一个中心缺失的复杂的时代对终极问题的思考,是诗人终极关怀的体现。从这个意义上说,这个"主"或许也可以置换成其他终极性的意象,所以王佐良称:"他最后所达到的上帝也可能不是上帝,而是魔鬼本身。"[2]因此在穆旦的《神魔之争》中,站在"一切合谐的顶点"的"神"成为一个既成秩序的象征,而"永远的破坏者"的"魔"则更带有一种反叛精神,穆旦还原的是秩序与破坏永远并存的历史法则。

穆旦的史诗追求中渗透了鲜明的历史意识。也许没有哪个时

---

[1] 唐湜:《穆旦论》,《中国新诗》,1948年第4集。
[2] 王佐良:《一个中国新诗人》,《文学杂志》,1947年第2卷第2期。

代的诗人像40年代以穆旦为代表的中国新诗派这样致力于追求对现实和历史的整体性把握。他们有宏阔的现实视野,深刻的历史感以及综合性的诗学素养,借助史诗这一结构性极强的诗歌体式,他们试图传达的是对现代文明的一种全景式和整体性的思考。从诗学效果来看,史诗的追求的确带来了某种文本形式的统一性,但这种黑格尔式的必然秩序在人类历史进程中显然是阙如的,在诗歌的文本世界中更难以企及,植根于现实和历史中的更内在的统一性图景最终依然止于一种"悬想"。

四

穆旦在1940年评论卞之琳的《慰劳信集》一文中说:"假如'抒情'就等于'牧歌情绪'加'自然风景',那末诗人卞之琳是早在徐迟先生提出口号(指'抒情的放逐'——引按)以前就把抒情放逐了。"[1]伴随着这种"抒情的放逐",是40年代诗作的哲理化。

如果说30年代的卞之琳对抒情的放逐更多是基于诗艺技巧方面的考虑,那么战争贯穿始终的40年代首先就并非一个抒情的年代。40年代的诗坛必然寻找新的诗学关注点。诗的哲理化即是新诗在新的历史阶段寻求新的技艺的标志之一,同时也切合了一个沉思时代的来临。这种哲理化的趋向首先表现在沦陷区的现代派诗歌中。南星这样评价年青诗人闻青:"在闻青的诗中便处处有一个沉思的哲学家,自己做了演员又做观客,认为人世间的变异是

---

[1] 穆旦:《〈慰劳信集〉——从〈鱼目集〉说起》,见《穆旦诗文集》第2卷,人民文学出版社,2006年,第54页。

当然的，痛苦地接受倒不如安泰地接受。"[1]这种对"人世间的变异"的泰然态度使得闻青的诗作在现代派诗人"感伤的渲染"之外提供了另一种平静超脱的宣叙语调。刘荣恩在"沉重的独语"中也不时流露一种毕基初所谓的"中年的旷达"，这也同样可以归因于他所禀赋的沉思者的气质："他犀利的眼睛透视了浮像的眩辉和嚣杂，摆脱了纵横的光影的交叉错综而潜入到单纯的哲学体系的观念里。他不仅仅是一个忠诚的艺术之作者，摄取了美丽的风，美丽的情感，织成了他的诗。他更是一个哲学家，他所启示的是永恒的真谛。"[2]南星和毕基初都在他们所评论的诗人身上发现了哲人的气质。这种哲人气质使诗人的思考力图穿透嚣杂的浮像而臻于启示的境地。普遍的哲理化倾向一方面取决于彻底放逐了抒情的沦陷背景，另一方面则标志了诗人们在战乱年代对个体生命境遇的逼视和潜思，呈现出一种哲理和深思的氛围。或许正是借助这种沉思的氛围，沦陷区的现代派诗人试图突破由于经历的有限所带来的题材和视野的狭隘，并试图超越温室中的独语者而代之以沉潜于人性、生命以及历史、现实的哲人的形象。

其中的路易士或许并不想成为一个哲人化的诗人，但他的诗作中却具有突出的主智倾向。抗战前路易士就以鲜明的智性色彩的诗作在现代派诗人群中独树一帜，这种特征在40年代更显突出。他的诗作，偏于以理智节制情绪，注重经验的传达，注重思想的成分，在一定程度上可以看作是现代诗歌对"五四"浪漫主义与滥情倾向的反拨在沦陷区历史阶段的继续。路易士创作于1944年的

---

[1] 林栖（南星）：《读闻青诗》，《中国文艺》，第9卷第2期。
[2] 毕基初：《〈五十五首诗〉——刘荣恩先生》，《中国文学》，1944年第3号。

诗作《太阳与诗人》堪称是诗人自己的创作谈：

> 太阳普施光热，
> 惠及众生大地，
> 是以距离九千三百万哩
> 为免得烧焦了其爱子之保证的。
> 故此诗人亦须学习
> 置其情操之融金属于一冷藏库中，
> 俟其冷凝。
> 然后歌唱。

炽烈的情绪必须经过冷凝的处理之后才能成诗。与青春期的激情写作不同，在一定意义上，这可以看作是中年的写作方式，人生的沉潜阶段的来临也为诗歌带来了冥想性的韵味。这种征象在抗战前就已显露头角并在40年代更臻佳境的其他几个诗人如朱英诞、南星、吴兴华等身上都得到了印证。

吴兴华40年代诗作中的哲理色彩不仅体现为诗人冥想性的艺术思维，同时也制约了他对于诗歌形式的选择。十四行诗在吴兴华的创作中占据了重要的比重，尤其是他的以《西珈》为题的十六首十四行组诗标志着这一古老的西方诗体在40年代中国诗坛重新获得了艺术生命力。他的相当一部分哲理短诗如《Elegy（哀歌）》《对话》《暂短》等都可以看作是吴兴华十四行诗体实验的一种变体。十四行诗既是格律最严谨的古典诗体，"每首十四行，有固定的诗节形式、韵律形式和韵脚安排"，又是"一种异常灵活的诗歌形式。它变化无穷，为诗人提供了在一定限度内进行独创和发明的巨大可能性。"这种商籁体(Sonnet)所固有的经典性题材是"理想化的爱情或对人性的阐释"。[1]吴兴华的十四行诗正吻合于这所谓的"特殊题材"，同时又赋予了诗作以一种智性化的特征，这一点深受曾以《致奥尔弗斯的十四行》闻名世界诗坛的里尔克(Rilke)的影响。[2]《西珈》便是一组爱情诗，诗人试图在冥想的风格中赋予情爱以一种穿越时空的永恒品质，具有一种幻美的色彩：

> 不能是真实，如此的幻象不能是真实！
> 永恒的品质怎能寓于这纤弱的身体，
> 颤抖于每一阵轻风像是向晚的杨枝？
> 或许在瞬息即逝里存在她深的意义，
> 如火链想从石头内击出飞迸的歌诗，
> 与往古遥遥地应答，穿过沉默的世纪……

冯至也是从浪漫的抒情到哲理的沉思的诗艺转变途中选中了十四行这种诗体的。[3]他初版于1942年的《十四行集》与沦陷区的吴兴华遥相呼应，并试图在诗中达到里尔克所追求的境界："使音乐的变为雕刻的，流动的变为结晶的，从浩无涯涘的海洋转向

---

[1] 理查德·泰勒：《理解文学要素》，四川大学出版社，1987年，第207页。
[2] 吴兴华在抗战时期曾翻译过里尔克诗抄，交中德学会出版。并写有《黎尔克的诗》一文，刊北平《中德学志》1943年第5卷第1、2期合刊。张松建曾对吴兴华接受里尔克的具体影响问题有细致的研究，见《"新传统的奠基石"——吴兴华、新诗、另类现代性》，《新诗评论》第1辑，北京大学出版社，2007年。
[3] 朱自清曾怀疑作为舶来品的十四行，"诗体太严密，恐怕不适于中国语言。但近年读了些十四行，觉得似乎已经渐渐圆熟；这诗体还是值得尝试的。冯先生的集子里，生硬的诗行便很少"。见朱自清：《新诗杂话》，第25页。

凝重的山岳。"[1]冯至从里尔克这里接受的影响对他创作《十四行集》有更决定性的意义。这种决定性是多方面的，其中一个根本的因素是里尔克所禀赋的透过表象世界洞见事物的核心和本质的超凡的领悟力。在写作于30年代的《里尔克》一文中，冯至曾谈及里尔克在《布里格随笔》里评论过波德莱尔的诗作《腐尸》(*Une Charogne*)："你记得波德莱尔的那首不可思议的诗《腐尸》吗？那是可能的，我现在了解它了。……那是他的使命，在这种恐怖的，表面上只是引人反感的事物里看出存在者，它生存在一切存在者的中间。"里尔克把波德莱尔从恐怖和丑恶的事物中看出存在者视为诗人的使命，冯至也恰恰从这个意义上理解里尔克。他认为里尔克在"物体的姿态"背后，"小心翼翼地发现许多物体的灵魂"。这种进入事物灵魂的过程，就是进入本质去洞见存在的过程。冯至的十四行诗也正是从普通意象中生发深刻的哲理，如里尔克那样去"倾听事物内部的生命"，"从充实的人性里面提炼出了最高的神性"。[2]这种神性蕴涵在冯至笔下的一切看似凡俗的事物中：原野的小路、初生的小狗，一队队的驮马，白茸茸的鼠曲草……这些事物笼罩在诗人一种沉思的观照中而带有了哲理和启示意味，化为诗人潜思生命万物的结晶：

> 我们的生命在这一瞬间，
> 仿佛在第一次的拥抱里
> 过去的悲欢忽然在眼前

---

[1] 冯至：《里尔克》，《新诗》，1936年第1卷第3期。
[2] 陈敬容：《里尔克诗七章》译者前记，《中国新诗》，1948年第2集。

凝结成屹然不动的形体。

（《十四行集之一》）

歌声从音乐的身上脱落，
终归剩下了音乐的身躯
化作一脉的青山默默。

（《十四行集之二》）

这使冯至成为李广田所说的"沉思的诗人"："他默察，他体认，他把他在宇宙人生中所体验出来的印证于日常印象，他看出那真实的诗或哲学于我们所看不到的地方。"[1] 30 年代现代派诗人笔下的意象抒情和少年情怀转化为内敛沉潜的诗思以及凝重深沉的意态。这或许正是冯至评价里尔克时所说的"在从青春进入中年的道程中"所产生的"新的意志"。朱自清在《诗与哲理》一文中说："闻一多先生说我们的新诗好像尽是些青年，也得有一些中年才好，"并认为冯至的《十四行集》"大概可以算是中年了"，"得从沉思里去领略"。[2] 诗不再只是情绪或情感的载体，而是像里尔克所强调的那样："诗是经验。"[3] 冯至的十四行诗，正是把诗人的人生经验内化为生命的血肉的结晶，是诗人的个体生命的"小我"通过沉思与体认的方式与宇宙万物的"大我"内在契合的产物。

从西方诗艺的影响背景这一层面考察，30 年代中期，卞之琳就已开始侧重于借鉴 T. S. 艾略特、瓦雷里、里尔克乃至奥登的

---

[1] 李广田:《沉思的诗——论冯至的〈十四行集〉》,《明日文艺》, 1943 年第 1 期。
[2] 朱自清:《诗与哲理》,《新诗杂话》, 三联书店, 1984 年。
[3] 里尔克:《马尔特·劳利兹·布里格随笔》(摘译), 冯至译,《沉钟》, 1932 年第 18 期。

诗歌成就,到了抗战时期,这批以寻找"客观对应物"(Objective Correlative)和"思想知觉化"的技巧著称的西方现代主义诗人构成了对沦陷区现代派以及大后方西南联大诗人群以及随后的中国新诗派的更大影响。哲理化的倾向,智性诗的写作,都标志着西方现代诗艺在抗战背景下的中国诗坛艰难而未中断的延续。其中西南联大的学院派诗人在借鉴西方诗学方面尤为着力,哲理化与沉思的特征也在冯至、卞之琳这些弟子们的诗作中得以集中体现。穆旦的诗歌在总体上呈现出一种强烈的思辨色彩,诗歌的玄学意味背后是一种个体生命的体验哲学。深受里尔克和冯至影响,创作了大量咏物诗的郑敏尤其以哲理胜,其诗中"思想的脉络与感情的肌肉常能很自然和谐地相互应和"。[1]杜运燮在《登龙门》中描绘了一个"造物主"的形象:

造物主在沉思:丰厚的静穆!
他正凝神在修改他的创作。
至高的耐性与信心使他永远微笑,
为作品的完成,他要不倦地思索。

这一"不倦地思索"的造物主,也正构成了沉思的诗人的忠实写照。

---

[1] 唐湜:《郑敏的静夜里的祈祷》,《新意度集》,三联书店,1990年,第143页。

诗歌阅读：世界性与世纪性难题

这些年持续关注的话题之一是经典阅读问题。

关于什么是经典，我曾经一度喜欢博尔赫斯的定义，也因为他正是从"阅读"的角度来定义"经典"的：

> 经典是一个民族或几个民族长期以来决定阅读的书籍，是世世代代的人出于不同的理由，以先期的热情和神秘的忠诚阅读的书。

但重温这句话，我格外留意了其中的"决定"一词："经典是一个民族或几个民族长期以来决定阅读的书籍。""决定"这一措辞似乎有些意味深长：谁来决定？谁有权力决定？又如何决定？背后是一个人们熟知的经典被建构的历史过程。而这个"决定"的过程既是普通读者的历史性作用日渐淡出的过程，也是学院中人和文学研究者的专业阅读与阐释得到制度性保护的过程。"文学正典"的纯正性必须维护，因为事关学人的饭碗，也是学院制度不可或缺的组成部分。尤其是 20 世纪现代主义的兴起，更为专业研究者提供了阐释的优先性与权威性。因为普通大众离开专家的阐释环节，想读懂《芬尼根的守灵夜》或者《荒原》这类现代主义经典是相当困难的。

在各类文学经典中，诗歌阅读更是成为了20世纪的世界性难题，现代主义诗歌也由于所谓"晦涩""难懂"以及鲜明的个人性成为"献给无限的少数人"（西班牙诗人希门内斯）的志业。如何透视诗人的文学思维和艺术逻辑，如何在诗人的自律法则、诗歌的内在逻辑与普通读者的阅读和理解之间搭建连通的桥梁，也同样构成了世纪性与世界性的难题。

洪子诚主编的《在北大课堂读诗（修订版）》（北京大学出版社2014年10月）的理念和设计也可以放在这个难题和背景中理解。洪子诚教授在北大主持的读诗课程，解诗的性质"和通常的诗歌赏析并不完全相同"，直面的正是"现代诗"与读者的之间的"紧张"关系，以及有关诗歌"晦涩"和"难懂"的问题。因此在北大课堂读诗的过程中，洪子诚和学生们一直保持对"读者意识"的关切。这种"读者意识"的自觉并非是完全以读者为本位，洪子诚认为：

> 在诗与读者的关系上，固然需要重点检讨诗的写作状况和问题，但"读者"并非就永远占有天然的优越地位。他们也需要调整自己的阅读态度，了解诗歌变化的依据及其合理性。

在这个意义上，洪子诚赞同"重新做一个读者"的说法，在北大开设诗歌阅读课的目的，"也是要从'读者'的角度，看在态度、观念和方法等方面，需要做哪些调整和检讨"。

欧阳江河的长诗《凤凰（注释版）》（中信出版社2014年7月）

也表现出了同样的问题意识。注释版《凤凰》比香港牛津大学出版社的《凤凰》多出了一百三十四条注释，注释文字加在一起有一万三千多字。由此《凤凰》也提供了一种新的阅读可能性，即"注释性阅读"。欧阳江河认为，所谓"注释性阅读"类似于中国古代的诗话式阅读，更从属于作者写作的一部分，有助于还原作者在创作过程中的心理活动和表意实践的具体性。欧阳江河称：仅仅注意到我们这个时代写作的变化是不够的，一定要促成批评和阅读的变化。如果没有阅读的变化，就理解不了写作的全方位和深刻性：

> 仅用诗歌史上的某个诗人的标准阅读我的诗，是进不去的。如果用徐志摩的《再别康桥》标准就读不出当代诗歌的复杂性和处理文明的抱负。当代新的诗歌写作对阅读也提出了新的要求。

注释性阅读也应运而生。当然，注释性阅读首先取决于文本的承受力，取决于注释对象内部的丰富与复杂的"玄机"。之所以给《凤凰》进行注释工作，也取决于《凤凰》是诗人精雕细刻的结果，字里行间也充满着设计感，暗藏大量指涉、典故、事件、"本事""重影"，其中很多微言大义只有作者才能提出解答，普通读者甚至与诗人不熟的专业读者也无法参详。对这首诗的背景知识的注释就成为一件必要的工作。而注释的工作并不意味着把刚刚问世的《凤凰》塑造成一个当代经典，而是说，既然诗人在劳作的过程中投入了如此多的精力，前后大约花了两年时间，七易其稿，也就期待同样的批评、阐释与阅读方式的变化。诗作者对文本创生过程的讲述本身就是一个循迹的过程，从而使注释也构成了写作的一部分。不用注释的方式，这些踪迹恐怕就无迹可寻。诗歌，尤其是篇幅浩繁的长诗，其实生存在细节和诗句的碎片中，不能笼而统之大而化之一目十行地泛读。

诗歌经典阅读的难题可能更表现在对外国诗歌的阅读方面。普通读者必须经过翻译的中介，译本的优劣就显得相当关键了。而诗歌对译者的要求往往比小说类作品更高。这也是我相对而言更信任诗人亲身参与的翻译的原因。2014年阅读与重读的诗人的翻译有《带着来自塔露萨的书——王家新译诗集》（作家出版社2014年6月）、《重新注册——西川译诗选》以及台湾诗人陈黎翻译的《万物静默如谜——辛波斯卡诗选》。从诗人的翻译反观诗人自身，也成为一个不失有趣的视角。譬如对照王家新和西川，两个人的翻译对象的选择首先就耐人寻味。王家新译诗集汇集了诗人二十余年的诗歌翻译，有茨维塔耶娃、曼德尔斯塔姆、阿赫玛托娃、帕斯捷尔纳克、叶芝、奥登、阿米亥、策兰等，其中俄罗斯诗人尤其占了较大比重。从中可以见出王家新对经典认知的个人性尺度，见出翻译与王家新的诗歌生命之间的一体性：

> 我的翻译首先出自爱，出自一种生命的辨认。……我最看重的技艺仍是"精确"——尤其是那种高难度的、大师般的精确。纵然如此，翻译仍需要勇气，需要某种不同寻常的创造力，需要像本雅明所说的那样，在密切注视原作语言的成熟过程中"承受自身语言降生的剧痛"。

相比之下，西川的胃口则更为驳杂。如果读者根据西川的译诗阐释西川自己的创作的话，那多半会掉进"影响"的陷阱。西川显然预见到了这种可能性陷阱，在译诗选的"说明"中西川写道："没有这样的道理，即我翻译了谁的诗我就受到了谁的影响。我的阅读面比这些译诗要宽得多。"在为诗歌读者提供经典化和多元化诗歌翻译与阅读的意义上，王家新和西川堪称功不可没。

而从普及诗歌经典的意义上看，2014年被广泛关注的一本书是诗人北岛选编的《给孩子的诗》（中信出版社2014年7月）。这是北岛有感于自己的孩子在学校朗诵节上朗读"伤害孩子们的想象空间"的诗歌，"把鼻子气歪了"之后，自己花了两三年的功夫送给孩子们的礼物。北岛认为："让孩子天生的直觉和悟性，开启诗歌之门，越年轻越好。"这或许是第一本真正由诗人编选，从孩子们的阅读角度出发的诗选。

2014年的诗歌和诗歌研究著述的阅读是令人怀念的。最欣喜的诗歌阅读经验之一是读孙玉石教授编选的《林庚诗集》（清华大学出版社2014年6月）。林庚有大量的佚诗散见于当年的报纸杂志，新诗研究者每每以无法读到林庚全部的诗作而抱憾。这本《林庚诗集》不仅收录了林庚已经出版的六种诗集，最重要的价值是孙玉石独立完成搜集整理工作的《集外集》部分，有一百余首诗。此外，印象深刻的还有高恒文的《周作人与周门弟子》（大象出版社2014年7月），洪子诚主编的"汉园新诗批评文丛"中姜涛的《巴枯宁的手》、周瓒的《挣脱沉默之后》（北京大学出版社2014年8月）以及翟永明的《完成之后又怎样》（北京大学出版社2014年9月）；王家新的诗文集《塔可夫斯基的树1990—2003》，以及臧棣的诗集《小挽歌丛书》、欧阳江河的《黄山谷的豹》、蓝蓝的《蓝蓝诗选》、秦立彦的《地铁里的博尔赫斯》、陈均的《亮光集》、王东东的《空椅子》等。

2014年还集中翻阅了大量台湾诗人的著作。唐捐的《暗中》、杨佳娴的《金乌》、简政珍的《放逐与口水的年代》、陈家带的《城市的灵魂》、曾淑美的《无愁君》、须文蔚的《魔术方块》等都给我以惊艳感。2014年10月在台湾新竹清华大学参加"两岸新诗国际论坛"以及随后在台北纪州庵参加"两岸新诗的分融与交流"以及"现代汉诗的当代处境"座谈会,深感台湾诗人在营建与读者交流的诗歌小环境和小传统方面倾注的热情和心力。或许在破解诗歌阅读这一世纪性兼世界性难题的过程中,台湾诗人已经走在了前面。

语词的漂泊

——北岛流亡诗歌的一个面向

刘小枫在《流亡话语与意识形态》一文中指出：

> 20世纪的流亡话语现象有这样一些特征：它们与现代政治民主之进程相关，而且处于传统文化与现代文化的冲突之中；就与生存和精神地域的分离来看，表现为民族性地域的丧失——过去历史上的流亡话语大都尚在本民族的地域之内（如中国古代之"放逐"诗文、俄国19世纪的国内流亡文学），尽管欧洲的情形略有不同；随之，也表现为属己的生存语境的丧失——过去历史上的流亡话语亦多在属己的生存语境之内。20世纪的流亡话语不仅带有国际性，而且由于本己民族性和语言在性处境的丧失，加深了流亡性。[1]

北岛的流亡诗作，也印证了这种"二十世纪的流亡话语现象"，既与现代政治民主之进程相关，也处于传统文化与现代文化的冲

---

[1] 刘小枫：《这一代人的怕和爱》，三联书店，1996年，第155—156页。

突之中,进而则表现为"民族性地域""属己的生存语境"以及"语言在性处境"的丧失。有研究者这样描述萨义德(Said):"在萨义德教授的论述中,'流亡'从历史的黑洞中被还原为一种切肤的体验,它因此也就走出了狭窄的领域,面向我们每一个人。"[1]北岛同样发现流亡成为一种个人性的经验,是一种切肤的感受,从而开始直面真正的"个人性"生存境遇。作为诗中抒情主人公的"我",不再是朦胧诗时期的大写的主体,诗中传达的体验与经验也开始更具有个人性,正像北岛自述的那样:"经过几番走向自我的探索,十几年前一代人的我们终于变成了流亡者的我。"[2]米沃什在《关于流放》中说:"流放不仅仅是一个跨过国界的外在现象,因为它在我们身上生成,从内部改变着我们——它将是我们的命运!"[3]新诗潮时期北岛的诗歌已经充分蕴涵了流亡的精神,但当时的"流亡",尚是昆德拉所谓"隐喻意义上的流亡"。北岛诗中屡屡复现的"走吧""走向冬天"的主旋律无疑是鲁迅"过客"的精神的延续,同时又是在新的价值和信仰重塑的历史阶段,一代人对新的目的论的追求。而在1989年以后,流亡从隐喻的层面化为真实的境遇,成为北岛最终获得的一种生命形态[4]。

流亡作为生存的基本形态带给北岛的巨大变化是:写作本身构成了漂泊的形式,这也使北岛汇入了20世纪现代主义诗歌的流

---

[1] 宋明炜:《"流亡的沉思":纪念萨义德教授》,《上海文学》,2003年,第12期。
[2] 转引自顾彬(Kubin):《预言家的终结:二十世纪中国思想和中国诗》,成川译,载:《今天》,1993年第2期,第145页。
[3] 米沃什:《关于流放》,孙京涛编译,见http://blog.com.cn/s/blog_48ced8710100052r.html。
[4] 早在北岛80年代后期唯一的长诗《白日梦》中就已经显示了预兆:"在昼与夜之间出现了裂缝",从流亡时期的北岛看,这个"裂缝"有预言意义。诗人同时觉得"语言变得陈旧"(《白日梦》),于是,伴随着流亡生涯的,势必是对新的语言的寻找。

亡美学的传统。20世纪堪称是知识分子和作家大幅度流亡的世纪，排犹的世界战争，意识形态的鲜明对垒，冷战的历史格局，都造就了无数的流亡者的出现，因而"流放被看作是20世纪特殊的苦痛"（米沃什语）。而当北岛汇入流亡者的行列之时，已经没有了如当年霍克海默（M. Horkheimer）和阿多诺（T. Adorno）等新马克思主义者那一代人的悲壮感，而流亡也从政治行为日渐蜕变为生存方式本身，进而成为一种语言形式。北岛诗歌中的"语词的漂泊"正是流亡的话语在诗学形态上的生成。语词的漂泊与生命形态的流亡在北岛这里是互为表里的，这是北岛所遭遇的后现代的现实境遇，革命与政治记忆在此被植入了另一种截然不同的时间和空间维度，纷至沓来的是跨语际书写的多元体验。"语词的漂泊"描述的正是这种找不到依附的体验。"词滑出了书 / 白纸是遗忘症"（《问天》），意味着"词"从秩序中滑脱，纸面上剩下的只是记忆的遗忘。与前两句诗互文的是这首诗中的另外两句："他们的故事 / 滑出国界"，这是一种在国界间游移的生存的漂流感的写照。再如《同行》：

> 这书很重，像锚
> 沉向生还者的阐释中
> 作者的脸像大洋彼岸的钟
> 不可能交谈
> 词整夜在海上漂浮

很沉的"书"象征了作者所遭遇的世界，如海底沉船，是超越于阐释和交流之外的，剩下的只有词，"整夜在海上漂浮"。这处于漂浮状态的词，也脱离了"书"的秩序，在自由却无目的的漂流。

从诗学形态上看，语词的漂流也许意味着更大的创作自由，北岛流亡时期的写作比起朦胧诗阶段正表现为语言的更灵活的自由度。但过度自由的诗歌语言即使存在某种自足性，也是一种纸面上的自足，诗歌语境成为语词本身的逻辑展开，是从词到词的一种词语自我衍生的过程，缺失的可能是诗歌图景的整体性。朦胧诗阶段北岛诗歌中的意象形式如果说存在一种整体性的话，这种整体性来自于反叛的立场和姿态。而当进入流亡时期的"语词的漂泊"的诗艺历程之后，则面临对新的整体性的重新寻找。米沃什在《关于流放》中称流放中生来就有一种"不确定性和不牢靠性的特征"，在某种意义上是拒斥秩序的达成与整体性的获得的。北岛的《完整》也多少印证了这一点：

> 在完整的一天的尽头
> 一些搜寻爱情的小人物
> 在黄昏留下了伤痕
>
> 必有完整的睡眠
> 天使在其中关怀某些
> 开花的特权
>
> 当完整的罪行进行时
> 钟表才会准时
> 火车才会开动
>
> 琥珀里完整的火焰

战争的客人们
围着它取暖

冷场，完整的月亮升起
一个药剂师在配制
剧毒的时间

诗所处理的话题是关于"完整"的，但完整的形式烘托的是实质的残缺，最终展示出来的是零散而破碎的图画，或者像另一首诗《写作》所写："废墟／有着帝国的完整"，完整性只不过是一种"废墟"的完整。细节的"完整"中达致的，却是整体的不完整，是文本内在秩序的阙如，诗境仍旧体现为语词的飘零。语词的飘零意味着诗人将难以整合出一种整体化的风景，汇入的也许是杰姆逊（Fredric Jameson）所谓的后现代的零散化的洪流。

书写的零散化和景观化正是这一时期的北岛首先呈示给读者的诗歌图景。诗中各种各样的"景观"既包括超现实主义式的异度空间，也包括带给诗人震惊体验的心理风景。其中一些颇类似于埃舍尔（M.C. Escher）所创作的那些关于物象自我纠缠的绘画，尤其是北岛诗中"楼梯"的景观："楼梯绕着我的脊椎／触及正在夜空／染色的钟"（《剪接》），"楼梯深入镜子／盲人学校里的手指／触摸鸟的消亡"（《另一个》），"暗夜打开上颌／露出楼梯"（《目的地》），"上钩的月亮／在我熟悉的楼梯／拐角，花粉与病毒／伤及我的肺伤及／一只闹钟"（《教师手册》）……简直是把埃舍尔的绘画加以超现实主义变形的结果。组合这些语词的逻辑链条只能是一种超现实主义的非逻辑的联想轴。再看《逆光时刻》：

> 采珠人潜入夜晚
> 云中的鼓手动作优美
> 星星绞链吊起楼房
> 转向另一面
> 窗户漏掉巨型风暴
> 漩涡中的沉睡者
> 快抓住这标明出口的
> 设计图纸吧
> 逆光时刻道路暗淡
> 渔夫在虚无以外撒网
> 一只蝴蝶翻飞在
> 历史巨大的昏话中

无论是潜入夜晚的采珠人、云中的鼓手、吊起楼房的星星绞链、漩涡中的沉睡者，还是在虚无以外撒网的渔夫、翻飞在历史昏话中的蝴蝶，都有一种景观化的特征。如果说前四组意象还可以诉诸读者的感受力和视觉联想，尚能存在于达利式的绘画中，那么后两组意象则是抽象与具象以非逻辑的方式被诗人拼贴于一处，即使是达利的变形技法也望尘莫及，更具有一种心理景观的意味。但无论是意象空间，还是心理景观，在北岛这里都有零散化的特征。

《逆光时刻》中出现的"风暴"也有景观化的特征。"风暴"一直是北岛酷爱的风景。"并非偶然，你 / 在风暴中选择职业 / 是飞艇里的词/古老的记忆中的/刺"(《工作》),"当风暴加满汽油/光芒抓住发出的信/展开,再撕碎"(《晨歌》),"一座宫殿追随风暴/驶过很多王朝"(《无题》),"瓶中的风暴率领着大海前进"(《以外》),"一个纪念日/痛饮往昔的风暴/和我们一起下沉"(《纪念日》)……当风暴成为"往昔的风暴"之后,就成为一种纸面上的语词景观,成为缩微化的"瓶中的风暴",恰像前面所引的《完整》一诗中的"琥珀里的火焰"一样:"被记录的风暴/散发着油墨的气息/在记忆与遗忘的滚筒之间/报纸带着霉菌,上路"(《桥》)。风暴栖止于报纸上记忆与遗忘之间的滚筒,最终蜕变为"一只管风琴里的耗子/经历的风暴"(《知音》)。这种风暴的感受是流亡期北岛独有的,这或许与他对故国狂风暴雨般的革命记忆相关,记忆中的革命风暴即使依旧惊心动魄,也成了一种只能缅怀的远景,回首之际,往昔的激进政治已经化为诗学的缅想。

诗歌书写的景观化也意味着诗人日渐自觉的旁观者身份,诗中呈示的景观往往是外在于诗人的存在,其中传递着主体无法融入风景的感觉。与朦胧诗阶段对时代与历史的拒斥不同,流亡写作中的旁观者虽然也是一个零余者,但当年的反叛姿态已经不在,读者捕捉到的,是诗人对生存世界无法介入的疏离感。也许正是这种与世界的疏离感,促使诗人在语词中寻找依托。流亡时期北岛诗艺的重心已经偏于对"词"的处理。

> 一只手是诞生中
> 最抒情的部分
> 一个变化着的字
> 在舞蹈中

>   寻找它的根
>   ——《阅读》

手之所以是"诞生中最抒情的部分",是因为这里的抒情性是与创造性的起源("诞生")结合在一起的,字在翔舞中开始对根系的寻找,也仿佛在言说:泰初有字。但另一方面,对词的精心打磨,对词的修辞效果的推敲,背后却是对词的游移不定的本性的困惑。我们在发现诗人对语词的游移感和困惑感的同时也发现了诗人对语词的敬畏:"我小心翼翼/每个字下都是深渊"(《据我所知》)。诗人小心翼翼,甚至如临大敌,正表现了对词的魔力及其深渊属性的体认。词的"深渊"中暗藏着使诗人迷失的所在:"于是我们迷上了深渊"(《纪念日》),深渊在这里具有了意义的暧昧性和多重性。它既是陷阱,同时也是一种诱惑,象征着现代主义式的深度。北岛对深度的迷恋,对深渊的自觉多少约束着诗境中的零散化倾向,使他的主导形象仍是一个现代主义者。

"在语言中漂流"由此构成了北岛对写作的本质和诗人生存的本质的自觉体认,这种体认进而表明:诗的命运和诗人的命运是一体的:

>   饮过词语之杯
>   更让人干渴
>   ——《旧地》
>   我和我的诗
>   一起下沉
>   ——《二月》

诗在纠正生活

纠正诗的回声

——《安魂曲》

这里隐含着的不仅仅是王尔德所谓生活模仿艺术的问题,而更是重新确认诗的本体的问题。从诗艺上讲,流亡时期北岛的诗歌的技巧更圆熟,肌理更细密,但是与外部世界之间的张力也逐渐趋于瓦解,剩下的更是语言本身的张力,是词与词的张力,正像有研究者所批评的那样:"企图以词本身构筑一个自足的现实存在。"[1]问题是诗的现实能否完全依赖于词的自足性?当词寻找到了字根,是否就找到了诗歌的本体性意义?流亡时期的北岛找到的皈依是语言(语词)。阐释学和现代语言学把语言看成是所谓"存在的水库",是诗人的生命之根,这里无疑有深刻的本体论色彩。但是语言不是自我封闭的现实,它意指世界和生存境遇。固然"在语言中漂流"是诗人生存境况的体现,但只限于在语言中漂泊也有可能会使主体囚禁在语词的牢笼中,从而限制更大的关怀的创生。

---

[1] 江弱水:《中西同步与位移》,安徽教育出版社,2003年,第177页。

追蹑"凤凰"的踪迹

在20世纪各类文学体裁中，诗歌阅读一直构成着世纪性难题，尤其是现代主义诗歌更是由于所谓"晦涩""难懂"以及鲜明的个人性成为"献给无限的少数人"（西班牙诗人希门内斯语）的志业。普通读者想读懂庞德的《诗章》或者艾略特的《荒原》这类大师们的巨制是相当困难的。如何使普通读者了解诗人的写作"流程"，进而领悟诗人们的艺术思维和想象世界，如何在诗人的自律法则、诗歌的内在逻辑与普通读者的阅读和理解之间搭建一架涉渡的桥梁，仍然困扰着21世纪的相当一部分诗人和诗歌评论者。

欧阳江河的长诗《凤凰（注释版）》的问世，或许正是试图直面这一世纪性难题对诗人以及注释者的困扰的结果。

2010年3月，艺术家徐冰历时两年时间制作的大型装置艺术《凤凰》在北京完成。《凤凰》包括一凤一凰两件独立装置作品，每件近三十米长、重量超过五吨，由建筑工地的建材废料拼贴组装而成。《凤凰》的第一次发布是在北京今日美术馆，两只凤凰由六台巨型吊车牵拉升空，"飞翔"在北京CBD金融区的天空。诗人翟永明在《只要资本和艺术同时存在》一文中对此次发布有如下描述:"'今日美术馆'门口的小广场,远处 CBD 金融区以 CCTV 大楼为首的那些密密生长、巍巍矗立的建筑背景,活像就是《凤凰》这个作品的最佳注脚。"此后,徐冰的凤凰又相继飞临上海世博会、美国康州等地,目前高悬在纽约圣约翰教堂,并将在 2015 年 5 月于威尼斯双年展展出。

欧阳江河的同题《凤凰》正是徐冰这一空间艺术装置直接触发了灵感的产物,两只凤凰之间也形成的是对话和潜对话关系。想要读懂长诗《凤凰》,首先就需要了解诗中对徐冰《凤凰》的频繁指涉。如第十五节的一段:

> 李兆基之后,轮到了林百里。
> 鹤,无比优雅地看着你,
> 鹤身上的落花流水
> 让铁的事实柔软下来。
> 凤凰向你走来,浑身都是施工。

2007 年 1 月,台湾睿芙奥艺术集团代表香港富豪李兆基的财团找到徐冰,请他为该集团在北京 CBD 的财富大厦的中庭做一件艺术品。最初徐冰决定做两只仙鹤,取一曲牌名《鹤冲天》,暗含鹤寿——长寿之意。但道教中亦有"驾鹤西归,羽化升仙"的说法,据此委托方认为他们的董事长年事已高,鹤的符号有些不吉利,徐冰便改作《凤凰》。其实徐冰所设计的利用建筑工地的建材废料进行拼贴组装的艺术手法"更适合表现凤凰。另外'凤凰涅槃'有再生的含义,这与垃圾和财富有隐喻的关系。建筑废料本身的底层感和粗糙感可以衬托大厦的金碧辉煌和奢侈。后者的华丽又可以衬托作品的现实感"（翟永明语）。但由于种种原因，委托方表示不能接受这个作品，艺术"工程"不得不停了下来。此后在睿芙奥公司的徐莉多方争取和努力之下，台湾收藏家林百里慧眼识珠，决定为《凤凰》的制作重新注资启动。

欧阳江河诗中的"李兆基""林百里""鹤""凤凰""施工"等语汇，都事关徐冰的凤凰，如果不了解这些"本事"，乍读欧阳江河的《凤凰》难免如坠五里雾中。又如诗中的另外一句："陆宽和黄行，从鸟胎取出鸟群，/却不让别的人飞，他们自己要飞。"读者想要搞清这里的陆宽、黄行究竟是何许人也，只有依据翟永明提供的权威注解："徐冰形容制作《凤凰》的过程是'九死二生'，因为在两年大起大落的制作过程中，伴有两个新生命的诞生：《凤凰》开始制作时，陆新（徐冰的助手）新婚；《凤凰》完工时，他已有了一个儿子；睿芙奥的工作人员李东莉在项目过程中，也生了一个儿子。两个新生儿一个叫'陆宽'，一个叫'黄行'。颇有点像联句。"作为装置艺术的《凤凰》的生产过程就这样嵌入了欧阳江河的诗歌写作，多少表征了当代艺术的即时性和"制作性"。这种"制作"的特征也同样影响了诗歌《凤凰》的生成。

徐冰的凤凰因此构成了解读欧阳江河的凤凰的最重要的背景，进而可以从中透视当代艺术家之间某种同气相求的共生关系。事实上，诗歌《凤凰》还嵌入徐冰的其他著名的装置艺术作品，如《鸟》《地书》《烟草计划》《木林森计划》《析世鉴——天书》等，构成了长诗中一条次第伸展的引用链。如诗中第六节的这样几句：

  收藏家买鸟，因为自己成不了鸟儿。
  艺术家造鸟，因为鸟即非鸟。

> 鸟群从字典缓缓飞起，从甲骨文
> 飞入印刷体，飞出了生物学的领域。
> 艺术史被基金会和博物馆
> 盖成几处景点，星散在版图上。

"艺术家造鸟"直接指涉的是徐冰的题为《鸟飞了》的艺术装置。2011年7月，徐冰的融合了汉字与图像的装置艺术《鸟飞了》（The Living Word）在纽约曼哈顿中城的摩根图书馆暨博物馆的玻璃中庭展出，这是《鸟飞了》自2001年在华盛顿首次展出以来的第三个版本。"艺术家造鸟""鸟群从字典缓缓飞起""从甲骨文/飞入印刷体，飞出了生物学的领域"以及"基金会和博物馆"等语都是对《鸟飞了》的重述。欧阳江河更有创意的是对徐冰《烟草计划》的呼应：

> 三两支中南海，从前海抽到后海，
> 把摩天楼抽得只剩抽水马桶，
> 把鹤寿抽成了长腿蚊。
> 一点余烬，竟能抽出玉生烟，
> 并从水泥的海拔，抽出一个珠峰。

从"抽烟"到"抽水马桶"，到"玉生烟"，到"抽出一个珠峰"，同一个"抽"字衍生出不同层面的含义。"抽烟"的意象以及由此触发的关于"抽"的连锁性想象，据诗人自己解释，暗合的正是徐冰的另一个大型装置艺术《烟草计划》。

此外，长诗《凤凰》也嵌入了欧阳江河其他几位朋友的作品。

如第十五节有"这白夜的菊花灯笼啊。这万古愁"一句，其中的"白夜"，影射翟永明在成都经营的一个同名酒吧，而"菊花灯笼"则嵌入的是翟永明的诗歌《菊花灯笼飘过来》。《凤凰》中还嵌入了赵野的诗《春秋来信》，西川的诗《鹰的话语》，以及李陀发表于1982年的一篇小说《自由落体》等，可以看成是欧阳江河借此向自己的诗友表达敬意。其中为诗歌《凤凰》单行本作序的李陀在徐冰的"凤凰"停工的半年间，最早前去观摩，并将徐冰的装置与墨西哥艺术家迪戈·里维拉当年给洛克菲勒家族绘制的那幅含有列宁头像的著名壁画相提并论："这两个作品的相似不仅在作品本身也在委托方与艺术家的关系上，揭示出艺术和资本之间的反讽，对峙和写实性；以及偶尔的合谋。"在凤凰制作现场，李陀对徐冰说："你在做作品的同时，要把每件事情记录下来，这个过程本身就会是一个文献。"李陀也被视为欧阳江河版《凤凰》诞生的最重要的推手。给《凤凰》注释，也来自李陀先生的提议。姜涛在《"历史想象力"如何可能：几部长诗的阅读札记》一文中说："诗歌'历史想象力'的培植，并非是诗歌自身可以解决的，需要不同领域的人文知识分子的联合，应该自觉恢复包括诗歌在内的文学写作与思想、历史写作的内在有机性。""需要更广泛的读书、穷理、交谈、写作、阅历社会人事，等等。"在某种意义上说，两只凤凰也可以看成是后现代创作中具有文化互文性，"不同领域的人文知识分子的联合"的产品。围绕着两个"凤凰"形成的艺术与文化氛围，两个作者周遭的人事的介入和同仁间的勉力，多少让人想起当年英国以贝尔、伍尔夫、福斯特为中心的布卢姆斯伯里的文学艺术共同体。艺术家们意气相投，切磋琢磨，在艺术理念彼此互渗，彼此分享中形成一个小气候，进而才有可能催生一个引领文学艺术大时代的历史性契机。

或许正是在这个意义上，欧阳江河才有意识地在诗中大量涉及同时代诗人和艺术家朋友的文本和事例，用翟永明的说法即吸纳了大量"本事"，从而使现实中人的艺术文本和生活素材也在《凤凰》中"典故化"。另一方面，这种"文本互涉"也可以看成是诗歌《凤凰》的创作动力学。诗中更大量出现的是经典文学和艺术作品中的意象和主题：

> 古人将凤凰台造在金陵，也造在潮州，
> 人和鸟，两处栖居，但两处皆是空的。
> 庄子的大鸟，自南海飞往北海，
> 非竹不食，非泉不饮，非梧桐不栖，
> 不知腐鼠和小官僚的滋味。
> 李贺的凤凰，踏声律而来，
> 那奇异的叫声，叫碎了昆仑玉，
> 二十三根琴弦，弹得紫皇动容，
> 弹断了多少人的流水和心肠。
> 那时贾生年少，在封建中垂泪，
> 他解开凤凰身上的扣子，
> 脱下山鸡的锦缎，取出几串孔雀钱，
> 五色成文章，百鸟寄身于一鸟。

这一段中，"金陵的凤凰"典出李白的《登金陵凤凰台》，潮州的凤凰台则位于广东省潮州城南郊的老鸦洲（后称沙洲岛或凤凰洲）北端，明隆庆二年（1568年）由潮州知府侯必登倡建。"庄子的大鸟"指涉《庄子·秋水》："夫鹓鶵，发于南海而飞于北海；非梧桐不止，非练实不食，非醴泉不饮。""不知腐鼠和小官僚的滋味"则出典于李商隐的《安定城楼》："不知腐鼠成滋味，猜意鹓雏竟未休。"这几句把腐鼠和小官僚与庄子的大鸟及凤凰对照。"李贺的凤凰"等四句指涉的是李贺的《李凭箜篌引》，"贾生年少"亦出自李商隐《安定城楼》："贾生年少虚垂泪，王粲春来更远游。""山鸡"与"孔雀钱"语出李商隐《鸾凤》："金钱饶孔雀，锦段落山鸡。""五色成文章"一句用的是李峤《凤》中的典故："有鸟居丹穴，其名曰凤凰。九苞应灵瑞，五色成文章。"

如果说，这一段诗是欧阳江河在本土古典文学中搜寻"凤凰"的谱系，读者追溯起出处来尚不那么困难的话，那么，诗中更大量的来自外国文学的典故，相当一部分都得作者本人提供自己的所本，读者才能意识到其出处。如《凤凰》中处理了"易碎"的主题，就援用了以济慈的《希腊古瓮颂》中的"古瓮"领衔的西方诗人笔下的几个经典意象：

> 资本的天体，器皿般易碎，
> 有人却为易碎性造了一个工程，
> 给它砌青砖，浇铸混凝土，
> 夯实内部的层叠，嵌入钢筋，
> 支起一个雪崩般的镂空。

诗中的"器皿"的意象来自于奥登的《悼叶芝》：

> 泥土呵，请接纳一个贵宾，

威廉·叶芝已永远安寝：
让这爱尔兰的器皿歇下，
既然它的诗已尽倾洒。（穆旦译）

奥登在把叶芝喻为"器皿"的同时，也就赋予了诗人一种精致而易碎的本性。欧阳江河看重的正是"器皿"的易碎性，并进而在行文过程中次第勾勒了一个相关的意象链条：

得将意义的血肉之躯
搭建在大理石的永恒之上，
因为心之脆弱有如纹瓷，
而心动，不为物象所动。

"纹瓷"的运用，则是欧阳江河向美裔俄罗斯诗人布罗茨基致敬。布罗茨基在《向杰罗拉莫·马尔切洛致敬》一诗中言说了"瓷器"：

那非尘世的
冬天之光正把豪宅变成瓷器
并把平民百姓变成那些不敢
触摸它的人。（黄灿然译）

"古瓮""器皿""纹瓷"，分别与济慈、奥登和布罗茨基诗中的同类意象形成互文，是欧阳江河向诗歌前辈致敬的方式。而这几个意象也互相对照，构成了易碎性的序列主题。

这种互文式的引用，完全可以从诗人写作的叙述动力学的角度来进行理解，也印证了文本间性（intertextuality）的概念。"文本间性"意指"一切时空中异时异处的文本相互之间都有联系，它们彼此组成一个语言的网络。一个新的文本就是语言进行再分配的场所，它是用过去语言完成的'新织体'"。[1] 这个概念由法国结构主义者克里斯蒂娃发明："每个文本的外形都是用马赛克般的引文拼嵌起来的图案，每个文本都是对其他文本的吸收和转换。"徐冰和欧阳江河的《凤凰》都具有马赛克的拼贴特征。而这种拼贴与互文的特征背后，隐含着的是一种新的感受力模式。正像苏珊·桑塔格在《一种文化与新感受力》中曾经指出的那样：

> 艺术如今是一种新的工具，一种用来改造意识、形成新的感受力模式的工具。而艺术的实践手段也获得了极大的拓展。的确，为应对艺术的这种新功用（这种新功用更多地是被感觉到的，而不是被清晰地系统表述出来的），艺术家不得不成为自觉的美学家：不断地对他们自己所使用的手段、材料和方法提出质疑。对取自"非艺术"领域——例如从工业技术，从商业的运作程序和意象，从纯粹私人的、主观的幻想和梦——的新材料和新方法的占用和利用，似乎经常成了众多艺术家的首要的工作。画家们不再感到自己必须受制于画布和颜料，还可以采用头发、图片、胶水、沙子、自行车轮胎以及他们自己的牙刷和袜子。[2]

---

[1] J.M.布洛克曼著，李幼蒸译：《结构主义》，商务印书馆，1980年，第162页。
[2] 苏珊·桑塔格著，程巍译：《反对阐释》，上海译文出版社，2003年，第343—344页。

徐冰和欧阳江河在各自作品中所预设的阐释结构在很大程度上依赖于桑塔格所谓的对"新材料和新方法的占用和利用"。他们试图创造的是适应于21世纪的感受力形式，是在把工业和建筑垃圾在化腐朽为神奇的过程中从"非艺术"领域无中生有地创生出艺术的转化力，是两个《凤凰》在艺术运思过程中对拼贴和组装的技艺的发明，以及对并置和空间性的感受。

诗歌《凤凰》对拼贴和组装的技艺自觉运用，也使这首诗的字里行间充满着设计感，暗藏大量形同马赛克般的指涉、典故、事件、"本事""重影"，其中很多微言大义只有作者才能提出解答，普通读者甚至不熟悉诗人创作"流程"的专业读者也无法参详。在某种意义上说，对这首诗的背景知识加一些注释就成为一件必要的工作。

欧阳江河的《凤凰》先由香港牛津大学出版社在2012年出单行本，而中信出版社2014年的注释版则比牛津版多出了一百三十四条注释，注释文字加在一起有一万三千多字。之所以给《凤凰》做注释，除了诗中存有大量典故与"本事"，还取决于《凤凰》内部的丰富与复杂的"玄机"。这些"玄机"关联着诗歌更内在的修辞风格、联想空间、创作肌理和行文线索。试以《凤凰》中"雪"的意象脉络为例。诗中出现的一系列作为自然和历史现象的"雪"的意象，既是修辞，又是文本关键词的复现，堪称是一个母词，因此也同时创建了自己的衍生话语，如第三节中"身轻如雪的心之重负啊，/ 将大面积的资本化解于无形"，第四节中"金融的面孔像雪一样落下，/ 雪踩上去就像人脸在阳光中 / 渐渐融化，渐渐形成鸟迹"，都是"雪"的"衍生话语"。"衍生话语"在《凤凰》中起了重要诗学作用，"雪"在后文的衍生中有不同的方向，也生成不同的意义、功能。在第十一节中,"雪"的寓意尤其繁复:"灰烬般的火凤凰,冒着乌鸦的雪,深深落下。/ 如果雪不是落在土地的契约上, / 就不能落在耕者的土地上, / 不能签下种子的名字。/ 如果词的雪不是众声喧哗, / 而是嘘的一声,心,这面死者的镜子, / 将被自己摔碎。"在《凤凰》中,与"雪"的运用相类似的还有"建筑""资本""劳动""批判""革命"等意象……都可以看成是具有衍生功能的母词。

> 雪踩上去就像人脸在阳光中
> 渐渐融化,渐渐形成鸟迹

"鸟迹"对欧阳江河的创作由此具有一种指示性意义。在这个意义上,《凤凰》第五节中出现的"神迹"以及第六节中出现的"笔迹"都是欧阳江河刻意设计的意象,显示出他对"踪迹学"的着迷。欧阳江河称:《凤凰》实践了德里达的踪迹学或循迹法。循迹法构成的是欧阳江河的方法论,也有助于读者追踪作者创作过程中的思路、联想、脉络以及文本的肌理,进而追踪文本的具体生成轨迹或踪迹,如意象、典故、主题的衍生和用韵、修辞的具体文脉,更有助于还原创作实践原初的具体性。

《凤凰》的注释版也正着力追踪文本的具体生成轨迹或踪迹,试图还原创作实践这种原初的具体性。由此或许可以提供一种新的阅读可能性,即"注释性阅读"。

2013年7月21日,《凤凰》的注释者于北京大学中关新园拾年咖啡馆就《凤凰》注释事宜采访了欧阳江河先生。《凤凰》的注释工作主要依赖于欧阳江河对自己写作踪迹的寻踪。在整整一下午的采访过程中,欧阳江河分疏了"注释性阅读、一般性(读者)阅读和专业性(批评)阅读"三个概念,指出三者间的互补性。欧阳江河认为,所谓"注释性阅读"类似于中国古代的诗话式阅读,更从属于作者写作的一部分,有助于还原作者在创作过程中的心理活动和表意实践的具体性。欧阳江河称:仅仅注意到我们这个时代写作的变化是不够的,同时也需要批评、阐释与阅读方式的变化。如果没有阅读的变化,就理解不了写作的全方位和深刻性。"仅用诗歌史上的某个诗人的标准阅读我的诗,是进不去的。如果用徐志摩的《再别康桥》标准就读不出当代诗歌的复杂性和处理文明的抱负。当代新的诗歌写作对阅读也提出了新的要求。"

注释性阅读也应运而生。诗作者对文本创生过程的讲述本身就是一个循迹的过程,从而使注释也构成了写作的一部分。不用注释的方式,这些踪迹恐怕就无迹可寻。诗歌,尤其是篇幅浩繁的长诗,其实生存在细节和诗句的碎片中,不能笼而统之大而化之一目十行地泛读。但注释性的精读方式会不会使诗歌的七宝楼台首先被注释者,随后又被读者拆得七零八落?针对这一疑虑,欧阳江河说:"也许有读者认为这么细致地注释会不会以辞害意,但其实我的意有好多种。作者的潜写作和本事部分以及有些良苦用心注释后才会呈现。而详细的注释,并不妨碍读者对诗歌的宏观整体把握。"

诗歌阅读之所以一直构成难题,在某种意义上或许正与不求甚解的泛读方式有关。或许正是习惯了这种泛读,使读者始终被作家创造的"文学的陌生性"阻隔在文学的大门之外。在《文学死了吗》一书中,耶鲁大师希利斯·米勒执著的正是"文学的陌生性"以及"文学保守自己的秘密":"隐藏秘密,永不揭示它们,这是文学的一个基本特征。""文学的陌生性"和"文学保守自己的秘密"在米勒那里上升到界定文学本体论的高度。但在对文学秘密持有必要的尊重的同时,使普通读者了解一些诗人写作的过程性,追蹑诗人的思维"踪迹",或许多少有助于解决诗歌阅读这一世纪性难题。

20世纪中国诗人的江南想象

林庚在20世纪30年代曾经有过一次足迹遍布杭沪宁的江南之旅。从林庚留下的诗中可以捕捉到诗人羁旅江南的过程中时时萦绕的是一种"在异乡"的心迹。这种"在异乡"既是一种人生境遇,一种心理体验,同时也是诗歌文本中一种具体的观照角度。林庚的《异乡》体现出的即是这样一种特殊的视角:

> 异乡的情调像静夜
> 吹拂过窗前夜来的风
> 异乡的女子我遇见了
> 在清晨的长篱笆旁
> 黄昏的小船在水面流去
> 赶过两岸路上的人了
> 前面是樱桃再前面是柳树
> 再前面又是路上的人
> 在树下彳亍的走着
> 异乡的情调像静夜

落散在窗前夜来的雨点
　　南方的芭蕉我遇见了
　　在清晨的长篱笆那边
　　黄昏的小船在水面流去
　　赶过两旁路上的人了
　　前面是樱桃再前面是柳树
　　再前面又是路上的人
　　在树下彳亍的走着
　　异乡的情调像静夜
　　吹落在窗前夜来的风雨

这首诗描绘的是诗人江南之行之所见，它的奇特处在于变化中的重复与重复中的变化，从而在整体上给人一种既回环往复又变幻常新之感。这种复沓与回环传达了一种"行行复行行"的效果。从视点上说，这是由作为异乡客的诗人的观照角度决定的。诗人仿佛是坐在一只小船上顺水漂流，一路上遇见了长篱笆旁的异乡女子和芭蕉，赶过了两岸的路人，又赶过了岸边的樱桃和柳树，如此的景象一再地重复下去，从清晨直至黄昏。这首诗在形式上的复沓与诗人旅行中视角的移动是吻合的，因此这种复沓并不让人感到腻烦，重复中使人获得的是新奇的体验。但最终决定着这种变幻感和新奇感的却并不是移动着的视角，而是视角背后观照者陌生的异乡之旅本身，以及诗人身处异乡的漂泊经历在读者心头唤起的一种普遍的羁旅体验。这种体验正来自诗人作为异乡人的旅行视角。而这种"在异乡"的体验也决定了林庚对江南的感受有一种局外人的特征。林庚写于江南的另一首诗《沪之雨夜》也传达了这种局外人的体验:"来在沪上的雨夜里/听街上汽车逝过/檐间的雨漏乃如高山流水/打着柄杭州的雨伞出去吧//雨水湿了一片柏油路/巷中楼上有人拉南胡/是一曲似不关心的幽怨/孟姜女寻夫到长城"。南胡声中那"似不关心"的幽怨昭示的正是诗人与江南的距离感与陌生感。

1954 年,台湾诗人郑愁予写下了《错误》:

> 我打江南走过
> 那等在季节里的容颜如莲花的开落
> 东风不来,三月的柳絮不飞
> 你的心如小小的寂寞的城
> 恰若青石的街道向晚
> 跫音不响,三月的春帷不揭
> 你底心是小小的窗扉紧掩
> 我达达的马蹄声是美丽的错误
> 我不是归人,是个过客……

诗一写出,有评论家说整个台湾都响彻了达达的马蹄声。我们不妨设想:一个江南女子倦守空闺,苦苦等候出远门的意中人,中间几个比喻暗示出女主人公的形象,描绘了一颗深闺中闭锁的心灵。这时候,一个游子打江南小城走过,他可能恰巧邂逅了这个女子,也可能暗恋上了她,抑或两个人还发生了爱恋的故事。但一切不过是"美丽的错误",最终"我"只是一个江南的匆匆过客,在"达达"前行的马蹄声中,一个哀婉而又有几分感伤的美丽故事就这样结束了。然而诗人营造的江南想象却刚刚开始,这是一个诗化的江南，一个有着等在季节里如莲花开落的美丽容颜的浪漫的江南，同时也是一个具有古典美的江南，一个多少携有几分神秘色彩的江南。

在另一个台湾诗人余光中那里，江南则是一个多重时空与多重文化的存在：

> 春天，遂想起
> 江南，唐诗里的江南，九岁时
> 采桑叶于其中，捉蜻蜓于其中
> （可以从基隆港回去的）
> 江南
> 小杜的江南
> 苏小小的江南
>
> 遂想起多莲的湖，多菱的湖
> 多螃蟹的湖，多湖的江南
> 吴王和越王的小战场
> （那场战争是够美的）
> 逃了西施
> 失踪了范蠡
> 失踪在酒旗招展的
> （从松山飞三个小时就到的）
> 乾隆皇帝的江南
>
> 春天，遂想起遍地垂柳

的江南,想起

太湖滨一渔港,想起

那么多的表妹,走在柳堤

(我只能娶其中的一朵!)

走过柳堤,那许多的表妹

就那么任伊老了

任伊老了,在江南

(喷射云三小时的江南)

这首题为《春天,遂想起》的诗,在第一节就并置了多重江南时空:书本中的("唐诗")、童年的("九岁时采桑叶于其中,捉蜻蜓于其中")、现实的("可以从基隆港回去的")、历史的("小杜",即诗人杜牧)和浪漫的("苏小小")。第二节则从西施、范蠡联想到乾隆,轻描淡写中完成了巨大的历史时空跨度。江南因此是一个具有巨大的文化和历史涵容的存在,既有吴越争霸的古战场,也有诗酒风流的古典遗韵,既是埋葬着诗人母亲的伤心地,也是生活着诗人众多表妹们的故乡。这首诗写于1962年,在当时冷战对峙的历史条件下,大陆的江南是诗人"想回也回不去的",因此,江南就只能存活在诗人的想象中。这一想象中的江南却比现实中的江南更加广阔和深远,它活在唐诗里,活在诗人儿时的记忆里。因此,诗人运用了多重时空穿插重叠、现实与历史浑然一体的写作技法,类似于电影中一个个蒙太奇镜头,把不同时间和空间的场景组接在一起。诗歌中呈现出的江南场景也就具有一种意念化的随机性。这正是诗歌中的江南想象所具有的真正的艺术逻辑。

《异乡》《错误》和《春天,遂想起》在我本人的南方想象中占有非常重要的地位。对于我这个塞外之人来说，去江南之前都因为古典诗文和现代创作而对江南有了自己的想象图景，一闭上眼睛，脑海里就有个江南的形象，就像余光中的江南也存在于唐诗中一样。我特别喜欢的是辛弃疾的词"落日楼头，断鸿声里，江南游子，把吴钩看了，阑干拍遍，无人会，登临意"，它把江南想象、游子情怀和落寞心绪融为一体，体现的是江南想象的极致。我在大三结束的暑假正是吟诵着这句"落日楼头，断鸿声里"孤身在江南周游，可以说见识到了真正的江南。但是奇怪的是，回来以后再看到"江南"的意象，再提起"江南"二字，脑海里浮现的仍是我从前想象中的那个图景，与现实中的江南似没有一点关系。以前大脑硬盘中的江南无法格式化了，所以这种出自文学与想象中的第二义的江南文化图景，其实是很顽固地盘踞在一个人的记忆和心理结构中的。这就是文化想象的力量。

印证了这种关于江南的文化想象的还有 1991 年自尽的诗人戈麦。这是他的诗歌《南方》：

像是从前某个夜晚遗落的微雨
我来到南方的小站
檐下那只翠绿的雌鸟
我来到你妊娠着李花的故乡

我在北方的书籍中想象过你的音容
四处是亭台的摆设和越女的清唱
漫长的中古，南方的衰微
一只杜鹃委婉地走在清晨

诗中的南方同样是一个想象中的南方。它存在于诗人关于中古的想象中,"亭台的摆设和越女的清唱"都不是现实中的存在物。即使"一只杜鹃委婉地走在清晨"也未必是南方的真实景象,我后来经常有机会见识南方,顺便关注有没有戈麦诗中"杜鹃委婉地走在清晨"的景象,但从来没有见过,始觉得这是一种戈麦想象中的江南杜鹃的艺术姿态。戈麦显然是一位更喜欢生活在自己的想象世界中的诗人,他在一篇自述中曾这样状写自己:"戈麦寓于北京,但喜欢南方的都市生活。他觉得在那些曲折回旋的小巷深处,在那些雨水从街面上流到室内,从屋顶上漏至铺上的诡秘的生活中,一定发生了许多绝而又绝的故事。"真正生活在现实中的江南的人们,也许不会觉得自己的生活是"诡秘"的。这种诡秘的南方,正是想象中的南方。而戈麦的南方想象正存在于文本之中,存在于古典诗词中,存在于郑愁予的《错误》等20世纪前辈诗人的创作中,所以更是诗人南方想象,与真实的南方可能无关。

从某种意义上说,江南只存在于诗人的想象中。

第四辑

历史·审美·文化

从1981年在北大开设中国初期象征派诗歌研究课程起，孙玉石先生始终把他的主要精力投入中国现代主义诗歌的潜心研究上，并陆续出版了《中国初期象征派诗歌研究》《中国现代诗导读》《中国现代诗歌艺术》等阶段性的成果。他的新著《中国现代主义诗潮史论》则是在前有成果基础上的集大成性质的著作，是作者十几年磨一剑的心血结晶。

中国现代主义诗潮史是孙玉石先生长久执迷的研究领地。他最初对中国初期象征派诗歌的研究，可以说冲破了"偏狭的理论一统天下的时代"的迷雾，对于中国现代文学研究界的思想解放有着领风气先的历史作用。既而他又把目光转向30年代的现代派和40年代的"中国新诗"派诗人，使这些忍受了近三十年的沉埋，却在中国现代诗歌的美学历程中曾经起过无法忽略的历史作用的诗潮重新焕发出了耀眼的光彩。孙玉石先生以他特出的研究成果，不仅在"对于新诗中象征主义、现代主义潮流的发掘与描绘、审视与评价"的过程中起了"恢复中国现代诗歌发展历史本来面目的应尽的职责"，更体现了一个学者在特定的历史时代的良知和使命感。

孙玉石先生的四十余万言的新著《中国现代主义诗潮史论》(以下简称《诗潮史论》)对学术界更具有启示意义的内涵还在于它集中而鲜明地表现了孙玉石先生多年来始终如一坚守和建立的治学方法和规范：一种把严谨的科学实证主义和创造性的艺术批评实践相结合的学术道路。具体从方法论的层面说，孙玉石先生在《诗潮史论》一书中建构的是三维的研究视野，即历史、审美、文化的统一，在三者的互动中展示了中国现代主义诗歌历史的丰富景观和复杂内涵。

首先看历史的维度。作者在《诗潮史论》的前言中指出：

> 历史的视角，就是努力寻找研究对象的历史参照系。不能孤立地进行对于一个流派或思潮的研究。因为他们的产生，与中外传统诗与现代诗的发展现象有不可分割的联系，因此我们在研究它的时候，就要寻找更广泛的历史参照系。

这种历史参照系的建立，为作者的研究确立了开阔的历史视野，我们从中感受到的是古今中外的诗歌传统在中国现代主义诗潮的形成和发展过程中所起到的综合的历史作用，是作者所精心勾勒的历史的蹒跚而完整的足迹，是历史的客观而忠实的来龙去脉，是个别现象背后的普遍潮流，是对现代主义诗潮与中国现代新诗发展总体历程之间内在理路的全局性的反思，是在现代主义诗潮对西方与传统的吸收与融汇中所"确定的他们自身的位置、特征和艺术走向"。而构成这一切追求的更内在的支撑的则是作者对具有原生性的历史景观的忠实传达，是对历史现象的勾勒背后所蕴涵的研究者的独特的史观、史识和历史感。

于是，历史的视角，在孙玉石先生那里还被理解为对研究对象的一种历史的态度。这是一种尊重历史原生性的态度，"即按照它们原来产生的历史环境和作者的意图，来对它们进行一些富于创造性的阐释"。作者追求的是"让历史发言，不是借历史作现实需要的传声筒，而是在历史中寻找出它所蕴藏的属于现在或永远的东西来"。这种让历史展示自身，呈现自己的原生性的追求，具有重要的方法论的启示意义。《诗潮史论》具体的研究过程，正是遵循了这一原则。我们在字里行间感受到的是中国现代诗歌活生生的原初氛围和情境，这得益于作者多年来对历史史料的搜集、整理和勾陈的艰辛工作。书中表现出的客观而原生的历史风貌，正是建立在丰富而翔实的第一手历史资料的获得和占有的基础之上的。

《诗潮史论》一书所担负的更重大的使命是研究中国现代主义诗潮的艺术视角。这就是本书的审美的维度。审美的视角，在作者看来"属于本体的思考"。的确，对审美的注重意味着孙玉石先生的研究是以诗歌本体为出发点的，对诗美的把握是他的一个基本前提。诗歌毕竟是美的艺术，审美的维度在诗歌中具有本体的意义，对诗歌的研究也尤其应该以审美分析为基本的诗学准则。正是在这一层面，孙玉石先生表现出了始终如一的执著追求与极富创造性的研究眼光。

孙玉石先生认为：

> 象征派诗、现代派诗常常是自创性很强的复杂的结构。它的诗意的隐藏性，与它所运用的语汇的特殊性，造成了诗意有极大的模糊性。如果我们不注意把握它深层的审美特征，缺乏理解这方面作品所要求的独特的审美素养和训练，就可

能脱离现代派诗意象构建、语言处置的特殊性，以一般性的思维去接近超常的思维，便会在艺术思维的对接中造成差异，落入迷雾的陷阱。

这在一定程度上解释了孙玉石先生多年来始终坚持对诗歌审美领域的探索的内在原因。他主持的《中国现代诗导读》，正是从文本分析的角度引导读者进入现代派诗的审美内部的微观机制，而他近年来对重建中国现代解诗学的卓有成效的努力，则可以看作是现代新诗研究在微观诗学领域的重大收获之一。解诗学构成了孙玉石诗歌研究的基础，这一视角的精髓在于，"在对于象征派、现代派诗进行宏观的研究的同时，致力于对这一诗潮中个别作品文本的内在性阐释，以求沟通审美的创造者与审美的接受者之间的距离"。

这部《诗潮史论》也充分贯彻了解诗学的微观诗学研究视角，作者对现代主义诗潮的宏观的史的描述和梳理，始终与对具体诗歌文本从不同角度所进行的深入细致的解读相结合，从而引导"我们接受者的审美探求，深入到诗人的创造性思维全过程中去，从语言、意象、情感、心理，乃至潜意识，进行诗人创造过程的追踪和还原，弄清诗的内在逻辑，弄清诗人思维的构成和走向，甚至一个词的运用和特殊的感情色彩"。《诗潮史论》的沉甸甸的分量在很大程度上正取决于作者对一部部诗歌文本的精细而到位的细读以及在细读中所透露出的对诗歌审美结构的洞察力、对诗人们的艺术思维的领悟力。

在中国现代诗歌的研究中引入文化研究视角，也是孙玉石先生一以贯之的追求。所谓文化的视角，首先指在诗歌具体分析和批评中追寻文化的因素,解释那些本身就蕴涵着深厚的文化意味的具体诗作。譬如废名的诗在现代派诗人群中便以晦涩著称,他的诗作总给人以无法把握的若即若离之感。《海》就是这样一首诗:

> 我立在池岸,
> 望那一朵好花,
> 亭亭玉立
> 出水妙善,——
> "我将永不爱海了。"
> 荷花微笑道:
> "善男子,
> 花将长在你的海里。"

有解释者曾经强调这首诗中"荷花"意象所具有的那种"出污泥而不染"的"亭亭净直"的传统美感内涵,又从"大海与落花融为一体"中发现了"人与自然之间的和谐美",以及在"30年代初期,白色恐怖,斗争残酷"的历史背景下"诗人借物抒情,以大海的担当精神激励自我"的时代主题。这种解释与原诗所欲传达的意蕴之间有着显然的隔膜。孙玉石先生则从佛教文化的角度切入这首诗,指出诗里的"荷花""海""善男子""妙善"等语汇均是佛教中常见的意象,诗的意思,也是告诉人们"当你真正走入佛教的悟性的境界,人生之'海'的广大便与荷花的'妙善之美'融而为一体了,你的人生也就可以超越一切烦恼而进入一种潇洒自如的境界","一种达到佛教悟性或生活洒脱的境界"。这种文化的视角,意味着作者解诗的更为开阔的视野,也意味着作为艺术本体的诗歌所内在禀赋的文化属性。

而孙玉石先生对文化视角的引入的更为重要的意义,是把现代诗歌的研究置于文化的大背景中,从而使诗歌研究获得更厚实的支撑。这方面的范例是作者对30年代现代派诗人群的文化心态的考察。作者从"寻梦者"的形象、"荒原"的意识、"倦行人"的心态等几个角度探寻了现代派诗人群系的精神世界,从中折射出现代派诗人所具有群体性的心灵特征,以及落实在文本中的历史与文化的深层根源。这一切,都显示出把文化研究引入诗歌史领域,是一个大有可为的路数。在这方面,《诗潮史论》走了值得借鉴的一步。

这就是《诗潮史论》一书所展示出的历史、审美与文化三者之间统一而互动的研究框架,这种兼容性的研究视野最终表现出了作者的坚实的理论素养,在史的梳理的同时,也以对诗歌理论的集中探讨,以对治学规范与方法论的建树而独树一帜。

《诗潮史论》既有总结性又有前瞻性的思考还表现在作者对"东方现代诗的构想和建设"这一有重大历史价值的理论命题的提出。作者对现代主义诗潮的考察,似乎很容易带给读者一种误解,即本书的侧重点主要在于对西方现代主义影响的强调。无论是中国初期象征派诗歌,30年代的受英美意象派影响的现代派诗人群,还是40年代以冯至、穆旦为代表的现代主义诗歌,都与西方诗歌的直接影响密不可分。作者对中国现代主义诗潮的考察的一个初衷,也许正是梳理这一条影响——回应的历史线索。然而,作者的研究更卓有成效的部分则是对中外诗艺关系的探索,是对东西诗艺融合论的探索。中国现代诗歌的历程,既是西方的影响民族化的历史,也是民族自身传统的现代化的历史。而对这两个层面在历史与逻辑双重意义上的结合与汇通的理论思考，则构成了孙玉石先生的更高的研究视野。正是在这个意义上，作者提出了"东方现代诗的构想和建设"的历史命题，并把构想和建设具有民族特色的东方象征诗和现代诗，视为"五四"新诗革命以来的一个必然的历史追求。这在孙玉石先生这里，无疑是一个具有创造性的理论构想，同时它又是对中国现代主义诗歌的历史实践的客观总结。可以说，在中国现代诗歌史上，东西诗艺融合论是一个进入了诗人具体操作过程的客观存在。孙玉石先生集中以 30 年代现代派诗人为主，从两个方面令人信服地探讨了这个问题。

首先是寻求中西诗艺融合点：

> 所谓融合点，即西方现代主义思潮与中国传统诗歌在美学范畴对话中呈现的相类似的审美坐标，也就是相互认同的嫁接点。在现代诗中这种寻求表现得最突出的是：意象的营造，含蓄与暗示的沟通，意境与"戏剧性处境"的尝试。

作者从诗学的意义上探讨了"意象""含蓄"与"暗示""意境"与"戏剧性处境"等沟通了东西方诗艺的基本范畴，以对现代诗精辟入里的理解和把握，展示了现代诗人在统一"化古""化欧"两个方面的历史性成绩，从而对"新诗能否现代化，东方的现代诗能否成为具有民族风格的世界文学的一个组成部分"这一历史性命题，给出了一个乐观的答案。

其次，30 年代的现代派诗人对东西诗艺融合论的思考，进入操作过程的第二个方面，是"是对现代派诗传达情绪隐藏度恰适的追寻"。"隐"是中国传统诗歌表现方法方面一个重要的美学范畴，同时又与西方象征主义诗学注重象征与暗示的艺术原则相暗合，可以说是跨越了东西方诗艺的一个有普遍性的艺术准则。中国的现代派诗人创造性地吸收了这双重的艺术滋养，他们所追求的表现自己和隐藏自己之间的恰适的"隐藏度"，正是在这种融合与汇通中出现的一个构建民族现代派诗的十分珍贵的美学思考。此外，孙玉石先生还探讨了中国现代诗人对"纯诗"的追求的历史足迹，对"感性革命"的倡导以及在40年代的新的历史阶段所努力建设的"现实、象征、玄学的新的综合传统"，这一切都显示出"东方化的民族现代诗有了自身的秩序与尺度"，从中作者得出了以下的洞见："这些'自觉的现代主义者'们所完成的艺术原则与艺术高度，具有传统性，也具有现代性。具有过去的现代性，也具有过去的未来性。他们的探索创造给新诗现代化的建设以及东西诗艺融合的探索以永远的启示。"孙玉石先生对中国现代主义诗潮史的坚持不懈的思考和探求，留给学术界的也正是这种"永远的启示"。

直面无以归类的鲁迅

——读钱理群《鲁迅与当代中国》

"现在进行时的存在"

无论对于现代中国历史，现代中华民族，还是对于现代中国思想与现代中国文学，鲁迅都具有无可替代的意义，这也使得鲁迅对于当代中国也同样具有非凡的意义。而且鲁迅在今天的意义也似乎与其他中国古人有些不同，换句话说，鲁迅并没有真正作古，相当一部分当代知识者和青年人是通过鲁迅的作品进入现代历史，同时也通过鲁迅的眼睛观照和认知现实。尽管在有些国人眼中，鲁迅仍被看做一个难以容忍的"异类"。正像张承志在《鲁迅路口》一文中所说：

> 渐渐地我们终于明白了，这个民族不会容忍异类。哪怕再等上三十年五十年，对鲁迅的大毁大谤势必到来。鲁迅自己是预感到了这前景的，为了规避，他早就明言宁愿速朽。但是，毕竟在小时代也发生了尖锐的对峙，人们都被迫迎对众多问题。当人们四顾先哲，发现他们大都暧昧时，就纷纷

转回鲁迅寻求解释。[1]

钱理群先生的新著《鲁迅与当代中国》则在"转回鲁迅寻求解释"的同时，进一步提出了一个鲁迅的"当代性"命题：

> 这些年，我提出鲁迅研究不仅要"讲鲁迅"，还要"接着往下讲"，甚至"接着往下做"，就是为了给长期困惑我们的"学术研究的当代性"问题，提供一个新的思路。选择鲁迅研究作为一个突破口，是因为在我看来，鲁迅就是一个"现在进行时的存在"，它的文学的深刻性、超越性，都是通向当代中国的。(《〈野草〉的文学启示》)[2]

钱理群先生的这部新著正是把鲁迅视为一个"现在进行时的存在"，作者由此不仅仅在寻求解决"学术研究的当代性"问题，而且同时建构了鲁迅与当代中国的深刻的关联性。这是一种堪称是双向互动的关联图景，一方面是作者在鲁迅那里寻求中国社会和历史的解释，试图透过鲁迅洞察社会和历史的眼光，为我们观照当今中国的现实问题提供思想支持；另一方面，也是更重要的一面，则是使当下中国社会的文化思想现状不断在鲁迅那里获得印证，与鲁迅形成新的共振，把作为思想资源的鲁迅带入当代中国现实，让鲁迅进入当下语境，由此赋予了鲁迅以当下性、可能性以及超越性。这就是《鲁迅与当代中国》所呈现出的更重要的思想图景。

---

[1] 张承志：《鲁迅路口》，《张承志散文》，人民文学出版社，2005年，第237页。
[2] 钱理群：《鲁迅与当代中国》，北京大学出版社，2017年。本文以下引用该书中的内容只注明书中文章的篇目。

而从这种当下性、可能性以及超越性的意义上进行比附，钱理群呈现的鲁迅令人联想到的是作家卡夫卡。可以说，中外研究者格外看重的正是卡夫卡创作中内涵的可能性和超越性。卡夫卡作品中丰富的预言性和阐释的可能性也同样为卡夫卡的文学图景提供了某种超越性和未来性，这不是说卡夫卡是在为未来写作，而是说恰恰因为卡夫卡深刻地植根于他所处的历史时代，才有可能为人类提供了丰富的预言维度，提供了关于人类生存境遇的可能性和超越性的想象。正像钱理群称鲁迅"文学的深刻性、超越性，都是通向当代中国的"一样。

钱理群贡献的鲁迅研究既表现为一种"当代性"，也表现为一种"超越性"。其当代性不仅表现在本书立足于当代现实与鲁迅进行对话，更表现在让鲁迅与当代对话，也正因如此，钱理群的鲁迅研究承担的是联结鲁迅与当代中国的中介作用；而所谓的"超越性"则集中表现于钱理群在书中对鲁迅的思想与文学的"独立自主性"与"无以归类性"的挖掘。

无以归类的文学性

读钱理群先生的《鲁迅与当代中国》，印象深刻的是作者对鲁迅的思想与文学的无以归类的独特性的还原。这种"回到鲁迅那里去"，对鲁迅的"独立价值"的还原，早在钱理群最初的鲁迅研究中就成为一个核心的方法论视景。钱理群在《心灵的探寻》中曾这样谈到自己所设想的研究方法："首先是'回到鲁迅那里去'。这就必须承认，'鲁迅'是一个独立的世界：它有着自己独特的思想及思维方式，独特的心理素质及内在矛盾，独特的情感及情感表达方式，独特的艺术追求，艺术思维及艺术表现方式；研究的任务是从鲁迅自我'这一个'特殊个体出发，既挖掘个体中所蕴含、积淀的普遍的社会、历史、民族……的内容，又充分注意个体特殊的，为普遍、一般、共性所不能包容的丰富性。如果把鲁迅独特的思想、艺术纳入某一现成的理论框架，研究的任务变成用鲁迅的材料来阐发、论证某一现成理论的正确性，那就实际上否定了鲁迅的独立价值，也否定了鲁迅研究自身的独立价值"。[1]从这第一本鲁迅研究专著算起，钱理群至今三十余年的鲁迅研究，都在贯彻这种"回到鲁迅那里去"的思想方法，而在《鲁迅与当代中国》之中，则为读者进一步呈现出一个更为复杂的无以归类的鲁迅形象。

在新著收入的《我们为什么需要鲁迅》一文中，作者追问的是"鲁迅思想的特别在哪里"？作者是从"鲁迅不是什么"的思路切入——鲁迅不是"主将"，不是"方向"，不是"导师"——由此凸显出鲁迅"在整个现代中国思想文化体系、话语结构中，始终处于边缘地位，始终是少数和异数"的"另类"特征：

> 这就说到了鲁迅的另一个特别之处：他的思想与文学是无以归类的。
>
> 这就是鲁迅对我们的意义：他是另一种存在，另一种声音，另一种思维，因而也就是另一种可能性。
>
> （《我们为什么需要鲁迅》）

当大多现代思想史以及主流意识形态叙述倾向于把鲁迅塑造为"主

---

[1] 钱理群：《心灵的探寻》，北京大学出版社，1999年，第10页。

将""方向"和"旗帜"的同时,钱理群强调的却是鲁迅的"另一种可能性"以及"无以归类"性,并由此出发重塑作为当代思想资源的鲁迅:

> 我们今天所面临的,是一个矛盾重重,问题重重,空前复杂的中国与世界。我自己就多次发出感慨:我们已经失去了认识和把握外在世界的能力,而当下中国思想文化界又依然坚持处处要求"站队"的传统,这就使我这样的知识分子陷入了难以言说的困境,同时也就产生了要从根本上跳出二元对立模式的内在要求。我以为,正是在这样的思想文化背景下,鲁迅的既"在"又"不在",既"是"又"不是"的毫无立场的立场,对一切问题都采取更为复杂的缠绕的分析态度,就具有了一种特殊的意义。而鲁迅思想与文学的独立自主性,无以归类性,由此决定的他的思想与文学的超时代性,也就使得我们今天面对我们自己时代的问题,并试图寻求新的解决时,鲁迅的思想与文学或许是一个特别值得注意和重视的精神资源。(《我们为什么需要鲁迅》)

在钱理群看来,鲁迅的这种"毫无立场的立场","对一切问题都采取更为复杂的缠绕的分析态度",具有超越国人惯有的二元思维模式的一种特殊意义,由此决定了鲁迅的思想与文学的"独立自主性"和"无以归类性",也决定了鲁迅的"思想与文学的超时代性","也就使得我们今天面对我们自己时代的问题,并试图寻求新的解决时,鲁迅的思想与文学或许是一个特别值得注意和重视的精神资源"。鲁迅之所以是一个"现在进行时的存在",之所以可以穿透历史进入未来,之所以成为当代中国的"精神资源",在某种意义上是与鲁迅文学的"独立自主性"和"无以归类性",以及由此生成的某种"深刻性、超越性"紧密相关的。钱理群的这部新著的相当一部分新意也正表现为对鲁迅的"无以归类"的文学性的阐发,或者说表现为对鲁迅文学思维的独异性的理解。

在钱理群看来,鲁迅的文学性正体现在鲁迅思维方式的复杂性,以及鲁迅的思想及其表达所具有的"丰饶的含混"的特点。这就是鲁迅独有的文学的方式,或者说是鲁迅言说世界的方式。由此,在关于认知文学性的问题上,鲁迅也正在成为当代诗学的无与伦比的资源。而钱理群启示我们的正是一种从文学性的意义上重新理解鲁迅的视野,真正理解鲁迅身上所体现的思想家与文学家的统一,即鲁迅作为一个思想家的存在方式,是以文学家的形态具现出来的。钱理群尤其重视丸山昇的一个判断:"丸山先生提醒我们注意:在二十一世纪初,人类面临没有经验的空前复杂的众多问题时,'鲁迅的经历和思想,尤其是他的不依靠现成概念的思考方法中',保留着"我们还没有充分受容而非常宝贵的很多成分。"这种"不依靠现成概念的思考方法"或许就是鲁迅特有的文学的方法。在本书中,钱理群对鲁迅的这种"不依靠现成概念的思考方法"进行了更为深入的阐释:

> 我们不能忽视的是,在鲁迅身上所体现的思想家与文学家的统一。也就是说,"鲁迅是一个不用逻辑范畴表达思想的思想家,多数的情况下,他的思想不是诉诸概念系统,而是现之于非理性的文学符号和杂文体的喜笑怒骂"。

也是在这个意义上,钱理群格外看重鲁迅的杂文的意义:"杂文是鲁迅和他的时代保持密切联系的主要手段,忽略了杂文,就会遮蔽鲁迅世界里的许多重要方面。我要强调的是,鲁迅杂文不仅和他的时代息息相通,更有其超越性的一面,因而也和我们的时代息息相通。鲁迅杂文还有至今我们也没有说清楚的文学性。"(《"30后"看"70后"》)鲁迅杂文所具有的特殊的文学性,即突出表现在对概念系统的拒斥,而"现之于非理性的文学符号和杂文体的喜笑怒骂"。在这个意义上,鲁迅的杂文,或许是最具"文学性"的,而真正的文学性,恰是以感性的文学意象、符号所创造的非概念化的思想图景,由此才能蕴含丰富的阐释空间,进而许诺一种穿透时代的超越性。

"人"的本体论

钱理群在新著中对于鲁迅"文学性"的理解,更重要的面向是与人的精神现象联系在一起的,其中甚至蕴含着生成一种生命哲学的可能性:

> 鲁迅所关注的始终是人的精神现象,一切思想的探讨和困惑,在他那里都会转化为个体生命的生存与精神困境的体验,"正是生命哲学构成了鲁迅区别于同时代的其他中国思想家的独特之处的一个重要方面",而"文学化的形象、意象、语言,赋予鲁迅哲学所关注的人类精神现象、心灵世界以整体性、模糊性与多义性,还原了其本来面目的复杂性与丰富性,这样,鲁迅所要探讨的精神本体的特质与外在文学符号之间,就达到了一种和谐与统一"。[1] 很多人都注意到鲁迅思

---

[1] 参看钱理群、王乾坤:《作为思想家的鲁迅》,《走进当代的鲁迅》,人民文学出版社,2005年,第64—65页、第70页。

想及其表达的"丰饶的含混"性的特点,却将其视为鲁迅的局限,[1]这依然是一个可悲的隔膜。

钱理群在把鲁迅思想及其表达的"丰饶的含混"性视为一种"文学化的思维"的同时,更注重挖掘鲁迅所关注的"人的精神现象,一切思想的探讨和困惑",探讨在鲁迅那里作为"个体生命的生存与精神困境的体验"。于是我们遭遇了钱理群著作中一以贯之的对"人"的生命本体的关怀,甚至蕴含有一种"人"的本体论的思想意味,以至于钱理群在一次医学工作者论坛上的讲话中,也顺理成章地把医学定义为"人学":

> 该如何为医学的学科性质定位?长期以来,我们都习惯于将医学视为自然学科;现在,医学内在的人文因素逐渐显露,在医学生理学,病理学,临床医学等传统学科之外,又出现了医学心理学、医学伦理学、医学哲学等等新概念或新学科。这就出现了一个学科定位的问题。在我看来,医学的人文性,是由其对象是"人"这一基本的特质决定的;因此,我今天斗胆提出,我们是否也可以把"医学"定位为"人学",一种具有自己特点的人学。这样,既可以揭示医学与其他以人为对象的学科,例如文学,哲学,伦理学,法学等等的内在联系,同时也可以更深入地揭示医学区别于文学、哲学……的独特的人学内涵。在现实的医学实践里,则能够引

---

[1] 林毓生:《鲁迅个人主义的性质与意义——兼论"国民性"问题》,《鲁迅研究月刊》,1993年12期。

导所有的医务工作者把关注的中心，集中对"人"的关怀上，以诚信与爱心对待病人，以促进每一个病人和我们自己"健康的，快乐的，有意义的活着"。(《医学也是"人学"》)

作为"人学"的医学，因此更易于从职业伦理与生命学科的意义上真正以"人"为关注重心，从而有助于"促进每一个病人和我们自己'健康的，快乐的，有意义的活着'"，而不是把病人甚至把"人"本身仅仅理解为解剖学意义上的生命现象。而既然连医学都称得上是"人学"，更遑论无时无刻都"离不开人"的文学与艺术。

在钱理群这里，这种对"人"的关切既是一种生命情怀，也渗透在钱理群的文学史观之中。钱理群近些年所坚持的文学史观的一个核心思想，正是试图通过"文学性"抵达历史中的人的存在的维度。在钱理群为其担任总主编的四卷本《中国现代文学编年史——以文学广告为中心》写的总序中有这样一段文学宣言：

> 文学史的核心是参与文学创造和文学活动的"人"，而且是人的"个体生命"。因此，"个人文学生命史"应该是文学史的主体，某种程度上文学史就是由一个个具体的个人文学生命的故事连缀而成的。文学史就是讲故事，而且是带有个人生命体温的故事。所谓"个人生命体温"是指在文学场域里人的思想情感、生命感受与体验，具有个体生命的特殊性、偶然性甚至神秘性，而且是体现在许多具体可触可感的细节中的。而所谓文学场域，也是生命场域，是作者、译者和读者、编辑、出版者、批评家……之间生命的互动，正是这些参与者个体生命的互动，构成了文学生命以至时代生命的流动。这里

强调的几个要素——生命场域、细节、个体性，都是文学性的根本；这就意味着，我们要用文学的方式去书写文学史，写有着浓郁的生命气息、活生生的文学故事，而与当下盛行的知识化与技术化、理论先行的文学史区别开来。[1]

钱理群文学史观念的核心部分由此可以概括为"揭示人的生存困境和分裂"，把困境看成是历史中的人的某种本体，因此对困境的揭示也构成了文学史叙述中的固有成分。这就是钱理群从鲁迅那里继承和发扬的文学史观。而"文学"，因为它特有的带着"个人生命体温"的文学性，在沟通人与人的心灵世界方面，就具有不可替代的功能和作用，钱理群因此格外重视鲁迅"用文艺来沟通"的思想："而这样的不能感受他人的痛苦的隔膜，不仅存在于本民族内部，而且也存在于不同国家与民族之间。这就是鲁迅在《〈呐喊〉捷克译本序言》里所说，'我们彼此似乎不很相互记得'，只能'用文艺来沟通'。在我看来，这正是小林多喜二的《蟹工船》的作用和意义所在：它把不同国家，至少是中、日两民族、国家里，同样生活在"地狱"里的被压迫者的心灵沟通。"（《"撄人心"的文学》）之所以能够用文艺来沟通，是因为文艺具有直抵心灵的共通性，是文艺在思维方式上的特殊性。也正因为如此，钱理群特别看重陈映真的一段自白：

> 陈映真在《我的文学创作与思想》（载《上海文学》2004年1月号）一文里有一段自白很有助于我们理解陈映真的选择："从文

---

[1] 钱理群：《中国现代文学编年史——以文学广告为中心》总序，《中国现代文学编年史——以文学广告为中心（1928—1937）》，北京大学出版社，2013年，第4—5页。

学出发的左倾,从艺术出发的左倾,恐怕会是比较柔软,而且比较丰润,不会动不动就会指着别人说,是工贼、叛徒,是资产阶级走狗,说鲁迅的阿Q破坏了中国农民的形象,像那种极'左'的。我想我比较不会走向枯燥的、火柴一划就烧起来的那种左派。"鲁迅大概也是属于"比较柔软,而且比较丰润"的左派吧。

从"柔软"和"丰润"的意义上理解作为左翼的鲁迅,应该说是相当别致而精彩的,这就是对鲁迅的文学性的理解,同时理解的方式本身也是"文学性"的。而真正构成陈映真理解鲁迅的精神底蕴的,也恰是一颗"柔软"和"丰润"的文学性的"心灵"。

钱老师自己有句话可以看成是夫子自道:"不管我走向哪个领域,都是坚持文学本位的,用文学的方式研究思想史、政治史和现实,和那些领域本身的研究方式是不一样的,就是因为我一直坚持一个文学的眼光,我的这些研究都可以概括为一个'大时代下的个体生命史'。"钱理群也正是通过文学性抵达了某种人的本体论,这就是从鲁迅那里继承的以"立人"为核心的文学史观。我尤其看重钱理群在不同场合所阐发过的"有缺憾的价值"的命题,这也同样是一种重要的思想方法,意味着价值的困境也成为某种历史中的本体。而通过阅读钱理群的这部新著,我更倾向于把这种"有缺憾的价值"的思想方法,理解为鲁迅式的以"人"为本体论的文学的方法。

揭示两难的困境

或许可以说,正是从"人"的本体论出发,钱理群对陈映真的文学给予了高度的认同:

陈映真的回答是明确的："文学与艺术，比什么都要以人作为中心和焦点。""放眼世界伟大的文学中，最基本的精神，是使人从物质的、身体的、心灵的奴隶状态中解放出来的精神。不论那奴役的力量是罪、是欲望、是黑暗、沉沦的心灵、是社会、经济、政治的力量，还是帝国主义这个组织性的暴力，对于使人奴隶化的诸力量的抵抗，才是伟大的文学之所以吸引了几千年来千万人心的光明的火炬。因为抵抗不但使奴隶成为人，也使奴役别人而沦为野兽的成为人"。

（《陈映真和"鲁迅左翼"传统》）

以人作为中心和焦点的文学与艺术，真正可贵的精神是使人从奴隶状态中解放出来的精神，是对于"使人奴隶化的诸力量的抵抗"。钱理群的鲁迅观因此与陈映真的"抵抗"的文学精神形成了深刻的共鸣。也正是在"抵抗"的意义上，钱理群的"钱氏鲁迅"与"竹内鲁迅"也形成了内在的对话关系。

"竹内鲁迅"之所以构成今天中国学界理解鲁迅的一个资源，在很大程度上由于竹内好通过把鲁迅定义为"抵抗的文学"而重新提供了一种对"文学的态度"或者说"文学性"问题的理解，也因此同样赋予了鲁迅的"文学"以某种独有的意义。正像洪子诚先生在一次对话录中所指出的：人们最感兴趣的是竹内好谈鲁迅时的"文学自觉"和"回心"说。而"竹内好所谓文学的态度"，是一种"在自我挣扎自我否定中建立自己的真正历史中的主体"的态度，也就是"赎罪的"，"回心"的态度。洪子诚进而指出："自然，不应将回心和赎罪意识当作鲁迅的'唯一原点'，但这却是其他的'原点'（如果有的话）所不能并列，更不能取代的。强调这一点，不会导致一种'整一的模式化'的追求。这也是鲁迅超越某种政治理念，立场的最重要的思想精神遗产，也是中国知识界，文学界最欠缺的态度。"[1]

鲁迅的态度之所以是中国知识界，文学界最欠缺的态度，是因为这是一种"在自我挣扎自我否定中建立自己的真正历史中的主体"的态度。在竹内好看来，鲁迅文学的自觉的态度正是与自我否定与挣扎的概念联系在一起的。这也正是钱理群所强调的鲁迅身上所表现出的深刻的自我质疑与否定。在这个意义上，钱理群与竹内好一样，给我们提供的是一个在自我挣扎自我否定中建构主体的鲁迅形象。多年来，钱理群的鲁迅研究一个贯穿线索就是对这种自我否定精神的强调。这在鲁迅身上也可以视为一个原理性的基点。这个基点决定了鲁迅对一切事物的认识都在多重质疑和否定中进行，从而避免本质化的理解。

而这种对鲁迅的非本质化的理解，决定了鲁迅的思想不是体系化的，也难以从"主义"的意义上概括，或许说鲁迅正是拒斥体系与主义的。在这个意义上说，鲁迅思想的最具独特性之处，是钱理群揭示出的，既从内面对于自我进行质疑与否定，由此也避免了对一切外部事物的本质化理解。

> 不难看出，我们所讨论的"启蒙主义""科学""民主""革命""平等""社会主义""自由"等等，实际上都是"中国现代文化"的主要概念，构成了它的主体。而我们的讨论表明，鲁迅对这些概念，中国现代文化的主流观念的态度，是复杂的：

---

[1] 洪子诚、吴晓东：《关于文学性与文学批评的对话》，《现代中文学刊》，2013年第2期。

他既有吸取，以至坚持，又不断质疑，揭示其负面，及时发出警戒。这样的既肯定又否定，在认同与质疑的往返、旋进中将自己的思考逐渐推向深入，将自己的价值判断充分地复杂化，相对化，可以说是鲁迅所独有的思维方式（其他思想家大都陷入"要么肯定，要么否定"的二元对立模式中），就使得鲁迅与中国现代文化的关系，呈现出极其复杂、也极其独特的状态：可以说，他既是中国现代文化的建构者，又是中国现代文化的解构者，因而，他的思想与文学，实际上是溢出中国现代文化的范围，或者说，是中国现代文化所无法概括，具有特殊的丰富性与超前性的，是真正向未来开放的。

  正是这样的无以概括性，决定了我们与其将鲁迅思想纳入某一既定思想体系，不如还原为他自己，简单而直接地称作"鲁迅思想"，但也没有"鲁迅主义"。（《鲁迅与中国现代文化》）

简单而直接地称作"鲁迅思想"，正是力求对鲁迅思想的原初形态的还原，还原其最初的生机与驳杂，既避开了层叠的鲁迅研究史所赋予鲁迅的各种各样的意识形态性，又从功能意义上的思想本身出发，重新阐释和理解鲁迅，进而就有可能超越"要么肯定，要么否定"的二元对立模式，而揭示出鲁迅的直面两难和揭示困境的思维方式与思想模式。

在致严家炎先生的一封信中，钱理群谈到对鲁迅的两个提法有不太理解的地方，一是鲁迅在《关于知识阶级》里说，"知识和强有力是冲突的，不能并立的；强有力的人不许人民有自由思想，因为这能使能力分散"，"各个人思想发达了，各人的思想不一，民族的思想就不能统一，于是命令不行，团体的力量减少，而渐趋灭亡"，

"总之,思想—自由,能力要减少,民族就站不住,他的自身也站不住了。现在思想自由和生存还有冲突。这是知识阶级自身的缺点"。

其二,针对鲁迅在翻译鹤见佑辅的《思想·山水·人物》的《题记》里的一段话:"我自己,倒以为瞿提(海涅)所说,自由和平等不能并求,也不能并得的话,更有见地,所以人们只得先取其一",[1]钱理群表述了自己的一种深刻的困惑:

> 和我们这里讨论的问题有关的是,鲁迅既持有这样的观点,可如果用"民族生存""统一""平等"等理由限制、压抑知识分子的"自由"时,鲁迅的反应又会如何呢?至少他不会一开始就反抗吧?或者会在矛盾中采取沉默、静观的态度?事实上,当时的许多知识分子,不仅是左翼知识分子,还包括一些自由主义知识分子,都是在维护民族统一与发展,追求社会平等的理由下,接受了对自由的限制的。当然,我深信,鲁迅最终是会奋起反抗的,但也绝不会像人们想象的那样简单。也不能简单地把鲁迅有这些想法视为鲁迅的"局限性",事实上,"自由"与"平等","个人自由"与"集体(国家,民族)的统一与强大"之间的关系,是极为复杂的。而且是中国革命和现代化发展中所遇到的理论与实践问题。用过去的"左"的观念来看待这些问题固然不可,而简单地用自由主义的理念来做判断,恐怕也不行。究竟如何看,我也没有想清楚。(《关于鲁迅的两封通信》)

---

[1] 鲁迅:《〈思想·山水·人物〉题记》,《鲁迅全集》第10卷,人民文学出版社,2005年,第299、300页。

钱理群认为，这里表现出的是统一与自由的两难，而这两难，当年就成为鲁迅式的矛盾和困惑。这种自由和统一的命题之所以是两难的，就是因为仅仅在原理意义上是无法获得答案的，是一种历史进程中的真正的困局，近乎于康德意义上的二律背反，背后也有伦理和价值的两难。鲁迅后期的《故事新编》之所以难解，正是因为其中处处渗透着历史与价值的两难。鲁迅的这种两难印证的是黑格尔的名言：真正的悲剧不是出于善恶之间，而是出于两难之间。而钱理群的新著中一个值得重视的视野就是试图理解鲁迅的两难，以及揭示思想的困境本身。

体制内的批判如何可能

钱理群先生的《鲁迅与当代中国》可以说依旧坚守了自己一以贯之的边缘知识分子的立场和身份意识。在今天的体制化的时代，在左、右思想阵营分野对峙的历史格局中，这种边缘化的知识分子只有极端的少数，因此尤其有醒世作用。钱理群之所以强调"有缺憾的价值"的命题，看重的正是其中表达的思想和价值的非本质化。而左、右阵营的各执一词，在某种意义上都是把各自的思想意识形态化。而钱理群强调的是，价值往往是有缺憾的，认为有完美无缺的价值存在，是一种不切实际的理想主义。这种"有缺憾的价值"的认知，对于今天的思想界无疑有纠偏之作用。

读《鲁迅与当代中国》，也使我思考一个独异的无法归类的鲁迅何以可能的问题。一个钱理群所强调的坚持"党派外，体制外的独立性"和"永远不满足现状，永远的批判立场"的鲁迅，内心隐藏着怎样的命运感？归宿又指向哪里？钱理群指出："这里要追问的是，这样的独立的，全面而彻底的批判立场的立足点，其背后的价值观念，终极性的理想与追求。"或许只有把鲁迅的独立性的批判立场理解为终极价值和理想，才能真正体认到鲁迅的"无以归类"的可贵之处。而这种终极性的价值形态，可能是任何一个时代中的体制内知识分子所最为匮缺的素质。在讨论李零著作的文章中，钱理群提出了一个有现实意义的问题：

> 这其中还有一个重要问题："从乌托邦到意识形态"，是不是知识分子必定的宿命？我是怀疑的，因此，提出过一个"思想的实现，即思想和思想者的毁灭"的命题，并提出要"还思想予思想者"。李零说："我读《论语》，主要是拿它当思想史"。这是李零读《论语》的一个最重要的特点，也可以说是他的追求，就是要去意识形态的孔子，还一个思想史上的孔子，将孔子还原为一个"思想者"，或者再加上一个以传播思想为己任的"教师"。在李零看来，为社会提供思想——价值理想和批判性资源，这才是"知识分子"（李零理解和认同的萨义德定义的"知识分子"）的本职，也是孔子的真正价值所在。

（《如何对待从孔子到鲁迅的传统》）

钱理群逼迫我们思考，是否只有一个萨义德意义上的体制外"知识分子"，才真正具有为社会提供思想——价值理想和批判性资源的能力？

而另一方面，今天占据主流的毫无疑问是体制内的知识分子。即使是所谓的自由职业写作者，似乎应该是外在于体制的，但也往往无法逃离体制化的政治奴役以及资本的强大逻辑。所以，如何在体制内生成群体性的(非散兵游勇)同时又是"可持续发展"的批判力量,而不是寄希望于一两个体制内的批判者成为逃脱体制束缚的"漏网之鱼",是今天最值得思考的问题之一。当钱理群先生自觉置身为体制外的边缘知识分子的同时,大多数的知识分子其实都已经身处体制,见证的是唐太宗所谓"天下英雄尽入我彀中矣"。因此体制内的批判力量是否可能以及如何可能,成为一个历史性的迫切问题。钱理群在《我的精神自传》中有过如下洞察与自白:

> 在我看来,与一切权力的关系都是可疑的。而无论是自由主义者,还是"新左派",都是以"治国平天下"为己任的,也就必然要与这样、那样的权力集团发生各种暧昧关系,而这恰恰是我所警惕,并要不断质疑的。我所要坚持的,实际就是一个独立的边缘知识分子的不参与性与拒绝归类的特异性。

独立的边缘知识分子最可贵之处在于:他们最可能与利益和利害无涉,其独立的立场就有了保证。而体制中人则无法选择边缘姿态,因为往往与利益关系、权力集团结合在一起。

但在似乎只有边缘知识分子才可能生成有批判性的体认的同时,我们需要思考的问题是:体制内如何具有批判力量生成的可能性?体制内的知识分子又如何立足于体制内而思想?这是读了钱理群先生的新著《鲁迅与当代中国》之后依旧困惑我的问题。

裂缝后面的世界

昆德拉的小说《生命中不能承受之轻》中有一个关于绘画的意味深长的细节，捷克画家萨宾娜在学生时代的"最严格的现实主义教育时期"曾画过一幅正在建设中的社会主义炼钢厂。这是一幅严格遵循写实原则的作品，隐藏了一切作者的个人性笔触，画得几乎像彩色照片。然而，画家偶然间在画上滴了一点红色颜料，它一直流下去，看起来像一道裂缝。"我开始来玩味这一道裂缝，把它涂满，老想着在那后面该看见什么。这就开始了我第一个时期的画，我称它为'在景物之后'。那些画，表面上总是一个无懈可击的现实主义世界，可是在下面，在有裂缝的景幕后面，隐藏着不同的东西，神秘而又抽象的东西。"

萨宾娜偶然间的一个失误却向她揭示了一个更深刻的艺术真理。再无懈可击的完美的艺术世界也不过是艺术家对现象世界的组织与缝合，而那道在画布上流下去的颜料彻底地暴露了这种缝合的本质。

可以说，包括绘画在内的一切人工制品，都是把本来是零散片断的东西编织在一起，制造出一种整体性、统一性与真实性的完美幻觉，因此都不可避免地带有缝合编织的痕迹，正像萨宾娜的那幅画，一道裂缝"透现出一只撕破画布的手"，在裂缝的后面，隐藏着艺术作品与外部世界之间的更真实也更深刻的关系。

从这个意义上看，小说也正可以被视为以叙事的方式对小说外的片断化、零散化、复杂化的世界的缝合。然而，绝大多数的小说家都没有意识到这种缝合的实质，他们以为自己再现的是一个真实而统一的世界。即使是那些有所自觉的小说家也大都回避直面这一实质，而致力于把自己的小说世界弥合得更完美，把自己的制品打磨出光滑而均匀的表面，从而使普通的阅读很难发现其内在固有的裂缝。因此，那些善于追根究底的批评家创造了一种卓有成效的批评方式，这就是被蓝棣之先生称为"作为根本性的批评"的"症候式阅读"。

收入"新清华文丛"的蓝棣之先生的《现代文学经典：症候式分析》是中国学界实践这种"症候式批评"的最具有影响力的著作。它解读的都是在中国现代文学史中影响了几代读者的经典性文本。蓝棣之最早的尝试始于1985年前后。从此，许多现代文学的研究者和爱好者就开始熟悉并惊叹于他对柔石的《二月》和《为奴隶的母亲》，对鲁迅的《离婚》，对巴金的《家》，老舍的《骆驼祥子》，茅盾的《子夜》等小说的解读和阐释。其中，颇有些观点引起了轰动性的效应，构成了对多年来既有的定论的致命性的挑战，而其"主要做法就是从文本的疑团中寻找它的作者的症候"。因此，透析小说家在创作中无法言明的或者无法意识到的非理性、悖论性、深层性的存在，构成了蓝棣之先生的症候式批评的最重大的贡献。这些症候性的存在既可能是心理分析层面的，也可能是意识形态与文化历史层面的。当这些存在体现在小说的文字与形式层面，则生成了文本的隐含的缝隙，这就为症候式批评的深层解读留下了开阔的空间。

柔石的《为奴隶的母亲》在左翼文学中是抨击"典妻"制度和阶级压迫的代表性文本。然而，蓝棣之先生发现这种对女性与阶级的双重掠夺的控诉只是作品的显在结构，在这显在结构的背后，却隐藏了一个也许小说家柔石本人也未必自觉的潜在结构：奴隶母亲正是在"典妻"的生活经历中，才真正体验到男人的温柔体贴和生活的安定富足，因此在"典妻"期满之后仍想继续留在男主人"秀才"家中。由此，小说生成了两种意义结构，并且两者都有其历史的和逻辑的合理性，但是放置在一起，却相互冲突甚至彼此颠覆，最终在两个结构之间生成了瓦解作品意义自足性的裂痕。《为奴隶的母亲》的真正复杂的释义正由这一裂痕得以重新衍生。

蓝棣之先生对柔石的《二月》的解读更具有原创性。他试图真正解释清楚肖涧秋为什么并不爱美丽的女主人公陶岚。当他摆脱了定见进入了小说的无意识层面，才吃惊地发现肖涧秋其实爱上的是年仅七岁的采莲。可以说这一洞察乍看上去颇令人感到震惊。然而读者最终还是被蓝棣之征服了。这种原创性来自于他对小说家原初的复杂化的创作体验的尊重，也来自于对自己阅读过程中的原初体验和感受的尊重。有人说，现代文学研究似乎已没有什么事可做了，尤其是主要作家作品已"搞"的差不多了。但恰恰是在作家作品的解读上，蓝棣之先生的症候分析告诉我们，一切仍大有可为，已有的那些看似颠扑不破的真理性断言有相当部分是不堪一击的。"在作品和下断语之间，应该有一个解释的环节。"这个解释的环节，就是重新回到鲜活的文本语境中去，回到作家创作的原生的体验中去，回到文学史的原初境遇中去。由此得出的结论，才可能是可信和有效的。

　　蓝棣之先生对《为奴隶的母亲》与《二月》的解读既出人意表，又合情合理，给人以捅破了一层窗户纸的感觉。但为什么这层窗户纸在这些经典作品漫长的阅读史中少有人来洞穿呢？蓝棣之先生所表现出的原创性的艺术感受和体验是否也证明了我们以往的文学阅读和批评出了什么问题？我们本来应该有的鲜活的体验和感受是否已被牢牢地束缚在既成的意识形态和知识制度体系以及墨守成规的僵化的思维模式之中？蓝棣之先生说他一直警惕于列宁的一句话："教授就是把腐朽的思想编成体系的人。"他的研究启示我们，如今已经到了挣脱这些体系的紧身衣的时候了。

　　正是在这个意义上，蓝棣之先生的症候式批评最终给我们提供了一种富有"文学性"智慧的批评范例，即进入文学历史真正复杂的原生境况中，去还原作家在创作中的具体性、悖论性和复杂性，去揭示文本和历史语境中无法弥合的固有缝隙。

文学史家的"通识"与"情怀"

——评《作为学科的文学史》

陈平原教授刚刚付梓的《作为学科的文学史——文学教育的方法、途径及境界》(增订本),[1]是现代文学史研究领域以及文学教育领域一部意义非凡的著作。对于一直从事中国近现代学术史以及文学史的研究与教学,尤其是这些年来在大学教育领域倾注了极大的热情和精力的陈平原教授来说,此书的问世既是长期思考和累积的学术成果,也是对陈平原教授自身的相关研究领域具有集大成意味的一次总结。而本书探讨的那些兼具历史性和现实性的学术话题,则集中地呈现了作者对中国近现代乃至当代文学史学科的历史反思性,并将持续地在当代文学教育和学科建设进程中,启示我们思考何为理想的文学教育,从而事关中国学院教育未来的远景。

---

[1] 陈平原:《作为学科的文学史——文学教育的方法、途径及境界》(增订本),北京大学出版社,2016年。

为文学史学科构建"元语言"

法国文学评论家茨维坦·托多罗夫在他的著作《濒危的文学》的第一章《压缩为荒谬的文学》中谈及他在担任国家教学大纲指导委员会委员的过程中所获得的"一个关于法国学校文学教学的总体看法":

> 打开国家教育部的公报(2000年8月31日第6号),其中有高中教育纲要,再讲具体点,是关于法语教学的纲要。在第1页"研究视角"栏目,纲要宣称:"文本研究有助于培养反思:文学和文化史,体裁和文献汇编,酝酿含义和文本特性,推理和每种针对读者的话语效果。"后面的行文论述了这些栏目,尤其解释说"要按部就班地研究体裁","各种文体(比如,悲剧、喜剧)"研究首当其冲,"对文本生产与接受的思索构成高中的此类研究",或者说,"推理的成分"现在要以"一种更为分析性的方式来审视"。
>
> 于是,所有这些指导都建立在一个选择上面:各种文学研究的首要目的就是为了让我们明了这些研究所运用的工具。读诗歌和小说并不是要将我们导向对于人类状况、对个体和社会、对爱与恨、对快乐和痛苦的思考,而是要我们思考一些传统的或现代的批评概念。在学校里,人们不是去学习作品讲什么,而是学习批评家们讲什么。
>
> 在所有教材中,教师面对一种相当紧要而且经常会滑脱的选择。为了讨论的方便,人们可以将之简化如下:我们究竟是讲授一种关于学科本身的知识,还是讲解关于该学科的

研究对象？这样，我们面对如下情况：要么首先应该研究分析的方法，作品只是为了借以图解这些研究方法的手段？要么利用这些多样性的方法，去研究被视为基本内容的作品？目的何在？手段何在？何者不可或缺？何者可有可无？[1]

在托多罗夫看来，文学教育并非引导人们"对于人类状况、对个体和社会、对爱与恨、对快乐和痛苦的思考"，而是把关注点集中在解析文学作品的批评概念上，这无疑是一种本末倒置。对于反思中国文学教育的历史与现状，托多罗夫提供的是一个值得借鉴的有效的视角。或许基于同样的问题意识和学术关切，陈平原近些年来也集中研究和探讨了文学教育的问题，并最终汇集为《作为学科的文学史——文学教育的方法、途径及境界》（增订本）。如果说托多罗夫反思的是文学教育对批评工具本身的热衷构成了教育的目的性的买椟还珠之谬，那么，在《作为学科的文学史》中，陈平原的诸多思考方向与此相类，关怀所向，也是文学教育的真正目性，是文学史家所应有的文学感觉与文化情怀。这本书的副标题"文学教育的方法、途径及境界"所提示的，正是作者核心的问题意识、工作目标与思考方向。而对中国现代文学史从学科历史、文学教育以及学院体制的角度加以整体考察，则构成了本书的中心话题线索。恰如作者在一次访谈中所强调的那样："以'文学教育的方法、途径及境界'作为此书的副题，目的是表明，我讨论'文学史'的功过得失，主要是将其作为文学教育的一种，而不

---

[1] 茨维坦·托多罗夫著，栾栋译：《濒危的文学》，华东师范大学出版社，2016年，第48—49页。

是史学研究的一翼。"[1]

据相关统计,已经问世的各种中国现代文学史教科书,大约已近千种,但是关于现代文学史自身的故事,或者说,关于文学史的"元叙事"却凤毛麟角。由于缺少对现代文学史自身的起源、演变、体制、方法的自觉,也缺乏对"学问体系、学术潮流、学人性格与学科建设"(《作为学科的文学史——文学教育的方法、途径及境界》(增订本),2页,下文对该书内容的引用,只注页码)的思索,现有的文学史教科书难免千人一面。而另一方面,之所以有如此多的学者个人、群体甚或研究机构热衷于文学史编写,也由于文学史本身已然成为一个似乎不言自明的神话,也由此生成了学界关于文学史的"迷思",诱惑着研究者前赴后继地追逐这一神话,也难免由于反思性以及"元语言"的匮乏而陷入神话本身固有的"迷思"。因此,陈平原的《作为学科的文学史》的问世,对于反思文学史的神话,破除文学史的迷思,就显示出为文学史学科构建"元语言"和"元叙述",以及进一步夯实这一学科的存在根基的意义。而对作为一门知识体系的文学史学科进行反思和重构,并进而在"重构"中隐含"阐释"(121页),构成的是统领和贯穿全书的脉络和线索。

陈平原的反思首先是回到历史,关切的焦点在于现代文学史是怎样在中国现代教育的体制化学院化进程中逐渐成为一门学科,进而演变为神话的。陈平原立足于中国现代化进程的宏阔背景,试图从现代教育的大格局和总体史的角度高屋建瓴地描述文学史的

---

[1] 陈平原、李浴洋:《文学教育:在"学术研究"与"人文养育"之间——专访陈平原教授》,《北京青年报》,2016年8月8日。

历史位置。可以说，不理解文学史与现代教育，尤其是大学教育体制之间的密切关联，就无法对文学史进行历史化的梳理和反思。因此，"教育"成为作者透视文学史学科以及文学史神话的最核心的切入点："之所以从教育的角度，那是因为，西学东渐以及现代学制的建立，对于'文学史'学科的引进及推广起决定性作用。说好说坏，都必须抓住这个牛鼻子。"[1]

抓住了中国现代教育体制的嬗变这个"牛鼻子"，陈平原对文学史的神话的考察以及对于文学史学科的探讨，就拓展出前所未有的学术和思想空间："在20世纪中国，'文学史'作为一种'想象'，其确立以及演进，始终与大学教育密不可分。不只将其作为文学观念和知识体系来描述，而作为一种教育体制来把握，方能理解这一百年中国人的'文学史'建设。"（507页）而只有把文学史作为教育体制来把握，才能真正在具体研究中引入学院、课程、课堂、社团、教师、讲义、学生等多重空间维度，进而探讨这诸种维度之间的相关性与互动性，把作为学科的文学史形塑为一种历史的动态情境，从而生发出丰富的描述空间。

在陈平原所力图建构的历史的动态情境和复杂化的描述空间中，一个基本研究框架和思路是由内而外：向内，围绕文学史的历史书写，并结合大学教育的机制作为结构性因素；向外，则建构的是学院与外部社会历史的互动格局，具体说来，谈论"文学教育"，在"学术史"之外，还必须引入"教育史"以及"思想史"乃至"政治史"的视野，"故单从学校的内部运作说不清楚"（28页）。

---

[1] 陈平原、李浴洋：《文学教育：在"学术研究"与"人文养育"之间——专访陈平原教授》，《北京青年报》，2016年8月8日。

也正是在这个意义上,陈平原为文学史学科寻求到了真正的历史定位和价值承担:

> 进入现代社会,"合理化"与"专业性"成为不可抗拒的世界潮流;"文学"作为一个"学科",逐渐被建设成为独立自足的专业领域。最直接的表现便是,文学教育的重心,由技能训练的"词章之学",转为知识积累的"文学史"。如此转折,并不取决于个别文人学者的审美趣味,而是整个中国现代化进程决定的。"文学史"作为一种知识体系,在表达民族意识、凝聚民族精神,以及吸取异文化、融入"世界文学"进程方面,曾发挥巨大作用。至于本国文学精华的表彰以及文学技法的承传,反而不是其最重要的功能。反省当今中国以"积累知识"为主轴的文学教育,呼唤那些压在重床叠屋的"学问"底下的"温情""诗意"与"想象力",在笔者看来,既是历史研究,也是现实诉求。[1]

作为学科的文学史几乎是与中国的现代化历史进程相始终的。也正是在这个意义上,文学史的学科定位、历史意义、现实诉求,甚至未来愿景才能获得真正的阐释和解说。

"我心目中的'文学史',既是著述体例,也是课程设置,还是知识体系,乃至某种意义上的意识形态。这四者之间互相纠葛,牵一发而动全身。"[2]基于对文学史学科的这样一种多重维度纠葛

---

[1] 陈平原:《作为学科的文学史·后记》,《作为学科的文学史》,北京大学出版社,2011年,第479页。
[2] 陈平原、李浴洋:《文学教育:在"学术研究"与"人文养育"之间——专访陈平原教授》,《北京青年报》,2016年8月8日。

互动的"前理解"视野，陈平原所讨论的文学史就极大地拓展了自己的领域、空间和背景，本书的第一至第四章(《新教育与新文学——从京师大学堂到北京大学》《知识、技能与情怀——新文化运动时期北大国文系的文学教育》《"文学"如何"教育"——关于"文学课堂"的追怀、重构与阐释》《中文系的使命与情怀——20世纪五六十年代北大、台大、港中大的"文学教育"》)即围绕课程、教师、教材、课堂几个环节，讨论百年来中国大学里以文学史为中心展开的文学教育，同时把"文学史"置于晚期、民国、共和国的历史、学术、政治的大背景中。而第五章《晚清辞书与教科书视野中的"文学"——以黄人的编纂活动为中心》和第六章《古文传授的现代命运——林纾与北京大学的离合悲欢》对黄人和林纾的研究均发挥了陈平原作为晚清学术专家的优势，展示出了晚期学术背景的重要性。把文学史的起源与晚期学术和教育建立起密切的关联，也意味着现代文学史离开晚期的发生期，是难以说清的。而第四章《中文系的使命与情怀——20世纪五六十年代北大、台大、港中大的"文学教育"》对"两岸三地"三大高校的文学教育的比较，以及第八章《在政学、文史、古今之间——吴组缃、林庚、季镇淮、王瑶的治学路径及其得失》对"北大中文四老"如何治学的研究，以及借助于1957年前后北大学生的文学史写作讨论师生怎样对话，都凸显的是文学史与政治，以及文学史家、大学教授与时代之间无法剥离的关系。这些具体论题的展开过程都体现了对文学史学科的诸种因素及其纠葛互动的历史格局的把握，因此呈现了历史的多元、丰富、立体、动态的图景。比如第八章讨论吴组缃、林庚、季镇淮、王瑶的治学路径及其得失，即建构了"文学与史学的互动、政治与学术的纠葛，古典与现代的对话"的多重格局，尤其揭示了学术与时代的纠结关系。

而关于学术与时代的关系，陈平原在本书中重释的一个范畴——"恰当学术"——也颇具历史感和启示性。在陈平原看来，"对于人生、道德、审美以及社会的解释，并无绝对正确的标准答案。每个时代、每个民族，都有提出问题的冲动以及解决问题的能力。满足这种历史需求的，便是所谓的'恰当学术'"。也正是在这个意义上，"胡适之'暴得大名'，并非毫无来由，关键在于其满足了所谓的'时代的需要'"（406页）。能否满足"时代的需要"，也成为观照学术的时代性和历史性的关键因素。我们也正可以从这种"满足'时代的需要'"的"恰当学术"的角度理解陈平原的这部为文学史学科构建"元语言"和"元叙述"的著作，其蕴含的历史与现实意义。

追忆：重现"文学课堂"

在本书中，作者自己比较看重的是《"文学"如何"教育"——关于"文学课堂"的追怀、重构与阐释》一章，这一在书中长达73页的第三章，的确别开生面、精彩纷呈、引人入胜，借助对百年时光中的"文学课堂"的追溯，最终触及的是作者所认知的这些年来文学教育领域遭遇的核心的以及重大的问题。作者指出：

> "文学"作为一种知识，兼及经验、修养、技能与情怀，确实有其特殊性……对于这么一个门槛很低、但堂奥极深的"专业"，描述其展开"教育"的过程与方式，思考其利

弊得失，不无裨益。从学术史角度，探究现代中国大学里的"文学教育"，着眼点往往在"学科建构""课程设计"与"专业著述"，而很少牵涉师生共同建构起来的"文学课堂"。那是因为，文字寿于金石，声音随风飘逝，当初五彩缤纷的"课堂"，早已永远消失在历史深处。后人论及某某教授，只谈"学问"大小，而不关心其"教学"好坏，这其实是偏颇的。（120页）

对文学教育的展开过程与方式的追溯，因此别开生面地落脚在作者对现代史上那些声名远播的教授们如何讲授文学课的历史记忆的复现与钩沉之中。对于现代大学文学课堂的重构，由此构成了本书探讨"何为'理想的文学教育'"的重要环节。

《"文学"如何"教育"》这一章具体探讨了九个片断：学科化之前的"文学"，着重讨论康有为的万木草堂的讲学以及章太炎的国学讲授；课堂内外的"笑声"，还原鲁迅"在讲台上挥洒自如，取得令后人瞠目结舌的成绩"（130页）的文学课堂；"新文学"如何学院化，追溯朱自清如何在清华大学讲授新文学课程；教授们的"诗意人生"，描述南京中央大学教授们的诗酒唱和；"创作"能不能教，讲述的是以沈从文、汪曾祺师徒故事为范例的西南联大文学教育的故事；词人上"讲台"，挖掘叶嘉莹整理的上课笔记所呈现的顾随的课堂讲授；史家之"诗心"，钩沉钱穆创办新亚书院时期在讲授"汉代散文"和"魏晋文学"过程中所展现出的"诗心"；文学史家的"情怀"，状写终老于台湾大学中文系的台静农于"忧愤"与"无奈"中蕴含的"情怀"；师生怎样"对话"，以北大中文系1955级学生集体编著"红色文学史"为案例探讨师生间良好合作的可能性。九个片断时间上横亘大半个世纪，地域也涵盖大陆、台湾、香港、日本，所涉高校有北京大学、清华大学、南京中央大学、香港中文大学、北平辅仁大学、昆明西南联大、台湾大学等，从而使本书对"理想的文学教育"的考察兼具历史性和地缘性。借助于这些片断的钩沉，作者"逐渐形成自家关于'文学教育'的见解。比如，关于'学院内外'、关于'课堂上下'、关于'古今之间'、关于'文与学'、关于'写作训练'、关于'文史兼修'、关于'师生对话'等，虽属举例，却也不乏普遍性"（194页）。其实，对文学如何教育的思考一直贯穿在这些年陈平原的学术研究与教学实践中。因此，对现代史上名师们的文学课堂的考察，也带入了作者自己的文学教育实践，譬如下面的话即属作者的经验之谈："能把文学课讲得让人着迷的，大都具备以下特征：教案精彩且能临场发挥；兼及教书与育人；学术上具有前瞻性；顾及学生感受。至于今人津津乐道的'教学法'（如讲课时如何动静结合，以及怎么制作精美课件等），基本上可忽略不计。"（121页）

文学课堂所牵连的话题空间之丰富，还体现在所谓的"功夫在诗外"，譬如在"'创作'能不能教"一节中，陈平原考察西南联大的文学课程，杜运燮、汪曾祺等学生的回忆成为重要的讨论依据。在他们的回忆中，不太会讲课的沈从文，在课堂上使学生"听得吃力，他也讲得吃力"，可在私下里的每次晤谈，聊及文学话题，"都是一次愉快的享受"（152页）。在汪曾祺看来，"沈先生不长于讲课，而善于谈天"，而这种课下的谈天既可以理解为一个教师文学课堂的延伸，也可以看作是文学教育所固有的空间。在讨论台静农的时候，陈平原则特别关注台静农《龙坡杂文》中论文谈艺之作，并援引舒芜的说法，称其中的篇章"都不是学院和书斋式的，而是浸润着人生的意识,故常能打破限隔,于各种艺术中观其会通"(177页)。这种"于各种艺术中观其会通"的姿态以及所浸润着的人生意识,都直接或者间接地惠及台静农的文学教育实践,并最终惠及和濡染自己的学生。

与课堂上的风采相得益彰相辅相成的,是陈平原所讨论的民国时期的南京教授们的诗意人生。"单说'著述'或'教书'都不够,喜欢'文酒登临之乐'的南京教授,其治学的最大特色,莫过于力图将生活与学术打通,以嬉戏的心态从事研究。"(145页)对于这种诗酒风流的治学和教育风格,如何从历史的高度进行恰切的品评和定位,可以说考验着文学史家的历史眼光、大局观和分寸感。

> 撇开政治史,单从学术史角度思考,沉醉于古典诗词者,确实容易流连"花天酒地"。只不过时代迥异,对此评价不一。解放初觉得是"可耻"的,半个世纪后,则被称为"风雅"。……此举作为文化思潮,当年以及今天都不太被认可;可作为教育方式,则不无可取之处。程千帆《闲堂自述》称:"我希望有人知道,如果我的那些诗论还有一二可取之处,是和我会做几句诗分不开的。"而谈及胡小石教"唐人七绝诗论",则是:"他为什么讲得那么好,就是用自己的心灵去感触唐人的心,心与心相通,是一种精神上的交流……"……执著于"诗意人生"的南京教授们,其专擅旧诗写作,对于从事中国古典文学教学,自有其优胜之处。(149—150页)

本书中经常会这样涉及对各大学的讨论,而臧否一所大学,与其传统、影响力、口碑、社会和历史定评都有关联,分寸感不易把握。陈平原对相关问题很是自觉:"讨论历史人物,无论说好说坏,分寸感最重要。真的做到'增之一分则太长,减之一分则太短',实在太难了。但'虽不能至,心向往之'。"[1]而真正的文学史大家最见功力之处,其实正在品评历史人物的过程中所拿捏的细微的分寸感。

而对"文学课堂"的场景和情境的还原,本书的切入点是作者情有独钟的"追忆":

> 讨论何为"理想的文学教育",为什么不直接立论,而是倒着说,从后人的"追忆"入手?最直接的理由是:倘若没有王瑶对朱自清《新文学纲要》的整理与阐释,没有程千帆对南京师长们诗意人生的赞叹,没有汪曾祺对沈从文教学方式的描述,没有余英时对钱穆及新亚书院的怀想,没有叶嘉莹为其师顾随的奔走呼吁,就没有今天我们所熟悉的多姿多彩的"文学课堂"。在我看来,所谓"传统",只有当它被不断追忆与阐释时,才真正具有生命力,也才能介入当下的教育改革与文化建设。(192—193页)

正如钱穆在《师友杂忆》中所说:"能追忆者,此始是吾生命之真。"[2]"追忆"一方面确定的是个体生命的真如形态,但另一方面则与陈平原所阐述的传统的当下性密切相关。所谓"传统",不是沉埋于蒙着厚厚灰尘的图书馆大部头的典籍之中,而是注入当代

---

[1] 陈平原、李浴洋:《文学教育:在"学术研究"与"人文养育"之间——专访陈平原教授》,《北京青年报》,2016年8月8日。
[2] 钱穆:《八十忆双亲·师友杂忆》,岳麓书社,1986年,第320页。

人血脉的鲜活的历史记忆。一方面，传统的生命力体现为介入当代生活的能力，另一方面，对传统的追忆也事关一个民族的未来，正像陈平原所说："作为后来者，我们因前辈的'追怀'而获得真切的'历史感'，同时，也获得某种'方向感'。"（195页）在文学教育乃至大学教育在一定意义上丧失了"方向感"的今天，陈平原借助往昔文学课堂活生生的历史记忆的钩沉，关涉的是现代传统在今天的传承以及中国教育的未来远景。正如陈平原在另外一部专著《触摸历史与进入五四》中通过触摸历史重建"五四"，也同样蕴藏了人文学者重建历史叙述，拯救民族记忆的终极情怀。[1]

不过在缺乏鲜活的音像资料的历史条件下，谈论一去不复返的当年文学课堂，只能过多地依赖老生们的追忆，陈平原也意识到其中自有盲点。那些更符合当代人趣味的记忆，可能被更多地提及；而一而再再而三的"言说"，又可能导致故事的变形，甚至催生回忆中的神话叙述；同时也可能对那些很少被追忆的教授学者造成某种"压抑"。陈平原列举的是顾随的例子，如果没有叶嘉莹等弟子的"再三鼓吹"，作为学者的顾随很可能早就湮没无闻了。"如此说来，是否被后世学人追慕，并因而站立在学术史上，其实是有偶然性的。除非当初有意记录（如罗常培之速记刘师培讲课），所有的追忆，都只能是'只言片语'。单凭这些零星文字，不足以评判'学者'，但可以形塑'教授'。'课堂'之所以不同于'著述'，就在于强烈的'现场感'，只有当事人才能感觉到其重要性。"（94—95页）但是当陈平原追慕那些充满激情与灵性的课堂，通过

---

[1] 参见吴晓东：《重建"五四"的历史现场》，见陈平原主编：《红楼钟声及其回响——重新审读"五四"新文化》，北京大学出版社，2009年，第416页。

老学生的追忆在一定程度上"复现"了这种"现场感",那早已隐没在历史深处的文学课堂就与今天的学术界与教育界进行对话,有助于发现与释放文学教育所独具的魅力。因为"在大学的所有课堂中,'文学教育'本该是最为独特、最具诗性、最有情调、最不可能整齐统一的。它可以培养一代人的审美趣味,也可能隐藏着一个时代的政治风云;可以酝酿一场新的文学革命,也可能预示一代人的精神危机……"(195页)作为一种氤氲着特定历史和审美氛围的时空,文学课堂有可能在今天为"危机四伏但又充满魅力的'文学教育'寻找突围策略",也成为陈平原情有独钟的历史关切点。正像作者在本书《增订本序》中所说:"那些充满激情与灵性的课堂,凭借追忆文章得到部分重现,这很难得。已经成为名教授的老学生们,之所以津津有味地讲述早就隐入历史深处的'课堂',除了借此构建学术谱系,更是在与当下中国学界对话——探究'文学'到底该如何'教育'。"(3页)

史家的"诗心"与"情怀"

在晚近的陈平原的学术研究与教学中,文学经验、艺术感觉以及想象力获得了格外的重视。如果"文学史"一词可以具体拆分为"文""学""史"三个维度,那么在一如既往地强调"学"与"史"的同时,陈平原也越来越表现出对"文"的注重。陈平原在本书中集中讨论史家钱穆对"文"的强调因此就格外引人瞩目,正像本书所引用的章学诚的表述中所指涉的那样:"史所载者,事也;事必藉文而传,故良史莫不工文。"(169页)钱穆也正是在这个意义上告诫他的学生:"诸位要学历史,首先宜注重文学。文字通了,才

能写书。"(170页)

如果说,钱穆对文学的强调,或许是基于文字感觉对史家的意义,所谓"言之无文,行而不远",而鲁迅对"文采与意想"的注重,既出于对于文学性的独特理解,也是鲁迅治中国小说史的过程中对于作品的审美判断与评价标准:

> 在同时代的文学史家中,鲁迅是最注重作品的"文采与意想"的。唐传奇好就好在"叙述宛转,文辞华艳",多"幻设"与"藻绘";而宋人喜"参以舆地志语","篇末垂诚"时又"增其严冷",不免枯燥无味。……文学史家的鲁迅与杂文家的鲁迅,在文学性质的理解和阐述上大有差异。早期鲁迅多强调文学艺术"发扬真美,以娱人情","实利离尽,究理弗存"。后期鲁迅则主张"遵命文学",认定"文学是战斗的",故不能不讲功利。除了前后期思想变迁,更因杂文家直接面对风沙扑面豺狼当道的现实,本就无法"为艺术而艺术";而史家思考千年古国"文以载道"的缺陷,不免突出"纯文学"之"兴感怡悦"。(338页)

鲁迅对"兴感怡悦"的强调与对"文采与意想"的注重,都在自身两种身份的区隔中彰显了作为文学史家一面的文学趣味。

此外,陈平原对鲁迅的学术研究的探讨,还格外强调鲁迅的"文学感觉",第七章《清儒家法、文学感觉与世态人心——作为文学史家的鲁迅》通过对鲁迅小说史写作中所浸透的"文学感觉"的分析,找到了治文学史的理想人物:"像鲁迅这样'学''文'兼备的学者,无疑是文学史研究的最佳人选。""鲁迅的小说史研究之所以能够深入，得益于其丰富的小说创作经验。以一位小说大家的艺术眼光，来阅读、品味、评价以往时代的小说，自然会有许多精到之处。""鲁迅《中国小说史略》之难以逾越，在其史识及其艺术感觉。"（337页）

对"艺术感觉"的强调，不仅仅针对文学史家的研究对象，也思考的是研究者自身的"主体情怀"或者"情感结构"。[1]也正是在这个意义上，陈平原进一步讨论的是鲁迅作为一个"研究者的心境与情怀"，把鲁迅的文学史研究视为"有情怀的学术研究"，其中既体现了研究者一种"个人的修养与趣味"（407页），而背后，也是一种本土学人自家的"精神磨砺"的过程（516页）。而鲁迅堪称是自我"精神磨砺"的学人典范，从中也彰显了文学教育的精义之所在，鲁迅的小说史教学，最终给予时人与后人的，不仅仅是传道授业解惑，也关乎人类的精神之磨砺与灵魂之皈依。鲁迅的文学史课堂讲授可以达到的境界，不妨证诸王鲁彦的追溯："大家在听他的'中国小说史'的讲述，却仿佛听到了全人类的灵魂的历史……"（133页）。尽管不无夸张，但却启示着文学教育的境界与功能。恰如陈平原对新文化运动时期的北大国文系的评价：

> 在有悠久"诗教传统"的中国，"文学教育"所承担的功能，远不只是文学常识的传播、审美情操的熏陶、写作技法的练习；往往还兼及思想启蒙，乃至介入社会变革。在这个意义

---

[1] 这里借用的是雷蒙·威廉斯的术语，参见雷蒙·威廉斯：《乡村与城市》，商务印书馆，2013年。

上，新文化运动时期的北大国文系，不仅仅是学问渊薮，也是精神家园。（116页）

鲁迅的学术研究，也正可以被理解为"精神家园"，从而具有一种"超越具体对象的文化关怀"（326页），或因此，陈平原称"鲁迅并非研究文学的专门家，就其兴趣与知识结构而言，更接近中国古代的'通人'或者西方的'人文主义者'"（345页）。而从"人文主义者"的判断中，可以感受到鲁迅在各类创作中持续关注"人心"的问题是其来有自。正像鲁迅在早期论文《摩罗诗力说》中所写："盖人文之留遗后世者，最有力莫如心声。"而作为一个"人文主义者"，鲁迅从中外文学中所感受到的，以及在自己的创作与研究中所探究的，往往更是个体与种族的"心声"，而文学教育的意义也在这个层面获得了进一步的彰显。

与陈平原探究鲁迅文学史研究中的"文化关怀"的旨趣相似，本书对钱穆新亚书院的文学教育的钩沉也颇具启发性，揭开了其他文学史家也许没有充分触及的史家之"诗心"。而所谓"史家之'诗心'"，在陈平原那里关注的是"学科严格分化后，史学家如何面对那些文学性的文本——不仅仅将其作为透明的'史料'，而是保持神游冥想、体贴入微以及足够的想象力"（171页）。史家的"诗心"在这个意义上可以被理解为文学本身感受世界和体察社会历史的独特的想象力。

如果说，在钱穆那里，以"诗心"体悟和感知对象，是在历史研究中灌注了文学想象力，那么治文学史的学者如重"史"而轻"文"，同样会有令文学沦为历史的婢女的趋向。陈平原由此在书中引用张荫麟的文字强调"文学研究"的特殊性："夫文学之研究而仅限于史的方面，亦已狭矣。"文学与史学本是各有千秋，"可强调大视野、关注历史变迁、注重史料钩稽的'文学史'，很长时间里，对于突出技巧与审美的'文学研究'造成很大的压抑"（104页）。基于此，本书第五章《晚清辞书与教科书视野中的"文学"》对黄人的重新发掘就从现代"文学"概念源起的意义上凸显出新的文学史叙事视野。晚清学者黄人借助于百科全书的编撰，较早在世界视野中给"文学"以现代意义上的定义。其中引人瞩目的地方，是黄人对文学中情感因素与"美"的特质的强调：

> 以广义言，则能以言语表出思想感情者，皆为文学。然注重在动读者之感情，必当使寻常皆可会解，是名纯文学。而欲动人感情，其文词不可不美。故文学虽与人之知意上皆有关系，而大端在美。（264—265页）

这种对文学的理解，既与对西方百科全书的借鉴有关，也与新式学堂的教育体制相关。陈平原继而进一步考察了黄人的作为教科书的《中国文学史》中所理解的文学范畴："美为构成文学的最要素，文学而不美，犹无灵魂之肉体，盖真为智所司，善为意所司，而美则属于感情，故文学之实体可谓之感情云。"（268页）黄人所创制的文学史的范例之所以值得重视，是因为其中聚合了诸种现代性因素：在"文学"的界定中对"美"的维度的强调，现代哲学的康德意义上的知情意统一的理解模式，与大学机制的关联，世界视野的建构，其中都肇始了现代文学史学科的诸种与发生学相关的问题。

与蔡元培倡导的美育所启引的现代教育的方向感相似，黄人对"美"的问题的强调或许尤其值得关注,同样在现代"文学"的概念创生之际就启发了文学教育的历史方向感,启示后来者思考文学的本性,思考回归文学本体以及张扬文学性的教育,思考文学与人的情感的关联,思考人与生存世界的关系,从而进一步思考人在历史中的使命和意义。也正是这个意义上,托多罗夫认为:"文学给我们提供了使现实世界更有意义和更美的那样一些不可替代的感受。文学远非一种仅使有教养者惬意的消遣品,它让每个人更好地回应其人之为人的使命。"[1]恰如王国维在20世纪初叶所说:"生百政治家,不如生一大文学家。何则?政治家与国民以物质上之利益,而文学家与以精神上之利益。夫精神之于物质,二者孰重?且物质上之利益,一时的也;精神上之利益,永久的也。"[2]文学的永久的价值,在事关全体国民"精神上之利益"。而在陈平原这里,文学史叙述如何张扬人的精神、处理世道人心,重现审美经验,是今天的文学史所面临的生死攸关的大事情。文学教育之所以成为陈平原的更为核心的关怀,也是自家作为一代学者的历史担当与人文情怀之所凝聚。

"体贴入微"的分析史学

本书纵论已逾百年的现代文学史和文学教育史,时间的跨度以及论题的繁多,都考验作者驾驭宏阔历史叙事的眼光和识见。而这种总体史意义上的学术判断和眼光也是本书最为鲜明的学术

---

[1] 托多罗夫:《濒危的文学》,华东师范大学出版社,2016年,第43页。
[2] 王国维:《文学与教育》,《王国维文学美学论著集》,北岳文艺出版社,1987年,第51页。

目标之一。正像作者谈及文学史家的"功力"与"学问"的话题时所说:"所谓'上阐古人精微,下启后人津逮',注重的是大的学术判断,或者说'方向感',而不是具体而微的名物考辨。……比起'小考证'的精致来,'宏大叙事'之粗粝,也自有其美感。"(107页)在谈论大转折时代的学者时,作者则强调"'功力'或许不及'眼光'重要","在学术史上,'笃守'与'开创',各有其价值。但在一个大转折的时代,能通过个人的努力,展现学术发展的'新方向',无疑更让人羡慕"(111页)。可以说,本书对大转折时代学者和学术的讨论,既表现出学术功力,也独具历史眼光,同时力求精准地把握与展现学术发展的"新方向",在纵论历史的大局观方面给人深刻印象。

但另一方面,这种历史大局观是与具体研究过程中体贴入微的精微思考与条分缕析结合在一起的,每个话题的具体论证环节都堪称精细入微,没有丝毫的粗疏之感。或许从这个角度,可以理解陈平原对钱锺书的历史意义的阐说:

> 那些冠冕堂皇、体系严密的理论大厦,迟早会坍塌,变成无人光顾的遍地瓦砾。与其如此,不如转而抚摸"文明的碎片",从中读出宇宙的奥秘与精义。不是"通史",也未见"体系",这种"坐而论道"的姿态,是作者的自觉选择。今日学界,对于《谈艺录》《管锥编》的意义,已经有了相当清晰的理解。(513页)

但如果联想到由于杨绛先生的仙逝引发的舆论界关于钱锺书的某些非议,便可知坊间并不是所有人都对《谈艺录》《管锥编》的意义有真正清晰的认知。而陈平原对于钱锺书式学问的阐释，或许真正触及到了学问的本真：从"文明的碎片"中解读宇宙的奥秘与精义。

类似的精微洞见，尤其突出体现在对历史中的人物和具体事件的判断上，如果说下面这一判断"1920年代的中国学界，对考据的推崇乃至迷信，直接导致了知识类型的转化，那就是诗学的衰落与史学的兴起"[1]尚属对历史演变过程中学术大变局的高屋建瓴的宏观扫描，那么本书对王国维的历史选择的条分缕析，则是微观史学的精细透视，作者以"诗"与"史"的碰撞诠释王国维的悲剧，对于理解号称20世纪三大文化难题之一的"王国维之死"，提供了一个极具启示性的视野："在'诗'与'史'的碰撞中，王国维最终选择了后者，这与其精神气质有很大关系。""王国维之从'哲学'逃向'文学'，又从'文学'逃向'史学'，一步步地，都是在与其忧郁气质与悲观情怀抗争。以尽可能冷峻、客观、平和的心态，从事艰深的学术研究，对于格外敏感的王国维来说，更容易'安身立命'。否则，整日沉湎在悲观主义的哲学或文学里，自杀悲剧很可能提早发生。"（460页）

陈平原的文学史著作素以"史识"著称，同时也得兼实证史学以及分析史学的长处，尤其在还原历史的具体图景，钩沉丰富的史料，呈现细节史方面，都显示出本土学者把学问往精深里做的努力。本书在讨论鲁迅时曾有这样的感喟："以史识见长的鲁迅，治学时居然甘愿下此'笨功夫'，这才值得惊叹。"（333页）本书也同样在史识与史料之间获得了一种均衡性，既是一部以大局观、历史感、学术眼光和历史识见见长的著作，又在考证文史材料，

---

[1] 参见陈平原：《知识、技能与情怀——新文化运动时期北大国文系的文学教育》（上），《北京大学学报》，2009年第6期。

钩沉历史细节方面下了非常大的功夫，从而对所研究的诸种问题呈现出在历史细节方面的丰富性和具体性。尽管作者称"即使穷尽所有存世史料，也无法完整地'重建现场'，但搜集、稽考并解读这些零星史料，还是有助于我们'进入历史'"（77页）。作者对晚清和民国史家的学术研究、文学生活、历史情境的探源与考辨，具有微观史学意义上的方法论的启示性，也为读者感知大半个世纪之前的时光，提供了一种历史的具体性与现场感。在《"文学"如何"教育"》这一章中，作者尤其精细入微地还原了当年生动的文学课堂。如陈平原在访谈中说的那样：

> 对于一代代从校园里走出去的老学生来说，最值得追忆的，其实是课堂上那些生龙活虎、神采奕奕的教授身影。我努力钩稽并表彰一百年间诸多妙趣横生的文学课堂，是想证明，那些随风飘逝的声音在学术史上的意义，一点不比专业著述逊色。[1]

而"体贴入微"也堪称是评价陈平原这部专著的重要学术尺度。多年来，学界多人云亦云的宏阔判断，但相当一部分经不起仔细推敲。因为大而化之的立论很容易做出，而真正的学术判断，则需要具体细致的研究和论证，需要"博学通识，需要才情趣味"，从而才能在对历史的细密肌理的体贴入微的剖析与呈现之中，积淀为真正的学术。

---

[1] 陈平原、李浴洋：《文学教育：在"学术研究"与"人文养育"之间——专访陈平原教授》，《北京青年报》，2016年8月8日。

赵园曾说："我痛感我们的历史叙述中细节的缺乏，物质生活细节，制度细节，当然更缺少对于细节的意义发现。"[1]这段表述其实暗含着对大而化之的历史研究的疑虑以及研究者历史观的潜在的转变，即在不放逐宏大历史叙事的同时，也在历史细部的纹路之间获得"微历史"图景，力图通过对原初历史细节的再现与钩沉去探究历史的微言大义，以体贴入微的方式在重建鲜活的历史叙述的过程中使历史"意义"在细节中得以具体彰显。

当然，微观史学处理的微观案例，并不一定总是可以做到与大历史形成互动的关系，而陈平原的史学观则可以看作是一种"深描"式的分析史学，背后有大的历史格局和框架作为论述的支撑，其中更是暗合心灵史学的精义。《作为学科的文学史》在讨论晚清黄人百科全书的写作时曾引用过美国"心态史"学者罗伯特·达恩顿的《启蒙运动的生意——〈百科全书〉出版史（1775—1800）》。[2]我从中看到了陈平原与达恩顿的文化史学以及心灵史学对人类心灵状态的探究仿佛有异曲同工之妙。正像达恩顿在他的以《屠猫记》为代表的一系列法国史研究中所表现出的那样，陈平原也试图在作为文本的历史幽暗处探索其中所隐藏的中国学人的心灵状态。

而对心灵状态的洞察，是本书显出沉甸甸的厚重感的原因之一。对历史情境的探究、对人情世故的理解，对"世道人心"的体味，处处显示出文学史家的"体贴入微"。而如何方能做到"体贴入微"？陈平原自有其夫子自道："在我看来，兼及'小说'与'历

---

[1] 赵园、洪子诚等：《40年代至70年代文学研究：问题与方法》，《中国现代文学研究丛刊》，2004年第2期。
[2] 罗伯特·达恩顿著，叶桐、顾杭译：《启蒙运动的生意——〈百科全书〉出版史（1775—1800）》，三联书店，2005年。

史'的小说史研究，需要博学通识，需要才情趣味，甚至还需要驰骋想象的愿望与能力——这样，方才能真正做到'体贴入微'。"[1]

在《作为学科的文学史》初版本中，有题为《重建"文学史"》的"代序"，结尾有一段总结性的话：

> "文学"除了作为科系、作为专业、作为课程，还有作为修养、作为趣味、作为精神的一面。故，我所关注的"文学教育"，不仅对中文系生命攸关，对整个大学也都至关重要。这里引入历史的维度，探讨各种可能性，涉及教育宗旨、管理体制、课堂建设、师生关系等。至于在中国，作为"著述"的文学史，该如何向年鉴学派学习，走向以问题为导向的分析史学，而不是满足于叙述史实与表彰先进，那是另一个问题，暂且按下不表。[2]

而在我看来，陈平原的这部《作为学科的文学史》中，"以问题为导向的分析史学"已经成为值得瞩目的观念视野。

求其"通"：文学史家的境界

关于如何治文学史，陈平原有过影响颇大的表述："文学史编写不仅仅是一门技艺，更与学者个人的遭际、心境、情怀等有密切的关联。换句话说，这个'活儿'，有思想，有抱负，有幽

---

[1] 陈平原：《小说史学的形成与新变》，《现代中国》，第四辑，湖北教育出版社，2004年，第96页。
[2] 陈平原：《作为学科的文学史》，北京大学出版社，2011年，第11页。

怀，有趣味。"[1]这是从文学史家的固有的"情怀"的角度看待文学史写作。

而在《作为学科的文学史》中，除了"情怀"依旧，作者还看重文学史家所能达到的另一种境界——"通"人的境界。在讨论鲁迅的文学史写作时，本书中有这样一段话：

> 鲁迅之喜读杂书，与其说是为了"博"，不如说是求其"通"——通古今、通中外、通子史、通语言与文学、通诗文与书画、通书籍与实物。一句话，借助于对人类命运的整体思考以及全史在胸的知识结构，超越因专业分工过细而造成的眼光与思路的相对狭隘，理解隐藏在"纸背"故为世人所习焉不察的"历史（人生）真相"。……作为一个文学史家，鲁迅的最大长处其实不在史料的掌握，甚至也不在敏锐的艺术感觉，而在于其跨学科的知识结构以及对历史和人生真谛的深入领悟。（347—348页）

这种跨学科的知识结构以及对历史和人生真谛的深入领悟，是鲁迅治史过程中超乎常人的"史识"之所以生成的基础。而鲁迅的"史识"，最终表现为"对中国历史文化的独特理解与深入思考"（351页）。

文学史虽然是一门专业学科的专门史，但是真正写好文学史，却也许比任何其他一门学科史都需要"博"与"通"，而能否做到"通"，则最终决定了文学史的境界。无论是知人论世，还是最

---

[1] 陈平原：《史识、体例与趣味：文学史编写断想》，《南京师大学报》（社会科学版）2007年第3期。

终传递对历史与人生真谛的体悟,都有赖于鲁迅式的真正跨学科的知识结构以及作为"通人"的识见。正如陈平原对自家文学史写作观念的总结:"我的基本思路是:文学史确实属于'专史',但在具体的撰述中,有无'通识'、能否在史料的精细甄别以及事件的精彩叙述中,很好地凸现史家特有的'见地',以至'通古今之变,成一家之言',将是至关重要的。"[1]

陈平原所探讨的有无"通识"的一个重要标志,是在学问的探究中,彰显知人论世的功力。文学即"人学",而所谓的"知人论世",最终会落实到对一个个具体时代的文学创作现象和规律的敏锐捕捉。陈平原认为:"鲁迅的文学史著述,其优胜处在于史料功底扎实、艺术感觉敏锐,另外就是这对'世态'与'人心'的深入理解以及借助这种理解来诠释文学潮流演进的叙事策略。"(352页)按照陈平原本书中的另外一种表述,即"为解释'文变'提供'世情'"。而理解鲁迅的文学史著述,也自然就需要研究者真正深入到鲁迅所钻研的历史具体情境之中。比如关于鲁迅的对"世态"与"人心"的注重,陈平原并非靠"知人论世"四个字就打发掉,而是具体阐释鲁迅式的知人论世的特出性:

> 鲁迅的思路不一样,文学史著中极少涉及生产力和生产关系,关注的是一个时代的思想文化氛围和士人心态。文学作为一种精神产品,并不直接反映社会的经济关系和政治斗争;抓住"士人心态"这个中介,上便于把握思想文化潮流,下可以理解社会生

---

[1] 陈平原:《史识、体例与趣味:文学史编写断想》,《南京师大学报》(社会科学版) 2007年5月第3期。

活状态。在《中国小说史略》中，大抵每篇第一段都是关于文化思潮的描述，寥寥数百字，最见功力，目的是为解释"文变"提供"世情"。只是这一"世情"往往围绕文人的命运、心态、习俗来展开，且常与某一小说类型的发生、发展纠结在一起。（350页）

因此真正的"通"还取决于"知人论世"的真知灼见，即所谓的"通识"。具备了"通识"，才能在应对诸多复杂的历史现象时，言他人所未能言。如第八章《在政学、文史、古今之间——吴组缃、林庚、季镇淮、王瑶的治学路径及其得失》对"清华学派"的评析，通过对四大教授的研究，触摸兼及古今、贯通文史、关心政治的学术传统，把近些年来为学界所关注的"清华学派"问题解释得最为得体。而对现代学术史上几个重量级学者的入微体贴，更显示出作者的精深学养。如采用"预流"的说法讨论王国维学术方向的选择，最终从精神气质的角度把握王国维最终的命运，都是精深博识以及知人论世之论。

陈平原教授的《作为学科的文学史——文学教育的方法、途径及境界》最终提供给学界的，是一个反思现代文学史的观念、体例、制度、教育等因素的综合性视野。此书在某种意义上堪称是奠定陈平原学术研究格局的专著，融学术眼光、文学感觉、历史洞察、史家风范、博通识见、学者法度、文人情怀于一炉。在触摸现代文学的学术传统、教育传统的过程中，也为文学史学科赋予了新的生命力。因此，本书的最后一章，集中思考的是"重建'中国现代文学'"的可能性：

> 无论学科范围、理论框架、研究思路等，我都乐见"众

声喧哗"局面的形成。正是这种淆乱但生气淋漓的局面，得以冲破僵化的教育体制的束缚。在开放性与规范化之间，保持必要的张力，给民间视野预留足够的空间，而不是追求某种研究方法或新编教材的"一统天下"，有利于本学科保持一种"在路上"的精神状态。(521页)

现当代文学的学科之所以应该保持一种"在路上"的即时感和必要的张力，正是因为作为学科的文学史，在与时代互动的过程中，时刻处于变动不居的过程性之中，"未完成性"是作为学科的现代文学史的应有之义，而"在路上"的跋涉，是作为学科的现代文学史保持一种活力和生机的必经之路。在《"中文教育"之百年沧桑——写在北大中文系百年诞辰之际》一文中，陈平原提及"中文系师生有责任介入当下的社会改革以及思想文化建设。不是不要专业，而是在专注自己专业的同时，保留社会关怀、思想批判、文化重建的趣味与能力。说到底，'人文学'是和一个国家的命运紧密联系在一起的，它不仅是一种'技术'或'知识'，更是一种挥之不去的'情怀'。""而在中文系八个二级学科中，最能体现这一'社会关怀、思想批判、文化重建的趣味与能力'的，很可能便是中国现当代文学专业。有感于此，这个学科的日渐成熟，不该以放弃'参与时代核心话题的激情与能力'作为代价。"[1]这就是陈平原在《作为学科的文学史》中思考何为"理想的文学教育"以及人文学学科走向何方的历史动因及其现实"情怀"。

---

[1] 陈平原：《"中文教育"之百年沧桑——写在北大中文系百年诞辰之际》，《文史知识》，2010年第10期。

第五辑

为汪曾祺建构新的整体观

在当代小说家中,我最喜欢汪曾祺,但一直感觉他是一个很难归类的作家。汪曾祺差不多是唯一一个在中国现代和当代两个文学史时段都写出了具有同等分量的作品的作家,他青年时期的创作集中在40年代中后期,在西南联大师承于沈从文,又接受了西方存在主义和意识流的影响,追求小说的诗化与散文化,以《邂逅集》横空出世。70年代末到80年代初是汪曾祺小说创作的又一个高峰,追慕"溶奇崛于平淡,纳外来于传统",在小说中精心营造的意境既有意象性的诗化特征,又有丰富而深厚的传统文化和审美精神的底蕴,把传统小说中的白描与中国水墨画"计白当黑"的空白技法浑然熔铸,小说艺术也因之更为圆熟。然而,我多年来阅读汪曾祺,一个困惑也始终如影随形,迫使我思索汪曾祺何以从40年代一跃而跨到80年代。在我的感受中,他两个时代的创作虽然处理的是大体相似的题材,但从文学观念到艺术思维到文体风格到小说技法,都表现出了相当的异质性。读汪曾祺80年代的小说,我觉得很新鲜;而读他40年代的小说,则感觉很熟悉。大概因为他的40年代承继的其实是"五四"新文学的传统,小说中对"横截面"的状写、对人生境遇的关注、对深层心理意蕴的挖掘，都是可以在中国现代文学的历史流向中找到根据的。这种文学史的依据使得汪曾祺的创作似乎其来有自，是消除陌生感的根源性背景。但是到了80年代，以《受戒》再度出山的汪曾祺，却让当时的文坛普遍感到陌生。这种陌生也许说明了汪曾祺在当代文学中的先锋性同时也是边缘性，当时还是本科生的我读《大淖记事》《受戒》，感受到的是汪曾祺许诺了一种具有陌生化以及先锋性的新的文学观念的问世，正像李庆西称"新笔记小说，是寻根派，也是先锋派"一样。

正是因为这种困惑，我很感谢方星霞女史在其新著《京派的承传与超越：汪曾祺小说研究》付梓前夕让我先睹为快，在一定程度上，也为我解了惑。星霞女史在新著中把汪曾祺的小说放置在京派的传统中，考察汪曾祺与京派既有继承又有超越的关系，也为我理解汪曾祺40年代与80年代之间的沿承性和整体性，提供了一个有说服力也十分有效的解释视野。正如星霞在新著中所指出："本书采用京派的角度来研读汪曾祺的小说，是饶有深意的。首先，只有从这一点切入，才能反映其作品的文学史意义。反过来看，也只有这样才能更深入地了解汪氏的作品。"

在我看来，星霞把汪曾祺的小说纳入京派这个更大的参照系中加以整体考察，有其学术理路的必然性。我曾经有幸参加过星霞的博士论文的答辩，她的博士论文选择的论题是京派诗歌研究，她对京派的鼻祖废名的小说也有精深的钻研，沿着这个治学脉络，又把目光投向了"京派的最后一个作家"汪曾祺，在学术理路上堪称是顺理成章的，也给我水到渠成之感。

我也很欣喜地看到星霞在这本书中所表现出的对京派研究的

深厚学术积累,譬如对汪曾祺与沈从文的师承关系的描述就表现出超越以往研究的诉求。汪曾祺在为美国学者金介甫的《沈从文传》所做的序中曾经这样谈起他的老师:

> 沈从文在一条长达千里的沅水上生活了一辈子。20岁以前生活在沅水边的土地上;20岁以后生活在对这片土地的印象里。

可以说,沈从文精心构筑的"边城"世界正是对故乡土地的印象和记忆的产物,他在想象中把故乡的印象提纯,最终结晶为一座希腊小庙,里面供奉着人性。同样,也可以把汪曾祺对沈从文的描述挪用到汪曾祺自己身上。星霞的新著就是从汪曾祺与其乡土之间无法剥离的关系的角度讨论作为沈从文高足的汪曾祺。在作者的眼里,汪曾祺也可以说一辈子生活在对自己的故乡的回忆中,从他在20世纪40年代创作《鸡鸭名家》《戴车匠》开始到80年代的《大淖记事》《受戒》《故里杂忆》,汪曾祺的故乡书写实践着"小说是回忆"的创作原则的同时,也使"回忆"构成了汪曾祺晚年的一种生命形态和存在方式。我很激赏星霞对汪曾祺小说的研究,既实现着一种方法论意义上的文化诗学与形式诗学的统一,也力求升华到生命形态与生命境界的高度,从而把"文学是人学"这一既古老又崭新的文学观念真正落到实处。

此外,星霞对京派小说的审美倾向的分析,对废名的勾勒以及对师陀与萧乾的叙述,虽言简意赅,却新意迭出,如称"《竹林的故事》《边城》《受戒》彷如京派'三部曲'",即于我心有戚戚焉,表达出了大多数研究者心中所有、却笔下所无的共识性判断。而第四章集中探讨的汪曾祺对京派的超越,更是站在文学史的宏阔背景下，对汪曾祺的"新笔记小说"和尝试改写的"新聊斋志异"进行了独到而深入的研究，不仅为汪曾祺，也可以说为京派小说的发展历程，画上了一个堪称完美的句号。

中国现代文学研究界这些年来也大体上形成了"后期京派"的一个研究热点，所谓"后期京派"，尤其意指40年代战后以复刊的《文学杂志》为中心所维系的"学院派"文学群体。主要代表人物既包括前期京派的沈从文、朱光潜、废名、李健吾、林徽因、凌叔华、梁宗岱、李长之等，也包括作为后起之秀的萧乾、芦焚（师陀）、田涛、袁可嘉、穆旦等，而汪曾祺也会被放在这个后期京派阵营中加以讨论。至于"后期京派"说法的有效性，学界仍处在众说纷纭的探索阶段。星霞的新著如果与这一研究有所对话，也不妨看成是一个可以进一步展开的话题空间。或许也是这个原因，我觉得本书对汪曾祺的40年代小说创作的关注稍有不足，并隐隐感到如果星霞对汪曾祺的40年代的创作多加倾斜，可能更有助于凸显汪曾祺的横亘20世纪中后期的文学史意义以及他与京派的传承关系。

而我同时以为，当星霞在本书的结语中称"京派前人或许预料不到，作为京派最后一员的汪曾祺在大约三十年后，以一己之力完成复兴的愿望，凭《受戒》重现京派的风采。可以说，汪曾祺虽然不是京派作家中创作最丰盛的，不是影响最深远的，但他与京派的关系非比寻常。笔者以为应当为京派的发展历程添加一段'复苏期'（1980—1990）以示全貌"，这种说法的前半部分甚合吾意，但最后一句可能多少高估了汪曾祺对于"复苏"京派所起的作用。大概把汪曾祺的80年代称为京派的"余响"更符合文学史的实际。

方星霞的这部新著在写作过程中阅读了大量相关研究领域的

研究成果，虽然在我看来所征引的前人的研究成果有些泥沙俱下，但她在此基础上力求超越的气势让我很是感怀。除却对京派传统和研究对象（汪曾祺的小说）做整体观方面的持论，在具体的微观诗学分析层面，本书尤为表现出精湛而细腻的品格。或许还可以说，对小说微观诗学的探索，是这部专著更引人入胜之处。无论是以"流水与树"对汪曾祺的小说叙事结构进行概括，以"一语天然万古新"这一元好问的诗语作为挈领性归纳对汪曾祺叙事语言的深入分析，还是对小说文体这一堪称小说诗学最具难度的领域的透彻洞见，都给人耳目一新，一派天然之感。其中最见功夫的是星霞在书中体现出的扎实的理论素养和精细的文本分析能力，述学语体也清丽雅致，从而让我感到阅读本书的过程也是一种文学享受的过程。如第三章《以画为文：汪曾祺小说之叙事魅力》中的《苦心经营的随便：叙事结构》一节，分析《大淖记事》中巧云和十一子在沙洲上幽会那一幕所体现出的汪曾祺营造"空白"的功夫，作者这样写道：

  此段写到节骨眼儿处，戛然收住，不作铺述。"月亮真好啊"既是叙事话语，又何尝不是巧云和十一子的感受？如果作家把巧云和十一子在沙洲上的细节写出来，那就只能是写出来的那些，现在故意不写，反而赋予了读者无限的想象空间。再者，写得太露骨就没有国画那种虚实结合之美了。

这段文字大体上可以代表本书的总体语言风格：娓娓道来，清新隽永，余韵悠然。或许受研究对象的影响，我感受到星霞的文字也多多少少习得了汪曾祺的风致。此外，作者的文字感受力和语言风格与她力图处理的汪曾祺的抒情美学和人文意蕴之间也有内在的契合关系。星霞格外看重汪曾祺的"中国式的抒情人道主义"的自述，从中探索汪曾祺小说融抒情与人道主义为一体的人文精神，对抒情性的探索也从京派的传统入手，既把汪曾祺的小说创作中"以画为文"看成是核心的叙事技巧，也视为"京派小说抒情化的余韵"，"然作家又渗入个人的爱好，表现在语言上是文白糅杂，表现在结构上则有抒情诗的痕迹"。这种论述方式，把内在的小说精神底蕴与小说结构勾勒、叙事分析、语言探索融为一体，一方面贴合了研究对象的底里，另一方面也是方星霞自身研究风格的独特的生成，给人以浑然天成独树一帜之感。

我个人留意过汪曾祺40年代的小说创作，曾着意于汪曾祺《邂逅集》阶段小说中所受的西方文学的影响，从而了解关注汪曾祺对西方文学的借鉴是如何化在他的小说创作中的，这似乎也是一个可以深入挖掘的研究领域。当然，汪曾祺40年代小说的西方因素相对鲜明，如伍尔夫的意识流、存在主义对人的境遇的关怀、里尔克的诗学精神，都是易于捕捉的；但到了80和90年代，外来因素则似乎沉积下去，积淀为汪曾祺小说中一种深层的底蕴，确乎就不那么容易勾勒出轮廓，但正因此，揭示这种底蕴，也构成了对研究者们的一大挑战。

星霞的这部专著，志趣当然并不在此。如她在书中所断言："沈从文和废名在小说创作上，多借鉴西方作品，汪曾祺则深受传统文化的熏染。"不过，考虑到京派小说也同时是生成于传统和现代两大脉络之中，而汪曾祺在40年代对西学尤有较深的浸淫，又未隔断传统的血脉，假以时日，是有集东方与西方文化之大成的可能性的。而80年代的汪曾祺的小说，在炉火纯青的同时，文本语境中总有一种挥之不去的文化怀旧情绪,作为"回忆"的小说叙事艺术既孕育了有历史纵深的情感结构,但也同时生成了鉴赏家的耽美式的姿态,40年代小说中对生存境遇的那种存在主义的犀利的洞察也被一种沉湎的眷恋情怀所替代。也正是这种意义上,我格外看重星霞对90年代汪曾祺的审视,她认为,"到了九十年代,写悲剧、揭示黑暗"构成汪曾祺小说的"主调",继而强调把汪曾祺"八十、九十年代的作品结合起来,我们便能看到一个完整的民间世界,既有真实的一面,也有理想的一面"。这种对汪曾祺后期写作(80、90年代的作品)的整体观的建构,有助于凸现一个更为完整的汪曾祺的创作生涯。

我最初是在2010年赴台参加由台湾政治大学中文系与复旦大学中文系联合主办的"跨越与开放——2010两岸青年研究生文学高峰论坛"上结识了还在香港大学跟随杨玉峰教授攻读博士学位的方星霞的,她的聪慧机敏和诚恳认真都留给我很深印象,因为共同喜欢沈从文与废名,我们在交流中也因此有了许多共同语言。次年在湖北黄冈废名的故乡又一起参加了"纪念废名诞辰110周年暨首届全国废名学术研讨会",星霞提交的论文是研究废名的诗歌的,通过对《街头》《理发店》等诗的分析,阐述废名的诗学观,颇给人耳目一新之感。此后不久,我又有幸参加了方星霞博士论文的答辩,对她在学界既有的京派小说研究领域之外开辟了京派诗歌的研究视野颇感共鸣,也对她的博士论文写作所表现出的问题视野、理论意识、探索精神和文学悟性印象深刻。这些学术品质也深深地烙印在这本新著《京派的承传与超越:汪曾祺小说研究》之中。

学术的体温与情热

——李国华《农民说理的世界——赵树理小说的形式与政治》序

在李国华博士论文答辩会上，担任答辩委员会主席的钱理群先生说他每拿到一本博士论文后，总喜欢先翻阅论文的后记。而李国华博士论文后记中的这样几句话给钱先生以深刻印象："我不想成为理论的俘虏，不想论文的写作变成学院体制内部的有机生产，我希望我的论文背后，是对我亲身经历的社会现实的一点简单的理解。""我要通过我的论文表达现实关怀，却又不信它能达成目的，辗转间，自伤自怜之态，唾手可掬。我痛恨这种徘徊不定的论客劲儿，决意以后只在文字里讨生活，不让文字变成我的生活。我就在俗世里，在人间烟火中，老病，死去，灰飞烟灭。""我只能让自己的论文写作也充满人间烟火，拒绝被一些抽象的概念吞噬净尽。"

说实话，国华后记中的这些表达也让作为导师的我感到震动以致惭愧，从而在答辩会的现场就暗暗反思自己是否已经成为了"理论的俘虏"，多年来的所谓学术研究是否已经"变成学院体制内部的有机生产"，在"让文字变成我的生活"的同时，也丧失了理解和关怀社会现实的能力，最终使所谓的论文写作"被一些抽象的概念吞噬净尽"。

而我同时感到欣慰的，是有着这种自觉和警惕的国华，或可在他将来同样漫长的学术生涯中，避免重蹈导师所可能已经"践履"的覆辙。国华对他已经从事的学术研究有着堪称与众不同的理解。也是在后记中，国华把自己的博士论文究竟"对学术研究有没有贡献"，看成是"余事而已"，令我想到的是黄遵宪的诗："穷途竟何世，余事作诗人。"国华的学术兴趣的一大部分在晚清，他在做硕士论文阶段即曾浸淫过在我看来颇为佶屈聱牙的章太炎，以及留学日本时期用文言文写作的鲁迅，相信他也多少受到一些晚清的仁人志士的弯远之思的濡染。梁启超在《嘉应黄先生墓志铭》中曾说："古有以一人之用舍系一国之兴亡者，观于先生，其信之矣。"如生于晚清，或许国华也会把黄公度之"余事作诗人"奉为座右铭吧，他所谓"我要通过我的论文表达现实关怀"，或许正是在学术研究越来越体制化的当今世代赋予他所即将从事的毕生志业以别样的期许。

我不知道当初国华在本科阶段选择了北大的国际政治系，是否也是别有幽怀。不过本科毕业后转投中文系读现代文学的硕士生，这一被我戏谑为"弃明投暗"的选择，正是源于国华对文学的真正热爱和独异理解。国华是在2002年开始跟我读硕士研究生，一年后我因为赴日本做客座教师，他便转到高远东先生门下，在余下两年的硕士生涯中得到的是高远东先生的真传，尤其在鲁迅研究方面下了很大的功夫，也为他日后的鲁迅研究和教学打下了基础。就国华已经发表的一系列关于鲁迅杂文和鲁迅旧体诗的研究文章而言，都表现出非常独特的识见，假以时日，当有望在鲁迅研究界独树一帜。2008年，当了三年高校教师的国华又选择回来跟我读现代文学博士生。从2002年算起，我认识他已经有十几年了。这些年里，我感受最深的当是他对待文学以及文学研究的态度。在我看来，文学与他认知世界的角度，与他感受世界的方式，与他自己的情感世界的生成与表达，都形成了真正切身的关系。也许，第一义的文学创作与第一义的文学研究都有赖于这种切身性的生成。文学研究也由此与研究者自身的"情感结构"相互生发，研究者自身的视界也构成了感受文学以及世界的出发点。从国华已经发表的研究论文来看，他追求的正是有体温和有情热的学术，即使在对标准化和规范化有着较强的要求的博士论文写作中，也隐约闪现着"穷年忧黎元，叹息肠内热"的杜甫式情怀。也正是这种情热，使国华最终超越了立场和姿态意义上的意识形态"左""右"之争，真正在"俗世里，在人间烟火中"体验到了学术与人间世的具体关联性。

对文学世界的独特理解也成就了国华对原创性的近乎偏执的追求。在我组织的一次次研究生的读书会上，每每感到国华颇有些"语不惊人死不休"的劲头儿。作为我的第一个博士生，国华也自觉承担起"大师兄"的使命，对师弟师妹们肩负着提携与针砭的重任。他无法忍受同门中平庸与流俗的见解，对人云亦云和机械重复更是难以容忍，因此每每贡献着属于自己的真知灼见，也因为直率与锋芒令师弟师妹不时产生刺痛之感。国华毕业离开北大快三年了，他的直率和锋芒，还有对与众不同的识见的着意追求，既是作为导师的我，也是他的师弟师妹们越来越怀念的。

国华自己的研究与写作，更是希望在既有模式之外，另辟蹊径，展开独异的学术视野。他对鲁迅和茅盾的研究，对旧体诗的领悟，对晚清的兴趣，都试图别开生面，言他人所未尝言，见他人之所不曾见。把赵树理的小说作为博士论文的研究对象,最初在他是不太情愿的选择,"觉得赵树理研究天地太小,仿佛自己手大脚大,腾挪不开似的,但我仍然接受了导师的建议,选择了赵树理小说作为研究对象。但因为立场的缘故,我不愿意在故事、小说、文学、主流意识形态、延安、40年代、现代性、知识分子、民间、庙堂……之类的范畴里展开对赵树理小说的解读。虽然也与这些范畴纠缠,也捧出了形式、文学政治之类的词汇,但这不过是便宜之计,写给读者看罢了。"我愿意把国华后记中的这番"夫子自道"看成他对自己的更高的期许,表现出的是在既有话语体系中腾挪出自己一片新天地的抱负。这部赵树理研究也的确展现出国华的多方面的自觉意识,既与体制对话,又能充分意识到既有体制自身的束缚;既能在既有学术话语和脉络中生成自己的问题意识,又别有怀抱和诉求,继而催生独属于自己的思考的视野和角度,从而致力于打开一番不同的学术天地。他的问题意识是从历史、现实、文本、理论多方面综合而来,同时又能把诸种维度打成一片,有所化而不拘泥,最终呈现了"赵树理研究"这一天地的可能的宽度和广度,也多少进一步证明了赵树理研究领域问题的丰富性和独特性。正像钱理群先生曾经说过的那样,在中国现代众多作家中,鲁迅、赵树理、沈从文是最具本土性的三位,在文学作品中提供的是中国人理解和认知自己的社会和历史的最具本土性的模式。而赵树理与众不同之处还在于,他以自己的文学实践提供的问题视野,即使与鲁迅和沈从文相比,也独具自己的历史性和现实性,也更深入地介入到21世纪的中国社会和历史进程中。无论从后社会主义的立场出发,还是从三农问题的视野着眼,无论从20世纪本土性经验的角度审视,还是从创造了无可替代的独特文本形式的层面切入，赵树理都具有值得重视的文学史意义。这或许正是赵树理在新世纪以来的中国文学研究领域越来越获得研究者瞩目的原因之所在。国华的博士论文《农民说理的世界——赵树理小说的形式与政治》也正充分表现出对上述学科问题的自觉。论文的核心构想，是试图以形式为中介，通过讨论赵树理小说与社会主义历史实践之间的关系，发掘赵树理小说中的文学政治。我最欣赏的是国华通过大量的文本细读，发现赵树理在讨论新启蒙和革命等堪称重大的问题的同时，还集中思考了农民的情感、语言、娱乐以及权利、欲望、性格等问题，并希望通过创造农民喜闻乐见的新形式来唤醒农民自我言说的能力，进而主动参与构建中国农村社会的新秩序，并在经济、政治、文学文化、道德伦理诸层面实现自我确立。这种自我确立的过程，为国华在社会主义历史实践的宏观视野中讨论农民的主体性问题提供了文本和历史的依据。而赵树理小说的文学政治也由此被国华概括为"农民说理的世界"，进而建构了关于赵树理小说创作的别开生面的文学阐释，在深入到赵树理小说创作的内部肌理的同时，又与赵树理小说创作具体的历史和政治语境相结合，呈现了对赵树理小说中农民与社会主义实践之关系的新的理解。

关于国华的博士论文取得的成绩，我愿意引述钱理群先生的评价。钱老师认为，李国华的博士论文，代表了目前赵树理研究的最高成就。钱老师尤其重视李国华在研究中对于赵树理"作为一个关于农民问题的思想者的本色"的传达，认为国华由此呈现了一个以文学的方式思考中国农村问题的作为思想者的赵树理形象，这也是一个以思考和解决农民问题为使命的真正意义上的知识分子形象。同时钱老师还看重李国华把赵树理笔下的乡村世界，纳入到中国社会主义的历史和理念的大传统中去的努力，从而使赵树理传统成为思考社会主义传统的重要组成部分，堪与毛泽东的社会主义理念和实践形成真正的对话性。

我还格外看重国华对文学形式的独特的解读和思考。通过形式中介去认知文学，借以认知世界，似乎是文学研究者无法规避的使命，但形式问题又是最具有难度的。如何赋予文学形式以生命力和解释力，如何通过形式看待赵树理所面对的问题，是李国华的博士论文有创意的部分。国华认为："就赵树理小说而言，所谓形式，乃是释放构建社会新秩序的激情的一种文学政治。"论文对赵树理独特的文学世界的深入发掘，依我看，在很大程度上取决于国华对"形式"所赋予的这一内涵。由此，国华也较为成功地解决了如下的问题：赵树理如何创造出独属于他的文学形式和文学世界，从中又如何表达了赵树理对于中国农村社会的他人无法替代的思考。

此外，我还赞赏国华对作家、作品进而对历史所抱持的一种"理解的同情"的研究态度。这使得他对于作家、文本和人物都具有一种亲和性。论文选择的一些基本叙述单位，如："世界""理""说""农民"，都建立在对赵树理文本世界的体贴与同情的基础上，从而避免了运用西方文学理论和政治理论对研究对象进行简单比附的做法，真正做到了从文学作品出发，贴近了研究对象。

上述这些学究式的评价，或许是李国华有所不屑的。然而博士毕业后继续执教高校的国华或许面临必然的矛盾，既渴望超越体制，又必须生存于体系之中，这一悖论性处境当是他早已警醒和自觉的，我也相信他有能力处理两者间的平衡。如何既保有独特的创造力，又见容于他所求生的体制，是我对国华的最后的期许。

对核心问题的逼问

李松睿的著作《地方性与二十世纪四十年代中国小说》论述的是20世纪40年代一个有意味的文学史现象,"即这一时期的作家、批评家无论身处何处、面对怎样不同的政治情势,他们在构想一种超越'五四'新文学弊病,适应战争环境的'理想'文学形式时,都特别强调以地域风光、地方风俗以及方言土语等形式出现的地方性特征的重要性,并纷纷选择以这一特征来塑造文学作品的感性外观"。本书的核心问题意识即来源于此,作者在书中试图追问的是:"为什么20世纪40年代的作家、批评家会对地方性问题如此念兹在兹,并在文学表达中将其放置在非常重要的位置上?他们在加强其作品的地方性特征时,究竟想要表达些什么?地方性特征在这一时期的文学作品中到底发挥着怎样的功能?"

我首先看重的正是松睿在研究过程中表现出的这种逼问核心问题的自觉意识。这部《地方性与二十世纪四十年代中国小说》即表现出他善于从一个具有本源性的问题出发,在充分进入历史语境,掌握与占有大量第一手资料的同时,建构具有一定的整体性研究视野的学术能力。本书对地方性论题的研究，也因此不仅提供了中国文学在 20 世纪 40 年代的战争环境中特有的历史风貌，也有助于我们理解那个时代的某种具有整体性特征的历史面向；松睿的这一研究也由此构成了中国现代文学历史总体性叙事格局中具有结构性意义的组成部分。

松睿在这部已经成型的著作中有着多重的方法论的自觉。这种自觉的表现之一是对主题学研究的反思：

> 在主题学的研究中，研究者会特别关注某类文学主题在文学史发展脉络中不断的复现与变奏，并根据这些长时间"盘踞"在创作实践中的主题，梳理出作家的思维方式、其在文化结构中所处的位置等一系列问题。……虽然这类主题学的研究能够得出一些让人深受启发的"洞见"，但由于在方法上它总是关注所谓"异中之同"，因而很难为我们回答在特定历史时空下某些主题被特别强调的真正原因。也就是说，在主题学的研究范式下，我们没有办法具体回答为什么 20 世纪 40 年代的作家、批评家会特别重视文学作品中的地方性特征。

正像松睿在本书的导论中所表述的那样，他进一步摒弃的，还有诸如形象学的研究路数。在某种意义上，本书构思和写作最难的部分其实是为拟设的特定对象找到既吻合于对象也属于研究者自己的思路，用松睿自己的话说，即"寻找一种最为合适的方式对本书的研究对象进行讨论"。而松睿所要处理的 20 世纪 40 年代中国文学，其挑战性在于，在长达八年的抗战历史阶段，中国版

图三个地区的划分，为此一时期的文学图景带来了前所未有的多样性和复杂性。三个地区虽然也分享了某种相似的历史氛围、文艺思潮和诗学特征，但差异性也表现为更为主导的倾向。因此，松睿所选择的合理的策略，是直面差异化的政治形势和言说环境。对20世纪40年代文学的地方性问题的理论言说创作实践按照区域划分，并分别进行论述，进而兼顾解放区和国统区延续到抗日战争胜利后的相关问题，就成为作者选择的相对稳妥的方案。而在我看来，真正表现作者的成熟之处的，还在于松睿清楚地意识到：

> 论述的结构则只是帮助研究者更为方便的讨论问题。在有些时候，"得鱼而忘筌"式的研究态度或许最为合理。

"论述的结构"其实是更有助于还原和体贴历史的本来面目而已。而所谓的"得鱼而忘筌"，也许不仅仅是一种研究态度，如果真的能够做到，甚至可以称为一种研究者都心向往之的境界。

"地方性"视野，在松睿的研究预设中，既是理论表述和批评实践，又是重释作家作品的一个出发点。本书因此既是一部具有宏观历史描述和整体理论探索的文学史研究，同时又是偏重于作家和文学作品的再解读的著作。本书的前身是松睿的博士论文，作为他的指导教师，在松睿最初进入这个课题的时候，我曾经担心借助于"地方性"的视野，会离析出一些虽不缺乏共性特征，但也可能失于大而无当的宽泛结论。而随着松睿对这个课题的深入，最后阅读松睿提交的博士论文的完整定稿，我意识到当初的担心是多余的。本书处理的议题虽然称得上是现代文学的宏大叙事之一种，但松睿选择的论述方式却相当具体细致，对历史细节的把握以及对作家作品个案的详尽阐发，都使这个论题得以深入细腻地展开。借助地方性问题视角，本书洞见了以往文学史描述尚未充分触及的一些创作面向，重新阐释了40年代的不同地域具有代表性的重要作家，分析了老舍、赵树理、周立波、丁玲、师陀、梁山丁等作家的小说。而本书更为值得重视之处，或许正在于对老舍、赵树理、周立波、师陀、梁山丁等作家的独特的阐释的环节。我的阅读感受是，一种具有洞察力的兼及批判理论以及文学史视野的观照，是怎样能够照亮以往不被我们充分察觉的文学史现象，正像借助于一个探照灯，松睿为我们烛照了以往研究视野中一些晦暗不明的角落。

因此，对理论和创作的兼顾，构成了本书的双重写作线索。据我对松睿的了解，他的研究才秉是在理论探究和文本分析之间形成了一种均衡性。这种均衡性也是一个研究者具有未来性潜力的表征。松睿既喜欢研读理论，有比较执著的理论热情，同时又能把理论与文学史描述以及文本解读结合，形成的是一种探寻"理论的历史性"的自觉意识。所谓"理论的历史性"，在本书中表现为理论与历史以及作家创作之间的一种辩证的关联性。按照本书作者的理解，20世纪40年代中国文学的一大特征，是"小说家的确受到文艺理论家们的巨大影响，但其作品对地方性特征的呈现却并没有完全按照理论家的指导进行，而是呈现出异常复杂的面貌。""正是这些作家的小说创作实践，才真正激活了地域风光、地方风俗以及方言土语等地方性事物在文学创作中所具有的潜力，并使得小说形式因大量吸收地方性因素而发生了改变。"这使作者意识到，本书的讨论倘若单纯局限在文艺理论层面上是不够的。引入对小说创作的分析，特别是探究小说形式因地方性特征的纳入而发生变化，借以全面展示地方性特征对于20世纪40年代中国文学的意义，成为作者所必然选择的研究路径。在我看来，小说堪称是中国现代文学中最具魅力也最具丰富的可能性的文学体裁，是讨论地方性书写的最有效也是无法绕过去的形式。也恰恰在小说这一更为复杂的文学形式中，层积着理论与历史以及作家创作之间更为内在化的关联。对这种内在的历史关联性的考察，在第四章《赵树理：地方性与解放区文学》中体现的最为精彩。本书作者发现赵树理小说创作的地方性特征存在着一个由隐到显的过程，当解放区的文艺理论家可以轻易地辨识《太阳照在桑干河上》《暴风骤雨》等作品的地方性特征的同时，却无法指认赵树理小说中所蕴涵的也许更不失为鲜明的地方色彩，这种错位的最根本原因在于解放区的文艺理论家是从阶级性的价值尺度来理解文学的地方性特征。由此作者揭示了解放区文学所具有的堪称独特的历史特征，即在于文艺批评与文学创作之间有着更为紧密的关系。"因此，对解放区文学中的地方性问题的研究，就不能单纯讨论具体的文学作品是如何表现出地方性特征的，而只能在批评家的言论与作家创作实践的相互关系中，去理解地方性在这一时期的小说创作中发挥的功能。"这就真正建构了理论和创作的具体的历史关联性，也凸显了本书作者对赵树理、丁玲与周立波的小说进行的重释的工作也是对历史和政治地图的重新绘制，这种重绘的过程，正是创造性研究的精义所在，它意味着研究中的具体问题意识的生成正隐含在对历史和文本的真正释读之中。

这种问题意识的具体性，也表现在本书其他各章对不同的研究对象的讨论中。比如第五章《梁山丁：多重关系中的地方风物》以沦陷区作家梁山丁最受评论界关注的长篇小说《绿色的谷》为核心文本，揭示出梁山丁将笔下狼沟的地方风物放置在都市与乡村的二元对立、富人与穷人的阶级冲突以及中日民族矛盾等一系列关系网络中，使其意义在现代性、阶级性以及民族性的多重价值维度中显得芜杂而含混。这也解决了我阅读《绿色的谷》所一度产生的在历史和价值间难以决断的困扰，同时也解释了何以后来的文学批评者和中美日等不同国别的文学史家在这部小说中均能投射各种价值面向、文化姿态乃至政治立场：梁山丁"在小说中极力刻画的地方风物，是一块意义含混的处女地，可以供人以各种价值尺度随意地涂抹与装饰"。由此也凸显了地方性因素对于沦陷区文学的特殊的意义：

> 因为地方风光、地域风俗等极具地方色彩的事物，是一个被多种价值标准相互争夺的含混场域。作家正可以通过对地方色彩的书写与表现，利用其含混性放置那些在沦陷区试图说出，但又不敢明言的东西。

而在第六章《师陀：地方作为心灵的投影》中，作者则另辟蹊径，试图揭示师陀对故乡河南独具特色的地方风景的描绘，似乎只是他在40年代迷惘、无助的内心情绪的外在化。"也就是说，在沦陷区，文学的地方性特征未必仅仅被用来帮助作家表达那些不便明言的思考，它也可能在那些因苦闷贫病变得意志消沉的作家那里成为心灵世界的镜像。"

这些具体化的论断，都呈现的是历史以及创作的丰富性和差异性所在，也揭示了20世纪40年代的中国文学越来越受到研究者重视的原因。对地域差异性的关注，也使得本书对几位代表性作家的分析，展示出不同地域的小说家具有差异性的目的与诉求，以及对地方风物进行书写与描绘的各自所固有的独特性，有助于进一步丰富现代文学史的图景，因此，我赞赏李松睿在本书结语中的判断：

> 或许我们可以说，正是地方性特征在文学作品所具有的潜力，为不同区域的小说家在不同路径上的写作提供了无限的可能性。而作家们在创作实践中所进行的多重尝试，也让地方性特征对于文学的意义变得丰富多彩。

这些丰富多彩的面向，不仅仅为文学史提供了地方性风貌的差异性存在，也意味着文学史书写应当直面差异性的历史本身，从而才能超越本质论的历史迷障，真正还原文学史的原初面貌。因此，在一定意义上说，本书也提供着关于文学研究怎样回归历史的原初语境的可资借鉴的方法论内涵。

松睿有比较丰沛的文学感受力，擅长对文本的精细的分析。因此，在对相关的文学历史进行整体性描述的同时，本书同样引人注目的正是对作家的体贴，对文本的感悟，对小说形式堪称精到的分析。这些特点与松睿的理论视野有效地结合，使我们看到一个文学素养全面而均衡的青年学者已然崭露头角。我也很欣喜地看到，松睿通过这部博士论文的写作，开始成为自觉的学者，并显示出自己的渐成风格的研究品性。近来，他所涉猎的研究领域也开始丰富多彩，影视批评，艺术评论、外国文学研究，都正在成为他关注的领域。而这部中国现代文学研究专著,奠定的是松睿进入历史、同时进入作家的心灵和文本世界的坚实的基础。作为他硕士生和博士生阶段长达七年的导师,我衷心祝愿松睿在成为一个有创造力的自为的学者的路途中越走越远。

形式研究的独异风景

——李松睿《文学的时代印痕——中国现代文学论集》序

本书是李松睿君在北大中文系求学时期以及工作以来写作的关于中国现代文学的研究论文的结集。作者为这部现代文学论集起名为"文学的时代印痕",在某种意义上可以说凸显的是这本著作的核心问题意识。在我看来,收在这本论集中的文章大都体现了松睿的优长,对文学形式有着细致而精到的分析,思考的是时代、社会对现代中国作家的影响和压力如何刻印在作品的形式上,这就是所谓"文学的时代印痕"所试图传达的自觉意识吧。

松睿在北大读硕士和博士期间,曾经对新历史主义的理论有过兴趣,一度激赏新历史主义对文本的历史性的注重。这种"文本的历史性"不仅仅意味着一切的文学文本都生成于特定的历史语境之中,还意味着把更为微观化的文化历史语境和社会物质层面的因素引入到对文本的具体观察和透视之中,由此,文本世界便不再是一个封闭自足的存在,而与外部历史和社会现实之间建立了互为生发的阐释空间,从而也意味着文本世界始终处于诸种合力编织而成的紧张关系之中。正如新历史主义代表人物之一葛林伯雷在《通向一种文化诗学》中所说：

> 避开稳定的艺术摹仿论，试图重建一种能够更好地说明物质与话语间不稳定的阐释范式，而这种交流，正是现代审美实践的中心。

这也意味着，文本中的话语空间不再具有稳定性，它需要在复杂的历史与文化语境中寻求一种动态的解释。而文学形式也由此同样成为需要与其生成语境进行互动阐释的历史性的范畴。

松睿收入本书的文章总体上体现的正是文本形式研究的历史性视野，试图在物质与话语之间构建一种具有内在具体关联性的阐释图景。松睿对叙事模式的执著，对文本形式的着迷，其实是建立在对"形式"意涵进行多元化以及复杂化理解的基础之上的，同时他所力图探究的文本中的"时代印痕"也具体化为物质力量和文化心理因素在作品的形式特征上的积聚和具体生成。所谓的"文学的时代印痕"，恰恰是文本形式所积淀和凝聚的"意味"，而在我看来，形式所积聚的"意味"往往更加内在，形式中所隐含的内容也往往更加深刻，形式最终暴露的东西往往也更彻底，形式更根本地反映了一个作家的思维形态和他认知世界传达世界的方式。

而松睿或许更擅长捕捉"形式最终暴露的东西"。松睿的文本分析常常在作品的看似不经意的细节和叙事的隐秘关节处发挥作为研究者的洞察力，往往直击文学形式所潜藏着的关键的缝隙，并一击致命，由此真正揭示出文本的深层秘密。如《"渡船"与"商船"——论〈边城〉牧歌形象的裂隙》对沈从文的小说《边城》所提供的新的阐释视野，正是通过对文本中两个他人或许不会特别留意的意象——"渡船"与"商船"——的分析，把"渡船"与"商船"描述为《边城》中多重意义的交汇点，既是湘西社会不可或缺的交通工具，是小说主人公翠翠、天保与傩送的欲望对象的替代物，也是这些主人公各自所处社会地位的象征物，由此两个意象构成了小说文本内部的结构性因素，是连通小说内部幻景与小说外部社会现实之间的一条隐秘通道，最终直抵《边城》中"牧歌形象"所内含的裂隙。

《误认、都市与现代性体验——读〈上海的狐步舞〉》则从穆时英的名篇《上海的狐步舞》中捕捉到小说叙事的"错格"修辞以及"误认"的情节模式，借此把"错格"与"误认"作为叙事裂隙的显影，最终力图揭开笼罩在穆时英的小说深层内景上面的面纱，也正是借助于微观诗学的分析模式洞察到同样内含在文本中的裂隙。我尤其欣赏松睿把穆时英的"误认"模式与卡夫卡的作品所作的精彩比较：

> 仔细考察卡夫卡的作品序列我们会发现，他最有名的作品，如《饥饿艺术家》《在流放地》以及《中国长城修建时》等，都可以说是关于误认的故事。如果误认真像齐泽克所言是真实境遇显现的时刻，那么卡夫卡正是通过对误认的书写，暴露了现代人在现代社会所经历的悖论、痛苦以及无奈等境遇。这也让卡夫卡最终成为现代主义大师。而误认或许就是卡夫卡小说艺术的秘密之所在。而由此来反观穆时英，……他似乎没有勇气直面那充满了悖论、尴尬以及难堪的现代体验本身。就像其笔下的"我"一样，他总是在现代体验面前蒙上双眼，逃之夭夭。

据此松睿指出，虽然"穆时英是中国现代文学史上条件最好、天分最高的作家之一"，但"穆时英有成为卡夫卡的机遇和天分，但却最终只成了穆时英而已"。这种借助于叙事模式所进行的比较研究使松睿的判断超越了对文本的细枝末节的条分缕析，最终提升为对现代作家人生困境和历史局限的考察，寻找到的是把文本形式和现代性体验融为一体的视野和方法。

这也是令我格外倾心的研究视野和方法，背后有我所看重的作为一个文学研究者的职业伦理。相信松睿会认同罗兰·巴尔特在《写作的零度》中的一句话："写作在本质上是形式的道德。"而一个文学研究者对形式的执著也许同样是职业伦理的表达形式。

研究界多年来对于文学形式理论的关注，从上世纪强调纯文学思潮的 80 年代所欣赏的克莱夫·贝尔的"有意味的形式"，到新历史主义把文学形式视为外部社会历史因素的投影，再到伊格尔顿的审美意识形态视野以及詹明信的"形式的意识形态"理论，文学研究者对"形式"的理解渐趋多元和复杂。而新批评意义上的纯粹的形式理念被一种历史与形式共生共存的理解范式所替代。一些在形式研究方面倾注了热情的研究者也越来越关注于文本形式与文学作品中内在化的思想和结构之间的紧张关系，在这个意义上，"形式"日渐转化为内化了社会历史内容的"有意味的形式"。而透过形式的中介使文本中的思想和历史内容的研究趋于复杂化，也成为研究界越来越具有普泛性的共识。正像詹明信在《晚期资本主义的文化逻辑》一书中评价卢卡奇时所说：

> 卢卡奇教给了我们很多东西，其中最有价值的观念之一就是艺术作品（包括大众文化产品）的形式本身是我们观察和

思考社会条件和社会形势的一个场合。有时在这个场合人们能比在日常生活和历史的偶发事件中更贴切地考察具体的社会语境。……卢卡奇对我来说意味着从形式入手探讨内容，这是一个理想的途径。

作为西方马克思主义学者的詹明信最终关注的是政治、经济、文化、意识形态诸种领域，但是他的方法论中最重要的特征之一是从不放逐形式与审美问题："我历来主张从政治社会、历史的角度阅读艺术作品，但我决不认为这是着手点。相反，人们应从审美开始，关注纯粹美学的、形式的问题，然后在这些分析的终点与政治相遇。"也正是在这个意义上，詹明信格外重视布莱希特：

> 人们说在布莱希特的作品里，无论何处，要是你一开始碰到的是政治，那么在结尾你所面对的一定是审美；而如果你一开始看到的是审美，那么你后面遇到的一定是政治。……而我却更愿意穿越种种形式的、美学的问题而最后达致某种政治的判断。

尽管如此，形式的和美学的问题在詹明信那里仍还有手段的迹象，而我认为形式本身正是文学研究者的本体和目的。也正是在这个意义上，松睿的中国现代文学研究也汇入了当代学者对形式问题予以关切的研究视野中，并呈现了属于松睿自己的堪称独异的形式研究的风景。

研究主体与历史对象的彼此敞开

——序刘奎的《诗人革命家：抗战时期的郭沫若》

大约十年前，我曾分别向自己的两位导师孙玉石先生和钱理群先生请教过一个问题：如果从作家论的角度选择研究对象，现代文学史上哪位作家还有可以进一步探讨的空间？记得孙老师的答案是老舍，而钱老师选择的是郭沫若。

钱理群老师之所以选择郭沫若，看重的是郭沫若在20世纪中国知识分子中的典型性、复杂性和无可替代性。这种典型性、复杂性和无可替代性差不多在郭沫若生命历程中的任何一个历史时段都有鲜明的体现。所以当刘奎设计博士论文的选题，试图研究抗战时期的郭沫若的时候，我欣然表示赞同，并隐隐约约地预感到，刘奎或许可以挖出一个高含金量的富矿。这种预感终于在他的博士论文《诗人革命家：抗战时期的郭沫若》中得到证实。

进入这个选题伊始，刘奎不是没有过犹疑甚至动摇。在后记中，刘奎写过这样的一番话：

> 博士毕业论文最终定题为抗战时期的郭沫若，还是让我不无顾虑。除了学力的问题外，更让我担忧的是，作为改革

的一代，或者说八〇后，我们真的还能理解那一代人么？我们又能站在哪个位置与他们对话？他们的历史经验对于当代真的还有意义么？更何况郭沫若又有些特殊，"文革"期间他的政治表态，使他往往容易遭致物议。以至于在跟别人谈及郭沫若时，任何人似乎都有资格指责他一通，而不需要阅读他的任何著作。在我看来，与其做一个历史虚无主义者，倒不如尝试着去理解，即便不同情，最起码也可做到历史地去看待他们。

我从中感受到的是，刘奎研究郭沫若的问题意识其实来自他这一代人所身处的"后革命"的历史语境，他首先直面的问题，是他所隶属的一代年轻学人是否还能理解以及应该如何理解郭沫若这样的具有相当的历史复杂性和丰富性的革命作家。而直面郭沫若的复杂性以及丰富性本身，或者把复杂性和丰富性作为一个前提性问题，构成的是刘奎所应对的基本课题，背后牵涉的是一代人理解20世纪中国革命史以及中国现代史本身这样的具有世纪性意义的大课题。而刘奎之所以选择抗战时期的郭沫若，还因为这一历史时段的郭沫若"不仅回应了'五四'时期郭沫若的复杂性，而问题的丰富性则或有过之"。我欣喜地看到，随着刘奎研究的渐趋深入，一个更具有复杂性和丰富性的郭沫若终于呈现在刘奎的笔端。

40年代的郭沫若的复杂性和丰富性体现在，相对于"五四"时期浪漫的文学青年，"抗战时期的郭沫若集诗人、学者、剧作家、革命者、政客乃至传统的士大夫等诸多角色于一身，且充分发挥了各自的优势，达到了他所理想的人格状态。这种现象本身就对我们的新文学史观提出了挑战，这除了旧体诗词要求更为开放的文学史观外，还在于他的历史剧、历史研究所展开的，新旧之间在抗战语境中的新的对话"。而刘奎需要处理的独属于抗战时期郭沫若的更核心问题则在于，"郭沫若如何以这种身份机制应对抗战与建国的时代问题，对于我们面对当代问题有何历史经验"。

正是基于还原特定历史时期特定历史人物的复杂性与丰富性的问题意识，刘奎试图将作家论与文学社会学结合起来，并为他自己的研究设计了一个"主体—表达—时代"的综合维度，进而考察战时郭沫若的各种身份和表达，与时代问题之间是如何彼此展开、相互作用的。而刘奎透视历史中的人物的一个贯穿性的视角，是集中分析郭沫若的"人格形态"，从而直面而不是选择规避郭沫若研究史中的重大议题。刘奎的基本判断是，虽然郭沫若抗战时期各种角色都尽其所能，"但从主体性的视角，他此时的人格形态，依旧受到浪漫美学主体的制约，是一个诗人革命家。诗人革命家不仅为他多元的人格提供了整体视野，更为重要的是它提供了问题和方法"。

所谓的"问题与方法"，在刘奎的研究视野中沿着两个方向展开：一方面是郭沫若以诗人革命家的身份介入了抗战时期的革命与建国想象；另一方面，作为一种所谓的"身份机制"，郭沫若的人格形态也在特定的历史时代因应与回溯了中国文化与政治传统。首先，对于郭沫若这样一个深刻介入了抗战时期中国政治和历史进程的"诗人革命家"而言，其核心关怀与诉求无疑是自身的文学表达与抗战建国的关系，"战争浪漫主义一度让他对战争充满了乌托邦幻想，但他最终将浪漫转化为了民众动员的力量、革命主体再生产的条件，从而使浪漫主义从文学的消费转向了社会领域的创造动能"。而更为重要的是,"浪漫"在郭沫若身上不仅仅呈现为诗人情怀,也决定了郭沫若以情感动员为基本方式的政治表达路径,刘奎着重分析的郭沫若"由情以达意"的动员方法、演说的表达方式、"情感教育剧"的美学形式,以及对苏联的乌托邦想象等均可归入此一路径。其次,刘奎也花了大量精力探讨郭沫若诗人革命家的身份机制在战时所得到的传统的支援:"虽然是激进的新文化代表,但抗战时期郭沫若创作了大量的旧体诗词,并与革命耆旧、文人名士有多唱和,这不仅是源于'旧形式的诱惑',也是基于文化救赎、社会交际的需要。但其独特处在于,他在分享'南渡'等旧体诗词传统以因应民族危机时,其革命家的历史视野则让他从美学救赎转向了历史救赎。"

也正是通过"历史救赎"的观察角度,刘奎把郭沫若与传统的关联性进一步推溯到"士大夫文化"流脉。在刘奎看来,兼及"政、学、道"的中国传统士大夫,不仅为郭沫若的诗人革命家的人格形态提供了依托,更为其功业或革命理想的实现指示了途径,尽管其在应对政党政治的现实格局的过程中不无曲折。譬如他效法廖平"托古改制"的方式,将孔子思想阐释为儒家人道主义,即可视为郭沫若为革命重塑道统的尝试,但这一尝试却遭到了政党政治的非难;再譬如,虽然现实的革命政权也亟需确立新的道统,中共还通过"寿郭"活动将郭沫若确立为鲁迅的接班人,但郭沫若"崇儒贬墨"的文化思路,最终还是导致了左翼知识分子及党内部分文艺工作者的不满;同时,他的《甲申三百年祭》又因有"为匪张目"之嫌,而受到国民党的批判。刘奎的这一部分研究充分揭示了郭沫若历史想象和历史研究的独立性和独特性,同时也揭示了郭沫若与政党政治间的复杂关系。

政党政治由此构成了影响郭沫若战时文化政治实践的另一个关键因素。正如葛兰西所指出，政党堪称是现代的君主，郭沫若要实现革命理想，也需借助于政党之"势"。刘奎写作中的历史感也正表现在对郭沫若与政党政治的纠结关系的辨识：郭沫若对"文艺如何动员民众"的持续的思考，回应了国民党国民精神总动员的政策；中共发动"寿郭"及戏剧运动后，郭沫若的《屈原》等历史剧写作，开创了左翼文化政治的新形式；而在"宪政"运动期间，郭沫若又以无党派身份参与其间，为"建国"大业积极奔走。"这是郭沫若革命理想与实践的经与权，也呈现了40年代的历史开放性"。

"经与权"的辩证，是刘奎总体把握抗战时期的郭沫若的一个核心而独特的线索。在刘奎看来，抗战时期郭沫若虽有着各种不同的文化或政治身份，但对革命却未曾须臾背离。无论是写诗、从政、诗词唱和、戏剧创作还是学术研究，郭沫若在充分释放他的诸种身份所蕴藏的能量的同时，并未外在于革命之"经"。而郭沫若在各种身份形态之间频繁且裕如地转换，都可以视为作为一个诗人革命家的"权变"。刘奎指出：

> 这种独特的经与权，是他与其他文化人或革命者的不同处。如果借用狐狸与刺猬这两种知识分子类型来看郭沫若，我们可以说，他看起来像狐狸，但实际上却是刺猬。……对于郭沫若来说，浪漫主义的诗化人格，是他多变的一面，而革命或历史精神则是他的统摄原则。也就是说，他身份上的改变，正是为了因应时代问题而作出的自我调整，是为了更为有效地介入现实所采取的斗争策略。……因此，诗人革命

家的身份，为郭沫若提供了切入现实问题的方式，他的诗人、学者、剧作家等不同身份，均可视为诗人革命家在回应时代问题时的具体形态，从而使他能与社会、文化、政治等取得有机关联。

刘奎的这些体认，都有助于深化对郭沫若形象以及历史作用的理解，也同时意味着一个历史研究者向历史语境的真正敞开中所获得的一种开放性视野。

正因如此，我尤其欣赏刘奎下面的表述中所体现出的作为一个年轻学人难能可贵的自觉意识：

> 这种开放性，又为郭沫若等知识分子的社会参与，和历史想象提供了条件。因而，诗人革命家不仅是郭沫若参与时代的方式，也是我们认识这个时代的视角，它开启的是一个主体与历史彼此敞开、相互作用的有机状态。这对于当下文学的边缘化、学术的体制化等现象，都不无借鉴意义。

也许，通过郭沫若研究，刘奎自己也逐渐开始找到一个研究主体"与历史彼此敞开、相互作用的有机状态"。在这个意义上，历史研究也就有可能不仅仅停留在一个"历史想象"的层面，同时历史也通过它的研究者有效地介入了当下的时代和进程，成为当下的研究者以及当下的社会总体感受历史的一个既动态又开放的视角。而这种研究主体"与历史彼此敞开"或许暗含着某种方法论意义，其启示意义在于，过往的历史由此获得的是一个动态的主体性，从时光尘封的故纸堆中被当下的研究主体唤醒，彼此在互证的过程中各自找到了表达的有效途径：历史通过研究主体获得表达，而研究者也通过被他唤醒的历史主体获得了向历史同时也就是向未来远景敞开的视野，正如刘奎隐含了内敛的激情的下列表述："我们之所以重新回到抗战时期的郭沫若，将他彼时各种身份、表达与时代问题加以考察，并非是要为这个时代增加一个分裂的历史主体，或一堆难以拾掇的历史碎片，相反，我们试图将郭沫若的每一种身份，他的每一种表达，都视为一种切入社会与时代问题的方式，或历史内部的一枚楔子，从整体上呈现一个与社会、历史有着密切关联的、有机的主体。这是本文的整体视野，也是我们回顾郭沫若的初衷，即为了打捞这种历史经验——尽管它往往呈现出一种未完成的状态，但他所开启的可能性，如主体与历史、文学与社会之间的相互关联，都值得我们再度回顾。这也是处于'后革命'语境中的我们，重拾郭沫若的某种不得已的途径。"

刘奎的研究中鲜明而自觉的当下意识也正在此。通过他的研究，郭沫若这一在后革命语境中有争议的历史人物真正获得了历史性，也从而获得了当下性。换句话说，如果没有研究主体与历史人物彼此敞开、相互作用的"历史研究"，历史人物或许就永远化为"历史"而无法成为后来者的可堪鉴照的历史之镜。在这个意义上，历史研究者所做的堪称是擦拭历史之镜的工作，也无异于为当今的社会总体提供照亮历史通道的折光，因此，这样的历史研究也是直面当下并指向未来的。

而刘奎对"诗人革命家"的形象设定，也使作为一个文学家的郭沫若显示出独特意义，最终事关我们对文学史研究的本体价值的体认。正像刘奎在余论中引述郭沫若在1943年所说的一句话："史学家是发掘历史的精神,史剧家是发展历史的精神。"在郭沫若的这一表述中,"史剧家"也可以替换为"文学家"。虽然史学家和史剧家都关乎"历史精神",但是在郭沫若眼中,史剧家是在"发展历史的精神",这种"发展观"或许也能够成为一个文学史研究者独特的历史研究取向。这也正是刘奎强调郭沫若身上一以贯之所禀赋的浪漫主义的意义:"更为关键的是,郭沫若是从浪漫主义文学转向革命的,浪漫主义的有机体观念、宇宙的目的论等,都从精神和观念的层面强化了黑格尔与马克思主义的历史精神。"其实,对于一个诗人革命家来说,郭沫若或许并不满足于所谓对历史精神的强化,而更渴望的是对历史精神的"发展",而正是这种"发展",许诺的是一个文学家对历史的具有主体性的介入,同时也就指向了历史发展中的现实进程,进而蕴含的是历史的未来维度。

最后我想强调的一点是,刘奎的这部书稿几乎完全基于第一手资料。在答辩会上,孙玉石老师特别指出,全书三十几万字,上千条注释,没有一个注取自《郭沫若全集》,而是全部来源于原刊和初版本。说到此处,孙老师颇为动情:"我为北大中文系骄傲。"孙老师的这句话一时间也令我动容,眼里禁不住有些湿润。也许我当时的感受是,刘奎的学风至少得到了我所尊敬的老师一辈的学者的认可,我由衷地希望并且相信这种认可会成为刘奎继续从事学术研究的持久的动力。

第六辑

从"小世界"到"平行宇宙"

当年读号称"西方《围城》"的《小世界》,就喜欢上了戴维·洛奇的学院小说,此后陆陆续续读了他的《换位》《天堂消息》《大英博物馆在倒塌》《作者,作者》。今年由于关注学院派创作的主题,便又读了洛奇晚近创作的《失聪宣判》。这部小说一如既往地延续了《小世界》中的谐谑风格。在洛奇看来,失明是悲剧,失聪则是喜剧,语言学系主任贝茨教授的失聪本身就有喜剧意味,由此,小说中由于贝茨的"高频性耳聋"导致的一出出喜剧情境似乎更具有某种寓言性,连同洛奇的学院小说《换位》《小世界》,继续成为越来越具有喜剧色彩的中国学院派的一面足可鉴照的镜子。

洛奇的《换位》出版于1975年,这一年也诞生了另一部学院小说经典——马尔科姆·布雷德伯里的《历史人》。与洛奇相似,布雷德伯里也是集小说家和批评家于一身的学者,但阅读《历史人》的体验却似乎不像读洛奇的学院小说那么顺畅,而是一次难称轻松的旅程。于是想到洛奇在《小说的艺术》中曾经是以《浮在表面》为题来点评《历史人》的,称这部小说"叙述时态用的是现在时,这更进一步加强了它的'无深度性'。""在这部小说中,叙事话语被动地追循着小说中人物的一举一动,对于未来是无知的。"

洛奇的"无知"的判断对我深有触动,由此联想到中国的大学真正的问题或许也是对于未来的"无知",国人似乎越来越不知道什么是大学精神,也大都对中国高等教育向何处去感到茫然无知。如果说,戴维·洛奇的一幕幕学院喜剧中还保留着学人最后的底限,即对真理的敬畏,那么反观我们自己的高校,进入21世纪之后,作为一个大学最核心的东西——真理的追求与独立的思考——却基本上被现实性的欲求与功利性的追逐替代了,也称得上是另一种意义上的"换位"吧。

从布雷德伯里到洛奇的学院小说,浮在讽喻的底色上的毕竟是层出不穷的英式幽默,令人忍俊不禁。而读伊朗作家阿扎尔·纳菲西的《在德黑兰读〈洛丽塔〉》,却感受着极端情境下的作者所承受的那种沉重甚至可以说超重的心理负荷。文学教师纳菲西所教授的西方小说经典被当局作为"西方流毒"禁止,于是纳菲西偷偷在自己家里给女生们开"文学课",坚信"所有传世的小说作品,不论其呈现的现实多严酷,皆有一股借着肯定生命来对抗生命无常的基本反抗精神。这份肯定来自作者以自己的方式重述故事,掌控小说中的现实,进而创造出一个新的世界",伟大的艺术品由此构成了"对人生的背叛、恐惧与不义的反抗"。如果说,纳菲西书写的阅读行为本身就是对集权现实的一种反抗,那么在门罗笔下,"反抗"则表现为一种"逃离"。读《在德黑兰读〈洛丽塔〉》的沉重感在2013年初夏对门罗的短篇小说集《逃离》的阅读中再次强化了。小说中书写的女性主人公的一次次现实中的逃离或者意念中的"逃离",最后给我留下的都是一种沉重感,这种沉重感是慢慢袭来的,但最终却是渗入骨髓的,直到深秋传来了门罗获得诺贝尔文学奖的消息的时候,心底深处依旧感受到小说力透纸背的那种加拿大特有的寒意。

或许急于逃离这种小说阅读带来的沉重感,当与科幻小说暌别多年之后,从阅读刘慈欣开始,整个暑假都沉醉在科幻小说带来的欣悦的体验之中。

早就从学生那里听闻对"三体Ⅲ"的着迷,我也就先从"三体"的第三部《死神永生》读起,之后一发不可收拾,又读了"三体"的前两部,读罢继续搜集刘慈欣更早的几部长篇科幻小说《白垩纪往事》《魔鬼积木》《超新星纪元》和《球状闪电》,以及他的几本科幻短篇小说集。

刘慈欣的小说让我领略到了中国科幻小说所达到的高度。从想象力的角度评价,或许可以说,刘慈欣在科幻小说领域扮演的是金庸在武侠小说领域的角色,堪称达到的是国人想象力的某种极致。正如严锋给《死神永生》写的序言中说的那样:

> 大刘的世界,涵盖了从奇点到宇宙宇边际的所有尺度,跨越了从白垩纪到未来亿万年的漫长时光,其思想的速度和广度,早已超越了"可上九天揽月,可下五洋捉鳖"的传统境界。《三体Ⅲ》对宇宙结构的想象,已经开始涉及时间的本质和创世的秘密。

随后翻阅英国学者亚当·罗伯茨的《科幻小说史》,发现其中似乎没有谈及一部中国人写的科幻小说。相信未来的世界科幻小说史中会有刘慈欣的一席之地,就像刘慈欣所推重的科幻小说的大师阿西莫夫所占据的那样。

阿西莫夫的"银河帝国"——这被媒体誉为"人类历史上最好看的系列小说"伴随了我长夏的最后一段时光。读了七、八本"银河帝国"系列之后,兴之所至,连带着翻阅了若干本在我的书架上尘封了许久的关于宇宙学方面的科普书:《时间简史》《时间之箭》《环宇孤心——探索宇宙奥秘的故事》《上帝与新物理学》等,继而又购买了最近两年翻译过来的卡尔·萨根的《宇宙》、保罗·戴维斯的《宇宙的最后三分钟》,以及刚刚问世由刘慈欣作序的《隐形的现实——平行宇宙是什么》(人民邮电出版社,2013年)。《隐形的现实》的作者是美国著名理论物理学家与超弦理论家布莱恩·格林,曾经在2011年出演著名情景剧《生活大爆炸》,在剧中介绍他的这本最新的科普著作。《隐形的现实》告诉读者,我们在现实中看到的宇宙可能不过是无数平行宇宙中的一个,这些隐藏着的平行宇宙包括:百衲被多重宇宙、暴胀的多重宇宙、弦的多重宇宙、量子多重宇宙、全息多重宇宙、虚拟多重宇宙和终极多重宇宙。如此匪夷所思却都具有科学理论依据的"平行宇宙"图景堪称在读者的大脑中刮起了想象力的风暴,最终印证了刘慈欣的说法:

> 人类历史上最伟大最美妙的故事,不是游吟诗人唱出来的,也不是剧作家和作家写出来的,这样的故事是科学讲出来的,科学所讲的故事,其宏伟壮丽、曲折幽深、惊悚诡异、恐怖神秘,甚至浪漫和多愁善感,都远超出文学的故事。

这种观念让我悚然一惊，它可能冲击的是文学研究者对文学想象力的限度的思考，甚至冲击的是威廉斯所贡献的人类"情感结构"的重要文化范畴。

在我 2013 年的阅读中，威廉斯的《乡村与城市》（商务印书馆，2013 年）占据着重要的位置。被誉为 20 世纪中叶英语世界最重要的马克思主义文化批评家，文化研究的重要奠基人之一，"战后英国最重要的社会主义思想家、知识分子和文化行动主义者"的雷蒙·威廉斯，在《乡村与城市》中勾勒的是关于人类文明史中城市与乡村的大叙事，并在书中进一步完善了他所贡献的"情感结构"（也译成"感觉结构"）的范畴。

"情感结构"的概念之所以一直受到青睐，可能在于它在诸如经济基础、上层建筑、意识形态这些略嫌冰冷的概念之上提供了一个相对软性的范畴，进而涵盖的是人类具有整体性的经验和情感图景。但"情感结构"的微妙性甚至悖论性在于，虽然威廉斯认为文学作品可以体现情感结构，但倘若把情感结构完全落实到文学领域他又有所不甘。在《漫长的革命》（上海人民出版社，2013 年）中，威廉斯指出：

> 我们所描述的感觉结构最迷人的地方在于：它存在于几乎所有的我们现在当作文学作品来读的小说中，也存在于如今已被忽略的通俗小说中。各种各样的反映都是真实的，也的确有着魔法般的力量。

这个魔法力量就产生于文学作品中的情感结构。威廉斯本人也善于在论著中援用文学经验和艺术对象，因为文学艺术具有独异的特殊性：

> 人的全部行动构成了整个现实，艺术和我们通常所谓的社会都包含于其中。我们现在不把艺术拿来跟社会作比较，而是把艺术和社会都拿来跟人类行为和感觉的整个综合体作比较。我们发现有些艺术所表达的感觉是社会无法在其一般性格中表达出来的。

社会提供的是经验的一般性、普遍性，只有文学和艺术才能够提供特殊性，这种特殊性是一般经验所无法涵盖，无法穷尽，无法抽象的。所以，虽然"情感结构"的概念在威廉斯这里有点玄虚，似乎他就是不肯把情感结构落实到人类的审美经验中，落实到文学和艺术经验之中，但实际上文学艺术是支撑他的情感结构的无法替代的重要领域。这也恰是文学作品的意义之所在。

而通过一系列科幻小说和科普读物的阅读，我突然意识到，在人类的"情感结构"之外，或许还存在一个"想象结构"的范畴，这种想象结构既被文学所分享，也存在于科学所讲的故事中。正如刘慈欣所说："科学不是想象力的桎梏，恰恰是想象力的源泉和翅膀。"

"文学保守自己的秘密"

2012年的文学阅读始于洪子诚的《我的阅读史》，在元旦的和煦的阳光里开始阅读洪先生的这部关于"阅读"的书，为我整个一年的阅读带来了一个好的开端，似乎也重新激发了我阅读文学作品的热望，从而也使这些年来已经渐次衰减的文学阅读激增了起来。这一年读的小说作品有夏目漱石的《三四郎》《后来的事》《门》，有戴维·洛奇的《失聪宣判》《作者，作者》，有罗贝托·波拉尼奥的《2666》，有阿利桑德罗·巴里科的《海上钢琴师》《用吉他射击的人》，有保罗·乔尔达诺的《质数的孤独》，也有莫言的《蛙》；诗歌作品则有外语教学与研究出版社出版的多种"英诗经典名家名译"，阿多尼斯的《我的孤独是一座花园》，以及几首有望载入新诗史册的中国诗人的长诗创作。

《我的阅读史》（北京大学出版社，2011年）是洪子诚先生怀着温暖和忆恋的心境缅怀自己多年的阅读历程的一本书，收的是洪子诚近些年关于阅读经验的札记，带领读者重新回到契诃夫、加缪、帕斯捷尔纳克、纪德，回到巴金、郭小川、牛汉和王蒙，也重新进入当代学者乐黛云、黄子平、戴锦华及日本学者丸山昇的世界。这部关于"阅读"的书,具有极具个人性的情感方式以及独一无二的观照视角,从中可以读出一种真正个人化的阅读是如何在漫长的时光中塑造了一颗对世界既充满温情又保持审慎距离的心灵。譬如书中描述作者从上中学到80年代,一共读过三次《钢铁是怎样炼成的》,每次带来的都是"很不相同的体验","当初那种对理想世界的期待和向往,那种激情,逐渐被一种失落、苦涩的情绪所代替";而60年代初期的契诃夫则带给作者一种"新的感性",带来"那种对细节关注,那种害怕夸张,拒绝说教,避免含混和矫揉造作,以真实、单纯、细致,但柔韧的描述来揭示生活、情感的复杂性的艺术"。这种无以替代的阅读体验中浓缩的是中国一代学院知识分子在共和国历史中积淀的世纪性的情感、记忆乃至"精神遗产"。

洪先生的阅读史还提供给我对80年代现代主义影响中国文坛的历史语境的重新体认。现代主义之所以在80年代中国文坛风靡一时,并不仅仅是纯粹形式上的和语言上的原因。正像洪先生所揭示的那样:我们那时关注的是现代主义文学表现出的对人的处境的揭示和对生存世界的批判的深度,譬如文坛对卡夫卡的《城堡》的关注,就与对"十七年"以及"文革"的记忆及反思密切联系在一起。而萨特热所造成的存在主义的文学影响,更是直接关涉着对存在、对人性以及人的境遇的新的意识的觉醒。文学因此内涵的是"社会承担的意识"以及建构反思性历史主体的重任。

对于莫言在2012年末获奖这一事件的最好的言说方式,莫过于坐下来认认真真地阅读他的作品。对长篇小说《蛙》(上海文艺出版社,2012年版)的阅读似乎赶了一个诺贝尔奖的"时髦",但如果并不炫目于刚刚笼罩在《蛙》上的诺奖光环,而是忠实于自己的阅读感受，从不同的面向进入文本，才真正有望阐释出小说中繁复的甚至是悖论性的语义空间。在《蛙》中，"生命""政治""历史"三个维度，共同交织出对这部小说的总体阐释视野，而三个维度经常处于纠缠的、矛盾的和一种悖论式的关系中。譬如，政治的出发点，是为了人的生存，人的合理的发展，人的健全的生长，但政治在历史实践过程中却经常会走到它的反面。这种政治和生命、历史的纠缠关系，在《蛙》中呈现的正是一种固有的矛盾性，进而呈示着共和国60年历史本身固有的繁复图景。

2012年堪称是中国文坛的"史诗年"，有相当多的诗人贡献了自己的长诗或者说史诗创作。就我所读到的具有"现象级"意义的诗歌就有欧阳江河的《凤凰》、翟永明的《随黄公望游富春山》、北岛的《歧路行》以及西川的《万寿》（均载于《今天》杂志2012年春季号"飘风特辑"）。

早在1985年，欧阳江河就曾经写过一篇题为《公开的独白——悼念埃兹拉·庞德》的诗作，表达了对庞德的景仰，庞德也被视为诗歌的不朽精神以及难以逾越的标准。时光过了近30年，欧阳江河找到了膜拜庞德的更好的方式，那就是在新世纪重拾庞德在20世纪上半叶所展现的现代史诗的蓝图，以其《凤凰》在21世纪一个新的历史时空交叉点上思考和实践当代史诗的可能性。欧阳江河的长诗《凤凰》在构思上受徐冰的同题大型艺术装置《凤凰》的启发，两个不世出的"凤凰"因此具有了一种共生和互文的关系，共同构成了当代世界的"现象学"意义上的征候性。如果说徐冰的《凤凰》以其意蕴极度宽泛又高度浓缩的物态结构提供了一个当代世界的视觉抽象，蕴含了雄浑而丰富的艺术灵感和象征意义，欧阳江河则在徐冰《凤凰》的原初形象的基础上，力图营造一种当代史诗的形态，追求一种全景式的容量，涵容了全球化后工业时代才可能具有的繁复而斑斓的物象，最终以诗艺的形式构建了关于当代世界的"现象学"。

《万寿》则可以读成一部讽喻史诗。借助于"讽喻"，西川构建了最为超越的一种美学风格和叙述姿态，用讽喻的方式对一部充满喜剧性的晚清历史进行极具超越性的叙述。晚清时代在我本来的体认中称得上是中国历史最具悲剧性的时代，而西川则让我们看到了晚清的喜剧性。《万寿》也由此颠覆了我对晚清一直具有的忧郁感和悲剧体验。在我读过的诗中，《万寿》也堪称具有最繁复的声音，既有担负着讽喻化使命的历史叙述者的声音，也有诗人自己的人格化的声音，还有诗中人物戏剧化的声音。诸种声音的并存本身塑造了史诗的多声部美学，意味着言说与叙述历史的方式的多样化。历史的面貌也由此驳杂，而不是只有一个权威叙述者一手遮天。隐含在多重声音背后的，则是一种复杂化多面性的历史观。

翟永明的《随黄公望游富春山》则表现的是诗人"在'未来'的时间里／走在'过去'的山水间"的启悟历程，这首未完成的长诗借助于黄公望著名画作《富春山居图》的透视角度，境界开朗，感受细腻，传达的是有着丰盈的内心世界的诗人对于中国历史的温婉而灵动的体贴与颖悟。

读洪子诚的《我的阅读史》，感动于书中表现出的洪先生对作家心灵的秘密以及对文学固有的秘密的谦卑与尊重。而当莫言的《蛙》中以一种尊重历史和人性的复杂性与神秘性的态度有节制地呈现历史图景的时候，小说表现出的就是一个最好的值得期待的莫言，同时也是独一无二的莫言。《蛙》的可取之处正在于它的独一无二。当2012年临近尾声，我读到秦立彦以流畅的译笔翻译的希利斯·米勒的《文学死了吗》（广西师范大学出版社，2012年），深深触动于这一耶鲁文学大师对文学的"虚拟性"的强调以及对"文学的陌生性"的坚守："我们称之为文学作品的这些虚拟现实，其主要特征是什么？特征一：它们互相之间都是没有可比性的。每个都是特别的、自成一类的、陌生的、个体的、异质的。借用霍普金斯的一句话说，文学作品是'反的、崭新的、少的、奇特的'。这种陌生性也让它们彼此疏离。""二是'文学保守自己的秘密'。隐藏秘密，永不揭示它们，这是文学的一个基本特征。"

"文学的陌生性"和"文学保守自己的秘密"在米勒那里都上升到文学的基本特征的高度来加以论说，是界定文学本体论的重要维度。从陌生性的角度说，真正好的文学都是彼此不同的，彼此保持着疏离的陌生的"人生若只如初见"般的姿态，而远离拉帮结伙以及相濡以沫。从这个意义上说，我们这些"文学研究者"干的其实是南辕北辙的事情，从事的是使文学去陌生化，或者说"祛魅"的活动。当2012年随着世界末日的预言一起飘逝之际，或许也到了文学恢复其固有的神秘感和陌生性的时候了。我从洪子诚先生的《我的阅读史》、莫言的《蛙》以及西川和翟永明对历史的诗性呈现中所读到的，正是对于文学秘密所持有的尊重。

别有一种会心

阅读自己的师友与同事的学术著作，比起不相识的学者，往往别有一种领悟和会心。因为熟识，在字里行间就能更多地领受和体会到师友人格的魅力和个性的斑斓，从而更能把"学"与"人"互证。而即将过去的 2016 年，大约是我阅读自己的师友与同事的专著最多的一年。

2016 年的阅读是从孙玉石老师的《新诗十讲》（中信出版社，2015 年）开始的。孙老师的新诗导读曾经开启了几代北大中文系学子以及新诗爱好者的诗心。我最初正是在孙老师的新诗导读课上初窥现代诗的门径。至今犹记孙老师讲授戴望舒的诗：

> 我思想，故我是蝴蝶……
> 万年后小花的轻呼，
> 透过无梦无醒的云雾，
> 来震撼我斑斓的彩翼。

感觉那一首首朦胧而优美的新诗，有如诗性的蝴蝶，舒展着斑斓的彩翼，是美的精灵的化身。这次阅读《新诗十讲》，仿佛重回青涩的大学时代，重启领悟诗美的历程，由此对孙老师的学术研究所追求的"历史的、审美的、文化的"的三位一体，似乎有了更深的领悟。而对于像孙玉石老师以及洪子诚老师这样的诗歌研究者，"审美的原则"构成的是学术生命的灵魂。

洪子诚老师的《材料与注释》（北京大学出版社，2016年）也给了我别样的阅读经验。这本书为文学史研究展示了别开生面的视野，一读之下，会拍案感叹当代史还可以这样研究。洪老师对自己所钩沉的具有重大历史价值的史料，选择了把材料与注释进行互读的研究形式，从而为讲话稿、会议记录一类重要的历史文本找到了言说与探讨的新理路。对于后革命或者后社会主义时代的年轻读者来说，借助于作者在注释环节所补充的相关历史背景、文学事件、人物关系，在进入复杂的历史语境和鲜活的历史现场的同时，也触摸到一种理解、认知以及重现历史的独异之门。而只有体察到这种独异性，才能领悟洪老师治学之与众不同的品格。

而钱理群老师近几年的诸多著作，大都蕴含了一种沉重的幸存者意识：所谓"幸存者意识"，在钱老师的体认中，是经历了漫长历史的风云变幻之后，"我还活着"的醒觉，因此那些已逝的生命，"他们存在于我的生命之中：无声地站在我的身后，支持我，激励我，又要求我，监督我，当我提起笔来时，无法不听从这些无声的命令：我是为他们写作的"。这种幸存者的身份意识，也贯穿在新著《岁月沧桑》（东方出版中心，2016年）中，并与作者始终追求的历史的记录者、讲述者、反思者的形象融汇在一起，最终勾勒出一个坚守者的鲜明的自我素描。"坚守"不仅是作者从研究对象身上概括出的所谓知识分子的世纪精神，更是历史主体得以建构的价值依托,是价值论对历史叙述的主体性渗透和介入。这种主体性既可以看成是研究对象的,也是钱老师自己的。

对于一直从事中国近现代学术史以及文学史的研究与教学,尤其是这些年来在大学教育领域倾注了极大的热情和精力的陈平原老师来说,《作为学科的文学史——文学教育的方法、途径及境界》(增订本,北京大学出版社,2016年)既是长期思考和累积的学术成果,也是对作者的相关研究领域具有集大成意味的一次总结。而本书探讨的那些兼具历史性和现实性的学术话题,则集中呈现了作者对中国近现代乃至当代文学史学科的历史反思性,并将持续地在当代文学教育和学科建设进程中,启示我们思考何为理想的文学教育,从而事关中国学院教育未来的远景。本书最终提供给学界的,是一个反思现代文学史的观念、体例、制度、教育等因素的综合性视野。

如果说阅读自己的老师辈的学者的上述著作,如沐春风;那么读自己的同事与友人的书,则如切如磋,领悟与会心中还始终伴随着一种砥砺之感。

张旭东先生的《文化政治与中国道路》(上海人民出版社,2015年)对我这种多少有些悲观倾向的人来说,启示的是一种乐观主义的历史远景。这种乐观主义根源于作者对历史的连续性和整体性的辩证构想。在有些人眼里,这是一个丧失了整体性的年代,分裂和破碎是我们这个时代的症候,结果是我们越来越无法建立一个具有整体感的"认同"。认同之所以重要,是因为它确证的是"我是谁,我从哪里来,我到哪里去"的大问题。从大的方面说,"我"是民族主体,背后是中国文化和政治主体性的构建问题,也是中国道路的主体性问题。而从次一级维度上说,这个"我"则是思想者共同体，或者说是知识分子共同体。因此读了本书后感到沉重的是，当今中国反而是在知识分子阶层最缺乏关于中国文化和政治道路的认同性基础，这也是难以构建一个关于中国道路的能够得到最广泛共识的整体叙事的原因之所在。正像书中所说：我们的"困难恰恰在于共识的确立"。或因如此，张旭东把当下历史始终的未来指向和关于未来的远景叙事作为自己思考中国历史和中国道路的出发点，可以使我们破除历史决定论和历史本质论的迷思。没有关于未来的视野，也最终无法生成关于过去的叙述。

王风兄的《世运推移与文章兴替——中国近代文学论集》（北京大学出版社，2015年）是近些年现代文学同行学者中最见功力的著作之一。该书讨论的核心议题，是中国现代转型过程中，书写语言与文章体式的曲折演变。作者的卓见在于，语体转型并不是白话简单替代文言的过程，相当一部分现代书写因素恰恰是在文言内部生成的。该书表现的是王风持论精良而又谨严的学术个性。而《琴学存稿》（重庆出版集团，2015年12月）则展示的是王风对古琴的精深造诣，既有梳理琴派源流及琴曲流传的严谨到苛刻的考据论文，又有关于古琴历史和乐理知识的轻松对话、问答，反映了作者风趣幽默的另一重性格。而对我这个古琴的外行来说，该书既阳春白雪和曲高和寡，故作者虽为再熟识不过的同事兼友人，读罢依然令人油然升腾仰慕之感。相形之下，姜涛兄的《公寓里的塔——1920年代中国的文学与青年》（北京大学出版社，2015年11月）则更使我感到亲和，该书以"五四"之后社会思潮的分化为大背景，择取大时代中若干人物、现象、群体、事件为个案，探讨青年与文学的互动关系，是这些年来真正把社会史与文化史视野落实在现代文学研究中的学术实绩。

此外，刘禾主编的《世界秩序与文明等级》（三联书店，2016年）、陈晓明的《众妙之门——重建文本细读的批评方法》（北京大学出版社，2015年）、孙郁的《民国文学十五讲》（山西出版传媒集团 山西人民出版社，2015年）、程光炜的《文学史二十讲》（东方出版中心，2016年）、解志熙的《文本的隐与显——中国现代文学文献校读论稿》（北京大学出版社，2016年）、杨联芬的《浪漫的中国》（人民文学出版社，2016年）、罗岗的《英雄与丑角》（人间出版社，2015年）、高文君的《郁达夫在名古屋》（南京大学出版社，2015年）、邵燕君的《新世纪第一个十年小说研究》（北京大学出版社，2016年）、张洁宇的《独醒者与他的灯——鲁迅〈野草〉细读与研究》（北京大学出版社）、谢保杰的《主体、想象与表达：1949—1966年工农兵写作的历史考察》（北京大学出版社，2015年）、张春田的《革命与抒情：南社的文化政治与中国现代性（1903—1923）》（上海世纪出版集团，2015年）、李国华的《农民说理的世界——赵树理小说的形式与政治》（上海书店出版社，2016年）、李松睿的《书写"我乡我土"：地方性与20世纪40年代中国小说》（上海人民出版社，2016年）、方星霞的《京派的承传与超越：江曾祺小说研究》（南京大学出版社，2016年），都是2016年度印象深刻的同行的佳作。

"那年我们坐在淡水河边"

那年我们坐在淡水河边
看着台北市的垃圾漂过眼前
远处吹来一阵浓浓的烟
垃圾山正开着一个焰火庆典
于是我们欢呼——亲爱的台北市民
缤纷的台北市
垃圾永远烧不完
大家团结一条心

唏哩哗啦下了一阵雨的那一天
大家都有信心不怕危险
淹水淹得我们踮脚尖
塞车塞得我们灰头又土脸
于是我们欢呼——亲爱的台北市民
荡漾的台北市
刮风下雨不要紧

大家团结一条心。

80年代中后期读本科的时候，我曾经一遍遍地听罗大佑1984年的专辑《家》里的这首《超级市民》。85级的同学还曾用这首歌的曲调填词，作为北大中文系山寨版的"系歌"传唱一时，记得第一句是"那年我们背着行李来求学，看着这个新世界快乐又新鲜"。罗大佑的这首歌由此也深深地介入了我们这一代人青春的校园记忆和反叛的政治文化。

这次在农历七夕之日赴台参加由台湾政治大学中文系与复旦大学中文系联合主办，大陆台商潘思源先生赞助的"跨越与开放——2010两岸青年研究生文学高峰论坛"，一个心愿即是在当年曾属于罗大佑的淡水河边坐坐。当我终于在淡水河边"老夫聊发少年狂"，用五音不全的嗓子给几个80后学子唱起"那年我们坐在淡水河边"的时候，一时竟难掩内心的激动。我们沿着河边的淡水老街漫步，街边一家家缤纷的店铺贩卖着台湾小吃和旅游纪念品。淡水河对岸是山峦的剪影，夜色中静穆安详，白天旅游车经过时是一片葱绿，已经不再有罗大佑歌中唱的"垃圾山正开着一个焰火庆典"的风景。在每个观光点都为大陆师生免费拍照制成光盘赠送，也赢得了大陆师生们由衷喜爱的台北导游杨导曾特别自豪地说，台北现在甚至已经很难看到垃圾桶，更不可能看到垃圾焚烧的场景，垃圾的丢放都定时定点，井然有序，垃圾分类工程也非常成功。而七天的台北之行也没有塞车的经历。罗大佑歌中所唱这些一度出现在80年代台湾经济腾飞期的环境问题如今在台北已经成为过去。也许同样成为过去的还有罗大佑的歌。我曾经问过被大陆师生誉为最可爱的台湾人——政治大学负责这次交流活动的张堂錡老师，也问过同行的北大中文系的雅娟和松睿等同学，他们都没有听过罗大佑的这首歌。也许罗大佑的时代已经离台湾也离大陆远去了，他的政治讽喻和文化乡愁或许只存留在我们所隶属的这一代人的记忆里。

我们这一代学子当年其实是通过邓丽君、罗大佑以及风靡一时的台湾校园歌曲最初接触海峡那端的台湾文化的。而罗大佑歌声中倾述的迷漫的乡愁和文化漂泊感更是深深地镌刻在我们这一代人的心中。他的"亚细亚的孤儿""台北不是我的家""飘来飘去"都以一种文化的乡愁和在现代都市中找不到归宿感的浪子情怀，撩拨着一颗颗年轻动荡的心，成为80年代人的音乐圣经。而我也通过罗大佑的歌对台湾产生了一种近乎"文化的乡愁"的感觉。这次台北之行更印证了这种文化乡愁般的体验，仿佛台湾构成的是中国传统文化的故乡，就像当年卞之琳在日本的土地上更能体验到中国盛唐文化的遗存一样。卞之琳在作于1936年的散文《尺八夜》中说他在日本"常常感觉到像回到了故乡，我所不知道的故乡"，所目睹之风物，也"大概是我们梦里的风物，线装书里的风物，古昔的风物"。酷似卞之琳的体验，我总感到大陆失落的古典韵致与传统意绪似乎也完好而且活生生地保存在台北的日常生活之中。我们此次台北之行还参观了中央研究院内的胡适故居、与台北东吴大学毗邻的外双溪素书楼的钱穆故居以及坐落在阳明山腰的林语堂故居。这三位20世纪的中国文化巨人都是在晚年选择居留台北，或许正因为在台北找到了中华文化的归宿感吧？

刚从台湾归来，同行的燕子同学就把《超级市民》的mp3发给了我，于是再度重温罗大佑的这首政治讽喻的经典，感到大陆似乎正经历着台北当年曾经历过的一切。前一段时间看过一个题为

《垃圾围城》的摄影展，青年摄影师王久良花了一年的时间拍摄北京周边的垃圾，深切地意识到北京城其实已经被垃圾所团团包围，五环六环外垃圾如山，对土壤、水源均造成了严重的污染。堵车更是北京遭遇的世纪难题。而我在歌声中更深切地意识到的却是我们普遍匮缺的是罗大佑在歌曲中传达的政治参与感和文化责任感，更匮缺的是罗大佑的戏谑反讽的姿态和现实批判的精神，是那种"大家团结一条心"的群体的连带感和生存的一体感。或许台湾正是借助这种"团结一条心"而逐渐克服了生态和环境问题，为我们贡献了一个文化模式以及环境生态的成功案例。而更令我们大陆师生感怀不已的，是此行所接触到的台湾人的深厚人情味，是他们所表现出的一种从容不迫的恬静心态。也许环境问题是容易克服的，而民众心理状态与道德伦理的重建，则更加任重道远。

对大陆学子来说，这次台湾之行最可贵的收获或许正在于对这种社会以及文化责任感的体认。回到校园后，国华同学就写了一首诗，抒发台北之行的观感：

> 两岸金风木叶多，
> 七夕明月旧乡愁。
> 文明如故人情厚，
> 心事浩茫问九州。

我隐约领悟了他这一代80后的"心事"究竟为何，或许与鲁迅当年的"心事浩茫连广宇"有同样的深广吧。

记忆的美学

此刻,我再度翻阅的是赵园先生为她的母校北京大学90周年校庆写的纪念文字:

> 我也曾到过一些地方。一位现代作家说过,人们在其中生活过的城市可分两类,一类犹如乡土,一类如同旅馆。北大或多或少地类似于乡土,它不是那种你可以无所牵系地从中走出的世界。你未必爱他到无所保留,你却会在听到别人提起它时怦然心动,如在异乡聆听乡音。我也分明知道,我对于北大的这份感情多少也因我离开了北大。即使故乡,对于久居其间的人们也是无所谓魅力的。还是这样,远远地看着它,倾听着它,想着它,于我更好些。我已变得小心翼翼,惟恐损失了心灵中仅剩下的这一些柔情了。

至今仍记得当初第一次读这段文字时的冲动,想象自己也会在某一天远离北大,在世界的某个偏僻角落"远远地看着它,倾听着它,想着它",心中流涌的是一种对昔日恋人般的柔情。然而,十几年又过去了,"曾经北大"的我,至今仍没有转出这个校园。"曾经北大"所包含的"过去时"在我这里也许将永远成为一种"正在进行时"。

"曾经北大"这种表述的魅力在于把北大变成一种曾经有过的记忆。你曾在那里生活过、学习过、挣扎过、爱恋过。而如今这一切都已离你远去,北大生涯已定格为记忆中的存在,你与它在时间与空间上的双重距离都使它显得更加幻美。然而它却并没有真正离你而去,依旧会在你苍凉的人生中某个不经意的瞬间唤起你久违的伤感与柔情。这就是"曾经北大"的人们所具有的得天独厚的体验与记忆。

而我或许由于一直没有离开北大的缘故,对于北大总有种久居其间而不知珍惜的感觉。北大的生活,对于我是一种家居。就像人们常常产生"围城"的体验一样,我一度曾试图逃离北大,以借此体验一下"曾经北大"的那种心境。哪个浪子在回头之前没有到外面的世界闯荡过一番呢?

然而,"身在北大"已是我的宿命。我需要的是在家居中找到一种新鲜感,重新激发对北大的热情;我需要的是一种距离,凭借这种距离使我重获一种对母校的审美感受。

既然身在北大,又到何处去找这种距离呢?也许,我所能找到的范畴只有一个,那就是"记忆"。

有了记忆的维度,北大的生活对我来说就成为一种双重性的生活,一部分的我自然生活在北大的现实中,而另一部分的我则生活在对北大的怀想中。我不知借助这种记忆与怀想是否能把北大推远,推成巴赫金所谓的"远景",由此获得那些"曾经北大"的人所具有的对母校的幻美体验。

然而，对普鲁斯特的《追忆似水年华》的阅读使我意识到"记忆"的幻象性以及欺瞒性。普鲁斯特告诉我们，每个人其实都是自己的囚徒，是自己的过去以及记忆的囚徒。除此之外，没有任何其他什么东西能够囚禁我们。过去就是一个无形的囚笼，但它与有形的囚笼的区别在于，它使人自愿地沉湎其中，却又似乎无所伤害，因此人们很少对它警惕。而在所有的美学中，记忆的美学无疑是最具蛊惑性的。

罗兰·巴尔特曾说，简单过去时是一种给人以安慰和安定感的时态，因为它表明所叙述的事情已经发生了，并完好如初地保留在过去，没有什么可以使它们改变。"时间已无法抢夺它们了"。然而正像一位友人的信中所说的那样："后来我发现不是这样的。现在和将来依然对过去虎视眈眈。"过去的记忆其实从没有完好无损，时间总是在无情地剥蚀着它，现在和未来的维度也在重构着它。即使没有时间的剥蚀与重构，过去也依然是一个最大的幻象，而且我们沉浸其中还不知道已然受了欺瞒，我们其实是自觉地屈从于过去的，同时根本意识不到我们已经被过去所伤。记忆其实是我们都倾向于不自觉地加以认同的神话。

与记忆的美学常常纠缠在一起的是漂泊的美学。这两者都是我始终如一地投入热情的诗学范畴。对于漂泊生涯——无论是精神还是肉体意义上——而言，没有记忆的支撑是很难生活的。漂泊者的逻辑有二：一是他喜欢任何一种奇异的旅途，但对每次新的旅程都保持一种距离感，他不可能与任何一种新的旅程完全融入，否则他就不是漂泊者了。他所真正投入的，其实是漂泊的激情本身；二是对于漂泊者来说，已经获得的东西都是他必将超越的，在他的生活中，必然是一次告别紧接着另一次告别，因为只有告别了的生涯对他来说才有审美意味,才是可留恋的,也才是弥足珍惜的。他之所以去经历它,仿佛就是为了去告别它。漂泊者其实总是与他正在经历的生活擦肩而过,他其实是把漂泊本身视为一种目的性。而这种生涯,只能以回忆作为真正的美学支撑。

漂泊者其实是一直生活在"为了告别的聚会"之中。正像帕斯捷尔纳克的一句诗那样:我的晚会是告别,/我的宴席是寄语。他还有一首诗谈的也是往事以及过去的爱与当下的关联:

> 我也曾爱过,她还活着。
> 毕竟,当走向那个当初的拂晓时,
> 季节站立着,消失在瞬间的边缘。
> 是界限毕竟是单薄的。
> 久远的事依然好似近在眼前。
> 往事依然发狂,还装成不知内情,
> 从目击者的脸上消逝。
> 她根本就不是我们这里的居民。
> 这能想象吗?这就是说,
> 爱和瞬间所赐予的惊奇
> 在一生中是越离越远呢
> 还是在持续?

既持续又远离,这就是记忆的美学的核心机制。

我所见过的真正的漂泊者,或许是毛姆小说《刀锋》中的莱雷。那是一个出离尘世的圣徒。他并不执意表现漂泊者的姿态,却恰恰说明一种骨子里的漂泊感。小说的叙事者不了解他,他的恋人伊莎贝尔也不了解他。他也不是为我们所熟悉的那种人。正像帕斯捷尔纳克所说,他"根本就不是我们这里的居民"。他永远对当下的生活存有一种漫不经心的飘忽,谁也不知道他的心思究竟放在哪里。神秘带给他一种持久的魅力。但在今天,这种漂泊者恐怕只存在于文本和想象之中了。

  此刻,我深深地感到"身在北大"的我已经远离了那种漂泊者的生命形式,连漂泊的想象也多少显得有些矫情,更不用说去确认一种漂泊的心态,或者去强化它。但无论"曾经北大",还是"身在北大",我们都拥有对北大的难以磨灭的记忆。在记忆和怀想里生存,也是生命存在的一种方式吧?

第七辑

文学批评的可能性

——答唐伟问

一、"兴趣"的生成与"专业"的自觉

唐 伟：吴老师，您好，早就有跟您做一次访谈的想法，正好这次借《创作与评论》"批评百家"栏目策划一期您的研究专辑的机会，我想就文学研究和文学批评的一些问题向您请教。《创作与评论》主要关注当代文学的创作和评论，结合刊物的旨趣和我个人的经历，所以我们这次的话题，可能主要会围绕当代文学的创作及批评来展开。梳理您见刊的论文，我发现您早期的写作，像1986年发表在《读书》上的《需要再探讨》《"现代主义"的反动》，以及1987年写的评北岛的一篇论文，均以当代文学思潮或作家为研究对象。能不能先请您简要回顾一下您当代文学的兴趣生成和批评历程？

吴晓东：好的。读本科期间，我确实是对中国当代文学感兴趣。原因主要有两个：一是当时的中国当代文坛特别活跃，我1984年入大学的时候，文坛流行的正是让我们感到振奋的"新诗潮"和"寻根文学"。那时读王安忆、韩少功、郑义，读张承志的《北方的河》《黑骏马》等被命名为"寻根"的作品对我影响非常大。在我看来，"寻根文学"在今天可以说是已经经典化了的当代文学。当然，同样

经典化的，还有以"朦胧诗"为代表的"新诗潮"——无论是从政治姿态上，还是从美学批判或诗歌艺术角度来说，以北岛、顾城为代表的"朦胧诗"，今天无疑也可以载入经典文学的史册。这些在今天看来已经经典化了的当代作家作品，当年影响了我们一代中文系学生。

唐　伟：那时正是 80 年代中期。

吴晓东：对，正是 80 年代中期。虽然从写作发生的角度说，北岛等人的诗歌创作时间其实很早，但对大学生日常阅读构成真正影响的，还是在 80 年代中期。80 年代中期的当代文学，迎来了它真正的收获期，从文学形态上讲，远比此前所谓的"伤痕文学""反思文学""改革文学"等历史阶段要丰富。

我对中国当代文学感兴趣的另一个原因是，我们本科二年级上学期的专业必修课——当代文学，是由洪子诚老师给我们讲授的。通过洪老师独具反思力的，同时兼具他个人审美感悟力的讲授，我对当代文学的兴趣更浓厚了。我还记得给洪老师的那门课提交的作业，写的是关于史铁生的小说《我的遥远的清平湾》的一篇评论。同样也是因为对当代文学的兴趣，那个学期我还选了一门关于当代诗歌的课，课程作业最后写的是北岛，后来这篇作业经修改整理以《走向冬天》为题发表在 1987 年第 1 期的《读书》杂志上。

唐　伟：您后来的追溯，好像是把评北岛的这篇《走向冬天——北岛的心灵历程》视为您的第一篇发表论文，但在此之前，您还发表过两篇商榷性的短论。

吴晓东：那两篇文章，也是跟当时的文学思潮有关。《需要再探讨》是对当时何新的《当代文学中的荒谬感与多余者》一文的商榷性回应，这篇文章是想就何文所说的当代文学中的"荒谬感"与"多余者"，表达我个人的理解，某种意义上也算是为当时的现代主义文学思潮做一点辩护;《"现代主义"的反动》则是在读了 1986 年《读书》第 3 期上的《后现代主义:商品化和文化扩张》一文后,感到当时批评界对"后现代主义"的文化特征、审美心理及价值取向有了一个大致把握的同时,有些问题还有待再深入思考,其实仍是站在现代主义文学的立场,来反思所谓的后现代主义的种种问题。正是因为对当代文学的浓厚兴趣,所以本科毕业时,我是想跟洪老师读当代文学专业的研究生,但不凑巧,那一年正好他停招。后来我跟钱理群老师读了现代文学。但即便是读现代文学,我对当代文学的兴趣也一直在持续。读研的时候也写过当代批评的文章,1989 年评海子之死的文字《诗人之死》就是在研一完成的,这篇文章后来发表在《文学评论》上,也算是我读研之后的一次文学批评练笔。

唐　伟:有意思的是,1993 年,在您读现代文学博士研究生的时候,您还发表了一篇《当代文学的话语和秩序》,在我看来,这是一篇很有抱负和分量的批评文章,这篇文章所涉及的当代文学创作及批评的诸多问题,非常有前瞻性。比如您当时有这样的判断,"当代文学在濒临世纪末的今天达到了一种从未有过的丰富局面","先锋派文学的媚俗趋势,新写实主义的庸庸碌碌以及王朔式作品的市井气,都显示出世纪末中国文化现状的世俗化倾向",类似这样的观点,今天看来仍具有启发意义。您能否回忆一下这篇文章的写作背景及过程?

吴晓东:这篇文章是在 90 年代初所谓的历史转型和文化转型之后,我个人不太满足当代文学反思意识和历史意识的丧失,想从总体上梳理检讨一下当代文学面临的问题。在我看来,当时当代文学面临的主要问题,是受虚无主义思潮浸润较深——从文化思潮上看,后现代主义文化思潮,表现出了消解一切的苗头。当时我的观察是,80 年代文学那种介入现实的雄心抱负,到 90 年代之后,有很大改变，作家们表现宏大历史的激情以及批评家们的介入现实的激情，都在衰减。随着当代文学这种文化反思能力的丧失，平面化、世俗化的风潮开始甚嚣尘上。比如之前的先锋文学，到90年代已丧失了它的先锋性，开始和世俗文化合流，表现出某种消解先锋性的媚俗性来。因此，对当代文学流露出的虚无主义及后现代主义等种种思潮倾向，我觉得有必要重新检视。今天看来，当年的那种批评可能有点偏激，因为从历史发展的取向来看，世俗文化恰恰代表了中国历史文化走向了一个新的阶段和面向，有它的合理性和必然性，如果再用80年代启蒙主义的眼光来看待问题，必然存在一定的偏颇。今天回过头来反思，还有一点想强调的是，以往那种宏大而整体性的判断，在今天这样一个现实世界，是否还可能？或是否还有效？换句话说，在今天的历史阶段，再对生活现实或文学现状进行全称判断或总体把握，我更愿意持一种审慎的态度。"现实"这个概念，无疑是文学批评中一个核心关键词。但今天的现实，已很难用一种总体方案来概括了，今天的世界，已大不同于以往的现实主义所说的那种现实了。这就像刘慈欣的科幻小说《三体》所构造的那种多维的宇宙世界，你看过《三体》没有？

唐　伟：没看过。

吴晓东：我建议你找来看看，在《三体》中，刘慈欣用科幻小说的形式，试图去定义一种新的多维的"现实"，而多维的"现实"，不同于我们以前理解的那种多元的"现实"。我们今天所处的"现实"，就有点类似于刘慈欣所说的那种多维"现实"，就是说，不同维度的"现实"之间或许永远都不会发生交集。因此，我们今天对"现实"的看法，也必需有所调整。相比较于作家介入现实的能力而言，我现在更看重的，是作家想象未来可能性的能力，或者说作家处理历史和现实的远景的想象力和创造力。未来跟现实不能做完全的切割，换句话说，对未来的想象，仍有赖于对现实的理解，而对现实的解释或把握本身，即已蕴含着某种未来指向，这就是"现实"与"未来"的辩证法。

唐 伟：纵观您80年代到90年代初的思考聚焦，感觉您80年代的学术起步，包含了您极富雄心的学术抱负——用赵园老师的那句话，"起点处的选择，对一个学人有可能意义重大"。我们看到，您这一时期树立的学者形象，跟您后来在现代文学研究和《从卡夫卡到昆德拉》中塑造的那个为人所熟知的退守书斋的学者形象，有很大不同。这并不是说，您后来的专业转向，放弃了最初的种种抱负，而是引而不发地隐藏在了您的思考和写作中。是否可以说，正是因为有早期您对当代文学和文化的种种热切思考作为基础，才促生出您后来关于"文学性"的相关思考？

吴晓东：有道理。80年代，我们那一代人基本上都是受"现代主义"的滋养和哺育，我们在80年代积累的文化判断、审美资源和文化想象以及意识形态诉求等，进入90年代之后，既有一个自我消化转化的过程，同时也有一个反思扬弃的过程。如果说"现代主义""先锋性"构成了80年代文学的一种核心的文化驱动力和美学驱动力——从"寻根文学"到"先锋文学"，我们都可以看出这种征兆来，那么，到了90年代，在商业大潮的冲击下，80年代的文学与文化资源，则面临解体耗尽的危险。进入90年代，我个人在消化"现代主义"资源的同时，也在消化80年代的文学文化积淀，具体的表现，就是对西方20世纪现代主义文学的阅读，当年留校后不久，我还开了一门外国文学的选修课，后来整理出课堂讲稿，即三联书店出版的《从卡夫卡到昆德拉》——这某种意义上也算是我个人对"80年代"的一种"告别"。所谓的"告别"，就是因为现代主义到 90 年代之后，转变为了消解一切的"后现代主义"。换句话说，在市场经济冲击下，尽管世俗主义甚嚣尘上，但还是剩下来很多精神资源。这些遗留下来的思想内核，就像你说的是"引而不发"，它变成了一种历史潜流，这其中就包括了我对"文学性"的思考。

唐　伟：1993 年的那篇文章之后，一直到 2001 年，这段时间好像没见您写过专门的当代批评文章。

吴晓东：1994 年博士毕业之后，我留在中文系现代文学教研室工作，自己好像由此获得了一种"专业"意识——因为北大中文系，现代文学和当代文学是两个教研室。我自己的主业是现代文学研究，从此基本上算是回归"本行"。但对当代文学的阅读和关注，其实一直也没有间断，因为尽管具体研究转向了现代文学，但毕竟身处中国文学的当代场域之中，当代文学创生了新的作品或有影响力的思潮，我还是保持同步关注。虽然没再写过专门的批评研究文章，但对当代文学的兴趣，依旧在持续。尤其是我个人比较喜欢当代作家张承志，一直想写篇谈张承志的文章。在我看来，在新世纪之后，世俗主义继续高歌猛进，而张承志的自我坚持，不与世俗同流的决绝，以及主动边缘的姿态，我一直觉得其中可能对当代文坛有某种启示意义。所以 2001 年，我在《读书》上发表了一篇谈张承志的文章。

唐　伟：那篇文章的题目就叫《姿态的意义》。

吴晓东：对。在这篇文章中，我想指出，尽管也许不大会有太多的人去追寻张承志，但他那种远离文坛喧嚣、不与世俗同流的决绝姿态，在我看来的确很可贵，具有一种"姿态的意义"。

唐　伟：但在世纪之交，相对于那些红极一时的小说家们，张承志并不是那么热。

吴晓东： 或者说就是边缘的。

唐　伟： 避开当代文坛的"热点"，选择相对"边缘"的研究对象，这种"边缘"的选择，是否包含了您的某种批评旨趣在里？

吴晓东： 我觉得既是我个人的阅读兴趣，也是我主动选择的姿态。如前所述，我的主要研究领域是现代文学。对当代文学，我是一个边缘的"局外人"；但这种"边缘"的"局外人"姿态，从某种意义上说，又可能具有某种优势。换句话说，从"边缘"瞩望"中心"，或许能获得一种超然的距离，因而更能看清一些东西。当然，我不是自诩自己就一定看清了当代文坛中心所激荡的时代主潮。只是说，保持这样一种"局外人"冷静观察的态度，或许能有某种"旁观者清"的意外收获。欣赏张承志，也正是欣赏他的那种主动边缘的姿态。但"边缘"不见得不重要，更不是说没有意义——"边缘"的意义，或许是当时身处中心的人所体会不到的。而今穿越更漫长的历史时光回头看，我在2001年选择张承志作为重拾当代文学批评的言说对象，可以说是一种作家姿态和我个人批评立场的双重"边缘性"的契合。

二、新的世纪：批评的再出发

唐　伟： 我注意到，进入新世纪，在《姿态的意义》之后，您对当代文学创作和批评的关注，不再仅止于"旁观者"的角色，而是再度参与到当代批评的实践中来。2003年，在跟薛毅老师的一个对话中，您用了很大篇幅谈当代文学，比如谈到余华，您认为余华在写出《活着》《许三观卖血记》之后才堪称一个真正出色的作家，因为这两部作品"回到了人，回到了人在历史中的境遇"。同年，在清华的一个会上，您有一个发言，后来以《文学批评的危机》为题整理发表在《文学评论》上。相对于《当代文学的话语和秩序》对文学创作的批评，《文学批评的危机》则表达了您对文学批评现状的不满。这篇文章立场鲜明，言辞犀利，称"90 年代以来的批评界已日渐堕落为名利场，匮缺最基本的批评品格"。那今天看来，不知您当年的判断是否有所调整或变化？

吴晓东：现在看来，那篇文章的观点多少有点激烈，主要原因，可能是自己"置身事外"，好像由此获得了一种天然的批评和审视的权利，自己并不属于"批评危机"的一部分。这种批评姿态可能有点高蹈，过于道德化。但当时，确实觉得当代文学批评的现状比较堪忧，我在那篇文章中提到的文学批评初露端倪的某些现象，比如说"不是所有的批评家在今天都有足够的勇气和力量去抗拒权力与金钱的威逼和诱惑"，发展到今天，某种程度上已愈演愈烈。所谓文学批评的"危机状态"，即是指 90 年代以来的文学批评，在某种意义上失去了批评的目的性，或者说是批评丧失了其应有的功能，即批评功能和目的的双重丧失。如此一来，当作家写出一篇值得从文学性、学理价值等意义上进行批评的作品的时候，作家看到的要么是"相濡以沫"的鼓吹文字，作家上进的可能性在批评的意义上可能会因此止步；要么是党同伐异的批判，这又很可能会让作家产生一种适得其反的应激反应。总之，如果文坛有分量的作品出来之后，批评界却无法贡献出与作品相称的真正批评文章来，没有文学批评相应的跟进，那么作家也就弄不太清楚自己的作品的位置，也就难以意识到自身的问题，整个当代文学创作与批评的关系，就不再是一个良性的循环——借用鲁迅当年的说法，"捧杀"和"棒杀"都不是批评的良性状态，就此说来，我们今天所需要的，仍旧是鲁迅当年所大力倡导的"文明批评"与"社会批评"。

唐　伟：今天看来，那篇文章事实上还敏锐地预见到了当代批评界"圈子化"的现象。由此引出我们下一个话题，即今天已成批评主流的"学院批评"，如今的"学院批评"某种意义上可能成了一种制度化的"圈子"。您当时就指出过，"批评家学院化是 90 年代最显著的现象之一"，作为当年较早关注"学院批评"的学者，不知道您对当下的"学院批评"怎么看？

吴晓东："学院批评"分两种，一种是真正站在学院的立场，从学理自足性和文化自足性出发——这其实也是现代文学的一个传统，现代文学产生了很多"学院批评家"，从这个意义上说，当今的某些"学院批评"，某种程度上也继承着这一现代传统。此外，他们还从西方的"学院批评"那获得了一种姿态和立场的互证，这一类的"学院批评"是应当肯定的。当然，这类"学院批评"，也有它的问题，比如说，容易囿于自己的视域局限，有时会自说自话，可能会走向一种僵化的封闭，很难与社会历史互补互动。还有另外一种"学院批评"，这主要是指今天大多数在大学任职、任教的批评家们，对于这一批评家群体，我们今天往往也冠以"学院批评"的名号，但实际上这种"学院批评"，有一部分构成的就是一种圈子化的生产，这些"学院批评"家们，往往有一批同道中人或作家朋友，他们心照不宣地形成一种"利益共同体"。因为学院批评家是现在批评家的主体，因此很多作家在出新作之后，往往也需要请学院的批评家们来捧场——当然，这也并不排除有客观公正的文学批评的存在。所以，对"学院批评"，我们需要做具体的区分和辨析。

三、"距离感"的追求：批评的"研究形态"

唐 伟：在我看来，您为数不多的当代文学批评文章，每篇都很精彩。比如，评阎连科《受活》的《中国文学中的乡土乌托邦及其幻灭》，我在中国知网上以"受活"和"阎连科"为主题词进行检索,在搜到的近250篇评论文章中,您这篇在下载次数上排第一,被引用率则排第四,仅次于从发表时间上先于您的阎连科的访谈和另一篇评论。具有典范意义的一个最新文本,是您2012年评《凤凰》的长文,这篇评论被林建法选入《2012年度最佳文学批评》,即是明证。我首先感兴趣的是这篇文章的写作历程,我注意到,您在文末标明的写作时间是"2012年7月5日二稿,9月10日三稿于京北上地以东",也就是说,不算第一稿成型的时间,光第二稿到第三稿就历经三个月之久,这种批评的写作周期好像也跟当代批评不太一样。

吴晓东:《"搭建一个古瓮般的思想废墟"——评欧阳江河的〈凤凰〉》全文有3万多字,从最初的写作到成稿发表,其实历经了好几年的时间。欧阳江河的长诗《凤凰》,在他写到第四稿的时候,最初是李陀先生转发给我。拿到诗稿后,我曾经组织我的学生们进行过一次专门的讨论,有的学生提出了很好的意见,比如李国华讨论时就说:既然是谈"凤凰",为什么不谈郭沫若的"凤凰涅槃"?我们关于《凤凰》的讨论稿后来发表在《今天》杂志上,而《凤凰》最终的定稿,也一定程度上吸收了这些意见。《凤凰》在香港出单行本的时候,李陀老师希望我写一篇相对充实一点的评论,这就是牛津大学出版社出版的《凤凰》,前面有李陀的序,正文是欧阳江河的长诗,后面是我的那篇评论。这篇文章的"写作周期"确实有点儿长。就我个人的当代批评而言,我可能更倾向于一种"有距离"的批评,而不是做那种即兴的判断,急于对作品进行定位。这种"距离",既是时间上的距离,也是人际关系的距离。换句话说,"距离"越远,批评或许越经得起考验。那篇关于北岛的《从政治的诗学到诗学的政治》的写作,前后也达3年之久,我去日本讲学之前,就开始准备和搜集材料,直到在日本待了两年回来之后才最终完稿。

保持或追求这种适当的"距离感",也是想从学理的意义上,让自己的评价相对更为客观。

唐　伟：正是这种"距离感",使我感觉您的文学批评好像是以一种研究的路子在做批评。

吴晓东：也许有道理。

唐　伟：但当代批评好像也回避不了那种"近距离"的即兴、即时的批评。这或许是当代文学之"当代"的应有之义？

吴晓东：我觉得那种即兴即时的批评,永远是需要的。新的作品出来后,作家们想马上看到批评界的评价和反应,这很正常。各种当代批评杂志,也需要这种即时的反馈。但除此之外,也许还可以有另外一种批评,就是我前面说到的,"拉开一定距离的批评"。时间距离拉长一点,历史感相对来说也许会增强,也才能够积淀以至生成较为超越的判断和学理。

唐　伟：这种"距离感"的获得,是不是更能让您从整体的意义上来把握一部作品？我发现您对作品的解读,往往先是一种全局式的总体评判,然后才是总体判断之下的意象分析、细节发现、修辞细读。

吴晓东：这里可能存在一个阅读和批评操作的"程序倒置"问题,即文本的阅读,一般是从细部入手,进而达到一种整体意义的把握；而批评写作,则是反过来,先把阅读得来的总体判断置于文前,进而在总体观照下,再展开文本分析。这样的批评类似于一种学术研究,相对来说需要花更多的时间和精力。比如你刚才提到我评阎连科《受活》的那篇《中国文学中的乡土乌托邦及其幻灭》,在这篇文章中,我是把《受活》置于整个中国乌托邦叙事的历史脉络中来考察的,当然,世界文学的乌托邦叙事也必然被纳入进来。我写这篇文章的一点心得是,如果没有这样一种双重的"乌托邦"反思性背景,那么《受活》内在生成的一种历史视野,或像我说的,小说指向未来叙事的那种想象力或者说想象力的匮缺，可能就无法被洞见。换句话说，就"乌托邦"存在的未来指向而言，阎连科在处理当下现实问题、处理当下乌托邦的可能性，甚至是处理"中国文化向何处去"这类大问题的时候，《受活》中就暴露出了某种欠缺和不足，具体说来，作家否定了来自西方的两种乌托邦：共产主义乌托邦和商品经济的消费乌托邦，也最终否定了传统的乡土乌托邦。《受活》中的反乌托邦因素，意味着在当今的中国社会建立乌托邦形态的不可能。阎连科其实面临的是当代文化理想和社会理想的缺席状态，他不得不回到传统乡土文化的乌托邦去寻找理想生存方式和形态，这种向后的追溯，恰恰反映了中国当代文化的自我创造力和更新力的薄弱。中国小说缺乏的往往是历史观的图景。这不是写作功力的问题，而是恰恰根源于我们今天的文化现状。如果说一个作家需要对时代负责，那么作家真正要负责的，还是我们的文化现状。

四、批评的理论介入：文本和理论的相互打开

唐　伟：刚才您谈到"乌托邦"，包括《"搭建一个古瓮般的思想废墟"——评欧阳江河的〈凤凰〉》也用到"史诗"的分析框架，我发现，在您的批评文章中，多用到一些西方理论，这牵涉到这些年批评界经常谈到的一个问题，即大家都注意到了当代批评对理论的滥用、误用现象。在我看来，当代批评界所谓的"理论过剩"，并不是说对理论的占有已经多充分、多透彻，恰恰相反，我认为这或许是一种理论的"泡沫化"，即对理论的运用，流于囫囵吞枣式的消化，是一种机械式的生搬硬套，效用十分有限，因此大家才感到不满。也正是在这一意义上，我觉得在您的批评文章中，理论介入的方式大不一样，您的文章让人感觉，那些理论是从文本内部逻辑衍

生而来的，也就是说非此不可，非此不能把握文本总体。

吴晓东：很多批评家喜欢用理论，理论在批评研究实践中的运用，真正用得好的，在我看来大概有这样三个层次：一是贴切，二是有效，三是升华。贴切和有效即是说，作家创作的动因、文本内在的结构等文学内部图景，可以通过理论的方法得以揭示出来。理论用得好，这些效果都会显现。相反，如果不借助某些理论工具，对文学文本的分析，则容易流于一种印象式的感受，或碎片式的观感，作品本身的深度或厚度，可能就容易遮蔽。就我自己对《受活》和《凤凰》的批评实践而言，无论是"乌托邦"理论，还是"史诗"的概念，首先是内在于文本自身的脉络之中的，即小说家和诗人本来就有一种"乌托邦"和"史诗"的冲动，且在文本中有效地实现了这样一种诉求，唯有在这样的文本前提下，"乌托邦"或"史诗"理论的介入，才能行之有效，才能真正揭示出文本的内在结构和图景。

唐　伟：就是说文本自身存在着这样一种邀约或召唤？

吴晓东：对，首先是这样。比如"乌托邦"，我们既可以从正面乌托邦角度来切入，但同时《受活》又呈现出某种反乌托邦的面向，也可以从反乌托邦的角度来言说，这正是这部小说的复杂性所在。像《中国文学中的乡土乌托邦及其幻灭》试图指出的，阎连科在反思乌托邦的过程中，暴露出了历史感的欠缺，这表现为他在处理社会主义和共产主义实践时，有简单化之嫌。更值得讨论的问题是，阎连科营造的乌托邦具有中国本土性，是向后看的，这是有意识或者无意识地向传统文化寻求依据和资源的结果。关于用"史诗"来评价定位《凤凰》，也是这样。首先是这首长诗本身即有史诗性的宏大追求，这点从诗的题目上也能看出来。欧阳江河试图借《凤凰》来重述神话，或者说在思考一种史诗的可能性。但《凤凰》的复杂性在于，我们处在这样一个非神话、非史诗的时代，我们对史诗的借用，基本都是在比喻的意义上来使用的。所以，就此来说，《凤凰》的写作本身，就是反史诗的，或者说本身就是一个悖论。

唐　伟：原话叫"探索了一种开放性的史诗理念，重塑了史诗范畴，借以创造一种足以兼容当代生活的新诗形式。"

吴晓东：没错，这是诗人的追求。但诗人的这一追求，需要我们准确地把它概括呈现出来。在《"搭建一个古瓮般的思想废墟"——评欧阳江河的〈凤凰〉》中，我通过《凤凰》试图揭示还原欧阳江河的"史诗"诉求的同时，也想指出，在一个非史诗的时代来书写史诗，这本身就与我们的时代之间存在着一种张力或矛盾——这一点，诗人在《凤凰》中是自觉到了的，那么，作为批评家，也应该对诗人的这种自觉有所回应。换句话说，我们绝不能简单地把一个既有的"史诗"分析框架，机械地套用在《凤凰》上，那样实际上是对文本的粗暴架空。《"搭建一个古瓮般的思想废墟"——评欧阳江河的〈凤凰〉》一文正是想通过这样一部有史诗追求的作品，以"史诗"理论的有效介入，在打开文本内在图景的同时，又能反思"史诗"作为一个理论范畴的边界和有效性。

唐　伟：您这么一说，我感觉理论在批评中的运用，是不是一种"双重的打开"？即一方面理论打开了文本的内景，另一方面，文本也丰富或者说扩展了理论的内涵和外延。

吴晓东：说得好，是一种"双重打开"。我在指导学生论文写作的过程中，经常遭遇学生追问如何运用理论的问题，而关于如何运用理论，我一直强调这样一种意向，即在文学研究文学批评实践中，能在何种程度上去充实、纠正或者说反思理论，并最终使这个理论获得一种可能的拓展。我们这里讲"理论"，一般是指西方理论，而西方的理论或具体到文学理论，大多是源自西方的社会历史现实或文学、文化的历史现实，作为中国学者，我们在运用这些文学理论来读解中国的文学作品时，肯定不能直接拿来搬用。换句话说，既然理论跨越时空，旅行到你这里，那难免会有一定程度的变形，因此，你在使用这种理论的时候，就得承担起一种使理论进一步生长可能性的责任，即在你中国化的研究语境中，能把西方的理论有所化用，并触及到了它的边界和有效性，这才是在文学研究与批评的实践中运用理论的一种理想状态，也是理论运用的最高境界。

唐　伟：这种对理论的征用，我感觉难度太大了！

吴晓东：这对批评者的功力，确实要求较高。好的批评，首先得有一种准确敏锐的艺术感受，即基于对文学作品的贴切直觉，其次才是作为方法工具的理论的有效介入，这两方面缺一不可。而理论或者说文学理论，并不是固定的机械的灰色存在，它同样是一种思考积累的过程和结果。或者说，理论是你在长期阅读思考理论文本的过程中，化为你自己的思维甚至是情感和血肉的那部分"剩余"，它需要在你自己学术生命中不断生长生成，这其实也是理论真正的归宿。

五、批评的"有效性"：同义反复的"浅绘"或结构呈现的"深描"

唐　伟：您刚才谈到批评中理论介入的有效性问题，虽然文学批评没有绝对的一定之规，但我想大致还是存在一个批评"有效性"的问题吧。在您看来，何为一种有效的文学批评？

吴晓东：有效的文学批评，其"有效"主要是针对作家和文本而言的。就文本阐释来说，有效的文学批评，不能仅仅流于一种同义反复，就是说，不能只用一种看似学术化的术语，复述一下情节，概括一下内容（尽管这也是必要的），对文本进行一番包装式的"转译"。有效的文学批评，主要看批评家能否超越文本的表层现象，揭示出作品中并未直观表现出来的有意识的东西，甚至是作家的无意识。换句话说，批评的有效性，可能需要批评家站在一个高于作家创作的角度，从更深的层次去挖掘、深描文本内在结构性的东西。比如在《从政治的诗学到诗学的政治》那篇文章中，我前后用了三四年的时间，原因就在于，我对北岛后期特别是流亡时期的创作有一种"深描"的打算，试图挖掘出他这一时期诗歌中存在的主体的复杂性，即流亡的主体、漂泊的生涯、镜像的自我。这种"主体性"，不是从北岛诗歌意象的表面就能捕捉得到的，而是一种内在的结构性东西。结构呈现的"深描"，不是就诗歌进行语句修辞意义的整理，不是流于文本内容的抄录、概括以及术语的"转译"，而是对文本深度结构的有效打开——这种结构既是文本所依附的意识形态结构，也是作家所处的社会文化结构和政治历史结构。

唐　伟：借用您"深描"的说法，我觉得我们今天的文学批评，好像更多是一种同义反复的"浅绘"。也是从这个意义上说，我们今天对文学批评的不满，原因倒还不在于说文学批评丧失了介入现实的发言能力，而恰恰是在文本解读的有效性上，很多批评没能揭示出文本的"景深"来。

吴晓东：真正好的批评，有效的批评，正如我们前面说到的，首先是尊重自己的阅读感受，另外一方面，可以借助某些理论工具，尽可能地将这种主观感受客观化、学理化。换句话说，文学批评首先还是要扎实中肯，这种扎实中肯是建基于文本现实的一种专业学理的自足，是对作品基本面的一个大致准确的总体把握——即使是你说的"浅绘"，也必须是一种专业意义的"浅绘"，这是文学批评的最低要求。在此基础上，我们才有可能谈"深描"，深入到文本内涵的深度结构中去，亦即尽可能把文本内部所蕴藏的复杂丰富的东西呈现出来，这些深层次的东西，可能是作家在创作时并未清楚地意识到的，而普通读者也难以读出来的东西。揭示出文本蕴含的内在结构性深度，堪称批评的最高要求，所谓批评的"专业"功夫，或许也即在此。

唐　伟：我个人觉得，大多数批评好像忽略了您说的"最低要求"，而又把"最高要求"想当然化了，换句说，"浅绘"的文本分析解剖，尚未达到一个专业（文学）意义的自足，就仓促展开了那种非文学（社会、历史、政治等）的"深描"延伸。这或许才是今天的文学批评，为什么越来越难以真正有效介入现实发言的原因所在。最后一个问题，刚才在谈文学批评的时候，我们也谈到文学研究，那我想请教的是，您怎么看待文学批评和文学研究二者间的关系？

吴晓东：这取决于你自己怎么定位，你是更愿意把自己视为一个文学研究者，还是一个文学批评家。就我自己而言，我倾向于认为自己是一个文学研究者，而文学批评算是我介入现实的一种"副业"，不是我职业生涯的常态。批评家不同，批评家在做批评的时候，需要敏锐而感性的即兴洞见，比如像毛尖，毛尖既是一位研究文学和影视的很出色的学者，同时也是一位非常有才情的批评家，她的一些关于电影、文学、文化现象的专栏形式的短论，饱含她独具个性的批评洞见，既受专业读者欢迎，也深得普通读者喜爱。但研究者和批评家这两种身份还是有差异的，并不见得文学批评就比文学研究低一等级。作为现代文学研究者，我偶尔涉及当代文学批评，但与那种即兴即时的批评不太一样，我仰慕的是那种相对具有学理感和历史感的批评，这或许能呈现出跟职业批评家不太一样的景观来。当然，批评有多种多样的风格，也不能强求一致。但不管是哪种风格，套用毛泽东当年"从群众中来，到群众中去"的那句话，文学批评者，都应该是"从文本中来，到文本中去"。

"细读"和"大写"

——关于沈从文研究的访谈

唐　伟：吴老师，很高兴您接受我这次关于沈从文研究的访谈。按我的设想，如果您方便的话，我想在博士后期间跟您做两次沈从文研究的访谈，这次主要想围绕一些一般性问题来展开。关心您写作的读者，可能大多都读过您研究沈从文小说的精彩论文，但我想他们肯定也想了解您对一些常见问题的看法。

吴晓东：好的，我也愿意就这方面的问题，谈谈我一些个人的看法。

唐　伟：我们先从您在北大开设《沈从文研究》的选修课说起。我想了解一下，此前中文系有其他老师开过沈从文研究的选修课吗？

吴晓东：也有过，退休的商金林老师，就曾开过沈从文研究的选修课。我大概是在2000年前后开的这门课。

唐　伟：我个人听您课的一个感觉是，您大体上是将《沈从文研究》这门课限定在了"文学内部"研究上，即遵循诗学研究的路子，从叙事、抒情等文学基本构成和形式入手，就此说来，您这门课算不算也是一种基础研究？

吴晓东：你说的"基础研究"还不是特别吻合我的初衷。如果我们把沈从文看成是一个大作家，或者说把他上升到经典作家的高度，我觉得一个基本前提是，我们得对他的作品进行充分的细读，也即尽可能地打开其文学文本的内部空间——无论从哪方面说，文本细读，都是一个作家经典化不可或缺的环节，因为只有在关注作家和作品的基础上，才能谈其他方面的延伸。在细读的基础上，作家经典化的另一个必需的过程，是诗学意义的提升、概括和总结。当然，细读也好，诗学提升也罢，这种内部研究并不是说仅把眼光局限于文本本身，也同时需要引入作家论和文学史的视野。而在我看来，最近这些年的沈从文研究，文本细读、诗学提升等基本功夫，可能做得还不够。如果你是在这个意义上将《沈从文研究》这门选修课称之为"基础研究"，也未为不可。

唐　伟：对，我就是这个意思，我说的"基础研究"不是就沈从文研究的历史阶段而言的，而是说您从叙事、抒情等文学研究的基本功夫入手来进入沈从文的小说。

吴晓东：把叙事、抒情等作为方法和视角，从小说内部途径去打开沈从文的文学世界，确实是我个人喜欢的一项工作。沈从文为大家所熟知，主要是因为他的代表作《边城》《边城》作为一个中篇，的确成熟度极高。但沈从文30年代的创作，中篇小说并不是最突出的，成就最高的应该是他的短篇小说，所以司马长风把沈从文誉为"短篇小说之王"，至少在我看来，是实至名归。我个人感觉从《灯》开始，沈从文的短篇小说达到了一种明显的艺术自觉，在此之后像《静》《萧萧》《贵生》等，也都非常出色。当然，大概是在1937年前后，沈从文也萌生了继续创作长篇小说的冲动，这就有了后来我们看到的《长河》，但遗憾的是，《长河》毕竟是未竟之作。所以我们无法想象，如果沈从文像托尔斯泰那样创作类似《战争与和平》的长篇巨制会是什么样的一个情景？

唐　伟：但是，历史没法假设。

吴晓东：是的，历史没法去假设。回到沈从文的短篇小说上来，沈从文的短篇小说成就非常高，今天看来，这个结论已经经了时间的检验，但略显遗憾的是，关于沈从文短篇小说的总体和具体面目，我们目前研究得还不够充分。我开设《沈从文研究》这门课，就是想从小说诗学的路径来把文本做细，试图提炼出一些有意义的研究图式。当然，这门课的具体文本对象还不止于其短篇小说，沈从文的中篇和长篇自然也要纳入进来。由诗学路径来进入沈从文小说的这样一种初衷，可能会让人联想到巴赫金和他的《陀思妥耶夫斯基诗学问题》——坦率地说，巴赫金确实提供了一种诗学研究的典范，当然了，沈从文的创作实绩能否承当得起巴赫金式的研究，也是需要打问号的。

唐　伟：那几轮课下来之后，在讲授以及跟学生的交流过程中，您觉得是否实现了最初的那样一种预期？

吴晓东：我觉得大体上实现了这门课的设计初衷。比如，在对学生课程论文的要求上，每轮课布置期末作业，我都是让学生结合具体的文本来展开，尽量尝试做诗学个案，而不是笼统地去谈作家或创作现象。从提交的论文来看，选课的同学大都进行了一些有效的尝试，是我感到特别高兴的。因为诚如我们刚才提到的，近些年沈从文研究真正基于文本研读的有分量的成果，还不是特别多。钱理群老师对作为知识分子的沈从文的研究，以及张新颖近期的研究成果，的确开拓出了沈从文研究的新视野。但与此同时，作为一名杰出小说家的沈从文，似乎并未在此过程中获得相应的重视。相反，很多研究者都比较关注沈从文的生平轶事，甚至包括他的一些八卦新闻。

唐　伟：媒体的报道也起到了推波助澜的作用。

吴晓东：的确如此。总的说来，学界目前已有的研究成果，在文本细读和诗学建构方面，并不那么令人满意。就我个人而言，通过开设这门课程，在备课和讲授过程中，我对沈从文的小说也有一些新的看法，因而我自己感觉，以诗学研究的思路来重新进入沈从文的小说，还是大有可为的。当然，已有的研究成果，也提供了很多有益的参照。比如像《三个男子和一个女人》这个短篇，就凝聚了很多研究者的目光，通过对读，你会发现，沈从文的小说有相当丰富的阐释空间；再比如说，对此前人们很少关注的小说《静》，王德威就对内部图景展开有效的诗学阐释，也提供了很好的研究范例。这就给我们一个提示：如果不对小说做一种细致的解读，可能还是没法真正进入沈从文小说的内部图景，那种笼统的泛泛而论，对作为一位杰出小说家的沈从文来说，是很不公平的。当然，需要指出的是，沈从文的小说良莠不齐，并不都是一流之作，从小说技艺层面来看，他的有些小说打磨得还不够。我们知道他的很多小说其实在结集过程中都经过精心修改，这类反复修改过的小说，相对来说就更为成熟，也展示出一个作家的创作技艺的进步过程。

唐　伟：刚才我们谈的是沈从文的文本，那如果转到作家这个人身上来，从一般的人的意义上，您如何来理解沈从文这个人？

吴晓东：从作家论角度提出"人"的问题，对沈从文来说是个很有意义的话题。从一般意义的"人"的角度来看，我觉得沈从文依然能彰显他的独异性。我们知道，沈从文对自己有个著名的"乡下人"的自我定位——对只有小学学历的沈从文来说，如果没有对文学的执著精神，很难想象他会创造现代文坛的"乡下人"神话。从这个意义上说，沈从文无疑是一个"执著的文学者"。不夸张地说，这种对文学的执著，可能很多同代作家都无法比拟，比如，很多"五四"时期即小有名气的乡土小说家或问题小说作家们，他们一开始风头也很健，但后来能够像沈从文这样坚持下来，成为一个大作家的，为数并不多。

唐　伟："执著的文学者"这个说法很有意思，我觉得很有启发意义。

吴晓东：所谓"文学者"强调的就是作家作为"人"的意义。而考察作为

"人"的沈从文,除了执著的文学热忱,其他的面向也是需要兼顾的。比如,从沈从文一生的追求来看,我觉得他还是一个特别有道义感,有伦理担当和历史担当的"知识者"——和"文学者"相对应,我想用"知识者"或者说一个有责任感的现代意义的知识分子来指称沈从文——这里我们姑且不去讨论知识分子的政治党派性,不管怎么样,沈从文都是一个有担当和责任感的现代知识分子。或者说用你目前挖掘出的"公民"范畴,套用王孖、王亚蓉的说法,称沈从文是一个"优秀伟大的公民"。因此,在文学者、知识者以及公民的意义上,都有助于我们去完整地理解作为一个人的沈从文。但另外一方面,我们必须意识到,作家毕竟又不同于一般人,如果做一个类型学的区分,一个作家自我形象的展现方式,主要有两种形态:一种是作为作家个人成长史的传记生涯,包括他的成长经历、教育经历、情感历程、职业生涯等;另一种是一个作家沉潜在自己作品中的形象,或者说作品在生成一个作家的形象。一个作家完整的整体形象,应该是传记生涯形象与其作品生成形象的有机融合。而我个人可能更看重作家在其作品中生成的那个形象:这不仅仅是因为作品中的沈从文,相对来说更纯粹更理想,更有情有义,同时,也更有助于我们去理解一个朝着"大写的人"的方向敞开和生成的"自我言说者"形象。换句话说,可以预见的是,作品中的沈从文,在未来的沈从文研究中,会越来越显示出一个世纪担当者的价值和意义。

唐 伟: 化用"文如其人,人如其文"那句话,是否也可以说是"人入其文"?

吴晓东: 某种意义上的确可以这么说。所以,就此而言,现阶段的沈从文研究,或许过于强调传记生平的沈从文,即越来越在外部传记生涯的意义上进行野史正说,比如他当年怎么追求张兆和,以及后来有研究者把注意力集中在他跟小姨子的情感纠葛以及对他转型和自杀的种种猜测等，这种对作家生平的过分关注可能有点本末倒置——尽管这一意义的沈从文形象的描绘，也必不可少。但如此一来，作为作品中的沈从文形象，相对来说就大大削弱了。对研究者来说，这两种形象如何建立一种有效的内在关联，从而取得一种整体性，恰恰是我们研究工作的重点和难点。

唐　伟：我个人也感觉到，近些年的沈从文研究，的确存在您说的这种"内""外"形象失衡的现象。

吴晓东：我始终坚持认为，对一个作家来说，作品才是最重要的。因而，作品中的作家形象，也应当是我们文学研究者优先要考虑的。当然，话说回来，作品中的沈从文形象，也不是说没有瑕疵，比如他早期作品中显现出的那样一个作家主体形象，贫弱的都市边缘人，自卑但又愤世嫉俗，或者说性心理存在某种焦虑等，这些都不容讳言。但就沈从文的总体创作而言，我们还是能看到，在他的作品中生成了一个善于从历史中，从人类文明和中国传统中汲取智慧和养分的知识者、探索者的形象。

唐　伟：接下来这个问题我们刚才也有所触及，也是沈从文研究中一个绕不过的问题，即您如何评价沈从文49年之后的所谓"转型"？

吴晓东：这个问题确实是沈从文研究绕不过去的一个大问题。我们看到，这几年沈从文研究的大多数成果，可能也就体现在所谓沈从文的"转型"上。比如我刚才提到的，钱理群老师从知识分子精神史角度展开的系列研究，还有张新颖的《沈从文的后半生》一书，关注的主要是沈从文的"转型"。关于沈从文的"转型"，一般有这样几种说法：第一种是政治环境更迭使然，即认为沈从文作为一个自由主义作家，在49年新中国成立之后受到左翼作家的批判，很难进入共和国作家队伍之列；第二种说法是，沈从文后来进历史博物馆搞古代服饰研究，是他生命道路和个人职业的一种自觉选择。

与此相应的另一种说法是,有相当一部分人认为沈从文49年的"转型",其实是他文学创作危机的一种必然结果:到40年代,沈从文的创作越来越难以为继,或者干脆说,彼时的他已经在走下坡路了。持这种观点的人认为,沈从文49年后的危机"转型",可以从他40年代文学创作的内部图景中找到某种提示或征兆。

唐　伟:那您个人怎么看?

吴晓东:关于第三种说法,我也承认沈从文在40年代确实遭遇了某种创作危机,但是沈从文在遭遇创作危机的同时,也有新的探索和尝试,而不是说他在危机面前停滞不前,一筹莫展。从他40年代完成的《看虹录》《摘星录》《水云》等一系列作品来看,我们看到,沈从文在文学上的新探索和尝试,更加追求形而上的品质和个人生命的玄想与感悟,尽管这些探索可能还不怎么成熟,但也提供了一种新的历史可能性。横向比较来看,如果说沈从文40年代出现了创作意义上的危机,那么其他很多作家也都经历了这种危机,而不单是沈从文一个人。而对作家来说,创作危机既是一种瓶颈,也能提供新的选择,如果能成功克服这种危机,那么就很可能会再次迎来一个新的创作高峰。比如说老舍和他的《四世同堂》,就提供了这样的例证。所以,如果历史提供一种环境和契机的话,沈从文会不会也能克服所谓的创作危机?我个人认为,可能性还是存在的。但问题是,还是刚才的那句话,历史没法假设,随着时代和环境的大变迁,沈从文此后的文学创作戛然而止,新的可能性被历史终结了,或者说被作家自我给终结了。但同样的,也不单单是沈从文是这样的命运,回头来看,印证于其他30、40年代就成名的作家提供的历史参照,也少有作家能在新中国成立后重现创作高峰。所以,关于沈从文40年代的创作"危机论",我持一种更复杂的理解。

唐　伟:关于"转型"问题,我想再围绕一个更具体的问题展开。我个人可能比较关注沈从文生前并未发表的长诗《黄昏和午夜》。这首诗创作于49年9、10月之交，首先题目就极富象征意味，而诗作本身的内容和形式意味，对于我们理解沈从文的"转型"，可能也提供了一种重要的"个人文献"。

吴晓东： 这首长诗，这次我也重新读了一遍，你的眼光还是相当准确的。在我看来，这首长诗蕴含了处在历史转折时期的沈从文个人非常丰富的思想脉络。比如在诗中，沈从文关注到"历史"的主题："大路上有车辆和散学归来的小孩群/从我和'历史'面前流过/历史的庄严和个人的渺小/恰作成一个鲜明对照。"无论是现实的洪流如何波澜壮阔，最终都要纳入到一个更大的历史河流中去。如果我们说这个阶段的沈从文，仍有所信仰的话，那他信仰的就是他所谓的"历史"。另外，在40年代中后期，沈从文也依然执著于对"人"的理解，比如在这首诗中，他写道："我慢慢走去，慢慢的温习/在发展变易中种种不同人事，/衰弱的心跳跃的节奏清清楚楚。/'人极少自知，更不易知人'/我已懂得它更深一层意义。"我们看到，沈从文关注的依然是历史中"大写"的人，关注历史中人的境遇。而这种追求显然是超越了具体的环境与时代局限，而指向一个恒久的超越所在。这种超越性的关怀，同样也包括他对自然的那样一种宗教般体悟："自然光景的沉默，启示我，教育我/蕴藉，温和，又深厚悲悯……"我们发现，沈从文对自然的这种关怀和体悟，其实贯穿了他的整个创作，从早期的那种类似于神授的美的启迪，到这首诗呈现出的悲悯情怀，可以说是一以贯之的坚持。

唐 伟： 但毕竟是在49年9、10月之交那样一个历史大转折关口……

吴晓东： 是的，历史处在了一个大转折时期，置身历史洪流的沈从文在选择坚持的同时，也在自我调整，并接受改造，以适应历史的新变。所以，接下来我们看到，"更应当学习/政治，理解觉醒的群的向上和向前／人民的力量将全部得到解放／各完成历史所派给庄严义务一点！"在新中国成立之际的历史转折点上，人民当家做主等新的历史面向，对沈从文同样有所触动，沈从文充分意识到了一个"群"的觉醒，看到了一种向上的历史动力，他把这种历史动力，看成是大历史中的一环。只不过在那样一个大转折时期，这些范畴有了新的维度和取向。另外，在这首长诗中，沈从文有了一个前所未有的全新自我形象的体认："把一个活过半世纪孤立者的／成见、褊持、无用的负气／无益的自卑，以及因此矛盾／作成的一切病的发展／于时移世易中的理性溃乱／都逐渐分解和统一于一组繁复柔和音程中／直透入我生命，浸润到生命全部。"诗人的这种自我形象体认是高度自觉的，这里至少可以给我们两点启示：一是他对自己一生的总结，这是一个自卑、褊持的孤立者形象，最终也没有融进一个大的群体之中；二是在经历了理性的溃乱之后，沈从文在音乐中找到了生命的归宿感，在音乐的启迪中，沈从文实现了一种自我的大和解。我们知道，沈从文在40年代就表达过音乐对他的影响：文字不如数学，数学不如音乐。对沈从文来说，由音乐抵达的那样一个既抽象又具体的境地，是文学没法达到的。可以说，沈从文的音乐观，在一定意义上改变并塑造了他的文学观。音乐对沈从文而言，构成了一种新生的可能性和精神归属。

唐　伟：您这么一说，我又想到您刚才谈到的"作品中的沈从文形象"那个问题……

吴晓东：没错，像我们刚才讨论的这样一些主题，以及"作品中的沈从文形象"等，在这首长诗中体现得非常明显。比如说，"'一个人被离群方产生思索／饱受思索带来的人生辛苦'"，"离群方产生思索"，这样的洞见其实相当深刻！然后接下来说，"我原只是人中一个十分脆弱的小点／却依旧在发展中继续存在／被迫离群复默然归队／第一觉悟是皈依了'人'。"这个"人"，依然是历史中"大写"的人。但与此同时，作者也意识到，"为完成人类向上向前的理想／使多数存在合理而幸福／如何将个别生命学习渗入这个历史大实验"，沈从文把新中国的成立，看成是一个"历史大实验"。在诗的结尾，沈从文这样做结："还是要各燃起生命之火，无小无大／在风雨里驰骤，百年长勤！"最终达到一个升华。但这个最后达到的升华，是把人和事落实到自然、历史这样更大的超越性关怀中。而上述这些坚持，其实也都是沈从文毕生的坚持，从这个角度说，这首诗体现了一个有"常"有"变"的沈从文："变"，是指沈从文也在历史转折时期因应时事、调整姿态，想汇入那样一个"历史大实验"之中；但另外一方面，沈从文仍然在坚持，坚持"大写"的人，坚持心灵向自然和音乐的皈依——在沈从文后来作为学者的生涯中，我们看到他的这些坚持，最终是保留了下来，而反观其他作家，可能就很难见到这种有品性的坚持。这首诗所体现出的对"人"和"历史"的理解，对"自我"的认知，有着相当复杂的面向。

唐　伟：从诗艺的角度，您怎么来评价这首诗？

吴晓东：这首诗应该是以诗的形式写成的"心灵传记"。从"心灵传记"的意义上看，这首诗包含了沈从文诸多的个人哲理启悟，在诗的形式和内容之间，达成了一种高度的契合。这首诗比一般的散文和日记、自传都更加升华了他的个人形象。在我看来，沈从文的自我升华能力，可能比很多作家都要厉害，他其实也是有意在作品中追求这样一种"升华"。对自然、历史和人事的感悟中，在创作的高峰体验中，沈从文无数次地追求这种升华的瞬间。也正是在这个意义上，在他的作品中，我们能看到一个"大写"的人的作家形象。当然，如果抛弃文学作品中这种升华的追求和启悟，而只从传记生涯来考察逸闻轶事，那么沈从文的作为"大写"的人的形象，可能就没有像在他的作品中塑造的那样完整、丰富和高大。所以，总的来说，这首长诗确实传达出很多值得去细读的意味和信息。

唐　伟：最后一个问题，请谈谈您对沈从文研究的一个展望，比如目前有哪些研究面向还没开掘出来？或挖掘得还很不够……

吴晓东：这个问题是对我们前面讨论的一个简单的总结。一个是对沈从文的经典作品，我们需要做诗学意义的分析和文本细读意义的解读，这个工作现在还做得远远不够。在现代文学研究中，恐怕只有鲁迅经历了经典意义上的充分细读：比如对《狂人日记》、对《祝福》、对《野草》中的某些篇章，我们都可以找到非常多的研究论文和成果。而在沈从文这里，如果说有那种充分细读的话，恐怕也只有《边城》，沈从文的其他很多作品，尚未得到有效开掘，更谈不上有基础性的共识。从文本细读的意义上说，沈从文研究还有很多的基础性研究工作需要我们去展开和实践。第二个，我觉得立足于沈从文的创作生涯，对作品中的沈从文，做一个整体形象的把握，这方面的研究目前还比较欠缺。目前来看，研究界对沈从文的"前半生"和"后半生"，基本上是分而置之，或者说"前半生"和"后半生"是"脱节"的，因而还无法呈现出一个"大写"的整全意义的沈从文形象来。我个人认为你目前在做的从"公民"角度来切入沈从文的一生，是想做这样一种"大写"的尝试。最后做一个总结的话，我觉得，沈从文研究应该着眼于"大写"，即以一个"大写"的人的沈从文，为出发点和落脚点，而同时又要着手于诗学的"细读"。唯此，以"大写"的人为视野观照的"细读"才不会流于琐碎和繁冗，同样的，建基于文本"细读"的"大写"诉求，才不会流于空疏和跑偏。

唐　伟：好，谢谢您！我觉得您今天的一席谈，对我来说很重要，您以"细读"和"大写"彼此为参照的指导建议和提醒，让我今后的研究更具方向感。

唤回学术的活力

——答记者问

一、我们的"八十"年代

记　者：多谢吴老师对我们工作的支持！您20世纪80年代在北大上学，那是一个非常精彩的时代。您能回忆一下当年读书时有什么印象深刻的事情吗？

吴晓东：本科的时候，我感受最深的可能还是当时的学术风气。80年代，北大的学术讲座五花八门，那时听讲座的方式也与现在不太一样，听众都是带着对讲座话题的很多思考来的，参与的积极性极强。如果台上的人讲得精彩，下面就热烈鼓掌、喝彩，如果讲得没水平，台下就会嘘声四起。所以没点真材实料，一般人真不敢到北大来演讲。另外，80年代自由阅读非常盛行，可以用如饥似渴这个词来形容当年我们对名著的态度，包括很多西方哲学和文学的经典，尤其是现代派作品，都是刚刚引进来的。那时候每翻译过来一个作家，比如萨特、加缪这样的人物，大家都争相阅读，并形成一个思想上的热潮。这种现象在今天已经不存在了，大家想读什么书都能读到，反而丧失了对阅读，尤其是对经典的热情。

现在学生的很多知识来自于网络，但网络上热门的内容往往是比较肤浅的。作为必要的学术基础，大学生还是应该加强经典阅读。西方的各个名牌大学都有一系列的通识经典，往往从大一开始作为课程来学习。学校要求学生必须要读哪些书，然后用课程来保证。导师、助教要督促大家去读，还必须带着大家一起讨论，而且一定是以小班的形式。这是我们的大学教育很值得借鉴的经验与方法。我们今天没有哪个大学设置了这样的必读经典，或只是泛泛地要求，没有用课程的方式进行阅读质量的保证。

美国有些大学的通识教育也正是靠经典研读来使学生触摸进而传承自身的传统。在这个意义上说，具体经典作品尽管可以变更，但其基本范围不可能经常遭受质疑。一个国家对经典的认知经常变化，或者经常遭受"经典"的"陨落"的现象，也就意味着这个国家的意识形态和文化自觉出了问题。而经典的界定也的确出现了"泛化"的问题。一个国家的经典首先是没有那么多，其次是经典应该具有某种稳定性甚至恒常性。因为经典与我们对传统的认知密切相关，也与我们要成为什么样的人种，我们应该有什么样的文化密切相关。美国是一个高度重视本民族经典的国家，他们积淀下来的经典都是从各个层面影响了美国历史和美国人自我想象与认同的书籍，这些书籍曾经深刻介入了美国人的自我定位和自我塑造的历程中。借用美国思想家理查德·罗蒂在《筑就我们的国家》一书中的理解，其中塑造了美国人的那些文学类经典"并不旨在准确地再现现实，而是企图塑造一种精神认同"。也就是在一个个所谓的"美国故事"中，讲述美国人应该是什么样子，或者应该成为什么样的人。这些文学经典的标准"规定了一生的阅读范围"。"而制定标准的主要目的是告诉年轻人去哪里寻求激情和希望"。这些文学"与永恒、知识和稳定毫无关系，却与未来和希望有着千丝万缕的联系，它与世界抗争，并坚信此生有超乎想象的意义"。这就是塑造了美国人的文学经典的意义。

记　者：80年代末我上的大学，对当时的学术气氛也有一些感受。那时的学生有非常强的辩论欲望，不高兴了就大声地说出来；而现在大家更多的是规规矩矩地坐着听，一付虚心求教的样子。您觉得为什么80年代的学生会有非常活跃的思想？

吴晓东：80年代的人普遍有思考精神。那个时代对未来充满希望，所以人们不得不思考好多问题，包括国家的、社会的，当然也包括个人的。这种思考精神是自发的，甚至不是老师引导的结果。这对于一所大学来说，其实是一种很好的学术状态。今天大学最大的问题可能就是丧失了这种思考的精神。好像这个时代思考也没有用处，也不知道思考什么，更不知道如何思考。现在的学生上课出勤率很高，但在80年代，不逃课是难以想象的。开学第一堂课一百多人去听，第二堂课也许剩十来个人，这种现象在我们那个时代经常上演。今天的学生虽然上课认真，但并不意味着有更多收获，因为很多学生只是被动地上课，不一定是真正自由、积极地思考。

21世纪之后，整个中国的大学可能都丧失了作为一个大学最核心的东西，即追求真理的意识。思考的精神，基本上都被某种现实的、更功利性的追求代替了。

记　者：传统学术精神的丧失，是中国大学所特有的，还是世界范围内的普遍现象？

吴晓东：我个人觉得，这是世界性的，整个世界丧失了对未来的想象。十多年前，美国日裔学者福山提出"历史的终结"。他认为历史终结了，因为资本主义在全球取得了全面性的胜利，也就意味着整个人类丧失了对未来的想象，我们不知道要追求什么。

当然我们也还有追求，但目标越来越狭隘，越来越具体。学校是这样，老师是这样，学生也这样。学生一进入大学，就有一个明确的任务：拿奖学金，然后保研，或者想着四年之后找一个什么职位。甚至有的学生在刚刚入学第一年，就跟我讨论要不要实习的问题，因为他听说很多单位不要没有实习经验的学生。

记　者： 您觉得未来能恢复80年代大学这种朝气蓬勃的状态么？

吴晓东： 这种时代的出现是中国文化精神自主性的需要。中国发展很快，但还没有完全走出一个独特的文化和政治模式来。我们现在基本上是以经济为主的模式，而且是仿效西方现代性的。在大学制度上，我们也在模仿欧美。我们现在要赶超世界，变成世界一流，这个标准也是西方的，而不是我们自己的。当我们意识到我们的大学精神和传统需要有一个自己的、自由的中国模式时，可能一个学术活跃的时代就到来了。实际上整个人类文化都面临危机，找不到方向感，中国人需要去寻找自己的方向。

记　者： 国外大学的具体情况如何？

吴晓东： 就我跟国外的交流经验，我觉得他们也同样存在文化和大学教育往哪里走的问题。但西方一流大学自身积淀的文化传统比较悠久、稳定，能够保持一所名牌大学一直持续的、良好的发展动力。真正的一流大学、名牌大学，具备应对社会变化的能力和自信。不会因为社会上有一点风吹草动就轻易迎合上去。西方的一流大学也会面对社会上的各种各样的批评声音，但正像英国著名哲学家欧克肖特在《大学的理念》一文中所说的那样："大学要听的批评必须来自那些对寻求知识感兴趣的人，而不是那些因为大学不具有其他不属于自身的东西，而认为大学有缺陷。""大学需要警惕这个充满互惠互利的世界，否则它就会为一碗肉汤出卖自己与生俱来的权利。"这种权利就是追求真理的权力。但西方的一些二流、三流大学，也处于市场经济带来的困惑中。比如他们也要调整自己的学科设置，加强应用学科，削减人文研究及招生规模等等。

记　者：这是不是说明中国实际上并没有完成现代意义上的大学建设？

吴晓东：我觉得是这样。从1919年"五四"中国现代新的纪元开始，到1949年，这30年，即使抗战时期我们也有西南联大。其间，无论是大学、大学精神，还是大学体制，都是比较稳定的、有活力的、有理念的。但新中国成立后，尤其是在"文革"期间，对大学的破坏很严重。到了80年代，我们重新迎来了大学与学术的辉煌时期，但很快又被1989年的突发变故打断了。现在一下子迎来了市场经济、大众教育、全球化的挑战，中国的大学确实没有足够的历史积淀去应对。

二、教学的经验与体会

记　者：下面请您谈谈您留校任教以后的教学情况吧。您曾在学生中主持读书会，上讨论课，有比较好的反响，具体是怎么做的？

吴晓东：讨论课的好处是大家集中读书讨论，可以促进集体思考和论辩。每个学生限制讲20分钟，然后安排学生评议，评议人用五分钟的时间对同学发言的优点、不足或者问题进行评述。接下来我会就主讲人和评议人发言的优点与不足加以点评，哪些问题是特别有意思的，是可以进一步发挥或发掘的，哪些材料和观点是有问题的等等。老师的点评很重要，有助于学生学术思路的形成。讨论课如果只有学生自己发言，学生讲的问题得不到回应，效果就有限。我认为讨论课应该是教师主导、学生积极参与的模式，我的发言大概占三分之一的时间。

记　者：现在讨论课或读书会在中文系是一种制度吗？

吴晓东：目前讨论课的设置并没有特别的要求，但在研究生教学中比较普遍，本科生的讨论课不是太多。我觉得本科生的讨论课应该加强，就像我们提倡的小班制。小班教学，讨论可以占很大比例，学生自己准备材料，自己看材料，自己形成观点，形成报告，这相当于一种学术实习。

记　者：讨论课在研究生中比较普遍，这是否是论文指导的一部分？

吴晓东：对，至少读书讨论对推动学生的研究工作起了很大的作用。总有学生通过一本书、一个作家的讨论，慢慢地形成了自己的论题。当年我刚留校指导硕士生的时候，学生大都找不到自己的题目，最后只好我给题目，这样的题目往往不是学生自主发现或自己愿意做的，结果最后的论文一般都不太理想。开展读书会以后，基本上学生的选题都比较吻合自己的个性，也因为自己有兴趣而肯下功夫，最后的质量也比较高。而我指导写作也容易得多，堪称一举两得。

　　本科生的论文指导，我基本上也采取这种方式。有的学生找到我，说老师给我个题目吧，我就说，你找一个可做的题目的过程其实就是最重要的学术训练，找到了一个自己能做、而且有学术意义的题目，论文就做出一半来了。在找题目的过程中我再加以指导，跟学生讨论某个题目是否可行，大还是小，应该往哪个方向做等等。这样就能真正达到论文训练的目的，学生也有真正的收获。

记　者：您在上"中国现代文学史"这样的大课时还会有讨论吗？

吴晓东：这门课是整个年级的本科生一起来上的，有一两百人，但我还是适当引入一些讨论。根据后来同学们的反馈，这样的课上讨论虽然不是教学的主要形式，但往往给他们留下很深的印象，对加强教学效果是很重要的。北大的学生其实都很有思想，给他们一个表达的机会，就会大大提高他们学习的积极性。大课上我基本是每隔一两次课就安排半小时到一小时的讨论，大家畅所欲言，往往收不住，很多人都想参与。

有的时候我会提前通知他们阅读的书目，然后讨论。更多的是课堂即兴发现的、大家都有兴趣的问题，那么就当场讨论。当然这种课要控制讨论的时间，在讨论问题和发言人上都要有一定的选择与计划。

记　者：像"中国现代文学史"这样的课，您在教学内容和课程设计上有什么考虑？

吴晓东：本科生的基础课一般都有高质量的教材，比如钱理群老师、温儒敏老师等合著的《中国现代文学三十年》，知识特别丰富、完整。但北大中文系还有一个教学传统，就是老师上课时通常讲自己的东西，讲出自己有个性的内容。这一方面是老师和学生都不满足于照本宣科，另一方面，上课内容与教材对照也会更有启发性。

记　者：您在讲课中与教材不同的内容体现在什么地方？

吴晓东：我会带入一些个人的研究和思考的问题，或是他们比较熟悉的案例。比如，我有一段时间讲到文学中的疾病主题，恰恰正值"非典"爆发期。我就把二者联系到一起，学生就更容易理解文学中的疾病、瘟疫问题。

另外，"现代文学史"面对的是一年级本科生，这门课有文学启蒙的意义。老师通过自己的经验和案例讲解，让他们知道什么是文学，什么是文学作品，什么是审美，这些都是很难写进教材的。

记　者：这些年时代变化很大，您在教学策略、方法上有什么调整吗？

吴晓东：学生在变化，老师的讲授方式也要调整。现在的学生比较注重趣味性、时代感，老师如果熟悉他们的语汇，比如一些网络上的流行语，学生就有了亲切感。还有 PPT 教学，可以把以前要写、要念的那些引文、术语，直接快速呈现出来，也可以展示图片、影片等直观材料，用好了对教学很有帮助。有些老师比较排斥

PPT，而有的老师过分依赖PPT，用PPT代替自己讲授，我觉得这两种做法都有问题。我基本上是用PPT展现材料，自己讲授、解读，不然学生就停留在思维的表层，难以深入思考。

教学工作真正要以学生为本，设身处地站在学生角度来想问题。要意识到学生有某些现象是必然的，需要适应的不是学生而是老师，从而调整自己的教学习惯和教学方式。还有责任感、以诚待人等，都是老生常谈，但也是万古不变的教育真谛。

记　者：您觉得现在的大学教育中有什么比较普遍的问题吗？

吴晓东：现在的学生比较敏感，所以应该加强交流沟通，但现在老师跟学生交流不是多了而是少了。我们当年读书的时候，经常有老师到学生宿舍来聊天，一聊就一个下午。现在的老师恐怕大多没有这种意识，而且进学生宿舍也很困难。老师有自己的学术经验、人生经验，这是心理医生无法完全替代的，而且学生也不会存在看心理医生可能有的顾虑。

中文系一直在尝试推广所谓的导师制，学生一入学，每个学生就给指定一名导师。学生与导师的交流是定期的，有制度上的规定，导师可以关注学生的学习、思想，有什么困惑都可以聊。导师制处于尝试阶段，正在讨论，准备实行。还有在本科生中推广小班制教学等等。中文系和北大在人才培养方面，一直在制度上进行这种积极的探索。

三、关于教育体制的思考

记　者：下面想请您谈谈大的教育环境问题。您曾经说过，目前的学院体制产生了一些不学无术的文人，制造了大量的学术垃圾。问题出在什么地方？

吴晓东：以西方大学为例，特别是好的大学，终身教职的数量实际上是相当少的，只有真正好的学者、好的教师才有资格被提升上来，竞争力特别强，这在某种意义上也维持了教授平均水平的高度。这在中国好像还做不到。不过这几年，北大在引进人才方面力度很大，感觉年轻一代人的综合学术能力，还有教学水平的确在提高，整体教学环境也在慢慢改善。

当然引进人才严格把关是一方面，院系的学术气氛也很重要。如果院系的小环境是蓬勃向上的，就能够带动那些本来可能是比较散漫的教师。我觉得动力的缺乏是今天大学体制一个比较核心的问题。在体制化时代，大师级学者的出现越来越难，难以贡献出大师级的学术。

记　者：那您觉得大师级的学者产生在什么样的环境？

吴晓东：我们一直推崇的 1920 年代清华国学院四大导师，王国维、梁启超、陈寅恪、赵元任，他们都是应运而生的，因为一个崭新的时代需要这样的大师级人物。而我们这个时代真的需要大师级人物吗？这是一个需要探讨的问题。另外学术也有门派，大师需要众多的追随者才能成为大师。比如，章太炎门下聚集了众多的弟子，而且都是相当重量级的，包括鲁迅，还有周作人，他当年有所谓的四大弟子，都是很不错的学者或者作家。有的时候是学生使导师变得更有影响，导师只是一个学术流派的代表，这是学术史上常出现的现象。现在的学院化体制，每个人都想早点做出自己的学术，争取自己在学术体制中的地位，以及个人的生活前景，各自为政的现象比较突出。从这个角度来看，也很难有大师级学者出现。

记　者：目前的项目管理制度受到很多人文学者的诟病，您对此有何看法？

吴晓东：项目化管理的本意是好的，但效果是比较差的。所有的老师都要去搞项目,没有项目就没有学术地位。但做"项目"的结果,大部分都不是精品,因为做项目的方法根本就做不出精品来。还有就是项目制度使学术带有明显的功利性,这对整个学术风气不利。经费应该多投在基础的学术环境建设上,比如鼓励每个老师都搞一些读书会、讨论会,组织一帮学生读书。这样的小环境越多,整个学风就会获得更好的改善。

另外,根据国外的经验,项目经费可以采用后期支付的方式。对人文学科来说,恰恰是那些真正坐了十年冷板凳的,一分钱没有的老师做出了真正有价值的学问。项目经费应该更多的是奖励,奖励成果,奖励研究能力,才有助于做出更多更好的成果来。

记　者:好,今天采访就到这里,谢谢吴老师。

(采访记者:郭九苓)

探寻文学的诗性之灯

——答《北京大学研究生学志》记者问

采访者： 非常感谢吴老师能够在百忙之中接受我们《北京大学研究生学志》编辑部的访谈，很想听您谈谈自己的学术经历，这应该对我们研究生同学会有非常大的启发。

吴晓东： 我希望不只是我一个人说，而能对一些问题有所互动。

采访者： 首先想问一下老师，进入大学以后，您对自己的专业有什么直观感受吗？中文系在 80 年代中期的状态大致是什么样的？在经过四年专业学习以后，为什么选择了现代文学作为自己的研究方向？

吴晓东： 我是 1984 年进北大读本科，我们那个时代进北大读本科的学生可能跟今天稍微有些差别，那时候进北大中文系的学生差不多都是第一志愿，84、85 年前后是个转折，84 年之前的人文学科是北大最热门的学科，当然高峰是 77、78 级，那时候"文革"十年积攒的最好的学生差不多都选了文史哲。这种盛况一直维持到 80 年代中期，到我们 84 级的时候这种状况还持续着。但是此后，招生的热门就慢慢转向了社会科学，像法学、经济等等。但是在我们那个时候对中文感兴趣的考生还是很多的，学文学的热情也非常高，喜欢文学才进了中文系。

采访者： 黄子平老师好像就是 77 届北大中文系的学生。

吴晓东：对。那一级出了很多有名的作家，像陈建功、黄蓓佳等。黄子平老师则是文学研究者的代表。从他们那时起就奠定了北大非常活跃的校园文学，或者说是校园文化氛围。那是一个思想活跃、文化创造力旺盛的时期，这在校园文学中也得到了体现，我个人认为校园文学创作和校园作者的天赋是一个时代创造力的折射。北大的校园文学创作在80年代中期可以跟社会上的文学创作的高峰相媲美，换句话说，那段时期北大的校园文学尤其是诗歌堪称引领了时代风尚，对社会都产生了影响。像海子、西川这样的诗人都是出身于校园文学的作者。

采访者：那应该是最灿烂的一段时期，后来的胡旭东老师也是受了诗歌创作热潮的影响吧？

吴晓东：他是91级的，入学稍晚，但是他们那一届的学生尤其是写诗的，实力相当好，在燕园诗歌写作的意义上起到的是承上启下的作用。另外，北大的文学社刊物，像《未名湖》《我们》，都起到了校园文学或者文学创作的传承作用。

采访者：我记得黄老师上课的时候对我们讲，当时如果有同学文章写得好的，他就会抄出来贴在墙上，大家吃完饭就过去看。老师您读书的时候还是这样的情况吗？

吴晓东：这个倒没有了，可能是因为当时有了杂志作为发表的阵地。《启明星》是当时特别有名的刊物，坚持得非常久，而且是中文系自己的刊物。这个杂志大概在90年代初结束了，后来又复刊了几期，但复刊之后的风格跟以前有所差异，最后还是没有坚持下来。但是这些年北大中文系的学生和外系学生组织了一个"我们"社团，一直在坚持。《我们》是1994年在昌平园区创刊，坚持得很久。它的特点是跨学科、跨院系的，不只是中文系的学生，其他专业的学生也在参与，也算是文学传统的一脉相承。在80年代中期，可以说，校园文学的创造性达到了高峰。80年代我入学的时代，是整个社会思想解放的潮流和学校内部的文学创造力相互结合、相互推动的时代，所以，我们常常会经常回顾80年代，80年代对我们这一代人的成长有着非常关键的作用。

采访者：当时中文系也是像现在这样，分为语言、文学、文献三个方向吗？

吴晓东：对，当年就是这个格局，85年还招过新的编辑专业，可能就一两届就取消了。

采访者：当时对本科学生来说，现代文学专业是一个非常热门的方向吗？

吴晓东：现代文学是挺火的，因为当时有些特别有名的老师，带动了这个学科走上前沿。像严家炎老师，我入学时是我们现代文学专业贡献的系主任，接下来接替了严家炎老师做系主任的孙玉石老师也是现代文学的。中间隔了一届古代文学的费振刚老师，后来的系主任是温儒敏老师，接下来就是陈平原老师。除了费老师，现代文学的几位著名老师当系主任的时间很久，差不多是十几年一直延续下来的。另外，像钱理群老师，黄修己老师，陈平原老师，他们的影响力都是在我入学的时候达到了顶峰期。在学术创造力上，80年代现代文学也是比较旺盛的，当然当代文学也如此。因为经过"文革"，那时所有的学科都是开花结果的时期。经过70年代末的拨乱反正，他们的学术慢慢积累，到80年代初形成了规模，钱理群老师正好给我们上课，讲他那时刚刚出版的鲁迅研究的新书《心灵的探寻》。整个80年代中期，这些老师对我的影响都是非常大的。我最后选择现代文学，跟这有最直接的关系。

采访者：作为本科学生，您当时见过王瑶先生吗？

吴晓东：王瑶先生是我们现代文学的祖师爷，前面我提到的那些老师差不多都是他的弟子。我入学时，王先生已经不上课了，但我听过他的讲座。当时1985年钱理群老师等组织了一个跨学科新方法讲座，把当时北京的人文学界有影响的学者都请来讲,我听了许多新鲜的讲座,基本上以校外的老师为主,相当于前两年中文系的"子民论坛"。每次我们都特别兴奋。其中有一次是请王瑶先生来讲,但是王先生浓厚的山西口音大部分同学都听不懂,那次讲座,我除了瞻仰老先生的风采之外,内容很多都没听明白。据说那是王瑶先生最后一次公开演讲。当时请来的还有林庚先生,也是他有生之年的最后一次讲座。

采访者:以前在您的书里看到您推荐杰姆逊的《后现代主义与文化理论》,这本书其实就是杰姆逊80年代在北大的演讲录,80年代中后期校外学者来学校做讲座或者短期讲课,是不是比较常见?

吴晓东:北大学生成才的条件得天独厚,其中的原因之一就是这种国际性的交流比较多。杰姆逊来讲的那次,是我本科二年级时,讲西方的现代主义和后现代主义理论,给人耳目一新之感。还有一次是李欧梵来讲,讲现代主义和中国现代文学的关系,记得讲了四次,这两个人讲的现代主义从不同的角度汇集在一块,来北大做系列讲座的时间也差不多同时,当时觉得大开眼界。这可能是80年代成才的重要因素之一。这种得天独厚的条件,在今天仍然是北大的优势,像中文系搞的胡适人文讲座,请过宇文所安、瓦格纳、李欧梵等,就是中文系的顶尖讲座。

采访者:您进入研究生阶段以后,为什么选择了读博、做学术这条路?您是如何走上学术道路的?

吴晓东:我研究生阶段选择继续读博,走学术这条路,可能跟志趣有关系,或者是觉得别的行业我也干不了。实际上,我们那个时代的本科生和硕士生毕业后选择的余地还是非常大的。我们整个84级文学专业的本科生,一个班里50多个同学,最后在北大直接读博的就我一个人,可能是当年的中国社会提供了更加多重的选择空间。

像我们本科班的王风老师，还有陈泳超老师，他们是后来重回北大的。我选择走学术这条路，可能最重要的原因还是我从读本科时期就对文学研究和文学评论有兴趣。当时我们84级的上届和下届，号称是诗人辈出的两届——83级、85级，而偶数级一般诗人出的少，我班上最有名的诗人应该是蔡恒平了，但他也是从因病从83级留级到我们84级的。奇数级诗人出的都很多，好像是历来的规律，到了87级也出了很多诗人。我们84级虽然诗人少，但是搞文学创作的同学却不少，我跟他们一比发现我没有创作天赋，虽然自己偷偷地试过写诗，但是发现根本拿不出手。但相反我对文学研究有兴趣，所以从一开始就觉得自己有意识打下了走学术道路的基础。本科阶段也尝试写了些书评或者是研究性的文章，也发表了几篇。我最早发表在《读书》杂志上比较成型的文章是我在本科二年级时的写北岛诗歌的一篇课程论文，对我有很大的鼓励作用。多少也决定了我今后的道路。到了研究生阶段，北大当时因为博士特别少，其实研究生阶段就差不多就是完全的研究型的精英教育，那个时候的老师们对研究生下的功夫跟现在培养博士的精力差不多。当时像钱理群老师、吴福辉老师、赵园老师，温儒敏老师，他们都跟王瑶先生读的是硕士，但是他们的质量比今天的博士还要突出。所以那个时代如果选择了读硕士，差不多也就等于进入专业研究的门槛了。当然我们那代人后来开始读博的已经很多了，想真正留高校的还是读了博士才能留下来。

采访者：您刚才向我们描述了北大80年代的学术状态，您觉得进入90年代以后北大的学术状态有什么改变吗？

吴晓东：我觉得，北大作为全国高校中还算是首屈一指的高校，就学生的质量和问学的精神、求知的激情和热情还是一以贯之的。但是可能因为时代的原因，80年代那一代人对一切都有好奇心，好像一切都是扑面而来的，都是新鲜的，西潮、西学不用说了，重新延承下来的传统的国学研究，也同样令人孜孜以求，好像对一切都有新鲜感。尤其是西学，因为大多数人在几十年间都触摸不到西方文学、文化、哲学以及思潮的影子，而到80年代，好像大门一开，一股新鲜无比的西风强劲地吹来。这种新鲜感对我们来说非常非常重要，也使一代人好像对一切都有兴趣，都有热情。我个人感觉90年代初，整个中国学术界进入所谓的沉潜期，这是正面的判断；而负面的评价则是一个消沉期，好像一切的激情，不光是政治的激情，也包括问学的激情，还是有些受挫，很多人都感觉到有点意气消沉。这也是90年代初学生的状态，当时我正好读研。至少是我们前后几届学生，在90年代初面对的都是这样的一种所谓的文化现状，或者是大环境带来的个体的心理现状，所以激情就有些消退。然后就进入了其实是高等教育和学术体制的常态，也就是学院化、学院体制。在今天，学生好像就应该安心在校园里面认真读书、认真学习。像80年代那样，大学生成为一种社会政治力量不断地溢出校园，走向街头，参与社会，参与政治改革、参与历史进程这样的非常规时代已经逝去了。所以90年代以后进入的按理说才是高等教育的常规时代。但是常规带来的可能也是某种惰性的生成，比如说教师有教师的惰性，即教师的职业倦怠感，当教师真正变成一个职业，日复一日地面对同样的教学内容，每个学期和每个学期都差不多的时候，虽然学生在更换，但教师的激情可能就在衰减，或者是职业惰性就慢慢地潜滋暗长了！这是90年代以来我觉得学者们和教师们可能逐渐面临的一种生存状态。在21世纪体制化越来越强化的时代，这种职业惰性可能就变得更为强劲。学生一代，我个人觉得生活目的变得特别具体，比如有一些同学一入学就想到将来的出路和工作，选择的目标很具体。但是在

80年代，好像这些都不在话下，可能也因为当时我们没有面临今天的学生这么艰难的择业前景。我们那个时候一入大学首先考虑的可能是个性的发展，自己的生命理想是不是有可能充分实现。而找工作大家都不发愁，虽然就个体而言有的找工作也不那么顺，但就整体来说，北大的毕业生差不多都能占据各行各业最好的位置。但是今天整个时代有了巨大的变化，学生的选择也和我们那个时代有所不同。所以我个人觉得学生思考的热情、追求真理的热情有所减弱，不知道我的感觉对不对。因为我觉得大学的核心宗旨是追求真理，而不光是追求知识或不仅仅是追求知识、不光是延承知识。追求真理这样一种宏观的宗旨，不管是西方大学还是中国大学都应该秉承。而特别功利的选择按理说不应该是大学要直面的，但是在今天恐怕很难做到这一点。所以我觉得中国大学，至少是21世纪以后这种无功利性地追求真理的热情和激情似乎是有所减弱，学生中似乎也偶尔会出现倦学的倾向。

我任课的每届学生，无论是本科生还是硕士生、博士生，都有一心向学、特别出色的，或者是对学术研究特别有天赋的，每届都不少。换句话说，像北大这样的高校如果还没有这样一些学生的话，那整个中国的高等教育、尤其是学术就更加没有前景可言。中文系每届研究生中对学术有热情、一心向学、有探索精神的总会有一些。这就可能涉及你们在采访纲中列出的下面的一些具体的话题，就是如何把自己的兴趣、动力化成具体的问题意识，然后再具体地化为研究视野，尤其是像我们现代文学研究领域，如何在文学史中真正找到探索历史、探索真理、探索现实的兴趣，并把热情和兴趣转化成具体的研究动力，这都很重要。因为光有兴趣和热情，转化不到具体的研究实践中，或在具体问题的研究过程中找不到价值的实现，找不到激情乃至前进动力的话，最后也都会落空。这就涉及具体治学的问题了。

采访者：老师您可以谈一下自己印象深刻的老师们吗？或者说对您有重大影响的老师们？

吴晓东：我个人觉得，在我成长过程中，有几位老师起到了关键作用，如果没有遇上这几位老师的话，我可能走的是别一种道路，或者做出的是别一种选择。我在本科二年级的第一学期遇到两门课，一门课是钱理群老师开的鲁迅研究课，他是给高年级本科生和研究生一起开的，但是我们二年级学生也去抢座位。因为钱老师当时在学生中影响力已经非常大了，有很多学生都去挤他的课，所以座位很难占，这是一门选修课，从头至尾都让我特别兴奋，大脑也特别活跃。同时，我们这一级的一门基础课——当代文学——是洪子诚老师上的。我自己把本科二年级看成是脱胎换骨的一年，或者说突飞猛进的一年。因为我整个一年级都有点懵懵懂懂，好像对文学也没有入门，什么是文学研究，什么是学术，都没有实现启蒙。但是到了二年级，听了钱理群老师和洪子诚老师的课后，好像都能感觉到自己在成长，也感觉到了什么是成长。所以这两位老师当时给我的影响是最大的，或者也是奠定了我走向研究这条道路的最重要的契机。而且，我个人觉得这两位老师是我在整个求学过程中遇到的两个最有人格魅力的老师，当然两个人的性格和学术风格是很不一样的，但两位老师在学界是互补的，而且对学生的影响也是互补的，比如钱老师有一种思想的感染力，有激情，有锋芒，所以钱老师的魅力也许是思想的魅力或者激情的魅力。但是洪老师的魅力可能对我来说是一种性格的魅力、个性的魅力或者一种文化性的魅力，他的性格特别内敛，特别温和，不温不火，但实际上特别有智慧。他的课堂上不大有笑声，但每句话差不多都是启人心智的，这是相当不容易的。有的老师特别追求课堂形式，把课堂搞得热热闹闹的，但是一堂课下来你会发现，对你有启迪的、有智慧的话没有几句。但洪老师的课从头至尾都对你有心灵和情感的启迪。尤其他讲当时特别流行的当代著名作家像汪曾祺、张承志，北岛的时候，都渗透着一流的文学感悟，对我们的文学启蒙相当关键，至少对我是特别关键的。所以我最后考研的时候曾经想考当代文学，因为我当时也喜欢张承志、汪曾祺，所以就想读洪老师的研究生。但是跟洪老师打招呼，他说我明年正好是不招，今年他招了两个，包括83级的诗人臧棣老师，所以他说他名额用尽了，到了我这届不招了，我当时有些失落。不过这个时候钱理群老师有一次跟我谈起现代文学学科的特点，或者它自身的魅力，就在于它能承上和启下。所谓的承上，从"五四"开始它承袭的是中国古典文学、中国古代文化；那么启下呢，现代文学开启的又是中国的当代史和当代文学，这种过渡阶段的文化特征决定了这门学科本身固有的一些魅力。另外，现代文学也是大家辈出的时代，其实是比较有潜力和可能性，有内在的魅力和吸引力。后来我就选择了跟钱理群老师读现代文学。

采访者： 钱老师的课哪一点特别触动您？

吴晓东： 钱老师研究鲁迅的第一本书叫《心灵的探寻》。他当时的鲁迅研究课讲的就是他这本书，当时书还没有出版，但是把他这本书作为讲稿在课上给我们讲。当时对我影响最大的就是，他提供了一个跟我们接触到的文学史教科书上叙述的鲁迅以及正统的历史叙述中塑造的所谓思想家、革命家这样的鲁迅即使不是大相径庭但也是全新的另一个鲁迅，让我感到又新鲜但是可能本质上又很熟悉的一个鲁迅。尤其是讲到鲁迅内心的复杂性，讲他所谓的丰富的内心痛苦，讲他的生命哲学，他的思想的高度、深度，甚至是负面的、沉重的一些面目，触及的是鲁迅以前我们没有看到的侧面，但可能反而是一个更真实的鲁迅。尤其是钱理群老师从生命哲学的角度来谈鲁迅，把握到的是鲁迅个人的思想和所谓个人的哲学，而这些哲学当时正好跟对我们影响特别大的西方存在主义哲学相吻合。所以鲁迅的视野和西方哲学的视野打成一片，对我们当时特别有震撼力。

采访者：我大一的时候，虽然没有上那门课，但是我看了《与鲁迅相遇》，就觉得跟鲁迅离得特别近，能感受到他内心的痛苦、彷徨等等，跟之前的讲述差得特别多。我看了钱老师写的书，我觉得真的写得很棒。所以我觉得我们学校的同学真的很幸福，我大一的时候上了"现代文学史"这门课，大三的时候选了黄子平老师的"当代文学史"，我觉得黄老师讲的也真是非常精彩。

吴晓东：对，应该说是你很幸运，因为黄老师这几年在北大只开了一届的"当代文学史"。我听说你们把他叫做"子平爷爷"，我一听吓我一跳，他已经成为爷爷辈的了，哈哈。

采访者：那吴老师您能再给我们讲讲您的两位导师吗？他们对您的影响是什么？

吴晓东：我硕士的导师就是钱理群老师，刚才已经提到了。二年级上他的"鲁迅研究"，他对我的课程作业表示过鼓励，因为他后来跟我谈希望我能学现代文学，所以大三大四阶段的兴趣焦点就转到现代文学了。当时钱老师经常在他北大宿舍里面接待学生。只要是对钱老师有兴趣的学生，什么时候敲门，只要他的灯亮着，他都欢迎，有的时候半夜11、12点钟，也有学生去敲门，包括我本人当年也曾经做过，有时一口气聊到半夜两三点钟才回到自己的宿舍睡觉。有时就会碰到研究生，碰上年轻老师，碰上一屋子人，这种场面当时经常能见到。当时黄子平、陈平原和钱理群老师关于"二十世纪中国文学"的"三人谈"就在钱老师的这个小屋。所以在本科的三、四年级这两年经常跑到钱老师小屋里听他和年轻人聊天，也起了潜移默化的影响，在某种意义上，也可以说是提前进入到某种专业状态，至少是在他那里听大家随便聊天，也有所谓的学术启蒙的意味。而这种状态在今天的本科生中可能就比较难得了。我现在虽然也给本科生上课，但与本科生私下里交流的机会实在很少，与上一代老师们一比较就感到非常惭愧。而钱老师则属于那种非常喜欢和学生聊天的老师。他的好多话题、课题，或者是研究想法，全都是跟同学、同事聊出来的。聊完之后他就特别兴奋，然后就马上转化为他自己的学术研究的课题和成果。所以有时候没有人找他聊天，他会觉得自己的思维打不开，缺乏刺激。我记得读了研究生之后，钱老师有一个特别的要求，就是要求我每星期来跟他聊两次。聊什么呢？我当时当然还聊不出什么名堂，但是在聊天中可以刺激钱老师自己的思维。所以研究生和他聊天，成为一种规定性的课业，当然这种"课业"对学生来说永远是受益最大的。这点对我也是有影响的，虽然我比起钱老师做的是远远不够的。

采访者： 老师，这里有一个问题，就是现在学术都是后出转精，现在的人做的越来越精细化，现在的聊天可能没有办法像钱老师那样很迅速的转化成自己的研究成果。

吴晓东： 对，你说的很对。钱老师跟我们聊天的那个时代，其实是整个现代文学研究领域拨乱反正、重写文学史的时代，把以前的一些既有的定论，包括对重要作家、文学思潮、作品流派的基本判断都要重新颠覆，所以那个时候随便一聊就是一个课题，就是一个宏大领域。当然这些领域要进入真正的研究，就是要像你说的踏踏实实地从资料做起、从文本细读做起，才能真正转化成学问。但是当时首先需要形成的是问题意识和对学科大问题的宏观把握。当然，不是聊出来的所有课题都可以真正做下去的，或者转化成你说的这种实际的学术成果，或者转化成精细的学术论文的。但是问题意识或者是总体的把握、宏阔的视野，或是像钱老师宏阔的治学格局从这些聊天中还是可能会慢慢感受到的。这些感受在每个人今后的研究道路中，可能都会起到潜移默化的影响作用。如果明晰的问题意识和开阔的视野跟以后的具体研究相结合，具有可能性的学术脉络、学术前景就会慢慢在你面前铺展开来。

采访者：我们还想听您讲讲您的博士生导师孙玉石老师。

吴晓东：孙老师当然要好好谈谈。我是在本科三年级的时候选了他的一门课"现代诗的导读"。那门课差不多是我第一次接触到的有讨论的课，当然是以孙老师主讲，但是他会让每个学生选一首诗，自己写解读文章，在期末提交解读文章之前，他会提供几次课，让大家上去讲讲自己的见解，讲讲你是怎样解读你所选择的这首可能很晦涩、很难懂的诗的。在解读和讨论的过程中，我才发现自己真正地了解了什么叫文本细读，所谓一窥作品解读的堂奥。就是在孙老师的课上，我才感觉到自己对诗歌的解读有点入门了，而文本细读的能力也多少得到了训练。中文系学生所应该具备的基本能力训练，我在课上也讲过，文本细读能力以及文本分析能力，是最低的标准，同时也是最高标准。一个研究文学的学生，能不能对一部作品进行精细的文本解读，给你一篇作品，能不能写出有见解、有新意的分析文章，当然对人文学者和文学研究者来说是最低标准。可以说是孙老师的课最初训练了我的文本解读的能力。然后，读博的时候也就顺理成章地跟了孙老师，也从此开始做点诗歌研究，博士论文做的是象征主义，自己的研究领域也开始向诗歌倾斜。这都是孙老师影响的结果。

　　孙老师跟我刚才提到的洪老师、钱老师相比，有其独特的魅力。钱老师的魅力我概括成思想的魅力，洪老师也许能概括成性格的魅力？或者个性的魅力？因为他的个性对我的影响也非常大。而且在个性上而言,我个人其实不像钱老师,他的英雄气质是我天生就不具备的。所以我可能比较追慕洪老师。但是孙老师有一种道德的魅力,在人格上特别令人钦慕,道德感非常强,是谦谦君子。孙老师作为我的博士生导师,对我来说也是最重要的导师。

采访者:吴老师,您刚才说的钱老师与同学的交流可以说是一种教学相长的过程,那您觉得您从90年代留校任教,到现在将近二十年的教学生涯中,您的教学对您的学术研究有什么意义呢?

吴晓东:关于对北大学生的印象,刚才我多少也谈了一点。现在我想聊你的第二个问题,所谓教学相长。我觉得高校教师跟一般的研究者比如研究所里的学者相比,可能最得天独厚的条件就是有学生。因为要面对学生,要上课,就逼着你必须要进行自己的科研。而身在北大,在教学上最重要的是你必须要讲出自己的东西,你必须随时有自己的研究,你不能在课堂上人云亦云,北大老师即使是上基础课一般讲的也都是自己的东西。

采访者:对,所以基础课选不同的老师也会有感受到非常不同的风格。

吴晓东:对,风格、讲课方法,包括内容偏向都会有差异。但对于基础课来说,我觉得应该有一个公约数,一门基础课该讲的内容大体还是必须讲到的,但是同样的内容每个人的看法、判断都会有差异,更何况是选修课呢。而北大真正丰富多彩的是选修课,每个老师都会讲自己的研究,我觉得这可能在各个院系都是如此。没有自己的研究就没法登上选修课的讲台,因为在选修课上你不可能讲别人的东西,只能讲自己的东西,所以逼着你一定要有自己的研究。所以北大老师们的很多研究都是从课堂出来的。像钱理群老师当年的很多书都是课堂上先讲一遍,有了讲稿再慢慢整理成书的,很少有倒过来先写了书再去讲课的。所以讲课、跟学生的交流、带学生,对北大的学者或者所有高校学者,都应该是重要的。甚至像汪晖老师，你可以看出到了清华之后他的写作风格跟他当初在社科院文学所的时候已经相当不同了。在社科院的时候他的写作特别雄辩，写特别长的句子，而且一句话有时长得像一列看不到头的火车，你得憋住一口气才能把它读完；但是你现在看汪晖老师的文章，尤其是他课堂上讲课的讲稿、课堂的整理稿，你就会发现浅白流畅多了。为什么？因为它们是讲课的成果，你讲课不可能讲得特别晦涩，包括语言风格也都会受到影响。所以，高校教师的研究肯定跟他的教学、跟带学生是关系最密切的。而且北大的学生最好的地方就在于他们能够刺激老师的思路，在讨论课、读书会上，差不多每个学生都会讲出一番有自己见地的、很深刻的、有想法的东西，这些东西也在刺激老师，催促老师自己也要不断地生长，不然的话就跟不上自己的学生了。

采访者：吴老师能不能简要为我们讲一下您的学术历程和关注点？

吴晓东：我最早的研究，如果从博士论文开始算的话，应该算是"影响研究"。因为当时正好是学界热衷做西方思潮研究，西方的文学思潮、文化思潮对中国现代文学影响研究的模式差不多在我读博士时期达到了顶点。几乎所有的西方文学思潮影响到现代文学的都有人来做，如"现实主义和中国现代文学"，"浪漫主义和中国现代文学"，"存在主义和中国现代文学"这样的题目都有人做。在这个影响模式之下，我自己选择了象征主义和中国现代文学，其实也是在考察西方文化思潮以及诗学对中国现代文学的影响，是一个影响研究的思路。当然这个影响研究的思路和模式在我做博士论文的阶段也开始了新的拓展。我做象征主义题目的时候，发现中国现代文学光有西方的影响是不够的，在象征主义问题上必须找到和传统的渊源性。这样，这个题目就有助于一方面把象征主义和西方思潮的影响纳入本土的视野之中，但另外一方面也需要上承传统，因为中国文学自身也有古代的象征传统，比如周作人就说，"象征"其实就是赋比兴中的"兴"。在这样兼及西方和传统的双重视野下，你就可以发现中国现代作家中真正取得较高艺术成就的，正是把西方和传统文学的滋养都融汇在自己创作中的作家。所以我的博士论文在一开始，可能侧重研究西方思潮的影响，但是慢慢做下来，就发现传统的因素也在起作用，慢慢地就生长成为一个重要的研究视野。最终我的研究建立的是横纵两个坐标，对现代文学的判断可能会相对完整一些。

后来我的研究视野就转到了所谓的诗学研究视野，是因为1997年的时候参与了钱理群老师的"诗化小说研究丛书"的工作。钱老师主持了一个诗化小说的研究课题，找了若干青年文学研究者，每人研究一部所谓的诗化小说，像萧红的《呼兰河传》，废名的《桥》、冯至的《伍子胥》、沈从文的《边城》，都是有诗意的、成就较高的作品，这套丛书要求我们每个人做文本精读和细读，然后做出一篇诗学研究论文。从那时开始，我的研究就开始慢慢向诗学研究转换，从诗化小说过渡到现代诗学研究。但是我整个的诗学研究视野已经从形式诗学——就是专门研究文本内部的形式要素，如语言、结构、修辞扩展到所谓的文化诗学，去研究文本和历史以及外部社会的关系，借此希望把内外打通，这个思路到今天基本上是一以贯之，而且我发现诗学研究具有内在的潜力，或者说内在的可能性，而这种可能性到现在也没有穷尽，也仍然是我特别有兴趣的一个领域。

还有一个研究领域就是诗歌研究。因为跟孙老师读博士之后，我对诗歌研究也比较有兴趣。大体上就是这些。当然中间也客串了一下20世纪外国现代小说研究。

采访者：正好想问问老师，您在写完那本《从卡夫卡到昆德拉》之后，还关注哪些外国作家、作品？

吴晓东：我觉得，对外国文学的关注永远是必要的，因为只有参照外国优秀作家的作品，你才能意识到中国作家自己的优势或者不足。无论是现代作家、当代作家，还是今天新生代的作家，没有外国文学的参照系，你就搞不清楚中国文学自己的问题和价值在哪里，所以我始终关注西方文学发展的脉络。当然现在不做西方文学的专门研究了，但是我现在读西方文学作品和研究著作的数量总体上肯定还是要超过中国文学的。比如，最近关注的是西方的学院写作，西方学院知识分子的小说创作。你们可能熟悉戴维·洛奇，他写的《小世界》有人说是西方的《围城》，他出了一系列的学院小说，或者说教授小说。又比如马尔科姆·布雷德伯里的《历史人》，都是西方学院小说重要的代表。因为我自己也是一个学院中人，所以也关心一下西方人是怎么写学院、教授，作为一个参照，或者一面镜子，看看其中是否有自己的镜像，或者中国学院知识分子能不能在其中映出自己的镜像，当然是反思性的镜像。

另外，像近几年比较流行的小说，比如智利的罗贝托·波拉尼奥写的一部比较厚的长篇小说《2666》，比如像最近几年的诺贝尔文学奖的获奖作家，我还是都很喜欢的。如帕慕克的小说写得很漂亮，又比如南非的库切，都是相当了不起的作家。日本作家像村上春树，我自己也一直很喜欢。虽然在有些人看来他比较通俗和畅销，也有人认为正是因为他的通俗和畅销妨碍了他得诺贝尔文学奖，虽然这两年他也是一位非常热门的候选人。但是我关注的是像村上这样的作家是如何把严肃因素和通俗因素、纯文学和通俗文学相结合起来这样的一种创作理念或者创作实践，这点其实是相当不容易的。也许有些严肃文学作者把他看成是通俗文学的，有些通俗文学作者又把他看成是严肃文学的，但这恰恰可能是他的独特之处。我个人把他看成是一位严肃作家，这样一位严肃作家，有这样的影响力，原因何在？我个人对这些问题比较关注。

采访者：还想再问一个现代文学方面的问题，刚才老师也提到，上世纪80年代有重写文学史的思潮，现代文学应该说是当时的一个显学。但是现在从事现代文学研究的主要是从细部着手，或者是寻找新的方法、新的理论进入具体文本和作家，那么您对这个学科的现状是怎么看的？身处现代文学研究领域二十多年，您对这个学科的研究变化是怎么看的？心态上有什么不同吗？

吴晓东：八十年拨乱反正、重估现代文学的历史阶段慢慢地过去了，所以现代文学研究，正像你刚才提到的，进入到了一个精细化的阶段，所有的问题都要扎扎实实非常细致地去做，而且要充分地和历史资料相结合，把学术真正变成积累和传统。80年代那些非常有名的研究者做的是拨乱反正的工作，但是按钱理群老师自己现在的叙述，他们的著作在今天回头来读也有空泛的地方，提出了很多宏观的见解和思考，但是精细程度不足。钱老师认为，其中往往是议论性、思想性的东西大于扎实性和史料性。所以钱老师称赞这些年的博士论文，选题和论证往往是既前沿又扎实，把一个新的题目和整个历史史料的钩沉相结合，慢慢地沉淀出一些能留给后来学者做参照的真正的学术积累，这是他最近的一些判断。

我个人认为，九90年代以来，其实学术研究面临一个转型的过程。第一是综合性，就是把文学研究和社会研究、历史研究真正结合在一起，这样就有可能走出纯文学的内部，真正打通内外。第二就是历史性，所谓的历史性就是真正进入历史语境，进入整个现代史，把现代文学看成是现代性、现代历史的一部分，从中为现代文学寻求定位。无论是历史化，还是综合性，都是21世纪直到今天的学术历程，而这一学术转型还没有结束。这样的学术一方面往深处走，另一方面则在进一步扩展思路和研究视野。所以对这个学科来说，很多问题还没有穷尽，生长点还有无数。因为你换了一种角度、换了一种方法、换了一种观照文学和历史的方式，那么很多以前好像已经被研究过的领域都可以从头再研究，或者从头找到新的生长点，挖掘出新的含义，包括文学的含义、现代性的含义、历史的含义、文化的含义。另外这种综合性还包括现代文学向传媒领域、生产领域以及消费领域拓展，研究现代文学的生长过程、消费过程、怎样被阅读、怎样在期刊报纸上呈现自己的原初面目，把媒介研究也纳入文学性的研究之中，这些都是有生长点的研究领域。所以我觉得现代文学在某种意义上其实获得了一个新的起点，或者说才刚刚开始，现代文学面临一个学术真正经典化的过程，前景还是很可观的。

采访者：现代文学研究可以拓展的空间，除了老师讲的这些以外，还有其他研究的视点和空间吗？

吴晓东：除了这些以外，我觉得还有文本的细读和文学的审美研究也仍然值得拓展。因为这些年，虽然文学好像寻找到历史化的研究途径，但是有些过于偏重文学的外部研究：文学和历史、文学和出版、文学和传媒、文学和接受，或者文学和学术的关系。但是这些年来实际上对文本的细读和文学的审美研究反而有些削弱，我认为文学审美解读的透彻性这一点在今天越来越欠缺。所以这也是比较有生长点的一个空间，我个人对这方面是比较有兴趣的。

采访者：老师您也一直在关注诗学问题，您为什么会选择诗学这个研究领域和研究视角，您认为用诗学的角度能接近文学的本质吗？相对于其他理论视角，诗学视角的得与失是什么？

吴晓东：这个问题也很好。我刚才提到文学的文本解读、审美研究，在某种意义上也需要一个诗学视角的进入。诗学研究，尤其是微观诗学或形式诗学，解读的恰恰是文本的内部构成、文本的感染力，即一部分作品为什么能够成为经典，另一部分作品却只能沦为三流四流，这些问题的解答从某种意义上说都需要借助诗学。但是对于诗学的理解又不是那么狭隘的。刚才我也提到，诗学研究是可以把形式研究和外部的历史研究相结合的，这就是所谓文化诗学。文化诗学领域处理的就是把文本内外结合，文本的感染力、文本的审美、形式要素，看上去好像是一个作家依靠内部封闭性的思考和形式性的因素来完成的，但是形式中永远积淀着历史、积淀着文化，或者说积淀着社会因素、历史因素。而这些社会、历史因素在文本中是可以透视到的，是能够捕捉与挖掘的。从某种意义上说，作品的审美动力或者文化动力，恰恰是文本的外部历史因素、文化因素渗透到文本内部的结果。这就是文化诗学想要解决的问题。文化诗学最有魅力的一个地方就是它能打通内外，既可以扎扎实实地做文本的内部研究，但同时也能够跳出来，走到一个更大的历史文化视野中来考察文本内在的审美性是如何生成的。为什么一代写作者会选择这种文本形式来进行写作，另一代写作者又会选择另一种流行风格来进行写作？所以在某种意义上可以说，诗学研究能够将所谓的本质论和历史论结合在一起，这反而可能是接近所谓的文学本质最有效的途径。

诗学领域和其他理论相比，可能只是一个视角，或者只是一个途径。但是诗学可能建构的是一种总体性的视野，或者说更可能具有总体性。如果诗学理论做得好的话，我个人认为它是相当有魅力的，相当有解决问题的有效性，或者彻底性。到目前为止，在前人理想形态的诗学研究中，我还没有发现它的"失"在哪里，你倒是启发了我回去思考这个问题。

采访者：我是觉得从文本内部形式入手有时候可以走到文化诗学的路径上，但是很多时候可能由于自己理论欠缺就难以走到，于是主要做得还是文本的内部研究，外部研究就做得相对比较少。像有些研究者研究意识形态，可能就跟文本的外部接触更多，更直观，也更有启发性。这个就可能更强调美学性和文本的审美因素。

吴晓东：你的问题涉及了文本的选择，有些文本可能不适合这种所谓的打通内外的形式诗学和文化诗学相结合的路径。的确如此，你这个问题，也特别有见地。

采访者：在您的学习与研究生涯中，您是如何吸收理论资源的？又是如何把理论资源与自己具体的文本研究衔接在一起的？有些研究者可能一直在读一个理论家，或者吸收的都是一种理论资源，您会经常不断地去阅读一位理论家吗？您认同理论常读常新这个观点吗？对于当下西方非常热门的理论家，比如巴迪欧、阿甘本，老师您会像追踪外国文学作品那样，去跟进这些理论家吗？

吴晓东：我觉得理论适合于不同的时代，它也需要自我更新。而且，西方人每个时代根据自己的历史经验或者是时代需求，也在创造出不同的新的理论，西方这些年的理论更迭，学文艺理论的肯定是比较熟的。但实际上，每个时代对那一代人都有影响至深的理论。像我成长过程中对我影响最深的理论主要是存在主义和结构主义。我们入学的时候一直到研究生阶段，存在主义，像萨特、加缪等对中国的影响已经达到顶峰，结构主义已经开始登上影响我们的历史舞台，所以我们这一代人中既有存在主义的影响，又有结构主义的影响。存在主义特别强调的是生存的哲学、生存的本体论，是对生命意义的思考，对我们影响至深。存在主义甚至对洪子诚老师、钱理群老师那一代人都很有影响，因为他们80年代初重新进入专业研究领域的时候，也正是西方存在主义影响达到高峰的时刻。但是对我们这代人来说，结构主义可能就成为更重要的一个研究领域。我们这代人可能更强调从结构意义上看问题的视野，或者是强调作品的结构、历史的结构。接下来就是所谓的解构主义的时代，则把时代从结构推向了解构。所以有的老师精通一种理论或者是一个理论家，比如福柯，对他来说是非常重要的，像德里达这样的解构主义大师，他看问题的视野是有覆盖性的或者说全局性的，所以影响力也是一以贯之的，不会因为受具体时代的影响，我想其他领域也是这样的情况，包括法学、语言学等。但是，新的理论的创生往往是和新的问题相关的，比如阿甘本、巴迪欧在西方现在是较有影响力的理论家，不了解他们的理论，会对学界讨论的话题有隔膜。很多文学研究都是在借助这种新的话语来触摸现实和研究现状，所以新的理论话语也需要理解。像阿甘本和巴迪欧我也会关注。巴迪欧的激进哲学我读起来比较费劲，但是阿甘本的《幼年与历史：经验的毁灭》里面涉及的经验的可能性等问题，我就特别有兴趣。有的理论家可能就和我没有什么缘分，当然这和自己的天分、经验、阅读史都有一定的关系。不管怎么样，理论是一种思考方式，是一种视野，是一种把握社会与文学的工具与思考途径，至少我认为理论是不可或缺的。

采访者：看您的论文，理论和文本的切合点找得非常准，比如分析张爱玲文本中的阳台意象、沈从文《长河》的传媒符码，上学期您《都市文本选读》这门课也是用都市理论来研究现代小说文本，这时候理论和文本的衔接点非常紧密。您能谈谈这方面的想法吗，就是理论如何进入文本的世界中？是理论先行呢，还是先有具体的文本，再去寻找一种理论？

吴晓东：从理论上来说，任何一个研究对象都先天地吻合于某种理论，或某种阐释框架、阐释视野，吻合于某种模式，这种阐释视野与框架可能就是一种理论形态，我觉得其他的研究领域应该也都是这样。一个课题，它可能先天地要求某种理论视野的介入，或者有某一理论视野和你的研究对象最为吻合，当然可能也不仅仅是一种理论视野，有的课题要求的是多重视野的综合。所以，我觉得理想的状态是你要为你的研究对象找到这样一种理论与深度，有了这样的理论深度，你对研究对象的解释，就可能达到更深的领悟、更深的揭示，或者说更彻底的描述。我觉得这是一种理想状态。当然有时候是一种操作的熟练程度，也不乏有的研究其实是在玩弄理论话语，但如果一个研究者理论术语操练得比较熟，你会觉得，他运用得并不那么生硬，头头是道，但是实际上却无助于问题的真正解决。真正的问题是，你的理论和你的研究对象以及文本分析隔了一层，很机械地被焊接在了一起，我也有这样的时候，有时候为理论而理论，我觉得这不是理想的状态。理论视野是先天隐含在研究对象中的，一定要把它找到，当然前提是对相关的理论要阅读，要熟悉，至少知道某一种理论要解决的问题与视野是什么，这样你才能在你的研究对象中发现潜含着的理论视野。

采访者：那就继续再往下面问，老师对当代文学挺关注的，因为我之前在《中华读书报》上看到了您写的《山楂树之恋》的评论文章，我当时都特别诧异，因为我觉得这是女性特别喜欢的小说，我当时在想您怎么会去读这部小说呢？然后，我们看这个小说时完全没有想到这个作者是留美啊，就没有考虑到这种话语属性，但是您还提到了这个问题。所以我觉得您还是在看网络小说的。所以想问问您对网络小说的看法，就是您平时读什么样的网络小说？您是怎么看待网络小说创作的？另外，像《后宫·甄嬛传》，我觉得那是我读过的最有文学价值的一部网络小说，这位作者在出名之后，接受访谈的时候说她的小说具有非常深的现实意义，因为她描写了宫廷中非常残酷的现实，让人们更加珍惜当下的生活。我当时看了之后就感觉这里头她自己附加的意义可能更多一些，问问老师您觉得网络文学对现实有没有促发力量，或者是具有纯文学那样的更深层次的东西？

吴晓东：网络文学需要分别对待，有的网络文学作者真的是出于自己的生存体验，或者自己独特的经历和独特的感悟，而且很有文学天赋，他还是真正出于热爱来创作文学的，因为在网络上一开始写作的时候，他的功利性可能没那么强，顶多追求一下点击率。如果他真正把自己体验到的独特的生命体验或者生命经历传达出来，可能就是那些成名的作家、循规蹈矩的作家所传达不出来的，或者代替不了的。我觉得网络写手有一部分的创作是能够传达自己的体验和揭示独特的或者是我们普通读者看不到的现实的某些面向的。但并不是所有网络文学都是如此，这肯定毫无疑问，或者大部分网络文学恐怕还是以垃圾居多。《山楂树之恋》还有《后宫·甄嬛传》之所以能够在网络流行，有这么多的读者追捧，然后又被影视创作看中，肯定看中的是其中所揭示的某种更真实的现实，这点是毫无疑问的。当初我和学生们之所以想讨论《山楂树之恋》，就是因为它首先是消费时代的网络流行小说，又被张艺谋拍成电影。在把小说和电影对比阅读的过程中，就会发现两种媒介之间揭示的现实的差异性，这是特别有意思的。我们讨论的宗旨，就是想从消费时代出发，处理消费和爱情的关系。而消费时代的爱情，爱情和"文革"记忆的被消费化，这样的时代主题，只有通过《山楂树之恋》从小说到电影的这种转换过程才能讨论得深入，才能在背后发现我们的时代的问题的症候性，这是我们最终的目的。所以网络文学往往是更有时代症候性的，比那些严肃作家或是成名作家有意构思出来的东西可能更能反映时代的、政治的无意识的东西。

采访者：现在我们研究文学的人，特别是研究当代文学的人，忽略网络文学创作的话，就觉得真的丢了一大块。尤其是我们这代人，没法不去阅读网络小说，就算有些是类型小说也会去读，然后会有快感机制，在阅读过程中就会很愉悦。另外，现在的文学创作您觉得能够反映我们现在这个光怪陆离的现实处境吗？您觉得有没有力量去反映这种现实？去年余华写的《第七天》，他以逝者的口吻想去穿透现实，但很多评价认为他塑造的是极端对立化的现实，并不是很真实的现实。我自己在读《第七天》的同时，也阅读了另一位作家艾伟写的《盛夏》，这部作品也是反映现实问题的，在里头也具体涉及了上访、微博的表演性之类的话题，这些话题应该是跟我们这个时代契合特别近的一种现实吧。感觉他们的写作也试图去描述当今的社会现实，您觉得他们这样的纯文学作家面对现实的写法手法是不是有效的？面对现在的这样一个消费主义时代或者说拜金主义的社会，您觉得文学写作者的使命是什么？在这个过程中，文学研究者应持有什么样的立场？

吴晓东：这个问题很好。我觉得反映现实永远是文学最重要的功能或者是责任。但是在今天这个时代呢，一个相当关键的问题就是现实变得越来越多维，不光是多元，它可能也是多维的，今天的现实中有的维度和另外一些维度之间是永远碰不了面的，或者说对有些人来说现实是隐形的。而且现实越来越多地成为隐形的存在，不同阶层、不同境遇、不同历史阶段的人，他面对的现实可能都是不一样的。所以我觉得今天最大的困难可能就是欠缺穿透力，那种能够在不同的现实维度中自由穿行的能力，一种总括力，揭示某种总体现实的能力。就是说现实的各个维度他都能把握，我觉得这样的作家可能越来越难出现。每个作家可能面临的都是不同的现实，但是这个现实和另外一个现实之间是没有通约的。所以你也觉得你在解决一个现实，但这个现实是限于作家你自己的局限性而把握到的现实。这是我觉得今天关于现实这个问题的难度所在。

我认为一个作家在今天最需要的品质，或者最需要的能力，是把表象背后的历史逻辑和社会逻辑揭示出来，或者说能够抵达现实背后的深层逻辑。他不光呈示表象，表象虽然也是现实，但是在更多时候大家都能看到表象，但你不知道表象背后有什么样的逻辑，比如资本逻辑、金融逻辑、经济逻辑，还有心理逻辑等诸种逻辑。这些逻辑你能不能把它揭示出来？一个普通人可能看到表象就可以了，但是作家却需要看透表象，看到内里，只有这样一个作家才能呈现人类的或者说我们中国人今天所面临的诸种现实境遇的复杂性。这种复杂性在今天已经以新的形态出现了，就是说我们今天"现实"这个概念已经有所转换了。更重要的是我觉得今天你看到的所谓现实，其实恰恰是表象甚至是虚假的幻象，一个真正有功力的作家正是需要把这个意识形态的欺骗性，包括文本的、作品的欺骗性给揭示出来。有的时候作家在创作中其实提供的是一个意识形态假象，那么评论家真正的任务，就是揭示出这种欺瞒的假象，而不是迎合这种假象。所以文学研究的使命其实在这个意义上跟作家、跟理论家是一致的。不仅仅是有了一部作品就去写解释性文章，或者干脆是吹捧，我觉得这样的研究绝对是第二义的，无论是从批评的角度还是从研究的角度来讲都是第二义的。而真正的研究者、文学评论家，他肩负的任务，同样是揭示现实，只不过他是通过分析和研究其他作家的作品抵达这样的使命。所以我想强调今天的批评家的真正重要的责任是揭示作家在创作之中传达出来的一种欺瞒的幻觉。好多作家特别自恋，或者沉迷于一种镜像，沉迷于自己虚构的幻觉，或者以为他传达了现实，但是他营造的恰恰是一种欺瞒的假象，这种假象往往会同时把读者也给欺骗了。这种欺骗性，作家自己都不自觉，大众就更不自觉，但是你评论家如果也不自觉的话，那么整个社会或者整个文学界就会沉迷于这种欺瞒之中。揭示这种欺瞒，或者如鲁迅所说揭破瞒和骗，恰是批评家的使命所在。但是现在的文学评论越来越不胜任这一点，用他们的行话来说都是"相濡以沫"。作家写一篇作品，他们就去吹捧，所以跟批评家的使命越来越背道而驰，我觉得问题主要在这里。

采访者：记得以前看您的文章，老师您说喜欢喜欢苏联作家帕斯捷尔纳克的《日瓦戈医生》，我觉得这部作品反映的不是那种现实的表层，它其实反映的一种心理的现实的境况，非常真实，现在读起来还让人特别有感触。我觉得像余华虽然写的是社会的现实，但没有很深层次地塑造心灵的现实，心灵的现实可能对读者更有启发意义，而不是说一时的社会现实。

吴晓东：因为最终沉积给后人的更重要的可能是体验的现实和心灵的现实，我同意这一点。

采访者：最后问一个学术方面的问题，也是我们研究生学习过程中很困惑的。在进入自己的学术领域的时候，对本专业的兴趣没有之前想象中的那么大，或者站在这个领域里，觉得那个领域可能更适合自己，会有这样一种心态，很难保持对自己领域长期的兴趣。所以想问问老师二十多年以来，您做现代文学研究的动力和热情是什么？

吴晓东：就我个人的现代文学研究，我也不能说现在这个热情还能维持，可能更多是一种职业意识使然，就是说我是吃这碗饭的，这碗饭我不吃我就没饭可吃了，可能职业意识首先体现在这一点上，说的俗气一点，是为了生存的需要。但是从专业研究的角度来看，现代文学的背后拖着整个现代和现代史，那么中国的现代是怎么生成的，现代是怎么起源的，中国的现代是怎么走到今天的？这些都会激发对现代文学持久的兴趣。用我的说法，我们今天都生活在中国现代性的后果里。所以对现代文学的关注，对现代性的关注，对文学性的关注，这些本身还是困惑着我们研究者的基本问题。如果你没有这样一种困扰，你就不会有探究的热情。

另外像现代文学和人的关系，和现代史的关系，和现代的审美精神的关系,我觉得这都是很重要的问题。这些问题虽然不是每个都体现在具体研究中,但是可以作为整个研究的基础和背景。对这些问题如果你有所自觉的话,或者说有一定的意识,那么你对这个学科可能就会有热情,觉得还是值得探究的。每个学科都是这样,我觉得如果对于一个学科有激情,能够持久地热爱,可能最重要的还是培养专业意识。你觉得自己是"很专业"的,专业意识如果培养得很充沛的话,就会特别的有激情。因为一旦进入了一个专业,钻研到每一个专业非常精深的领域,钻研到它的知识体系里以后,你会觉得非常非常有乐趣,这就是一个专业研究者的乐趣。所以我现在特别强调的是专业眼光、专业意识、专业兴趣、专业研究,我觉得从研究生阶段一开始,就应该获得这样一种专业意识,所以我最好的建议就是培养或者转化自己的专业兴趣。

采访者: 最后想问问老师对我们的学习有何建议。您自己写硕士或者博士论文时,想法和构思是怎样慢慢出来的,这个过程能跟我们分享一下吗?还有对我们以后撰写论文有什么样的建议?

吴晓东: 我觉得硕士论文和博士论文的最大的差异,就是硕士论文还是一篇论文,但是博士论文恐怕从字数上来说就是一个著作的规模。它们的差异从表面上讲可能体现为这样一种体量感的差异。但是无论是硕士还是博士论文我觉得共同的地方都是在解决某一个问题,这和一般的著作是不一样的。一般的著作可能不一定在解决某一个问题,但是你要做的学位论文,无论是硕士论文还是博士论文,都必须要解决一个问题。它不是把所有问题空泛地、笼统地组合在一块儿,不是一种机械的组合,这样不是学位论文写作的思路。无论是硕士论文还是博士论文,我觉得我自己写作过程中最重要的体验,或者是最重要的感悟就在这里,就是要解决某个问题。

采访者: 就是"问题意识"。

吴晓东：背后就是有"问题意识"。

采访者：基本上每位老师都在强调"小题大做"，切入点一定要小，这样才能深挖下去，才能够有"问题意识"。老师您觉得对于研究生同学来说，这样的想法如何具体地贯彻到自己的论文写作中去呢？

吴晓东：不知道你们写论文有没有这种感受，就是切入点要小，即你所谓的"小题大做"。但是这里的所谓的"小题大做"的"小题"呢，不是真正的"小"，而是背后有一个整体视野，背后是有"大问题"的，或者是有一个宏阔的问题背景的。但是你面对这个大的问题背景，你自己要解决这个问题时却不是笼而统之、大而化之，不是"大题大做"，而是要找到具体的线索，找到具体的切入点。对每一个问题，首先要意识到它的学术价值在哪儿，学术史价值在哪儿，它在整个学术史中的定位，或者说它在整个问题谱系中的意义何在。只有确定了这些东西，确定了它和既有的研究之间的关系，然后你才能确定它对你来说是不是既是前沿的、前瞻的，同时又是新鲜的、有陌生感的。看上去既陌生又熟悉，我觉得这是最好的选题。所谓陌生意味着它是全新的，一个新题目有自己的创意；但是"又熟悉"呢，就意味着它是处在问题史中的，或者是在学科谱系之中的，这样才能为你的问题在学科整个的研究背景上找到一个互证的、参照的关系。这样的做论文的思路可能是比较合理和有效的思路。

采访者：谢谢吴老师接受我们的采访，耽误了您两个多小时的时间，给我们讲了很多很有启发的观点。

［采访者：刘子平（北京大学法学院12级博士生）、徐轶玮（北京大学对外汉语教育学院汉语言文字学13级硕士研究生）、王柑琪（北京大学中文系12级硕士研究生）］

如何触碰经典

——关于通识教育问题的答问

记　者：您理解的通识教育是怎样的，您是如何按照通识教育的思路来设计这门课的？

吴晓东：通识教育这个话题我关注的比较早，大概已经关注了七八年。大陆院校设计通识教育模式最早最有冲击力的应该是甘阳，一直全力推动通识教育，对其他院校的通识教育也起到了理念上的、具体实践上的示范作用。我的一个直博生就是甘阳的第一届学生，推荐到我这儿来，从这位同学身上我能感觉到对经典的普及所获得的教学成果。所以我理解的通识教育首先是经典课程的教学，把经典的教学落实到每个同学必修课的实践之中，并且用讨论班的方式让大家直接触摸经典。我觉得通识教育至少对文科而言最重要的意义就是让同学们去触碰经典。对于通识教育来说，总要有具体的实践方案，而我认为经典教学就是通识教育的一个很重要的模式。我这门课程"中国现代文学经典选讲"也是如此设计的，选的是一些中国现代经典作家的经典作品，围绕作品的解读来设计这门课程，并从经典作品中所体现的思想、语言、审美等其他方面来综合考量。我觉得触摸经典、解读经典应该是通识教育最好的一个途径。当然通识教育还会遇到很多具体问题需要解决，这需要在实践中逐步发现。就课程而言，经典的讲授、经典的领悟、对经典的阐释，让学生领悟什么是经典、什么是20世纪经典可能是这门课设计的初衷。

记　者：那您对文学经典的评判标准是什么？

吴晓东：这就涉及对现代文学经典的界定。西方的通识课程中讲授了更多古代的经典，或者是那些经过长时间历史检验的经典文本。比如亚里士多德、柏拉图、荷马或者是莎士比亚。但是我的研究领域主要是现代文学，时间段是从1919年到1949年，处理的是20世纪上半段的经典文学的范围，所以我们需要一个对现代经典的界定。为什么要学习现代文学经典？因为现代文学经典有着古代经典不可替代的特质。我总觉得其实20世纪还未过去，"20世纪的现代性"规定了我们如何成为一个现代人。现代传统对我们的塑造作用都可以在现代文学中得到求证。换句话说现代的阳光和阴影还笼罩着今天的我们。所以要理解作为现代人的我们是怎样走到今天的，通过现代经典来认知是重要的途径。今天无论是中国还是世界，都走在现代性的一个延长线上。选择现代经典的重要意义就在于它跟我们的今天依旧息息相关，因此对于我们理解中国现代历史，理解中国现代社会究竟是怎样的，这些经典有着不可替代的作用。像鲁迅、周作人、老舍、沈从文、钱锺书、张爱玲这些人所提供的对人对世界的感悟，对于理解我们怎样成为现代人、我们中国人是怎样生存的，有很大作用。所以现代经典具有一种切身性，教授现代经典就是要让学生意识到，现代还没有走远，现代作家的心灵、情感、对世界的认知与呈现都跟我们今天的中国人有密切的相关性。譬如鲁迅当年的许多论断似乎都可以在每个时代以及今天的社会现实中找到可以与之互证的关联性，今天很多中国人是通过理解鲁迅对20世纪20年代以及30年代的中国的认知与批评来理解我们今天的现实生存的。在这个意义上至少鲁迅没有离我们远去，现代经典也没有离我们远去。

记　者：上课过程中您面临的主要问题是什么？课程既要保证专业水平，但面对的又是非专业的学生，您如何平衡两者的关系？

吴晓东：作为通识课程的现代文学经典选讲和中文系的文学史还是有区别的，中文系的专业课叫做"中国现代文学史"，更加侧重讲述文学发展的历史的脉络。现代文学史有很强的历史性，在某种意义上是一种历史学科，只不过处理的文本是文学文本而不是历史文本。所以我在中文系讲专业课，会更多的介绍对历史脉络的把握，对文学规律的呈现，教授现代文学是如何发展的，各个时代的作家作品之间有着怎样的延承性等等。据我所知，其他学校的中文系可能还有一门配套的现代作品选读课，我就把作品选读的这个思路带到了这个通识课上。在这门课上对于现代作品的详细讨论可能要比中文系的专业课还要更多一些。比如讲鲁迅、周作人、废名时，不仅要讲他们的文学创作概貌，还要从头到尾阅读他们的一些重要的作品，在课堂上一字一字读下来，当然其中会穿插着对作品的导读和阐释。这种细读的方式的选择和我们当代的阅读方式的改变可能有关，我觉得正如许多网络平台上所说的当代阅读变成了以浅阅读为主的网络阅读。最近公布的2015年的中国人的阅读现状显示手机阅读、网络阅读占了国人阅读的很大比例。我自己也感觉，就算是很好的文章，在手机上也很难一字一句地看下来。但是我觉得经典不能这样阅读，经典必须通过细读或者慢读才能展现魅力，要一字一句地读，方能把经典烙印在学生的记忆甚至心灵中。所以课堂上，像鲁迅《野草》中最有代表性的作品我会从头到尾用ppt的方式展现，读到精彩的地方就会从思想的、审美的、语言的角度加以评说，所以首先是把细读落实到具体的文本之中，把一个个完整的文本带给学生,但是有一个前提是,阅读的文本不能特别长。像鲁迅的作品我就讲了五篇,分别是《我的失恋》《蜡叶》《秋夜》《影的告别》《过客》,因为都不算太长。我觉得这样能够让学生自己真切地接触文本,去得到具体的、完整的、感受性的、审美性的领悟。所以我采取的方式可能是具体地讲述文本,细读文本。但是在这门课的后面可能我们会涉及一些长篇小说,这可能需要一些其他的和短篇小说、散文诗等作品不同的阅读方式。长篇小说也有它在细读意义上的技巧,今天的同学们阅读纸本的长篇小说的精力和耐心可能在慢慢丧失。这也是我们的课程需要培养或者教授的内容。

记 者: 您开这门课最大的经验体会是什么?

吴晓东: 我觉得自己也很兴奋。这种讲授方式我在以往的中文系课程中采用的也比较少,要求自己也要先重读和细读作品,虽然这些文本以前可能也研究过,或者仔细地读过,但真的要深入浅出并且要有趣味地在课堂上细致地讲授,还是以往比较少的体验。为了这次课程,我重新读了一些经典作品,自己的收获也很大。然后我要用能让学生产生兴趣的方式在通识课上讲述出来,或者说找到一个贯彻通识教育理念的具体模式,对我个人来说也是一个新的挑战,同时也是一个契机。我觉得这种新的教学方式和北大或者中国教育的未来发展方向也是有关联的,所以我还是很庆幸有这个机会来教授这门课程。就我的了解,在两个场合中林校长都提到北大未来的教育改革是要把通识教育和专业教育结合起来,而且通识教育是放在前面的。换句话说,如果说北大以往的教育更侧重于强调培养专业人才的精英教育,但未来北大会加强通识教育的比重。这次在总理来北大召开的讨论会上,林校长就提到通识教育和专业教育的结合。前段时间在台湾大学举办的北京大学日活动,当时我也在场，聆听北大校长和台大校长分别介绍学校的发展走向和战略，林校长也提出了类似的观点。林校长说这样的教育模式引导学生四个发展面向：懂自己，懂社会，懂中国，懂世界。而且希望这四点都能在通识教育中得到体现和落实。所以通识教育课程是学校在本科生教育方面投入力度非常大的改革方向。

记　者：过几天就是北大的未名诗歌节了，请问您对校园新诗的动向有何看法，以及您怎么看待诗歌在北大文化中的作用？

吴晓东：我十多年前在北大校庆的时候写过一篇文章：《燕园诗踪》，在《读书》杂志上发表。我其中想谈的观点是北大的校园诗歌是很重要的。诗歌在北大不仅是一个校园写作，至少在海子的时代，北大诗歌的影响就是全国性的，而且引领着诗歌甚至美学的历史走向。海子那一代北大诗人的诗现在看来都是有这种历史性的影响力的，海子的去世其实构成的是不仅影响校园文学甚至影响中国文化的事件。所以北大每年会在海子祭日的前后（3月26日）搞诗歌节，每一次都有影响力。所以北大的诗歌不能只是当做一个简单的校园文学来看待，诗歌活动往往成为北大校园文化中重要的事件，它带来的意义是多重的，不光是文学事件，而且也是文化事件，甚至引领着文化思潮。更重要的是，北大诗人的诗歌通常具有很高的水平。例如我自己的学生中就有有影响力的诗人，如毕业了的博士生王东东，在读的硕士生李琬等。他们构成的是北大诗歌传统脉络中的一部分。这个传统也体现在诗人教师的言传身教之中，如目前中文系的臧棣和姜涛老师，以及外语学院的胡旭东老师，他们的诗歌都在诗坛久负盛名，臧棣老师还开设诗歌写作课，喜欢诗的学生可以在课堂上学习写诗。这样的诗歌传统的延续在北大是一个非常重要的文化现象，在某种意义上构成的是一种精神的流脉，对于北大的未来精神内涵和文化取向都可能是有深远影响的。

记　者：现代作家的处境跟当代作家的处境相比更加波澜壮阔，那我们怎么去接近他们的那个时代呢？我们怎么处理在现代文学中传统与西方的张力？

吴晓东：现代文学中即体现了传统性，也同时体现的是西方性，或者说现代性。现代文学因此无论是从继承传统的意义而言还是从西方的冲击力而言都表现出很强的力度。譬如传统性，虽然鲁迅给青年人开必读书目时主张不读中国书，但其实他自己读的中国书，比很多人都多得多。但是我今天想强调的是这些人的西方文化视野。现代史上很多成名人物都曾经是留学的海归，海归们大多成为奠定许多现代中国学科范式的重要人物。那一代人的西学修养是后来的作家学者们很难以企及的。

记　者：您如何看待文学与历史之间的关系？具体而言，即作家的生存处境与作品之间的关系？

吴晓东：现实维度可以说是一个作家进行文学创作的一个真正的原动力。就当代作家而言，我个人比较欣赏韩少功、张承志、王安忆、欧阳江河、莫言。他们的创作中最真实的叙事动力都源于现实感。比如莫言，不是因为他获得了诺奖，而是因为他的一些作品对现实的揭示具有一定的历史高度，比如长篇小说《蛙》，讨论中国人的计划生育历史领域的问题，处理的是中国人遭遇了怎样的人性的困境，以及历史的困境，还有现实的困境，因此既是历史的，也是非常现实的题材。我曾经带领学生在读书会上讨论过《蛙》，大家的共识是，如果我们细读小说，真的进入这个文本的内部，去认真感受小说中的历史细节、现实维度的时候，我们会觉得莫言处理有一些历史距离的故事时有很强的历史感，但当他处理当下的故事时间的时候，同学们就觉得他有些难以为继，写现实题材的时候，好像就感觉高度有所欠缺。我觉得对于一个出色的作家而言，处理现实永远比处理历史要更加困难，因为现实是正在发生的事情，而且今天的现实拥有各种各样的维度，有些作家看到的只是一个维度。不是所有的作家都可以透视到现实的诸种维度，只有最好的作家才能把握这个整全的维度。但是今天我们面临的现实，也许把握起来比鲁迅那个时代更加困难，因为今天的现实的维度伸展到不同的空间，很多维度之间是没有连接的通道的。

而真正处理好现实不仅要描述出现实是什么，而且要是揭示出现实的一种未来感，现实自身也是在发展的，它是一个时间性的概念。恰恰在这个意义上，现在的很多文学作品都丧失了一种未来感。前两天钱理群老师在传媒大学有一个发言，他说不仅是中国，而且整个世界各个文明样态都面临着不知道如何发展的一个历史困境。我们的时代，这种未来感的缺失可能是世界性的，不仅是中国人找不到，美国人、欧洲人也同样找不到。欧洲文化日渐趋于保守化，就成为一个重要的表征。这个时代也匮缺像马克思那样指明未来方向的思想家，福柯可能是最后一个能够对文明现状做总体判断的思想家，在他去世之后这样的思想家可能就没有了。现代的文明或许处于一个看不到未来面向的一个时代。也许只有真正出类拔萃的作家才能捕捉到我们今天的现实以及未来的一些更核心的东西。

记　者：在消费时代文学的意义是什么？

吴晓东：文学和消费其实是并行不悖的，比如网络文学。网络文学其实是一个大的发展趋势，现在有很多读者他们更愿意看的是网络文学。网络文学和消费就是密切相关的。有老师在研究网络文学时指出，网络文学的发展空间和可能性是不能低估的。而消费主义会是网络文学的一个重要维度。另一方面我觉得，消费这个维度也许是需要引导的，我的意思不是要通过某种政治指令等等来引导，而是在某种意义上我们还是需要纯文学或者严肃文学来维护一些更为纯正的文学理念和审美观念。通识教育所强调的素质教育面向，其中重要的方面就是人文素质，文学素养就会在其中占有非常重要的位置。如何养成更为纯粹的文学鉴赏力和文学趣味是一个重要的问题，这可能就需要引导，文学课堂就担负着这样的使命。在这个意义上，经典文学在我看来有不可替代的重要性。当然像网络文学研究者，比如中文系的邵燕君老师就会反驳我的说法，她会认为纯文学天然就有三宗罪，我很欣赏她的研究，是真正有未来感的。所以如果我谈经典文学的审美观可能会有不同的反驳的声音。但是我仍然觉得在经典文学领域里有一些更为纯正的，更不可替代的，更永恒的因素。我个人觉得，普通读者，尤其是网络读者可能会存在审美缺失的问题，比如对什么是好的文学，什么是好的电影缺少一点认知的范畴。这些年中国读者和观众的审美能力可能在下降，这也意味着消费精神在起着某种导向性的作用。

记　者：我觉得经典之为经典就在于它要处理一些永恒的话题，比如深入到人性的问题，还要有某一个现实感，有现实的关怀在。

吴晓东：我觉得你这个概括非常好，我想在你的概念之外再补充一个审美精神。审美既是一种艺术感受，背后也是一种精神。我觉得把这个审美精神加到你提到的两个维度之中就更完整了。蔡元培先生曾经试图用美育代宗教，他对于美育的重视，是使得人文素质得以落实的一种途径。这样的一种审美教育可能更加可行，背后就是一种精神范畴。而通识教育通过文学经典来熏陶审美精神，可能是一个比较容易践行的维度。

记　者：您如何看待文学的地域性、民族性和全球性？

吴晓东：这个话题很大。歌德最早提出世界文学的概念，或者就是他那个时代的所谓全球性。我个人赞同一个判断：在全球性的时代我们反而要彰显的是地域性的东西，来对抗普遍性和平均化。地域性中往往蕴含着特殊性，而特殊性意味着文化内涵的丰富性，对抗世界的均质性和平均性。我们在中国能寻找出很多地域性作家，如鲁迅和沈从文，沈从文展现出的湘西世界，还有赵树理的泥土气息，都是独一无二的。可以说地域性经验是一种不可能被抹杀掉的一种独特的经验。不仅可以全球化的浪潮，也意味着文化的多样性，在多样性文化中可能蕴含着某种解决全球文化危机的东西，蕴含着未来世界的走向。

记　者：我觉得民族的就是世界的这种说法没有意识到作品甚至作家的民族性与世界性内在的冲突。这其实是歌德曾经面临的一个处境：他采取一些全球性的观点时会遭遇一些民族性观点的冲突，比如在对拿破仑的态度上。

吴晓东：歌德提出世界文学的问题处理的其实是德国的问题，而不是说他一开始就拥有了一个世界视野。因为德国是一个"后发"国家，所以歌德同时考虑的还有德国如何获得新生获得民族的强大的问题。他的世界文学的视野后面其实暗含的还是某种民族的立场。我个人认为民族的话题直到今天都是过不去的坎，其实我们现在每个人的生活方式仍然是民族国家的生活方式，每一个人的身上还是打着一个国家的烙印的。虽然在中国阐释民族的概念可能比较困难，因为我们是一个多民族的国家。1980年代流行的口号，说民族的就是世界的，可能确实还是忽视了民族与世界的一种张力。也许80年代的中国人可能过于乐观地看待了世界和民族的关系。

网络时代如何"阅读"

——答北大中文系微信公众号记者问

问：网络、新媒体的发展一定程度上改变了人们的阅读习惯，老师您如何看待新媒体的盛行对阅读的影响？这对文学是否产生影响？

答：新媒体阅读，尤其是手机阅读对传统的阅读方式肯定产生了比较大的影响。北京大学图书馆发布的《2016年阅读报告》显示2016年北大学生图书借阅总量为45万册，比2013年少了15万，递减的幅度非常大。当然，这不意味着学生不爱读书了，也许网络阅读和电子书阅读成为替代方式。阅读方式的转变是大势所趋，科幻小说早就预言了纸质书将在不久的将来消失。但是如何评估新媒体阅读方式，我所抱持的是一种非确定性的态度。比如借助于新媒体，大家到底在读什么？是不是主要在阅读一些休闲的、娱乐的网络小说？还是在借助网络和电子媒介读文学经典？这需要有一定的田野调查才有发言权。

而新媒体对文学最大的影响就是催生了网络文学。网络文学和之前的文学很不同，其中也有很多很好的作品，很多电视剧、电影都改编自网络文学，影响也很大。网络媒体的出现改变了人们对文学的神秘感，意味着每个人都可以在网上从事写作，大众参与度也比以往更高，文学门槛在某个意义上可以说降低了。文学不再是普通人无法企及的，每个人都可以成为网络作家，我们过去对传统意义上的作家充满崇拜和景仰，而在网络时代作家的光环开始消散，作家的形象也就不再那么神秘和神圣，一个人只要有表达能力以及文学想象力，就都可以从事写作，都有可能获得粉丝的追捧。这也影响着当今时代对文学概念的理解。

  关于网络时代对阅读和文学的冲击，我其实没有发言权。北大中文系的邵燕君老师在这方面有很深入的研究。她对网络文学的未来发展持积极的乐观态度，既倾情赞赏，也大力支持和研究，认为网络文学代表了未来的文学方向。关于这一点，我持一种犹疑的审慎态度。尽管我认为网络文学的兴起是大势所趋，但同时也认为，传统意义上的经典阅读暂时还无法被替代，尤其在网络时代，经典阅读反而更加重要。

问：在这样的情况下，文学的社会功能就会有所转化，那在当今社会问题凸显价值多元的环境下，文学的作用何在？较您大学时所处的 80 年代乃至 90 年代有什么样的变化吗？

答：你对当今社会价值非常多元的判断是很正确的，而文学也恰是当今时代多元价值的承载者，如果文学不承载和体现这种多元价值，还有什么更好的形式来承载和体现呢？网络文学也可以纳入这种承载者的范畴来考量。无论是传统文学，还是网络文学都是时代文化价值取向最好的承载者和体现者。但是今天的文学在社会历史文化格局中所占据的重要性与 70、80 年代直到 90 年代初相比确实削弱了。日本学者柄谷行人在《日本现代文学的起源》中认为文学产生重大社会影响的时代已经过去了。像中国的 70、80 年代的文学那样受到全社会的普遍关注，每每在文学中提出重大社会问题、文学成为时代先导的历史阶段已经过去了。但也许这恰恰也让文学回归到了自己应有的地位，它可能本就该如此。这不意味着文学的重要性被我们忽略，不意味文学承载的价值功能失去了。文学中体现的人的生存境遇、人对时代历史美好的愿景和向往，都是文学固有的内涵，在今天这个时代更加不可或缺。但也许恰恰让文学回归自己应有的社会历史地位，我们反而才更能以平常心对待文学，认真思考什么是文学，什么是文学应有的作用和位置。

问： 我们所专注的文学研究领域有时似乎显得和大众口味差距甚远，有人觉得这是文学工作者的一种不作为，不去更加地靠近大众，老师如何看待这种看法？

答： 事实上，应该将学院里的学院派文学研究和文学评论者的文化批评实践加以区分。文学批评在做的工作其实恰恰就是在主动靠近大众、在引导时尚，引领大众，对当代的文化现象文学现状进行批评，所以批评家们和这个时代是紧密联系的，并试图与大众交流对话。而在学院里，必然也需要一批真正意义上的、学术意义上的文学研究者，对文学进行非常专业的学术研究，这样的学者可能的确与大众的直接联系有限，也可以说距离稍远。但这是学院派学术研究的应有之义，甚至是学院派的某种宗旨。学术是需要传承和积累的，有时甚至要主动与大众保持一定的距离。因为我们仍然还是有文学批评家以及文化批评家与大众和时代保持联系的。但另一方面，学院派研究在一定意义上也是会影响到大众文化的，很多文学研究者的学术成果是具有一定的普及性的，他们的学术研究也会扩展到文学以及文化批评领域。比如说如何阅读经典，怎样读唐诗，怎样欣赏昆曲，从高端到普及的研究工作都有人在做，可以均从不同层面对大众文化生成影响。从这个意义上说，不能简单地认为学术研究和大众文化没有互动关系。

问： 老师对古典诗词有很深的见解，在《诗心接千载》这篇文章中提及了自己因废名而加深的对诗歌的喜爱，想问问古典诗文对老师有什么样的影响？

答： 我读初高中时非常注重背诵古代诗歌，在小本子上抄写了许多古诗，甚至用一个专门的小本子把《红楼梦》里所有的诗词歌赋都完整地抄写了一遍，揣在衣服口袋里，上学的路上背诵。当时在自己朦胧的意识里，觉得古代诗歌方面的修养是不可或缺的。古典诗文关涉的不仅是古典文化，其中蕴含的还有古代文学家对他们自己生活时代的理解，包孕着古人的思维方式，是文学家认知和思考自己时代的意识，某种意义上说，也正是我们东方式思维和审美经验形态的体现，绝对不可替代。就像西方人也要阅读他们的经典，比如读中世纪的但丁，文艺复兴时期的莎士比亚，从中实现审美经验的历史传承。这种传承对任何一个专业的学生来说都是必备的，既是知识积累，也是重要的内在修养。中国现代作家们的文学作品中反映出来他们的古代文学修养大都是很精深的，不了解古代文化传统的现代作家也有，但是不多。所以我研究现代文学，如果不了解现代作家们所浸淫的古代文学修养，就会有隔膜，既无法很好地理解古代，甚至也难以精准地理解现代。

问： 老师还记得大学时期所喜爱的作家作品吗？有没有哪部作品对老师您产生较大的影响呢？对于当时自己的阅读喜好，老师现在有没有不同的看法？

答： 我是1984年进北大的，当时中国文坛流行"寻根文学"，寻根作家们对我们这代人影响很大。我当时最喜欢的作家是张承志，喜欢他的小说《北方的河》和《黑骏马》。对我们同样具有极大影响的还有北岛、顾城、舒婷代表的朦胧诗写作。当时高校刚刚开始接受朦胧诗写作，对我们的审美观念和文学认知起了重要的启蒙作用。北岛、顾城、舒婷堪称是当时的"明星"，很受大学生追捧，他们每次来北大举行诗歌活动，都会引起轰动。但是我读本科和研究生时对我影响最大的还是西方的现代派文学，当时我们很看不起19世纪批判现实主义，比如托尔斯泰、巴尔扎克等人，他们的审美形态和文学观念是我们所摒弃的。我们热爱的是卡夫卡、加缪这些存在主义作家，以及马尔克斯、博尔赫斯等代表的拉美文学。后来对西方现代派文学的阅读经验变成了我在中文系讲授的一门西方现代主义小说课，课堂讲稿整理结集为一本书《从卡夫卡到昆德拉》。但是到了今天我对自己当年"唯西方现代主义是尊"的态度有所反省，也许20世纪的西方现代主义更深刻，但是18世纪和19世纪的西方现实主义和浪漫主义文学更博大。而文学是积聚的，并不是替代的。在今天来看，文化遗产是一个历史性的积累过程，每个历史阶段的文学都有经典性，没有高下之分。

问： 从《〈想象历史的方法〉——关于电影〈黄金时代〉的讨论》这篇文章中，可以看出具体文本的阅读会为影片的分析提供不同的视角，老师认为相关的文本和影像对于彼此有着什么样的影响？

答： 因为《黄金时代》可以看成是一部现代作家萧红的传记片，一方面，萧红自己的作品是编导在创作过程中需要关注的，也是读者了解作为一个作家的萧红所必备的生平背景资料。但另外一方面，《黄金时代》作为一部电影，它在怎样塑造作家形象方面，所选择的叙事方式比较有新意。因为电影是用镜头来讲故事，反过来也可以为我们提供理解萧红一种独属于电影的视角，而且是新鲜的、有趣的视角。因此文学与电影两者之间的对读与互读，就提供了一种方法。从文学到电影的改编，两者之间建构的是一种比较视野，既是理解萧红的视野，又是理解历史的视野。所以关于《黄金时代》，我们的讨论稿的标题起的就是"想象历史的方法"，背后涉及的是文学家们如何透过文学想象历史、电影制作者又如何通过电影镜头叙述历史，换句话说，我们在电影中所看到的历史其实已经经过作家讲述、电影剪辑，即通过文学艺术的形式中介的折射，在这个意义上，我们理解历史的方式其实是受限于艺术家想象和呈现历史的方式的。

问：文章中的讨论在老师和您的学生之间展开，我们比较好奇的是此次讨论的背景是什么？（是提前布置了这么一个任务大家回去观影和做阅读准备吗？还是？）

答：因为我们有一个经常性的读书会，同学们一起读小说文本、理论著作，偶尔也会分析电影，如《山楂树之恋》《白日焰火》《黄金时代》等。如果想讨论一部热门的电影，通常是大家一起去电影院观影，然后集体讨论。讨论的过程通常很热烈，因为每个学生都是精心准备，有话要说。

问：在您和您的学生之间经常进行这样的讨论吗？在平常的学习生活中，您对学生的阅读是否给予一定的指导？

答：这样的讨论频率大概是一学期五六次左右。每次讨论的都是具体的作品，通常是20世纪40年代的小说。每次主讲同学选一部小说，大家提前阅读、准备。由于大家的想法很多，所以每次讨论都要一下午，甚至会持续到晚上。讨论中，同学们会提供新颖的认知角度、思维方法，令大家耳目一新，这样下来，对于如何解读文本会有很多新的领悟。这种每个同学都参与进去，而不是跟着老师亦步亦趋地听训的讨论形式，有利于调动每个学生的主观能动性和学术热情，进而逐渐化为学生自己的学术血脉。

问：在先前的访谈中，老师也提到过当年和钱理群老师经常就一些问题进行讨论，在您本科时师长们有没有提出什么阅读方法上的建议让您印象深刻？

答：我是钱老师的硕士生，我现在带学生的阅读方式其实和钱老师当年带我们的方式非常相似，就是师生一起讨论具体文本，在这个过程中大家会潜移默化地领悟到很多解读作品的方法。我当年的老师们关于阅读方法的建议中，有两点让我印象深刻：一是要读最好的东西，所谓取法乎上仅得其中。但很多同学写学期论文，甚至写毕业论文时，会列出一大堆参考书目，其中有些书目其实同学自己并没有仔细阅读过，但还是列了上去。而如今学界炮制出来的研究文章和学术著述堪称浩如烟海，相当一部分不值得学习和借鉴，因为真正优秀的、值得认真阅读的著作数量并不多，如果能仔细阅读少量最好的著作，就能站在前人的肩膀上进行自己的学术思考，真正提高同学们的学术能力。老师们的第二个建议，就是读文学文本一定要结合与文本相关的研究著述，借助于学界的前研究成果与文本进行对话。从而构建一个自己的对话空间。这样的话，既能加深对文本的理解，又能学到前人文本研究的方法。

问： 您当年有没有加入一些文学类的社团呢？现在的文学社和当年的文学社是否有所不同？在您为"我们"文学社所写的发刊词——《文学的固守》中似乎既有希冀也有隐忧，想问问您如何看待一直发展到今天的"我们"文学社及如何看待高校文学社对在校学生的影响的？

答： 在我的学生时代，北大有"五四"文学社，但是我并不是正式的注册会员，算是边缘成员吧。我参加过的唯一一个社团是大一时加入的文理社，现在早已经解散了。文理社是一个追求打通文理的社团，我加入的原因是因为我当时抱着一个天真的想法，觉得自己是学文学的，也要有理科的知识背景作支撑，才能建立起研究文学的更宏阔的视野。但到了二年级的时候就退出去了。一般而言，大一的时候的确应该加入一些社团，可以在社团中了解大家都在做些什么，借此熟悉学校环境，与学长们沟通，开阔自己的视野，而大二时，慢慢找到了自己真正想做的事情，此时社团可能就会分神，而且慢慢觉得自己大一时想要打通文理的设想有些遥不可及,所以就退出了文理社。但这并不妨碍我一直喜欢阅读一些科普读物,比如量子力学、宇宙学等,虽然看得似懂非懂。

大概在1997年前后,"我们"文学社在昌平分校创社,同学们找我当指导老师,所以发刊词也是我写的。从认知文学的角度来看,文学社一方面有助于文学爱好者坚守自己对文学的爱好、借此也坚守一种校园文学的传统;另一方面也是文学爱好者在文学影响力日渐减弱的时代,经营的一方属于自己的园地,正如周作人的散文集《自己的园地》一样。和现今的文学社相比,当年的北大文学社的校园影响力很大,甚至对社会、对时代也有一定的影响。比如80年代,北大77级中有不少知名作家,在进入大学之前就已经小有名气,他们大学时期的写作在社会上有相当的影响力,比如陈建功、黄蓓佳等。到了80年代中后期,又涌现出一批像海子、西川、臧棣这样的诗人,他们当年在北大文学社团中的影响力和号召力就已经是逸出了燕园。总之,80年代的文学社的影响是社会性的,这跟当时启蒙主义、思想解放的时代思潮也是紧密结合的。

问: 您有先后赴韩国梨花女子大学和日本神户大学讲学的经历,国外讲学的课堂氛围、老师授课方式与北大有什么不同吗?有没有哪节课让您印象特别深刻呢?

答: 我主要是给中文系的学生讲授,但是他们中文系的学生很少,有时候我的文学史课堂上只有几个学生,就像我们北大外语系的一些小语种学生的数量一样。要真正了解外国大学,比如说在日本,就要了解日本文学系,才能真正了解日本大学的课堂气氛、教育体制、学生的思想观念和思考方式等。所以在这个意义上,留学和讲学是两回事。我的讲学只限于中文的领域;但留学就不同了,只有以学生的身份留学,才能真正融入外国的大学。

印象比较深刻的是日韩的学生,他们会提出一些意想不到的问题，或者是提供一些对于我所讲授的中国文学作品的一些匪夷所思的理解，他们会以一个外国人的眼光、认知方式来看待中国文学作品。比如有一次我讲卞之琳的《尺八》时，诗中有一句："归去也，归去也，归去也"，我认为可以看做是诗人内心渴望回归故土的呼声，反映了诗人的一种文化乡愁。当时日本学生在讨论"归去也"到底是谁发出的声音的时候则各抒己见，记得有一个女生认为这是大雁的叫声，被诗人听成了"归去也"，就像子规的叫声被我们中国古人听成"不如归去"一样；还有的学生认为"归去也"是尺八吹奏出的乐音使诗人产生的联想。这些理解是我在国内和学生们讨论时所没有意识到的，这些外国学生的新奇的理解，给我们解读本国的文学作品提供了新的视野，这就是中国老师在外国讲学时通常印象比较深刻的地方。

问：您认为在阅读量、阅读方式等方面国外同学和我系同学有什么不同呢？

答：西方的一些著名大学会开列出大学生必读的经典书单，规定学生在大学期间必须阅读。同时开有通识课，是所有大一学生的必修课，给大学生构建通识基础，他们的通识课有很多课堂讨论，类似于我们的小班教学，老师和助教指导大家进行阅读和讨论。这些大学期间必须阅读的有共识性的经典书目，使通识教育具有规范性和经典性。一个大学生进了大学，通常就知晓了大学期间乃至一生应该阅读的经典范围。但是这种对经典的共识性，在我们国内比较缺乏，好像国内没有哪个大学，会列出一份得到大家公认的经典书目。这是我们在经典认知方面的极大欠缺，某种程度上会影响大家对经典的阅读。在北大图书馆《2016年阅读报告》中，最受欢迎的作者榜单中，排第一的是鲁迅，鲁迅的作品当然属于经典作品；但是排名第二就是东野圭吾，虽然东野圭吾的作品也非常优秀，我也非常喜欢他的作品，但是离"经典"还有一定距离，一定程度上，还属于通俗读物。

问：现在的学生们经常面临在学习、学工（学生工作）和生活娱乐分配不好时间的困境，老师在本科乃至硕博的学习期间如何处理学习与生活的关系？

答：首先谈学习和学工的关系。选择学工可能属于一个个人取向的问题，有的同学比较喜欢参与学生工作，我觉得是值得鼓励和赞赏的，因为他们是在为学校和院系做贡献，这样的学生是不可替代的，但是有些同学选择学工，可能也会影响他对自己学业和未来的发展方向性的选择。无论在选择上怎样有所侧重，我认为大学生保证学习的时间仍然应该是最重要的。所有的其他活动，如果不冲击学习的时间，不冲击阅读、思考和写作的时间，都可以适当参加。生活娱乐当然也是必需的，很多同学喜欢上上网、看看电影，我当年的主要娱乐活动一是踢球，二是看电影。其实看电影是一举两得的，它和我们的专业关系比较密切，作为娱乐也特别可取。当然，在大学阶段学习还是第一位的，如果各项活动冲突了的话，还是应当以学习为第一选择。

问：研究向阅读和兴趣向阅读的时间如何安排？

答：我认为这两种"向"度的阅读都是需要的。我个人认为有一部分阅读是可以把研究向阅读和兴趣向阅读这两者结合在一起的，如果"兴趣向"可以变为"研究向"，那当然是最理想的。如果两者无法兼得的话，我个人认为"研究向"的阅读可能还是需要占更大的比重，因为兴趣向的阅读可能会没有方向感，会兴之所至，随心所欲；但是如果没有兴趣向的阅读，阅读生活也会便得比较枯燥，目的性会太强，最终可能是功利性也随着增强。中文系的学生从理论上说应该什么都读，但是大家的时间都很有限，所以能把二者结合起来是最好的状态。

问：老师认为，对我们中文系的学生来说，在读书的时候，应该更多地思考还是更多地靠直觉感受呢？文学文本的阅读和学术论文的阅读方式应该是不同的，但对于刚开始接触论文的低年级同学，如何在阅读论文的过程中学习，老师可否提出一些建议？

答：其实这两者是不矛盾的。对于中文系的学生，研究的对象是文学与艺术，所以直觉性、感受性的阅读经验肯定是中文阅读的主体经验。但感受性和直觉性的阅读其实也脱离不了所谓的理性思考。因为在文学作品中，很难真正离析出哪些是属于感受而哪些又属于理性的。不过就文学文本阅读而言，我觉得自己对文本的最初的判断和感受，也就是感性和直觉的体认应该构成阅读的前提。而学术论文的阅读，可能首先要把握和捕捉的是作者在研究过程中核心的问题意识，进而领会一个研究者解读文本的方法和洞察力，也许在这个意义上，我们才有必要区分出文学阅读和学术阅读的差异，学术阅读更多的还是要带着思考去读的。

问：老师在访谈中提到对文本进行精细地文本解读的能力对人文学者和文学研究者而言的重要性，对于现在学生如何训练文本解读能力您有什么好的建议吗？

答：第一个建议是要吃透文本，通常是要精读几遍的，这是文本分析和研究的前提。第二个建议是，大家在进行文本分析的时候，要贴近文本，去真正把握文本所表达出的细微的情感，所塑造的人物形象。要体贴作者，即进行所谓的"体贴性阅读"，从而避免过度阐释。北大的学生们并不是缺乏阐释，而往往是阐释能力太过强大，有的同学喜欢理论，就用很宏大的理论来分析，但是这个理论跟文本之间并不贴合；或者是建构了一个更大更宏观的问题意识和视野，挤压了文本，所以挤压出来的是文本中本来没有的东西。所以"分寸感"

是大家最需要领悟和训练的。第三个建议是，多读一些经典分析，大家阅读的经典文本通常都已经早有研究者进行过系统的研究了，在接触这类经典文本的时候，多读读经典的文本分析和前人研究，可以了解更多研究的角度，扩展自己的视野。把文本和经典研究放在一起对比，建构一个阐释空间，对于初学者是非常有必要的。

问：在长期担任现代文史课程的过程中，老师您如何不断地在授课过程中注入新鲜感以保持授课的热情和动力的？

答：首先，每次讲授我面对的都是大一的新生，学生都是新鲜的，当然我的感受也就是新鲜的，因为我必须借助学生的新鲜眼光重新打量我所讲述的文学史和作家作品。同时每年我的授课环节都会适度地吸纳近几年文学史研究的新的观点，将新鲜的研究视野带到教学中。再有就是把当下的文化语境和现实语境加入到教学过程中，和当下学生的阅读环境就非常贴合，比如我会在课堂上讨论北大图书馆的《2016年阅读报告》。

问：在课程教学中，老师您对于同学课外的文本阅读有怎样的要求呢？

答：在上课前一定要读文本，这是我一再强调的。如果不读文本，老师讲授的一些知识、判断、概括，你是可以记在本子上或者电脑里，但是这些知识、判断和概括无法与你自己的阅读经验相印证。如此一来，课程结束，考试考完，这些知识你基本上就忘了，没有真正化成你的血肉。只有读完文本才能将自己的阅读经验和感受与老师的讲授互证，才能了解到更多自己没有考虑到的角度，对作品产生更深刻的印象。不光是学习现代文学史，在一切课程中，课前阅读文本和老师布置的材料都是非常重要的。

问：对于在中文系学习的低年级同学，老师有没有一些能够更好地进入学术状态的建议？

答：作为低年级的同学，从课程作业开始就要认真对待，这是非常重要的训练。一个学期一定要花时间去写一两篇课程作业，比如花一个月的时间甚至更长的时间。不需要每门课的每一篇作业都花上这么大的气力，因为精力是有限的。但是一定应该有那么一门课的一篇作业，你要花大功夫去做，从查阅原始材料入手，大量阅读前研究成果，最后形成自己独特的思路，写成长篇的论文。这样做下来治学功夫会长得非常快，而仅仅是上课听讲，是无法获得这样的进步的，这样写出的论文也会有助于你写作能力的提高，最终则是研究的综合能力的提高。最后的一点建议是，一定要读一些研究专著，不能仅限于读教材。研究专著里才有研究者的研究方法，是课本和教材无法替代的。